沈虹光文集

戏剧文化演讲·戏剧随笔卷

沈虹光 著

长江出版传媒

湖北人民出版社

图书在版编目（CIP）数据

沈虹光文集．戏剧文化演讲·戏剧随笔卷 / 沈虹光著．— 武汉：
湖北人民出版社，2023.12
　　ISBN 978-7-216-10587-3

　　Ⅰ．①沈…　Ⅱ．①沈…　Ⅲ．①中国文学－当代文学－作品
综合集②演讲－中国－当代－选集③随笔－作品集－中国－当代
Ⅳ．① I217.2

中国国家版本馆 CIP 数据核字（2023）第 011950 号

责任编辑：曾若雪
　　　　　丁　琦
封面设计：刘舒扬
责任校对：范承勇
责任印制：杨　锁

出版发行：湖北人民出版社　　　　　　　地址：武汉市雄楚大道268号
印刷：湖北新华印务有限公司　　　　　　邮编：430070
开本：880毫米×1230毫米　1/32　　　　印张：10.75
字数：372千字　　　　　　　　　　　　插页：2
版次：2023年12月第1版　　　　　　　　印次：2023年12月第1次印刷
书号：ISBN 978-7-216-10587-3　　　　　定价：36.00元

本社网址：http://www.hbpp.com.cn
本社旗舰店：http://hbrmcbs.tmall.com
读者服务部电话：027-87679656
投诉举报电话：027-87679757
（图书如出现印装质量问题，由本社负责调换）

目录

Contents

戏剧文化演讲

戏剧随笔

戏剧文化演讲

天上九头鸟

在日中戏剧交流对话会上的发言
东京艺术剧场中会议

我来自湖北,湖北人在中国人的印象里是比较厉害的。俗话说"天上九头鸟,地上湖北佬",对"九头鸟"有两个解释:一个说"九头鸟"是聪明,智慧的象征;一个说是厉害的意思。后一种解释在外地人印象中比较深刻,说湖北人爱吵架。

我是在湖北长大,对于湖北有感情。湖北人很直率,好交往,就是脾气火爆,天气也火爆,内外夹击就吵起来。有吵架就有劝架,常常听到一句话就是"同船过渡"。为什么说"同船"不说"同车"呢?因为湖北是"千湖之省",武汉是"百湖之城",汉江在武汉进入长江,长江又穿城而过,每天上班很多市民要坐船,湖泊上来来去去也要乘船,"同船过渡"这句话在我们湖北是现实,也是象征。"同船过渡"后面还有半句,"五百年修","五百年"才能聚到一条船上,是缘分,不容易,不要吵了,不要打了。船在水上有风险,不打不闹船就不会翻,就可以安全地驶向对岸。我用我喜欢的这句话做了我的剧名。

《同船过渡》写了一对老人的故事。我很久以来就想写老人。我觉得老人很可爱,中国有句话叫"老小老小",老了就像小孩儿,老人生活经历很丰富,感情也很丰富,有故事,写出来好看,可以传递广泛的人生。

我知道一个老人的故事,她二十几岁失去了丈夫,正碰上日军侵华,武汉沦陷,她带着孩子逃难到重庆,在幼儿园当阿姨挣钱,一直把两个孩子带大,都供着读了大学。"文革"当中孩子又遭不幸,她就照顾孙子孙女,一直到"四人帮"倒了,国家走向了一个健康的道路,她也幸福了。这个时候她遇到了一个老爷爷,他们经常见面,但是不谈爱情,不好意思。老爷爷有时候给她送点心,她就写诗感谢老爷爷。可是他们住得很远,一个住城这边,一个住城那边,没有孩子帮助,他们乘车去很困难。可是孩子们工作很忙,很少陪他们见面。有一天老太太死了,办完丧事，他们想起来，"哎呀，应该告诉老爷爷呀"。老爷爷知道以后，很长时间都不说话。他叫老太太的孙子孙女带他去看老太太的骨灰。骨灰盒放在灵堂的上面，一个个格子，有很多层，骨灰盒放得很高，他够不着，看不到。他跟灵堂工作人员说："你们把它给我放下来，孩子们很忙，不能经常陪我来看她，我自己来的时候我又爬不上去。我请你们拿下来，我好经常来看她。"这件真事，像一个戏剧情景一样，经常出现在我的脑子里。

还有一件我不能忘记的事情。我曾经和一些船员的妻子坐在一条船上去三峡，她们给我讲了船员的生活。船员长年累月在船上，不能回家，船员妻子在家里伺候老人，带孩子，一个人承担着生活的重担。有时候这个船经过武汉，时间很短，船员不能下船，妻子就站在岸边把孩子抱着给丈夫看。

有一个老船员很爱喝酒，可是在船上工作的时候喝了酒会出事故，所以他妻子不让他喝酒。有一天起风，风浪很大，年轻的船员都上岸了，就是这个老船员一个人在船上，他也睡觉了。夜里起风了，船上装的是矿砂，风一吹这个船，矿砂山一样地倒过来，船翻了。老船员的妻子得到消息，知道老船员还没有醒过来就已经沉到了江底，她来到这个江边拿着酒说："你活着的时候我不能让你喝，现在你死了，我让你喝个够。"就把一瓶酒倒进江里。

这两个故事就是我的《同船过渡》的情感内容。我的戏都是写实的，就是写实主义，这个感情呢，它必须要有一个故事载体，我就用了这么一个设计，这么一套房子，本来应该给一家人住的，但却住了两户人家。两户人家住一起总难免有矛盾，这个大家都理解。这对年轻人就烦老人啰啰嗦嗦的，生活习惯也特别怪。老人也觉得这两个年轻人没有教养，世风日下，打打闹闹，她不喜欢年轻人，彼此看不惯。年轻人就恶作剧登了一个征婚广告，说把她嫁出去，她走了这房子不就是我们独占了吗？没有想到弄假成真，真的来了个老人征婚，是个老船长，闹出好多笑话。最后是老船长使老太太和两个年轻人和睦了。

老船长表达了我的理想，我希望人和人之间多一些宽容，现在中国的住房困难是贫穷造成的。贫穷是可以改变的，中国人的生活是会一天天好起来的。可是人和人之间的感情如果伤害了就很难修复，我不希望人们在追求幸福的时候失去内心的善良。这个房子就是一条船，我们中国也是一条船，我们地球也是一条船。只有我们大家同舟共济，人类才会更加美好。这条船翻了，地球也毁灭了。中国这条船翻了，所有老百姓都是不幸的。我用戏剧表达内心的愿望，希望观众理解。

到日本看了《秋风瑟瑟》，很亲切，感到我和日本人是能够沟通的。日本人和中国人的感情非常相似，我也希望日本剧团能够到中国去演出，把这种美好的感情传达给中国观众。因为在中国人眼里呢，日本很富裕了，你还苦恼什么？而这个戏告诉我们，日本人有钱，富裕了，但他还是需要情感。我会从中获得共鸣，感觉我有力量，我很壮大，我们有共同的追求，有共同的理想。感谢"话剧人社"做中国和日本的戏剧交流，使我有了这些感想。我期待着在中国看到日本戏剧家的演出。

　　谢谢大家！

1997 年 4 月 22 日

　　因为时间非常紧张，我只能说几句简单的感想。我们两国的历史和文化背景有相同的地方，也有很多的不同。艺术创造，内容和形式方面的探索，如果离开了历史和文化的背景，有时不大说得清楚。我们一来看到日本到处是汉字，自以为我们什么都能够明白，都能理解和认同，接下来每一分钟每一个钟头都在发现不同。有时候看到一个现象，自以为是新鲜的发现，是日本的一个本质的现象，可接着我又发现这并不是全部。我到其他国家去进行交流，回国写文章我也都不自信，我总在想我看到的是真的吗？因为在很短的时间里，朋友们即使想把全部告诉我，他也来不及，就像我也不能在这短暂的几天里把我的全部告诉你们一样。所以这艺术上的问题实际上是个历史的、文化的、人生的问题。我在我们的讨论中发现有相同的地方，但是有的地方却错了位。有些艺术现象在两国同时发生过，但是确实有时间差。我们不能小看这个时间差。在这篇文章里说到从60年代到70年代到80年代日本戏剧走过的过程，中国却在改革开放的短短几年要走过它，你们从50年代60年代70年代到80年代一步一步地去体会去摸索去不断地更新去创造，而我们是打开国门以后你们40年的东西一下都扑到我们的眼前，所以同样是两个相同的作品，看来是一样的，实际上它的质、它的内涵是不一样的。时间关系，我不能就具体作品发表意见，只是谈一谈感想，说明我们的交流是多么重要。

　　谢谢大家！

1997 年 4 月 23 日

好好守住自己那点感受

在上海戏剧论坛·亚洲妇女戏剧论坛上的发言

题注：

　　1988年10月，我出席了在美国布法罗举办的世界妇女戏剧家大会，认识了日本戏剧家如月小春。四年后，首届亚洲妇女演剧大会在东京召开，我因签证延误未能赶到，如月小春请人翻译了我的《丢手巾》，在会上由女戏剧家们用日语和英语演出，会后如月小春给我写了信，并寄来剧照，使我与许多亚洲女戏剧家有了神交。1998年2月《同船过渡》在日本上演，我到了东京，如月小春邀请我观看了她编导的《芥川龙之介》，演员都是她的学生，演出富有激情。本以为此次论坛又要与她见面，却惊闻她于年前去世的哀讯。回想她美丽的面容和令人震撼的演出，真是感慨良多。

　　谨此说明，以表达对这位女戏剧家的纪念。

　　下面是发言正文。

　　我生活在武汉，这是一个夏季极其炎热，因而有"火炉"之称的城市。就是在"火炉"正旺的夏日，我因病住进了医院。天热，病人很多，病房爆满，不得已，医院把病床推进会议室，开辟了一个临时病房。我也被安排到了临时病房。

　　这里有三张病床，除了我，还有两个老太太，后来一个老太太转入正式病房，又进来一个小女孩。彼此陌生，渐渐有了交谈，谈病情也谈其他情况，每天还有家属来探望，彼床边切切嚓嚓的谈话也飘进了此床人的耳中，零零星星断断续续的，不由人不产生联想和揣度。一张张病床，一个个人，不同的境况不同的人生。当时就心中一动，觉得这个环境应该有戏可做。出院后就写了《临时病房》。

　　剧中有两个病人，一个来自农村的老太太，一个城里的老先生；老太太的儿子在深圳打工,老先生的儿女在国外;老太太大大咧咧乐于助人,看什么都满意;老先生斤斤计较刻板认真,看什么都不顺眼;老太太认为医院好,就像王母娘娘的地界,进了天堂;老先生却认为医院不好,让他住临时病房是欺骗,一进门就大发雷霆。戏剧就在这样两个不同个性不同境遇的老人之间展开。

有人问我,住院期间,是否真的遇到了这样一对老人。没有,没有遇到,剧中的人物与情节全是虚构的。如果说相似,那就是我与剧中的农村老太太有一样的心理,一直都在担心住院费用太高。医生给我开药,我总是忍不住要问,这个药多少钱,那个药多少钱。我告诉医生,文化单位都拮据,医药费很紧张,还有比我年老体弱的人都没有钱看病,我请求医生手下留情,不要开贵重药。医生和颜悦色笑眯眯地听着,让我很安心。可药开出来一看,还有什么"株式会社"的东洋药和韩国药!我说咱就来国产的行不行?医生很权威,说这就是常规药!咱也不懂医学,只得看着他一盒一盒地往外开,心想这都是钱哪。医生还说,为了一次把病治断根,我必须住院一个月。一个月又得吃多少"株式会社"呢?心里不踏实,到第八天时我结了一次账,一看账单吓坏了,八天竟然用了八千余元,吓得我赶紧逃出了医院。后来别人告诉我,如今看病住院费用就是这么高,你是少见多怪了。话是这么说,我还是耿耿于怀,依照武汉的经济水平,八千余元几乎就是许多武汉人一年的收入了。

我住的病区医生护士都很客气,不笑不开口说话的。可待账单拿来时,说句大不敬的话,我想到了一个词:笑里藏刀!尽管我知道这不怪他们,可我还是不能忘却地肉痛。

钱的问题并不是我写这部戏的最初动机,但由钱而引发的心理活动和行为冲突,倒的确成了这部戏的重要内容。

至于选择两个年逾七十的老人作主人公的原因,我想,大约是因为我熟悉老人,他们像我的父母,也像我自己。我这个年纪的人都过过苦日子,经历过几十年大起大落的历史变化,尽管我们告别了过去,我们正在向前看,但岁月已在我们的精神肌体上留下了深深的痕迹。我与我的人物在戏剧中神交,一句话一支歌就能带出一个时代,引出许许多多的回忆和感慨,写起来觉得很有内容。

写戏的时候,我好像把自己分成了几瓣,有的附着于这个人物,有的贴近那个人物。我也像那个城里老先生,事事较真,处处碰壁,往往是摩拳擦掌兴冲冲地去办事,然后碰一鼻子灰垂头丧气退回。退回来又不甘心,仍是忿忿不平,可忿忿不平又解决不了现实中的问题,别人也不理睬你,这心里就憋闷着,一点点地郁积着,再碰到什么事不定就爆发了,就像戏里的老先生,迁怒于小护士和老太太。外人不明就里,会觉得他很不近情理,很莫名其妙。剧中的乡下老太太是我很喜欢的一类人。如果把乐观开朗的性格比作阳光,这就是个阳光老太太。其实她很苦,可她容易满足,遇事总是往好处想,没心没肺的,到死都是乐呵呵的。她没有文化,头脑简单,老先生的好多话她都听不懂,她自称是个笨人,可这个笨人却能够独自承受苦难,她养大了孩子们,经营了一个六畜兴旺生机勃勃的家。我敬佩这样的人,我也见过很多这样的人,尤其是女人,她们特别苦,也特别坚强。我写了老太太七夕之夜眺望牛郎织女星的戏,她是苦中作乐,也是享受生活,谁说乡下人就不懂得享受生活呢?在苦难中,还能够用诗意的眼光去看待生活的人是幸福的。

这个乡下老太太让《临时病房》里充满了暖意。虽然医药费问题令人耿耿于怀,但生活的内容很丰富,人生有无尽的烦恼,也有无穷的乐趣,苦乐相伴相生,这是我作品的取向。

很多时了,"浮躁"这个词出现的频率很高,什么是"浮躁"呢?我想就是心理不平衡吧。这年头让人心理不平衡的事很多,就拿武汉人来说,起先看南边人发财了,不平衡,深圳不是特区吗?那是党中央给你了特殊政策嘛,你牛什么牛?你以为是你有本事呀?后来东边也牛了,上海、江浙,恨不得比深圳还有钱,这又不平衡了,后来西部也要发展了,现在东北又要振兴了,一个个都抖起来,都有钱了,你说武汉人心里急不急?急本来很正常,急可以急起直追,是好事,可是急不择道就要坏事了。走捷径,不走正道,恨不得一夜暴富一锄头挖出个金娃娃!这时候,不浮躁的也要浮躁了。

我也不能免俗,我也浮躁。搞我们这行说到底离不开"名利"两字。新时期以来,围绕戏剧理念的争论和实践层出不穷,权威奖励的诱惑,媒体评价的推波助澜,没有定力还真站不住。谁都想获得成功,我也想,我也想像那些运动员一样,脖子上挂满了金牌。可是,想归想,做归做,不论成功不成功,在武汉工作,首先要面对武汉的观众。

与活跃的北京、上海相比,武汉的戏剧演出要差许多,但商业文化的繁荣、各种娱乐场所雨后春笋般的景象却不逊于别处。戏剧是相对寂寞的,我们也是寂寞的。我们在一个租借的、四处透风的老年公寓里排戏,好在两位主演都老了,这个年纪的人大多耐得住寂寞,他们心无旁骛地排着戏,没有人注意我们的活动,我们很专心。

有一天，一位演员把家里的保姆带来了。这是个农村妇女，从来没看过话剧，演员便带她来看看，让她坐在角落里。

这天正排打吊针的戏。护士要农村老太太打吊针，老太太不愿意，说自己只是"肚子里长了个小疙瘩"，没什么大不了的。其实，老太太是舍不得花钱。为了省钱，她偷偷打工，给病人洗衣裳，还偷偷地捡饮料罐卖钱。老先生发现了老太太的行为，反复劝阻，老太太却置之不理。她洗一件衬衣挣五毛，洗一条裤子挣一块，背心短裤三毛，袜子两毛，她拿着亮晶晶的硬币得意地说："把钱挣回来了，搁在口袋里了，心里就踏实了。"

老先生斥责她："钱钱钱，你就知道钱，是钱要紧还是命要紧哪？"老太太毫不含糊地回答："钱要紧！"

老太太说自己穷怕了。老头说："你儿子不是做了大老板，有钱了吗？"老太太被触动，说起儿子挣钱的故事。她说，儿子的钱是拿命换来的。看着头上挂着的药瓶，她说："别人看这瓶子里是药水，在我看，这就是我儿子的血呀。"

戏排到这里，角落里看戏的保姆突然起身跑出去了，有人发现了，告诉那位演员。演员以为出了什么事，赶紧跟了出去，一会儿回来说保姆在哭。过了一下保姆进来了，眼睛哭得红红的，见我们都看她，很难为情，擦着泪笑着说，那个老奶奶演得真好，老奶奶说的就是那么回事。后来她慢慢告诉我们，她的丈夫也在城里打工，也在盖楼房，每天好辛苦。她说，以命换钱的事她丈夫也碰到过，老太太的儿子就跟她的丈夫一样。

《临时病房》排演之初，我还有些担心，生怕观众不接受。自从那位保姆看了戏，我悬着的心就放下来了。我很感谢那位黑黑瘦瘦的、没有多少文化的农村妇女，她的眼泪是对我们的莫大鼓舞。

我也很感谢那两位老演员，他们以七十多岁的高龄在舞台上做一百多分钟不间断的激情表演，既令我叹服，也让我不安。每次演出前，我都要问他们，身体怎样？行吗？他们从来没有给我否定的回答。也许人越老越懂得珍惜，他们珍惜每一场面对观众的演出。扮演老先生的男演员七十五岁了，他性格倔强一生坎坷，他郑重地对我说，他喜欢这个角色，这是他这一代人的历史，角色的人生也是他的人生，角色的台词，都是他的心里话。对待戏剧两位老演员有着宗教徒一般的虔诚，当这虔诚凝结在精湛沉稳的演出中时，戏剧舞台对观众的吸引，显然已不止是剧作的力量。

戏剧无论怎样发展和变化，终归要面对观众，不论传统还是现代，不论保守还是开放,不论观众多还是少,是俗还是雅,戏剧终归都要与观众作精神的沟通。怎样才能与观众沟通呢？我的办法很笨,那就是好好地守住自己的那点感受。我们与观众在同一个现实中生活,经历着共同的社会生活,呼吸着一样的时代气息,体验和感受应该是差不多的。我想,只要真诚地写出自己的感受,观众应该是能够接受的。

2005 年 5 月 20 日

答谢辞

在沈虹光剧作研讨会上的发言

题注：

　　这个研讨会后，主办方编辑了《沈虹光剧作论集》，陶德麟先生为书名题字。他曾住在北3区我家楼下，当时还是青年教师的他常跟楼里小孩子玩耍，我的两个弟弟还跟着他一起去东湖游过泳。《论集》首篇是王先霈教授的评点，他是著名的文学批评家，请他看戏有些忐忑，非常期待他看，又怕他看了不满意。还有冯天瑜教授，著名的历史学家，会有什么样的反应呢？戏散了，灯光暗淡了，我走到他们跟前，期待着，特别想听表扬的话，但是，万一呢？他们开口了，非常"吝啬"，只有三个字："很感动"。那是一个冬夜，街道口京剧团那个剧场当时很简陋，没有暖气，大家都穿得很臃肿，我一直记得那个情景。郑传寅老师是扎扎实实给我上了一年中国戏曲史课的，我的戏他几乎都看过，但直到这次研讨，才听到他正式的稍微长篇一点的发言。还有一些青年俊秀，名字我还叫不上来，研讨时都给了我热情的鼓励，真是很感动，很感谢。

　　在武汉大学开这样一个研讨会，我很心虚。因为武大最知道我的底细。我幼年就进了武大，但在学习的阶梯上却只把武汉大学的幼儿园读完整了，小学读的也是武大附小，只爬升到五年级，就被一个剧团"诱惑"，蹦蹦跳跳好玩儿去了。以小学五年级的水平要写作谈何容易。好在无知无畏，居然就敢写。早年写过农业学大寨的剧本，写作我也靠的是一颗红心两只手的穷棒子精神。

　　随着那个时代的结束我也梦醒，知道鸿鹄高飞还得有雄健的羽翼，从此不敢妄为。

　　大家的发言对我的创作进行了这样那样的分析，我听了感到很新鲜，哦，原来是这样的呀！有同学写条子要我自己说说，我没想那么多，比如散文式写法，就是觉得被憋住了，装不下了，不想削足适履，就散着写了，想哪儿是哪儿。《五二班日志》出来了，形式比较新颖，当时舞台上不多见。后来有人说，这叫"散文式开放式"，那好吧，就散文式开放式吧。

《寻找山泉》也是散着的，《搭积木》突然就收拢了，佳构了。有人说哎你怎么倒退了？有人说她聪明，别人没散的时候散，等别人都散开来了她又收回去了。其实我是因为剧团困难，收回来，就一个场景，人物也少，不是可以降低成本吗？那时拍电视已经开始红火，劳务报酬比剧团高得多，都想去挣钱。你这儿主要人物就四五个，其余的人跑龙套，他肯定不愿意，哦，我给你挎刀啊？不干！我把戏集中在几个人身上，没有龙套，每个人都有戏，演得过瘾，演好了还能得奖，还能评职称，他就愿意来演。《搭积木》就几个人物，每个人都有戏，明明是一对仇深似海的怨偶，却以模范夫妻的面貌示人，还循循善诱地向年轻人传授处理夫妻关系的诀窍，心口不一表里不一非常讽刺。中戏、上戏的学生都曾用这个戏做表演练习，福建人艺几个青年演员把它当小品参赛，一演就得奖。广州战士话剧团两个演员，评职称时给评委表演的就是《搭积木》，都评了一级。人物少也逼得我把戏写好，就这么几个人，就这么一个场景，反复折腾看你翻不翻得出花样。我是从经济角度考虑的，写那么多人，才那么一点点戏，投入大产出低划不来。《临时病房》就三个人物演一晚上，多经济呀。到北京演出才一桌人，围着吃火锅亲热得很。《战成都》放开了一点，但在同类题材里人物还是算少的，我掐斤拨两节俭惯了，能省就省。布景也要简单，一个面包车就能装走，演出方便。中国剧协学习美国奥尼尔戏剧中心搞新剧作朗读排练，《搭积木》在战士话剧团排练厅朗读表演，用剧团的代用景，真的就是几块积木。排了四天给研讨会演出，大家都说好，可以公演了，就那么演到北京首都剧场去了。

剧作家与小说家不同，会与观众一起观看自己的作品，当场的反应不论是喝彩还是笑骂都不得不硬着头皮承受。《五二班日志》在武昌造船厂礼堂彩排，观众起起落落椅子噼里啪啦乱响，一些人趿着拖鞋端着茶缸大呼小叫地退场，"走哦走哦么事戏哦！"我站在门边看着，额头上冷汗都出来了。我采访过的实验小学特级教师殷善玖拉着我的手安慰说，没事没事，戏很好。我生性胆小，脸皮也薄，不想挨骂，所以总想把戏写好，让观众爱看。

内容上，我会写我有底的东西。《我的父母之乡》拖了两年，冰心在国外的生活我怎么写？我没底。最后写了她的父母，看她写的父母的散文我有感觉。心里落了地我才能写。

形式上,我不敢操弄没有把握的手法,不敢搞年轻人搞的新鲜流派。我是个过去时的人,能把老手法用好就不错。"文革"中我在资料室翻到一本油印的书,那是上海戏剧学院教授顾仲彝的《编剧理论与技巧》,这便成了我的发蒙课本,从那里我知道了锁闭式、开放式、人像展览式、冰糖葫芦式,我还翻到李笠翁的词曲结构,也是油印的,知道了立主脑去枝蔓,后来知道是《闲情偶寄》的一章。我知道"三一律"是西方戏剧的老法子,但在我这儿还是新鲜的,没玩过,还玩不好呢。形式也有美感的,封闭在一个空间里,时间地点事件高度集中,怎样翻出花花儿,需要智巧,翻得好也是很好看的。

如今是一个创新的时代,市场经济要创新,政治体制改革要创新,各行各业都要创新,创新更是艺术的生命。我的观点很不合时宜,我看有些说是创新的东西,其实二三十年代学贯中西的老一辈人留学回来已经玩过了,我们封闭了多少年不知道,还以为是新的。我想符合艺术规律比什么都重要,规律是不能创新的,只能去发现、认识、把握,按照规律去写作就不错了。一天晚上无意看电视,《艺术人生》栏目主持人正采访一个老艺术家,老艺术家说,艺术追求的永远是好,好了,新也就在其中了。事先就想要创新,难免流于概念。我不禁对着电视机鼓起掌来。

我读的书少,看的戏也不多,不知道新旧,只想努力求好。怎么叫好呢?我想,一个戏不用烦劳华美的包装帮忙,一桌两椅能让观众又哭又笑看得下去,那才叫好。

这使我的写作很笨,我会像美术学院的学生似的对着石膏像和果盘描摹。画鬼容易画人难,以我的水平把人画活了画像了已经很不容易。如果我的戏真有大家说的这些优点,那也是从小在珞珈山上受了好的教育,多年的积累,自然就进去了。

武大现在还有广播吗?小时候天天听武大的广播,1070万吨钢,加加林的飞船上天,都会让我激动,相信这会使我们的国家越来越好。武大附小的教育水平挺高的,小学就学语法,偏正、动宾,都讲。四年级开始学历史,知道1840年的鸦片战争,知道民族的耻辱和不幸,就一心希望祖国强盛起来,这是我们这一代人改不了的情结。毛主席视察武大,我们住在三区不知道,下午四点钟突然听见广播响了,不知道是什么事情。住四区的同学放学回家要经过大操场,知道了,第二天告诉我们,毛主席来了,在大操场接见师生。好激动啊。丹江口水利工程开工,武大的学生要去参加建设,我舅舅是水利学院的学生,也整装待发。天未亮广播就开始播放歌曲,"再见吧妈妈,别难过莫悲伤,祝福我们一路平安吧",热情洋溢激情似火,都没觉得这首苏联卫国战争的歌曲用在这里太夸张了。我没有特别要去关注普通人,只是觉得普通人的命运里就有国家民族的历史。中国人好苦啊,从小就知道,在饭桌上吃饭,外婆说妈妈下放农村,我埋着头扒饭,眼泪吧嗒吧嗒地往碗里掉。那么多年,一说搞运动我心就往下沉,现在好了,就盼着好好过,把国家建设好,老百姓有吃有穿,同居一室住得紧一点也别打别闹,日子总会好起来的,《同船过渡》的话是我打心底里发出来的。武大的教育让我知道要做好人,做对社会有用的人,写戏就是教人学好的。

"太阳光晶亮亮,雄鸡唱三唱,花儿醒来了,鸟儿忙梳妆",这是个什么歌儿?武大广播里经常播,"要学喜鹊造新房,要学蜜蜂采蜜糖,劳动的快乐说不尽,劳动创造最光荣!"我大概就是被这些教育弄得刻骨铭心。在省话剧团当小学员,没戏演,让做小道具,就好好做,让钉布景,就好好钉。写剧本也像做小道具钉布景一样,好好写。当然我也爱学习,这也是珞珈山给我的终生受用的影响。省话剧团曾有一个武大分来的大学生,中文系的,老演员们叫他"夫子",可见他的书生气。夫子注意到我,说,珞珈山下来的孩子就是爱学习。

我运气好,有福气,生活和工作过的武汉大学、文化厅、文联、艺研所,都是好环境;相处过的领导、老师、同行、同事、朋友,都是好心人。在漫长的半个多世纪,我得到了阳光雨露的滋润,始终受到大家的关照和宽容。一个含笑的目光,一句鼓励的话,一个真挚的握手,一篇不长的评论,都让我快乐,像幼儿园小朋友得到奖励的小红花,沾沾自喜。我感谢生活对我的善意,今天的研讨会,也是一份善意。想到这些就觉得很幸福,觉得自己还得好好干。

感谢生活,感谢到会与未到会的领导、老师、同行和朋友,还有同学们。谢谢。

2010 年 12 月 4 日

三十五年前的课堂笔记

在《郑传寅文集》出版座谈会上的发言

收到六卷本的《郑传寅文集》，我翻出了三十五年前的课堂笔记。就是这小本子，搬了几次家居然没有丢失，我自己都惊讶。翻开，第一页写着"戏剧研究"，"郑传寅老师，古文论研究室讲师"，时间是"1985年3月11日"。

当时郑老师很年轻，比我们有些学生还年轻，那时候他就讲戏剧研究，就这样一本小小的课堂笔记，一直研究下来，变成了沉甸甸的六卷本文集，蔚为大观。

第一天第一堂课，郑老师有个"开场白"，讲了三点，我记了下来，笔记本上有：

"一、本课命名缘起"——没有记具体内容，大概当时我觉得不重要；

"二、本课学习内容：1.古今中外戏剧文学剧本；2.著名的戏剧理论著作"——还有一大排参考书，黑板上写得满满的；

"三、本课教学目的"——这第三点记得最详细，可见当时我感觉最重要，也是三点："1.了解戏剧所走过的道路"——这就是戏剧史了，"2.学会准确地分析和把握一部剧作"，"3.为繁荣戏剧事业做贡献"——这个有点"高大上"，可以理解，是必须讲的。

我们是省文化厅委托武汉大学办的大专班，学生大多是厅直剧团和艺校的人员，大专班对学生程度要求也不高，基础课上上，学会读剧本就行。可我们这些"老童生"基础太差，有些东西要背的，期末要考试，分数低了脸上不好看，便很紧张。郑老师理解大家的心情，说了几句话——本人那时候年轻，手快，什么都刷刷刷地记下来，连老师的语气都不放过——郑老师是这样说的："大家放心，考试不会为难大家的，只要没有指标，多打几分也没关系。"也不知道武大是什么指标，连这都记下来说明我当时对分数还是蛮害怕的。郑老师继续宽慰我们，接着说："其实高分没有什么用，主要是能力，考得好的多是女生，女同志不要生气啊，那八九十分有什么用？"

黑板上的参考书目写得很仔细,怕我们外行买了水货书,特别注明了出版社,我都记下来了:《外国剧作选》,要六本一套的,上海戏剧学院戏文系编的,上海文艺出版社的;中国十大古典悲、喜剧集,要王季思先生主编的,上海文艺出版社的;《中国话剧选》,要1-3卷,上海戏剧学院戏文系编的,上海文艺出版社的。

郑老师讲戏剧史,怕讲深了把我们吓住,只粗粗地拉个纲,古希腊悲剧喜剧;东方戏剧,日本、印度;中国古典戏剧,唐、宋、元、明、清,优孟衣冠、东海黄公、踏摇娘、南戏、杂剧、传奇,一路趟下来,哪个戏是哪个年代的,哪个戏是哪个人写的,别把年代人名剧名弄错了。这是一个简易版、通俗版的"戏剧研究"课,外国戏剧理论深奥一点,贺拉斯《诗艺》什么的,大致讲一下,黑板上写出来,让我们看清是哪几个字,让我们好记。不展开,把我们带到门口,探头看看,东西都在里面,认个门,记住作品和名儿,考试这都是填空题,别弄错了。

我是很矛盾的,说重视也真重视,笔记记得挺过细;说不重视也真不重视,课上完,考过试,完成了一项任务,笔记本连同买的那些必读书一起束之高阁。时隔三十五年,有了几十年的阅历,今天取出来翻看,感慨良多。

首先是功利想法,得幸学了中国古典戏曲,2005年突然到文化厅工作,突然面对戏曲,面对戏曲的传统和现实,要为那些戏曲剧团服务,对它们的前世今生至少要有基本的认知,得幸1985年上过郑老师的课,打了一点薄薄的底子。

更多的感慨是方法,当你困惑的时候,你该怎么做? 这就是郑老师在"教学目的"中说的两句话:"了解戏剧所走过的道路""学会正确分析和把握一个剧作"。当时觉得这话通俗浅显,剧团的人谁不会分析剧本? 我是话剧团的,从小没有人教手眼身法步,老同志把剧本给你,拿去自己分析,这是新戏生产的第一道工序。可现在我常常不自信,我真的能正确地分析和把握一部作品吗? 当今比过去更绚丽,更丰富,更多元,也更纷纭,好戏连台,看多了反而不会看,不知道高下优劣,有时候甚至陷入茫然,怀疑自己的感觉,是不是我的感觉错了? 这时就不由得回过头去,重温"戏剧所走过的道路"。戏剧经历的是一个整体,每一代戏剧人身处其中、正在经历的,都是戏剧这个整体的一个阶段,一个个剧本是这个阶段的成果,也是这个阶段的戏剧现象。当时学戏剧史,只是为了考试,并不真正懂得"以史为鉴"的含义。"正确地分析和把握一个剧本",正是从小处入手,要求我们"从微观的角度,把握一个剧本,从宏观的角度,预知戏剧的发展,提出一个有价值的看法,这课就没有白学"。

近些年与郑老师接触多一点,交流过心得,郑老师也给我推荐名著,犯迷糊的时候,我就重温那些名著经典,欣赏前人的智慧才情的同时,也清醒自己的头脑,擦亮自己的眼睛,透视当今的纷纭,丢掉浮华和浅薄,多一些自知之明。

大学与剧团有隔,郑老师却能跨越这个隔。文化厅和剧团经常邀请他看戏评戏谈戏,文化部及外省的活动也请他参加,他的意见不悬,不空,不绕。他的新,新在思想眼光,不在新名词,剧团的人听得懂,好在哪里,不好在哪里,有些我们感觉到又不大说得清的问题他说清楚了,还能出点子,指路径。他理解现实的难处,但并不一味迁就现实,有学者的客观和冷静,保持艺术水准的严格和高度。有时他会问我:"是不是说得太重,太尖锐了?"我说我们请你就是要听你的"重的""尖锐的",跟我们不一样的。

剧团很务实,请你来就是要你帮忙把戏搞好。郑老师当年讲课,说过一句话,我记下来:"若学了理论,却不能准确地判明剧本的高下优劣,又有何用?"剧团邀请郑老师,正是感觉这个教授的意见"有用"。郑老师说"不行",击一猛掌,使决策更谨慎,降低投资的风险,也是"有用"。有的剧团起初对郑老师陌生,要我帮忙邀请。现在熟悉了就直接找上门去,有的请他看戏,有的请他讲课。真正好的理论,并不是额外地高高在上的,它其实是人们心中也有的朴素的寻常的道理,智者的点拨会让人们更清醒。

祝贺郑老师《文集》出版,感谢郑老师给我的教诲。三十五年前郑老师带我们认了个门,今天《文集》把门里的精彩展开了,六卷在手,可以慢慢体会书中的内涵,丰富精神生活,享受阅读的快乐。相信会受到戏剧家们的欢迎,让我们的戏剧事业深深受益。

2020 年 9 月 25 日

同船过渡百年修

题注：

这是为"世界戏剧日庆典·国际剧作家论坛"准备的发言稿。

邀请函是 2021 年 2 月初收到的，由联合国教科文组织 1948 年发起成立、拥有近百个会员国的"国际剧协"，于 1961 年定下 3 月 27 日为"世界戏剧日"，每年择一会员国主办庆典，不仅有世界各国的戏剧演出，还要举办论坛交流等多种活动。"鉴于中国坚持'生命至上'理念，抗击疫情取得瞩目成就，国际剧协决定 2021 年由中国主办该庆典活动，同世界人民分享抗疫的精神力量，鼓舞全球戏剧界携手同心、共克时艰，持续推动戏剧艺术的创新发展。"剧作家论坛主题："人类命运共同体"语境中的世界戏剧创作。子议题：1.戏剧创作的"全球化"与"本土化"；2.全媒体时代的戏剧创作。要求 2 月 10 日前提供论文及相关资料和剧照，以便翻译制作会议手册和出版论坛文集。

"人类命运共同体"让我想到与日本戏剧人的交往，想到《同船过渡》的意蕴，平凡而温暖的情愫，倒也可以说一说。便做成这絮絮叨叨、不是论文的"论文"，2 月 10 日前与相关资料一并发过去。

3 月 6 日，上海来微信，鉴于全球疫情形势影响，3 月 27 日的庆典活动计划延期。

10 月 9 日，又来微信，庆典未能如期举办，老师们的大作还是要结集出版。发来校样，书名就是"人类命运共同体"，其中有我这个发言稿。

2021 年 11 月 4 日

2020 年 1 月 23 日，我身体反应越来越厉害，低烧、畏寒、厌食、嗜睡、背疼、打寒战,幸亏还能呼吸。去不去医院呢?打开家门,小区阒寂无人,胆战心惊地走出院门,大街空空如也,怎么上医院?快快退回,兀自昏睡。以为是凉了胃,热汤热水猛灌,扔下碗就往沙发上爬,吃了睡,睡了吃,睁眼就看手机,看到国家救援队一批批地奔向武汉就泪流满面。一周之后渐渐好转,知道饭菜香了。30号上午,电话响了,来电显示"东京"。

我与东京的联系是从《同船过渡》开始的,1998年2月9日到20日,《同船过渡》在东京下北泽小剧场公演,场场爆满。剧团东演的演职员欢天喜地,化妆间墙上的写字板上写着"告罄,加油"。第二年又把《幸福的日子》排出,与《同船过渡》一起在繁华的新宿大剧场分日夜场连演。再后来又有了《临时病房》。三出戏从1998年到2018年延绵二十年,其间中国的《幸福的日子》和《临时病房》也应邀去日本演出。一位定居东京的上海姑娘常虹多次给我做翻译,成为朋友。

1月30号的电话正是常虹来的。问武汉怎样,我怎样,需要什么。我告诉她生活必需品供应充足,只是口罩和酒精断货。常虹放下电话就上街了。酒精不能寄,就买口罩,跑了两个店才找到,听说要寄武汉,老板倾其所有。当天寄出,常虹说两天就能到广州转国内快递了。

可是国内快递没有瘫痪已是奇迹,全国的医疗物资都在往武汉运,武大校友全球采购,包租直升飞机运送医药物资直接降落在学校操场,个人的口罩微不足道,现在要抢救大众的生命。好在疫情之前儿子给了三个防霾口罩,楼上邻居又给了三个一次性的,我不出门,先生一个人省着用尚可。

第二十三天后东京口罩到了。邮局短信给了三种方式:1.自取;2.疫情过后邮局投送;3.退回日本。我们选择了1.自取。先生戴上用了不止一次的一次性口罩;外面下雨,要穿上雨衣;据说眼睛易被感染,又戴上墨镜。我把雨衣帽拉到他眉毛上,嘱咐他注意安全,看着他出门的背影,感觉像送战士出征。

邮局也森严,人人退避三舍,邮件搁地上,自己拿。

纸箱上压了几袋小点心,下面是口罩,男用的女用的,全棉的非棉的,还有婴幼儿用的才半个巴掌大的迷你口罩,让我仿佛看到那熟悉的日本小店,温馨亲民,老板双手把包好的东西递给顾客还要鞠躬说谢谢啦。

因为剧本被日本剧团演出,与日本观众有了接触,一些经历和感想可以与大家分享。

我是1997年4月随中国戏剧家代表团到日本的,在交流会上日本戏剧家看到了《同船过渡》剧本。青年座的导演发言说这个剧本内容很亲切,日本人都能理解,他们剧团可以演。不料会议志愿者中有一个叫能登刚的青年,是我发言的翻译,妻子颜秉云是中国人,他连夜把剧本带回家让妻子看,妻子一看就说好,第二天剧本就到了能登刚所在的剧团东演,他们捷足先登向我取得演出权,1998年2月在东京下北泽小剧场上演了《同船过渡》。

《同船过渡》也可以叫"团结户"的故事。写作时我就住"团结户",邻居是多年的同事,门挨门,共用一个卫生间,突然发生冲突,我大哭了一场。以后是冷战,日子非常难过。我想和解,打了无数次腹稿,像编剧似的设计"台词",我怎么开口,他怎么回答,我当然是优雅而宽容的,脑子里有个小舞台,我和邻居对话栩栩如生。可是一见面什么也说不出了。《同船过渡》就是在这样的情况下写出的。

湖北是千湖之省,武汉是百湖之市,到处是水,一个小小的团结户,紧巴巴地挤在一起,可不就是一条船吗?"同船过渡百年修"的俗话我从小就听得烂熟,剧名和台词油然而生。演出后反应很好,宿舍楼里的同事都去看了,我也希望邻居去看看,让他知道我的善意。很遗憾他没有去。我也没有邀请他,开不了口。我没有剧本中的人物好。

东京的演出也受到欢迎,到北九州巡演时又邀请我去观看。在一个小饭馆吃饭看见墙上贴着《同船过渡》海报,老板娘说,她和丈夫都是鉴赏会会员。这是一个观众自发组织的团体,交会费,干事长负责,《同船过渡》在东京首演时,北九州鉴赏会就派代表去东京观看,带回剧本发给大家。福冈、佐贺、长崎、大芬、鹿儿岛等十几个城市都有鉴赏分会,分会下面又分组,大组下面有小组,小到只有三人。他们读剧本,讨论投票,小组到大组,大组到分会,层层上推,大家投票同意了,北九州鉴赏会就派代表去东京"买戏",签合同,演出时间、地点、场次都定好。经费来自会费,叫作"用自己的钱买自己想看的戏"。《同船过渡》在北九州十九个城市巡演,每个城市出一段交通费,一站一站接力,节省费用,巡演也方便。老板娘对我说,你的戏是大家投票邀请的,很难得啊,许多戏想来都来不了呢。

我问"买"戏的标准。老板娘说,必须是高雅的,有意义的。

《同船过渡》日文翻译为《长江乘合之轮》,与《幸福的日子》一起演出时,一并叫作"长江剧"。剧团印了"长江剧"文化衫,观众组团来中国游览长江,打的小旗写着"看长江剧,游长江"。到武汉和我见面,扬子江旅游公司感谢我给他们带来了游客。

日本观众看《同船过渡》反应和中国观众不大一样,中国观众外向,不知是否与戏曲传统有关,中国人看京剧有"叫好儿"习俗,要把"好儿"喊出来,喊得有腔有调。看话剧倒是世界通行的鼓掌,但中国观众鼓掌也比较豪放,一边拍巴掌一边大笑,不大控制。胡庆树先生在上海戏剧学院剧场演《同船过渡》,据上戏湖北同学统计,全场鼓掌三十多次,有女生尖声高喊"高爷爷我爱你",这在日本不可想象。日本观众很安静,笑声也是轻轻的,"扑哧"一笑马上就要捂嘴,生怕失礼影响到别人。起初我以为日本观众不理解中国生活或不喜欢看,后来知道是文化和个性的差异。日本观众的热情是这样的,演出结束长时间鼓掌,用掌声把我送上台讲话,讲完话下来向外走,又夹道鼓掌相送,看我经过面前时,他们会鞠躬,低声说"太好了,谢谢您"。

那次到北九州,正值武汉开通直飞福冈的航班,一忽而便到,让我又惊又喜,上台跟观众讲话时我就说感想,看《同船过渡》在日本的演出,更感到人们心灵距离切近。我介绍中国民间俗语"同船过渡百年修"的含义,联想到中国和日本也是一条船,地球也是宇宙中的一条船,人类要同船过渡。北九州为我请的翻译是个学中文的研究生,有个中国观众对我说,翻译太年轻,又是日本人,不大能传递我讲话中细腻的感情,有点小遗憾。

我从小进剧团,跟老编导学编剧,我认为编剧的基本技术就是写人物,编故事,《同船过渡》也是如此。我问日本观众为什么喜欢这个戏,他们说很像日本的生活。日本富裕,但并不幸福,他们也在问人生最重要的是什么。在新加坡演出与观众交流,他们也说《同船过渡》很像新加坡的生活,没有惊天动地的大事,波澜不惊,但人们也在想什么是幸福。

2004年长江人艺到北京演出《临时病房》,东演制作人横川功与翻译菱沼彬晁从东京赶来,又要这个剧本。一个城里老先生,一个乡下老太太,没有利益冲突,也没有遗产纠纷,都是生活小事,这样的戏日本人也喜欢看吗?横川功说日本人会喜欢的,他特别提到老太太捡易拉罐卖钱的细节,他上大学的时候也是这样的。2005年东演在东京巢鸭三百人剧场公演《临时病室》,邀请长江人艺去日本在同一个剧场演出《临时病房》,请观众观看中日两个演出,装台时两个剧团互通有无互相帮助,演出后一起喝酒庆贺,也是"同船过渡"。

东演青年演员能登刚,1998年在《同船过渡》中扮演小青年刘强,2005年演出《临时病室》没有他的戏,便为长江人艺做日文字幕,"啊哎呀"之类语气词都抠得准准的,我们的演员怕对不上,演出时不敢出一丁点错。2018年东演再次上演《临时病室》,演员全换了,二十年前的小青年能登刚这次扮演老先生。他的妻子颜秉云大学学的日本语言文学,又在日本生活,濮存昕来日本演出《哈姆莱特》,她还帮忙翻译过台词。《临时病室》是日本人翻译的,排演时有一些理解上的问题,她也常常帮助解决。2005年首演她看过,2018年2月演出前她有些担心,时隔十三年,时代有了那么大的变化,日本观众还会不会喜欢这个戏,会有怎样的反应呢?演出结束后她在微信发了一条朋友圈,说到观众经久不息的掌声,演员多次地谢幕,可见时代无论怎样变化,描写人生的作品依然会引起共鸣,并跨越国界。

制作人横川功告诉我,《同船过渡》1998年2月至2015年4月一共演了一百七十一场;《幸福的日子》八场;《临时病室》2005年至2018年演了五十一场。

2018年11月,湖北长江人艺在德国柏林中国文化中心演出了《同船过渡》和《临时病房》。演员说好奇怪,演出前只用德语介绍了剧情,演出中没有配德文字幕,观众都是德国人,不知道他们怎么看懂的,该有的反应全都有,还非常热烈。

特别让我开心的是,东京、大阪、北九州、神户等大学的学生都演过《同船过渡》,给我写信,寄剧照,孩子们小脸上画着一道道皱纹可爱极了。最别致的是神户外国语学院学生给我写的"信",一块不大也不小的硬纸板,白底子,镶金边,右上方写着"沈虹光女士 2017(心形图)年 中国话剧团",正中间是一张彩色照片,十几个男女学生挤一堆,都举着V手势在笑。其中一男一女两个学生,头发涂白了,这就是高爷爷和方老师了。"信"写在照片周围,密密麻麻的孩儿体的汉字。

照片正下方:"沈女士,您好!我是演高爷爷的角色。这话剧是我第一次演的,所以我每天每天好好练习。我觉得这角色和我真适合的,因为我很喜欢高爷爷这善于处世的人物。因为这个剧本很精彩,我获得了两个奖!那个对于我来说是难忘的经历。太感谢您了!2年级 武岛知音。"

照片左侧下:"我演了雷子,我能演这个剧本,高兴死了!谢谢您!1年级 日野佑亮。"

照片右侧下:"沈女士,您好!我演了电视台的人。谢谢您创作了这么有意思的节目!电视台的出场很少,但我演了很开心。我很幸福演了这个《同船过渡》。2年级 西尾芽衣。"

照片左侧中:"沈女士,您好,这次我们话剧团演出您的戏剧,非常荣幸。我演了刘强。但我是个女的,所以觉得演异性很难。可是我越来越喜欢他,他有时很有意思,有时可怕,特别他嫉妒的场面令我恐怖。他有魅力多好!您写那么棒的戏剧,太感谢了。能见到刘强更好,我强烈地那么认为。2年级 高岛望。"

照片右侧中:"您好,我演米玲。虽然米玲的感情起伏有点儿激烈,但她有很多魅力。我觉得她很漂亮积极明亮。她和我有一些相似之处,对于我来说'米玲'

成了一个特殊的人物。她也与其他人物有各种关系,受到每个人的影响而改变了。我对《同船过渡》的故事、人物、汽笛声、所有的事物非常喜欢。玩《同船过渡》得高兴。非常感谢。2年级　村上瞭代。"

照片左侧上:"沈女士,您好!我扮演了方老师的角色。首先,谢谢您允许我们演出您写的剧本!我们的演出终于成功了!通过这个作品,不但让观众感动,而且我们自己也被打动了,在故事里描写的很多重要的事情中,我非常荣幸,今年当做'方老师'那个又孤僻又可爱的女人上了舞台上,演出了《同船过渡》。太感谢您了!3年级　稻畑果那。"

我把孩子们别致的"信"拍下来发给能登刚和颜秉云,秉云问我可否在她的群里发,我说好啊。秉云说:"因为政治诱导,很多年轻人对中国有偏见,这样的交流非常好。"

艺术传递善意,艺术中我比本人好,感谢人们接受了艺术的善意,这会使大家都变得更好一些。

人生在世,如果没有回忆回味和反思反省,就等于白过了,就会忽略许多不该忽略的东西。渡过2020年又与大家相聚,感慨万端。在9月的常规体检中我意外得知自己有"新冠病毒抗体",原来一月下旬我的反应正是因为感染了新冠病毒。医生问我吃的什么药。我说什么药也没吃。不治而愈。我高兴我是一个健康的人。有人夸我是一个"狠人"。

谢谢大家。

2021 年 2 月 6 日

小剧场戏剧四十年创作感言

"小剧场戏剧"是人家给我追加的，写的时候我真没有想过大还是小，我不知道有个"小剧场戏剧"，"小"到什么程度叫"小"？是剧场"小"还是剧本"小"？以前有个"独幕剧"相对"多幕剧"是场景少，篇幅小，那是不是"小剧场"？那时候为什么不叫"小剧场"？我是因为剧团穷，要省钱，就"小"了起来。一场景，几个人，一个面包车就装下了，《同船过渡》六个人物，我在剧本人物表中注明，拍电视的与雷子可用一个演员扮演，省一个人工。武汉人艺就是用一个人演的，但剧本发表时编辑把"可用一个演员"删了，忽略了我的苦心。成本低还要高产出，人物少戏要好，性价比高，我受不了求人包场求人看戏，难为情，开不了口，戏就是让人看的嘛，还要求人看，什么事啊。咱就不能试试，不要那些声光电，就一桌两椅，几个人，折过来倒过去，看能不能折腾出花样。

我不深刻也不哲理，没有"金句"，偶尔写一段两段响亮的台词，第二天再看，什么玩意儿，装呢，赶紧删了。我只能写一点自己的感受，这次活动邀请函提到的《搭积木》，起因就是武汉人艺一位女演员的一句话，她与胡庆树一起演过《温莎的风流娘们》，非常会演戏，正是事业的黄金期戏剧却不景气了，唉声叹气，一次见面就说："哎，沈虹光，你帮我们写吧，就写写我们自己嘛！"一句话突然点醒了我，是啊，人到中年，哪个不是一地鸡毛。《搭积木》就是两口子吵架，一个居室，吵了一宿，还得假装亲爱，躲着孩子，躲着同事，还假装模范夫妻循循善诱地教育人家小夫妻。窝窝囊囊，狼狈不堪。1988年3月在广州参加新剧本研讨会"朗读演出"，穿着自己日常的衣裳，就着战士话剧团排演场的代用景，排了四天一看，可以公演了嘛。就演到了北京。记得研讨会上澹台仁慧老师发言："咱谁也别笑谁，这日子咱们都过过。"

《人，岁月，生活》，这是爱伦堡回忆录的书名，不论大剧场小剧场，戏剧也是这个内容。从孩子写到中年,从中年写到老年,我的人物跟我一起老,到《同船过渡》就不吵了,就信奉了老船长高爷爷的那句话,活的年头多了,经的事儿多了,就晓得人这一辈子,哪些该计较,哪些不该计较了。

《同船过渡》快三十年了,换了几茬演员,仍然不能忘记胡庆树老爷子的首演,他场场错词儿,场场让人喝彩,以个人魅力为剧本和演出加分,他是一个案例,至今说起《同船过渡》,人们仍会提到他。一位在上海戏剧学院进修的湖北同学告诉我,《同船过渡》在学校小剧场演出时,他认真地计了数,鼓掌欢呼高达三十余次,其间还夹杂着女生的尖叫:"高爷爷我爱你!"

快意至此,夫复何求?

2022 年 2 月 24 日

乡音乡情与读书

于南通图书馆"韬奋大讲堂"

接到南通的电话,不假思索就答应了,因为是家乡的邀请。却不知说什么。叙乡情?跟谁叙?你心底这都是故乡人,他眼前你却是外来客。儿童相见不相识,笑问客从哪里来。你谁呀?在故乡你是一个陌生人。叙什么?在他乡生活了一辈子,江汉波涛,荆楚岁月,熟悉的生活都在他乡。写的也是他乡的人和事。他乡已然是故乡。故乡已然在远方,可望而不可即。

"月是故乡明","低头思故乡","胡马依北风,越鸟巢南枝",中国人都难以摆脱这样的情结。听到乡音心头会一惊,回眸,是谁?却是陌生的面孔。可那却是"家里的话"。"家"要发"嘎"音,"嘎里的话"。

春节,在汉的江苏同乡聚会,一位中年男子围着圆桌敬酒"要加深印象",到跟前就要问您是哪里的。我说南通的。啊,我也是南通的。我说我其实不是南通的,我是如皋的。啊,我也是如皋的。我说我是如皋白蒲。啊,我也是白蒲的。他说他家离白蒲还有一点点距离,是林梓的。我说哎呀我父亲家就在林梓呀,母亲是白蒲的。越说越近。回家说给姐姐弟弟听,也都感慨不已。也说不出什么,就是心底涌出的一种亲近与温馨。

湖北举办中国第八届艺术节的时候,江苏淮剧《太阳花》来武汉演出,我请姐姐弟弟们去观看,方言与老家口音相近,姐弟们都说像外婆的话。

外婆的话是什么话呢?如皋白蒲话。小舅舅说,白蒲镇当时分为两块,一块属于南通,外婆叫它通州,一块属于如皋。外公姓杨,杨家在白浦镇南通一边;爷爷姓沈,沈家在白蒲镇的如皋一边。大人们时常提到林梓,那是杨家的花行所在地。称花,收花,送到南通的工厂,更多的送到上海。日军侵华,镇上的人都逃到乡下。那时候叫"街上的人",土匪一看"街上的人"来了,高兴,生意来了,就绑票。一天夜里,外公不在家,外婆被绑了,好多人带着走。外婆小脚,走不快,土匪嫌拖累,就说算了算了你回去吧。外婆以为"回去"就是枪毙,吓得不敢动。土匪就骂,要你回去你还不走啊?外婆这才明白,赶紧逃命。小脚竟然救了她,而且还是土匪嫌拖累放掉的,不是亲身经历,说出来人都不信。

乡下不安全,后来就搬到南通市里,濠河边有房子。

外公在上海有个生意上的朋友,在汉口开了分公司,由弟弟在那里掌管。朋友担心弟弟没有经验,就请外公去汉口帮助料理分公司业务。1947年外公带着外婆、大舅小舅、二姨、三姨、小姨离开老家。我母亲是大女儿,已经和父亲结婚,有了孩子,就留在南通看房子,1948年8月我在南通出生,1950年随父母到汉口与外公一家团聚。三代人客居武汉,从外公算起,七十年,南通一家人已是武汉一家人了。

一辈子不知填了多少表,一看籍贯,不假思索就写"南通"。可我对南通毫无印象,不记事就离开了。一辈子在武汉,怎么还是"南通"呢?不写行不行?写武汉行不行?不知道,没有尝试,也未曾想过尝试。因为"南通"在我这个人身上,在我们家族身上,印记是抹不掉的。这是历史,也是事实。如果要研究人口族群的迁徙,"籍贯"的记录应该有些价值。我们是从哪里来的?我们的根蒂在哪里?"籍贯"就是证明。

我们常常说修养,要加强修养。什么是修养?梁漱溟先生说,修养是一种功夫。什么功夫呢?是认识自己,使自己力量增强的功夫。要使自己的力量增强,要有修养,首先就得认识自己,推而广之,认识他人、认识人类、认识世界。有一首歌唱道"不要问我从哪里来",可要认识自己,还非得问问自己从哪里来?一个人,一个族群,一个民族、国家,都得知道自己的历史,知道了过去,才能理解现在,才能预想未来。干一个行业,也得知道这一行业的来龙去脉,怎么走到现在,前面的、最排头最高端在哪里,你自己排在什么位置上,看明白了就好努力。

我是从南通来的,这一点很明确。那么,这个"南通"在我身上有没有印记呢?有哪些印记呢?

如今时兴说乡愁,要留住乡愁,要恢复一些昔日的景观,让人们有释放乡愁的地方。我有没有乡愁?我也想找一找。"乡愁"首先得有个"乡",你回不去那个"乡"了才有"愁"。"日暮乡关何处是,烟波江上使人愁"有的放矢,不能为赋新诗强说愁。乡愁还得落到一个点上。

余光中以邮票、船票、坟墓、海峡这些具体的点,把抽象的乡愁具体化,成为可触可感的东西,这是艺术手法,也是他心底的真情流露。天各一方的母亲、故乡、大陆,都是很具体的内容,他想与亲人团聚,却被一道浅浅的海峡划开,眼巴巴的就是过不去,再见的时候,只有一座小小的坟茔,母亲在里面,我在外面。催人泪下。

余先生1928年出生于南京,祖籍福建,母亲是江苏武进人,所以他说自己是下江人。在南京读完小学,考入中学,抗战时避乱到安徽乡下,光复后回南京读大学。1948年离开大陆时已成年,对故乡有了大量的具体的实实在在的记忆。南京的街道,家中的房屋,学校的操场教室,老师和同学,战争期间去过的乡下也是忘不了的。他曾讲述避乱到安徽潜山,穷乡僻壤,有人给他看一首诗,"慷慨赴雁市,从容做楚囚,引刀成一快,不负少年头",留下深刻印象。他正十几岁,又是抗战期间,崇拜革命烈士和爱国英雄。潜山乡下并没有多少人注意汪伪政权,也没有人告诉他那首诗是汪精卫写的。直到1946年回南京才知道,很纳罕,这样一位刺杀摄政王慷慨赴死的大英雄怎么成了汉奸? 举这个例子,是想说明"故乡"对于一个人,有非常具体实在的内容,由此产生悲欢情感,由个人的故乡升华为对祖国对民族深广的怀念。"举头望明月,低头思故乡",抽象中有具象。

那么,对于我这样一个人,故乡是什么? 第一,实实在在的山川田野,房屋草木,人或事;第二,精神的烙印,对那个地方的留恋。

显然,第一点是空白的,两岁的我压根不记事。故乡对于我,应该只有精神上的烙印,也就是对故乡的怀恋。

对故乡的怀恋表现在哪里呢? 食物、方言、人物。

首要的是食物,让我和我的姐弟们无比怀恋的是,白蒲茶干、潮糕、蟹黄包子、萝卜干、姜丝肉、黄豆酱。外婆每年都要做黄豆酱,铺在桌子下面,让豆子发霉,外婆说是"长冒",看"冒"的颜色变化,然后掰成碎块,在太阳下晒,晒到一定程度装坛,坛口蒙上纱布再晒,"冒"长得好,晒得好,酱才甜。还有酱茄子、野芹菜腊肉饭。冻豆儿、年糕、藕饼儿是过年时必须做的,炸藕饼的时候我喜欢守在锅边,帮外婆把蘸了面糊的藕饼往锅里扔,炸好了就夹着吃。外婆重男轻女,小舅舅跟到湖南小舅妈家过年,萝卜干和藕饼外婆就要"抗"起来,"抗"是藏的意思,我们不能放开了吃,要"抗"着留给小舅舅吃。表兄弟姐妹聚会时这总是最愉快的话题,明明是重复,还是津津乐道,如数家珍。这是一个证明,证明我们来自同一个故乡。

其次是方言。方言即乡音,对人的冲击力之强,一言既出,潸然泪下。地方戏就是乡音最集中、最艺术的体现。

鄂西与湘、黔、渝有一个地方戏叫傩戏,也是还愿戏,分阴戏和阳戏。酬神和驱邪叫阴戏,娱人和纳吉叫阳戏。祭祀、许愿、还愿,也叫还阳戏、愿戏。在湘西流行的一支叫"阳戏"。老作家沈从文是湘西人,晚年回家乡,张家界阳剧团到招待所为他唱戏,一口即出,老人泪流满面。这是故乡的声音,母亲的声音。

大家知道《朝阳沟》,我曾在河南看过交响乐合唱《朝阳沟》,西方的音乐形式,可是"前腿弓后腿蹬""亲家母你坐下"一出来,还是亲切的乡音。曲终人不散,要求加演。指挥问还要什么。观众嚷:"亲家母亲家母!"于是又来了一遍"亲家母你坐下"。这时全场观众都站起来,就像西方交响乐音乐会结束时的《拉德斯基进行曲》,全场观众合着音乐节拍,一边鼓掌一边唱,现场感受无以言表。

我们说乡音美,不仅出于乡情,还出于乡音的音乐性。每一种方言都有自己的音乐性,由此形成各地的民歌、曲艺、戏曲,各美其美,美不胜收。

《洪湖赤卫队》的音乐,就是在天沔方言基础上形成的,"洪湖水,浪打浪","娘说过那二十六年前,数九寒冬北风狂",都是方言音韵,王玉珍首演《洪湖赤卫队》,用方言演唱特别有味道。

我在文化厅工作,传承保护地方戏,就注意过方言的音乐性。举个数数的例子,一、二、三、四、五、六、七,我用天沔话、武汉话、如皋话、普通话来说,(用天沔话、武汉话、如皋话、普通话数数),是不是大不一样?

天沔话数数特别好听,武汉话不行,但武汉话有好听的,(说武汉话):"长江的水,轻悠悠,我们的爱情才开头,你是我的心,你是我的肝,你是我生命的四分之三。"有意思吧?

我老家如皋话也好听,小时候听外婆说(说如皋话):"骑剖(白)马,上诺(南)京,诺(南)京的果子好且(吃)西(些),带得儿(点)哆哆(爷爷)奶奶尝尝心(鲜),走到嘎(家),标(看)不见他,消(掀)开门来标(看)见她,剖(白)果里(脸),赛桃花,小小架(脚)吁一也咋,求(就)是我嘎(家)的他!"节奏感韵律感也很强,上口,好听。

故乡的方言给了我身份证明:如皋话是"家里话",武汉话是"外头的话",一说方言,就证明了我是江苏人。

乡音帮外婆在武汉找到朋友,母亲到武汉大学工作,我们搬到珞珈山上,外婆很快就结交了一个朋友,韩太太。武汉大学教授、著名的法学家韩德培,夫妇俩都是如皋人,在如皋高等师范学堂杰出校友榜上有韩德培的名字。外婆嘴里出现频率最高的人名就是韩太太。我和韩敏同学,一起在武大附小表演节目,韩太太给我们俩梳头,辫子盘花。韩德培说什么话我没有印象,韩太太可是一口地道的如皋话,跟外婆一模一样。到菜场买菜碰到了,两人都要结伴而行,说不完的家乡话。

再就是故乡人物了。父母亲直到晚年,都还会提到张謇,说家家都有人在张謇那里做事,"那里"就是张謇办的各种实业事业单位。有事做就有收入,张謇的实业事业惠及了每一个家庭。我还小的时候,看到一本杂志《历史研究》,有写张謇的文章,我不认识"謇"字,妈妈在旁边做事,她并不是一个文化很高的人,"謇"不是常用字,她瞥一眼说出来,还是如皋话发音:"謇,张謇。"

南通艺术剧院话剧《张謇》,尾声大屏打出张謇生平,目录移动,一项项实业事业,数量之多,叹为观止。一个人一生做好其中一件便不得了,他却做了这么多。他是一个证明,证明一个人可以做到什么样的程度。他的德行,他的才智和气魄,都让人难以望其项背。他是南通的骄傲。看戏时便拍下来发给武汉的家人,也都感慨。

湖北也有这样的人物,湖广总督张之洞,督鄂十九年,修长堤(张公堤)使汉口市区扩大,创办汉冶萍铁矿、煤矿,建铁厂,修铁路,建兵工厂,"汉阳造"从辛亥革命到抗美援朝一直发挥作用,成为一个战争史上的传奇。他做的事业也多,创办自强学堂、农务学堂,也是武汉大学、华中农业大学的直系源头,成为湖北现代教育的起点。监狱也现代化了,派人去日本学习,搬回东京巢鸭监狱的设计建造,引进现代管理,规范饮食医疗,保护犯人合法权益,尊重罪犯人格,不打骂、不体罚、不侮辱罪犯。这是当时中国最先进的监狱,被视为模范。最近,武汉与张之洞博物馆隆重揭幕,是武汉的一件大事。

张謇与南通,张之洞与武汉,一个人与一座城的故事,乡人口口相传,永远不能忘怀。张之洞路、抱冰堂、张之洞像、张公堤,家喻户晓,让故乡更加富有魅力和生命力。

故乡有著名人物,更多则是默默无闻的普通人,街坊、邻居、小摊小贩,今年元宵节在泉州,看见一个老太太做元宵馅,很好奇,停步观看,问了几句,老太太看我是外地人,装了一袋元宵馅,要我带回武汉吃。一个普通老太太就能让泉州生动地活在一个外地人的记忆中。

带来一本书《仰瞻乔木 回望乡土》,其中提到鄂西恩施山中一位乡村教师高先生。与张謇和张之洞相比,他太平凡,太普通,我却也不能忘记他,他平凡而不平庸,注释了一部古籍《容美纪游》,这是研究土司文化的珍贵资料。高先生故事比较长,不说了。我会把书赠给南通图书馆。

我相信家乡南通也有这样平凡而不平庸的人。一定很多,因为家乡文化丰厚,就是得力于这些人默默地培植、积累、建设。就是有了这些人,故乡才更有魅力,才更让人留恋,即使走向远方,也会频频回首,一往情深。

今天是读书节,得说说读书了。我给自己出了难题:乡音乡情与读书。得把乡音乡情与读书联系起来。它们有没有关系?有什么关系?

先向家乡报告我的读书情况:1960年,我十二岁,小学五年级,考入湖北省话剧团学员班,学习表演。个子矮,演不了主要人物,就写剧本当编剧,2005年到文化厅工作。剧团流行一个说法:当不好演员,就当导演,当不好导演就当编剧,当不好编剧去当领导。简直说的就是我。

没上什么学,刚过扫盲的水平,读书全凭兴趣。珞珈山上的小书店开架,下午放学就去。小说在顶里面,光线暗,傍晚,拿着书一点点往外挪,凑着天光看,直到门口。妈妈下班从这里经过,一起回家。也看《少年文艺》《儿童时代》,这是当年最优秀的期刊。最喜欢的还是成人小说,特别是长篇小说,有阅读的渴望。越厚越好,如饥似渴。所以真不能小看孩子,小脑袋的容量和阅读需求比大人想象的要大得多。

新中国成立十周年出版了一批革命题材的长篇小说,《青春之歌》《林海雪原》《红旗谱》,武汉大学学生还编成话剧演出,还有《苦菜花》《迎春花》《暴风骤雨》《山乡巨变》《烈火金刚》《踏平东海万顷浪》《我们播种的爱情》,等等,书一到手会激动,心跳,如获至宝,边走边看,不顾脚下磕磕碰碰,最恨有人打搅。

第二阶段,到了省话剧团。省话有个资料室,在制布景的大仓库里面,极其寒碜的角落,藏了很多好书,仿佛是我的阿里巴巴藏宝窟。小孩子没有戏演,最多到小道具间帮忙熬熬牛胶,做做小道具,空下来就去"宝窟"。一排排书架挤得满满的,托尔斯泰、屠格涅夫、普希金、契诃夫、果戈里、雨果、巴尔扎克。看过一本《旅顺口》,知道了日俄战争,是在中国地盘上打的;还有一本《太阳门》,知道了西班牙内战,马德里到处是带枪的人;《士敏土》是什么?原来是英文水泥的译音,读不下去,不好看。以为《理想国》也是小说,怎么也看不懂,作者叫柏拉图。

"文革"当中,资料室封了门。钥匙在食堂师傅手里,夏天热,晚上睡觉要打开资料室门,才能通风。我找他要钥匙,偷偷钻进去,门反锁,不让人打搅,尽情地看书。最大的苦恼是上厕所,可以不吃饭,但不能不那个。飞快地跑出,又飞快地跑回,把门一关又是我的天地。囫囵吞枣不求甚解,有些东西装进脑子里是要容待一生去理解和回味的。

今天的题目是"乡音乡情与读书",乡音乡情与读书究竟有没有关系呢?

我不得不承认,没有。钻资料室读书是因为兴趣,读小说是喜欢,读契诃夫的剧本、李笠翁的《闲情偶寄·词曲部》，是因为要写剧本，要学习编剧技巧，都跟乡音乡情不搭界。

把乡音遗传给我的外婆，还嘲笑过读书人，说白蒲镇上一个什么人，"到德够(国)雷(留)哈(学)，嘎(家)来求(就)傻戍了，什尼(什么)事呀(也)不做，拿个卫生棒(文明棍)，在垓(街)上踏(跺)过来踏(跺)过去"。

外婆识字不多，我看小人书她要我念给她听，《西游记》悟空出世，她说，石头里怎么就冒出个猴子呢？是仙人路过，"蹭痒痒"，留下了毛发什么的，孕育成形。

与乡音乡情有关系的，不是读书，倒是外婆的语言。如皋方言很复杂，外婆常说，一个白蒲镇，通州和如皋两边的口音就不一样，她会一一说出不一样地方。老人家语言生动，冬天围炉烤馒头吃，她就念"雪花飘飘，馒头烧烧"；吃鱼，她就念"伢儿乖吃鱼鳃，伢儿痛(可爱)吃鱼冻"。一些方言词汇、生动比喻她会脱口而出。从小跟她生活，语言是不是受她影响，后来才写话剧的呢？

据说她是铜匠女儿(不确定)，能干是肯定的。外公十六岁独立门户做生意，老人怕他学坏，不放心，就找个大媳妇管着，外婆大外公四岁。称花(收棉花)时招临时工，她一边带孩子，一边烧火做饭供佣工吃喝。她说生孩子就是"在阳台上撑撑(站站)，阿尔(孩子)就掉裤裆里了"。我在一出戏中用了这句台词，一个年轻护士怀孕了，呕吐厉害，叫苦不迭。病人是个农村妇女，大大咧咧的，说这有什么，吐了吃，吃了吐。不怕的。我那时候，挺着大肚子下地干活儿。发作了，赶紧往家跑，还没到家孩子就掉裤裆里了。

说来说去，还是要寻找"乡音乡情与读书"的关系。

时常有人问我，是哪里人。听说是江苏南通，就会说，哦，是像"那边的人"。"那边的人"什么样的人？其实江苏之大，苏南苏中苏北反差很大的。如皋方言听起来就很不秀气，外婆骂我们调皮："砸(作)死啊！累(搅)死啊"，"我做你来(们)的老奴啊！"硬邦邦的，就像江淮冬天的风。再往北边去，泗洪、盐城、徐州，仿佛到了北方，宾馆男女服务员身材都很高大，风习也粗犷，洪泽湖上吃螃蟹，不是苏州的小碟小盏，也不用精细的小钳子挑蟹肉，泗洪人不耐烦的，一个大脸盆堆得满满的热腾腾的端上来，"笃"地往中间一放，吃吧，直接就伸手抓了。我一只未吃完，他们面前已是一大堆蟹壳。喝酒是双杯，二四六八地喝，水泊梁山作风。"九朝帝王徐州籍"，帝王之乡，粗犷得大气。我们老家如皋气候蛮硬，却有冒辟疆、董小宛的水绘园，秀雅斯文，也像江南的温软风流。前几年回如皋，看到刚刚建好的李笠翁纪念馆，原来他是如皋出生并生活多年，科考才回原籍浙江兰溪。早就学过他的编剧法，现在才知道还算个乡亲。

湖北也不蛮荒，唯楚有才，出诗人（屈原）和美人（王昭君）。传统中国讲究"诗书继世"，南方北方，东边西边，都有自己的文化。湖北农村的土房子也贴着"耕读传家"的门联。不如江苏富裕的湖北，抗战时省政府迁到更穷的山区恩施，也还给离家的贫寒子弟免费教育。只是闭塞地区文化程度稍低一点，解放初期要扫盲。老家白蒲虽然只是一个小镇，读书人不仅多，而且走得远，当时就有出国留学的。小舅舅说，在南通濠河小学上学，教师都是师范毕业，说国语，转到汉口上学，老师有家庭主妇，说武汉话，小舅舅认为当时南通教育水平比汉口高。

硬要说"乡音乡情与读书"的联系，有一个可能，可能是江苏人这个背景，对我的读书有某种心理暗示：江苏人，人文荟萃，文风昌盛，人才辈出，作为江苏人，你该怎样呢？无知无识的状态中人的精神会涣散，松懈，突然被人注视，就不免一紧，稍稍调整一下精神，振作一点，不要太不堪。那么，作为江苏人，是不是也要振作一点呢？也得像个江苏人吧。这么一来，故乡仿佛与读书就有了关系，是暗暗地激励，精神上的诱导，江苏人爱读书，做江苏人就要读书。

还是有点勉强，我也不确定。弟弟也如此，常被问是哪里人，一说江苏人，对方也说是，像这边的人。我们当然很荣幸，江苏是个好地方，人家说你像，你就得像了。果真如此，那么，这就是家乡给予我们的很正面的提醒。虽然远离了家乡，但家乡一直引导我们向上，包括读书。

带来几本小书。

1. 剧本集——有三个剧本翻译到日本，由日本剧团公演，从1998年至今，已经公演了二十年，二百多场。

2. 散文集——《落地》《迓腔》，湖北戏剧、民间艺术、民间文化的随笔。

3. 演讲文集——《仰瞻乔木 回望乡土》，包括对地方戏曲的介绍，剧本写作的体会。

4. 纪实文学——《壮士无言》，写的是淞沪抗战时坚守四行仓库的八百壮士的故事。八百实则四百，一半来自湖北通城。《壮士无言》发表后，通城壮士遗属受到关注。抗战胜利七十周年，上海四行仓库抗战纪念馆落成，邀请壮士遗属尚凤英赴沪，在她丈夫战斗过的地方，与上海市委书记韩正一同揭幕，以这种形式告慰了英灵。

拙著敬赠家乡。谢谢家乡。

2018年4月21日

荆楚百戏奏华章

在全省乡镇宣传委员培训班上的讲话
汉口万松园路省委党校报告厅

题注:

　　宣传部办了一个培训班,开了不同的专题讲座,给我出的题目是介绍湖北的地方戏曲。主持人说,学员是来自全省的乡镇宣传委员,相当于最基层的宣传部部长,让他们了解一下湖北的地方戏,以后也好在基层开展传承保护工作。

　　我其实是外行,如果没有文化厅这段工作经历,讲地方戏绝对轮不到我。现在内行没有去讲,我这个外行却频频亮相于讲台,中南财经政法大学、湖北大学、图书馆、社会主义学院、商务厅、监察厅,我都去讲过,当了几天"官儿"就好像什么都懂,自己也觉得不大像话。戏曲要唱要做,有"手眼身法步",内行讲戏曲都是连唱带比划的,我一个白丁,干讲,干讲有什么意思呢?有时候就配一点视频,选些好演员的好段子放给大家看一看,听一听,下面就鼓掌,完了上来跟我握手,夸我是专家。我连忙说我不是,他们便说我谦虚,我说我真的是外行,他们说不不不,你太内行了!推来让去,越说越乱。

　　既然如此人家邀请时我拒绝就是了,为什么又要接受呢?还是因为自己愿意讲。我想这是个机会,正好推介一下地方戏,何况我这外行还有优势,没有王婆卖瓜之嫌。在湖北生活了一辈子,我是不大看地方戏的,身边有,也是熟视无睹充耳不闻,内心还不大瞧得起,觉得很俗。到文化厅工作,地方戏却成了我分内的工作,非接触不可,这一接触才知道世上真的"没有无缘无故的爱",老百姓喜欢地方戏,都是有缘故的。

　　戏迷不要听我讲,他们比我懂得多,我的听众主要是干部和大学生。

有的家在农村，从小埋头读书进了城；有的早年看过，淡漠了。家乡都有土特产，地方戏也是家乡的土特产，不妨回头看看，了解一下，土的洋的传统的现代的咱们都看看，也多一些比较和选择。

因为是外行，难免外行话，只有请诸位原谅了。

"荆楚百戏奏华章"不是我拟的题目，2008年文化厅举办首届地方戏艺术节，我因职务缘故负责运作，需要做一个开幕式晚会，这是晚会的主题词，是大家一起策划的，今天我借用过来了。

荆楚不用说大家都懂，就是咱们湖北；百戏，就是古代乐舞杂技表演艺术的总称，源自秦汉，至今两千多年了。戏剧是综合艺术，如今的弹词大鼓、相声和皮影戏等都跟戏曲有渊源关系，打连厢、打花鼓、各种小曲小调等也大量地被戏曲吸收，台上的武打戏也是由武术、杂技嬗变而来。所以戏曲也可以称为"百戏"，"荆楚百戏"就是咱们湖北的地方戏了。

湖北地方戏很多，各地县都有，特别在农村，年节时会有许多乡班子演出，化了古妆，公子小姐地唱着，很好玩，我觉得很有意思，写过一些文章。可是，我觉得有意思的别人看来是不是也有意思？有意思是不是也有意义呢？

《沔阳县志》上一则史料给了我很大鼓励，我常常提到它，因为它增强了我的自信。过去认为地方戏一类的民间杂艺，包括大鼓、道情、皮影等玩意儿，都是俚俗的，不登大雅之堂的，可是这则史料告诉我，人家大文化人也在关注这些东西。这大文化人是谁呢？

史料记载的是民国时期的沔阳人卢慎之，这是一位史学家、藏书家。沔阳卢家有两兄弟，卢慎之和卢木斋，都是学者。卢慎之毕业于日本早稻田大学，是清末法政举人，作为黑龙江巡抚的幕僚参加过中俄谈判，民国初年曾任国务院秘书长。《沔阳县志》记录了民国十二年即1923年卢慎之写给朱自清的信，他在信中说道：家乡沔阳的大型民间文艺活动，"一是唱花鼓戏，二是演皮影，再就是讲善书了"。他还介绍，官府说花鼓是淫戏，有伤风化，老百姓却"嗜之如命"，他提到现属洪湖、当时属沔阳的峰口南坝村，男女老少百余口人人会唱花鼓，农闲时一村能组四个戏班，还用演出收入在河上修了一座桥，取名花鼓桥，村名也改为花鼓村。当地乡长气急败坏，"上书县台，请于严惩。但全体村民死不更名，县里也不了了之"。

由此可以看出第一，民间艺术的田野根基很深；第二，文人学者对民间艺术很关注。

花鼓戏是很有生命力的，宣统三年即1911年，江汉平原大水，老百姓逃水荒唱花鼓,一路往北,由西伯利亚竟然唱到了欧洲的奥地利。清政府驻奥地利使臣沈瑞麟致清外务部咨呈记载:"宣统三年四月,有湖北张山等来奥演唱花鼓戏","由西伯利亚沿途求乞,借唱花鼓戏以为朝夕糊口之计"。就是逃荒要饭了,可是,唱着花鼓戏逃荒要饭,活下来了,还活到了欧洲,说明花鼓戏在外国都有人听,能糊口,好厉害!

文人学者重视民间艺术的佐证也多,民国六年即1917年北京大学即成立歌谣研究会搜集民歌,行文各省教育厅,请求帮助征集,说民歌是"民俗研究的张本",同时也是"新诗的参考"。1938年北大、清华、南开迁往云南,到长沙时闻一多等教师发起文科学生步行团,由湖南经贵州到云南,三千多里一路采风。南开一个叫刘兆吉的学生搜集了两千多首民歌,筛选后编辑成《西南采风录》,1939年4月出版。朱自清给集子写了序,说中国古代就有采风的传说,天子派官员乘轻车去各地采集歌谣,各国也设太师官专事采风,"观风俗,知厚薄",了解民生民情,把采风作为"要政"。在序文最后,朱自清说:"这是一本有意义的民俗记录。"

好了,说了关注地方戏的理由,下面切入正题。

第一,什么叫戏剧;

第二,戏剧与戏曲的区别;

第三,中国戏曲;

第四,地方戏;

第五,湖北的地方戏;

第六,湖北地方戏在全国的影响;

第七,地方戏的传承与保护。

我不是地方戏专家,要讲的也都是普通的粗浅的知识,是常识,不是权威理论,也不高深,有些是个人体悟。在座的朋友不是戏剧圈的,为了让大家听得明白一点,只得从常识开始讲,从初一到十五地介绍一下;圈里朋友们听起来可能乏味,感到很肤浅,还难免有谬误,先请大家原谅了。

一、什么叫戏剧

戏剧是一种古老的艺术门类,是人类的一种文化活动。

戏剧是通过演员表演故事来反映社会生活的。

有连贯性、情节性谓之故事。《红灯记》,地下党传送密电码的故事;《沙家浜》,老百姓掩护新四军伤病员的故事。都是有事件、有人物、有开头、有结尾的作品。

小说也有事件、有人物、有开头、有结尾,戏剧与小说的区别在哪里?

小说:作家写出来供读者阅读的故事。

戏剧:演员扮演人物表演出来供观众观看的故事。

都是在舞台上表演,戏剧与评书等曲艺的区别在哪里?

评书:说书人跟观众讲故事。如袁阔成讲《三国》,他也模仿关公、张飞等三国人物,有各种语气动作,但他始终不是那个人物,他就是说书人,是袁阔成绘声绘色地讲述三国人物的故事。

戏剧:即使是独角戏,即使是一个演员,也是扮演人物,如《夜奔》,台上就一个演员,但他有身份,他是林冲,有林冲的化妆造型,是这个规定情境中的人物,演员在舞台上唱做,是林冲这个人在风雪夜奔向山林的过程,这就是戏剧。

二、戏剧与戏曲的区别

大家可能注意到了,说到"荆楚百戏"时,我一会儿说戏剧,一会儿又说戏曲。这两者有什么不同呢?

戏剧,有狭义和广义之别,狭义的专指以古希腊悲剧、喜剧为开端在欧洲各国发展,在世界广泛流行的舞台演出形式,如英国的莎士比亚戏剧就是这个源流。中国的话剧也由此而来,是一批留日的中国学生受到西方戏剧影响,成立社团,编演了一些反映民主自由思想的戏。这些戏与传统的中国戏曲不同,被叫作"新剧"。留学生把新剧带回国,后来定名话剧,这是狭义的戏剧;广义的戏剧则包括东方一些国家民族的传统舞台演出形式,如中国戏曲,日本歌舞伎、能乐,印度的古典戏剧,朝鲜的唱剧等。今天要讲的"百戏",就是戏剧中的戏曲。

三、中国戏曲

中国戏曲历史悠久,源自原始社会的歌舞,"合歌舞以演一事者,实始于北齐",有一千五百多年历史了。唐代进一步发展,到了宋代,勾栏瓦舍市民文艺繁荣,有了俗曲和讽刺短戏。元代就出现了杂剧,有乐曲,有人物,有矛盾冲突,有头有尾有了故事,元杂剧许多剧目至今还在舞台上翻演,如《窦娥冤》《西厢记》,等等,中国古典戏曲的完整形式就是元代成型的。

中国戏曲与西方戏剧的区别简单地说,前者写意,后者写实。比如服装,一个乞丐,写实戏剧讲求真实,要仿真,像生活中一样穿破破烂烂的衣裳,观众一看知道了,哦,叫花子。中国戏曲怎么办呢?戏装都是绸缎的,乞丐的服装还是绸缎,那是一种"褶子",大领大襟,长及足,是平民百姓穿的便装,有"男褶子""女褶子",花色有"武生褶子",分上五色、下五色十种,绣花卉或团花,花花公子大家都知道,穿的就是"花褶子"中的一种,素色的"褶子"也分很多种,穷困书生多穿蓝色黑色的"素褶子"。乞丐比一般穷困百姓还要苦,怎么表示呢? 就在黑色的"素褶子"上面缝缀很多杂色的小绸块儿,表示补丁,满身小绸块儿,就是满身补丁,观众一看也知道了,哦,叫花子,这是写意。两者相比,写意就显得很聪明,舞台上也美观,明明是叫花子的衣裳,却叫"富贵衣",这也是中国戏曲的俏皮。

再比如官员戴的帽子,写实戏剧会按照人物身份设计符合生活实际的帽子,中式的瓜皮帽,西式的礼帽,等等。戏曲怎么弄呢? 戏曲有一种专门给官员戴的纱帽,中了状元当官了,好了,再出场就戴官帽,前低后高,两边有帽翅。帽翅分方、圆、尖三种,好官用方的,丑角用圆的,奸邪者用尖的,一看就明白了,哦,这是好官,这是坏官。生活中好官坏官怎么会用帽子来表示呢? 所以这就不是写实。服装上就有善恶褒贬,这是非常高明的写意。

戏曲表演也不写实,舞台上空荡荡的,演员提鞭当马,搬椅为门,拿一根挂着彩穗子的马鞭,挥鞭抬腿,让观众想到上马下马;两个演员拿着彩绘的船桨,一个在这边一个在那边,一个蹲下去一个站起来,让观众想到船在水上一高一低的起伏。这么说起来有点像小孩子过家家,很幼稚,可是,这正是中国戏曲最成熟最了不起的表演体系。这些动作从生活中提炼,却都舞蹈化了,非常优美。空间也由演员表演,翻几个跟头上天了,再翻几个跟头又入地了,举着幡儿和着锣鼓点儿转一圈,从荆州到了襄阳,所谓"三五步走遍天下,六七人百万雄兵"。上楼,把裙子一提,脚步颠着一步步地就上去了,舞台上什么都没有,观众从演员的动作中就感觉到了,这是楼上,那是楼下,一看就懂,这是由写意而成的写真。

我们看有的外国戏,过去中国话剧也是,舞台布景写实仿真,《雷雨》大幕一开观众就看到一个老公馆,沙发、柜子都是真实的,到四凤家,就是穷人家的房子。湖北省话剧团演过一个《七十二家房客》,舞台上硬是搭起了两层楼。现在西方戏剧、中国话剧也在变化,布景写意的抽象的也多了,但与中国戏曲还是不一样。不一样在哪里呢? 不一样在于中国戏曲的山水环境是在演员身上的,往前一跳,两腿一弯一起,身子上下起伏,这是上船了;两手向两边分开划动,这是下水了,游水呢。水袖扬起一挡,刮风了;往头顶上一遮,下雨了。西方戏剧、中国话剧可以设计写意布景,几根线条几块屏风,但你做不到把布景放到演员的身上,你不可能用身段程式表现环境。

20世纪初德国著名戏剧家布莱希特就致力于戏剧观念的突破,总想对写实的戏剧进行变革。梅兰芳到欧洲演出,布莱希特看了大为惊诧,说西方戏剧百思不得其解的难题东方戏剧已经解决,解决得那么好,成熟度那么高。

中国戏曲与印度梵剧、古希腊戏剧并列为世界三大古老戏剧文化。中国戏曲因具有独特的、举世无双的表演艺术体系,包括那些复杂的身段程式、奇妙神秘的脸谱、绚丽多彩满台生辉的戏衣,都让人们叹为观止。程派宗师程砚秋先生专门去欧洲考察西方戏剧,有比较,他说,中国的"旧剧"——戏曲——的"唱、做、表情,确已成了专门的技术,值得人们单独地欣赏了",一些戏曲艺人之所以享有盛名,都是"在这个上面用了毕生之力换来的"。观众花钱来戏园子,听戏,看玩意儿,就是要看这些唱做念打的专门技术,比如武戏中的旋子、小翻、枪花、乌龙绞柱,等等,没有高难度的精彩的技术,观众就不过瘾。

事物都有正负两面,重技术的同时,内容怎样呢?程先生很清醒,他说,"旧剧的剧本是很少可取的",而新剧即话剧的最大好处就是"能用现代的事实,现代的语言,现代的思想感情来编剧本"。中国的知识精英从国外引进话剧,如《黑奴吁天录》《茶花女》等作品,从一开始就表达着强烈的自由民主的思想感情。话剧引进后,在大城市和学生、知识阶层中活跃,中国老百姓却不习惯欣赏,唱戏唱戏,你得唱,不唱是什么戏呢?尤其在农村,戏已经开演了,农民还不知道,因为没有打锣鼓,也没有唱,那么台上在干什么呢?他们说台上在开会呢。中国观众习惯中国戏曲的唱做念打,这是中国人都能接受的一种艺术语言,"一种独立的学问",用程砚秋的话说,这是先人留下的遗产,是我们取之不尽用之不竭的宝藏。

中国戏曲是中华民族对世界文明的贡献。

四、地方戏

1.什么叫地方戏?

地方戏是戏曲。

地方戏是流行于一定地区、具有地方特色的戏曲剧种的通称。如陕西的秦腔,山西的晋剧,四川的川剧,江浙的越剧、沪剧、淮剧,河南的豫剧,福建的闽剧、梨园戏,广东的粤剧,等等,是与流行于全国的、地方特色较少的剧种如京剧相对的称谓。

被称为"国粹"的京剧就是荟萃了一些地方剧种的精华而成,陕西秦腔、湖北汉剧、安徽徽剧都对京剧成型起了至关重要的作用。脍炙人口的西皮就起源于秦腔,经襄阳传到汉口、武昌,融合了汉调和徽剧声腔,最终形成京剧的西皮。一代代湖北艺人入京,把汉调和方言口音也带入京剧,这就是咱们湖北人听起来那么亲切的湖广韵。没有地方戏,就没有京剧。

2.丰富多彩的中国地方戏。

中国地域辽阔,各地方言音韵不同,风俗习性不同,形成了丰富多彩的戏剧品种,几乎每个省份和地区都有自己的地方戏。

影响较大的有:

评剧:发源于河北唐山,流行于北京、天津和华北、东北等地。著名演员:小白玉霜、新凤霞等。

粤剧:流行于广东、广西和闽南,在中国港台地区,东南亚、美洲、欧洲华人中深受欢迎。著名演员:红线女、马师曾等。

越剧:流行于浙江、上海。著名演员:徐玉兰、袁雪芬,现在有茅威涛等。

豫剧:也称"河南梆子",流行于河南及山、陕、鄂乃至内蒙古、新疆各省区。代表人物:常香玉、马金凤等。

黄梅戏:源于湖北黄梅的采茶调,清末流传到安徽安庆等地,与当地民间音乐融合发展成型。代表人物:严凤英、王少舫,现在有韩再芬、杨俊等。

山西:晋剧、上党梆子、蒲剧等。

湖南:湘剧、花鼓戏、祁剧等。

四川:川剧。

一方水土养一方人,你想知道各地方言腔调有什么不同,各地人个性气质不同,你就看地方戏。豪放的婉约的,张扬的内敛的,都能从声腔音乐艺术风格中表现出来。我们看川剧变脸,就能感觉到四川人的精灵和诡秘。俗话说"相随心变",他们就用变脸揭示内心的变化。《白蛇传》是各个剧种都唱的戏,川剧却别具一格,小青恨许仙,见面后变了四次脸,原来蛮漂亮的小姑娘,面若桃花,一见许仙,好啊,你把姐姐害苦了,怒火中烧,变了个大红脸。许仙解释,不听,一脚踢倒,你还解释什么? 变了个青脸。许仙躲到白娘子身后,小青不依不饶拔剑冲上去,变了个绿脸。多棒啊! 还看过一出川戏,表现一个人犯罪的过程,人格裂变,心理突转,白面小生一次次变脸,最后杀人。叹为观止! 我们常说某人"变得不认得了",川剧变脸把这种抽象的感觉外化为艺术语言,这是天才的艺术想象和创造。

中国的地方戏品种极其丰富,1981年上海辞书出版社出版的《中国戏曲曲艺词典》统计有三百六十多个剧种,五万多个剧目,遍及全国各个地区。如果说"国粹"京剧是参天大树,地方戏便是百花之园,地方戏丰润了参天大树的水土与植被。

3.为什么要传承保护地方戏

五个理由:

(1)地方戏最具有本地区特色。

不久前看过一出随州花鼓戏《白银千两》，写两子两媳不孝，天寒地冻的将老爹逐出家门。幸有樵夫兄弟搭救，赠白银十两。不巧一个赶考的秀才失落十两白银，走投无路要自尽。老人善良，把樵夫兄弟赠的十两白银转赠秀才。樵夫兄弟收留老人，情同父子。秀才金榜题名回来后报恩，赠老人白银千两。不孝的儿子见钱眼开，就来抢爹。老爹不走。俩儿子状告樵夫兄弟，县衙升堂审案，两边抢爹，委决不下时，巡按大人到，也来认爹，原来巡按大人就是那个秀才，说老百姓救了我，今日为官，要认百姓为爹。大快人心。

全国各地花鼓戏很多，随州花鼓有什么不同？本地区的特色在哪里？传统戏曲在漫长的流传中，都会有艺人根据剧种特点和自己对现实的体会加工修改，同一个剧目，文本可能差异很大。其次，也是重要的差异就是声腔音乐。不同的方言口音形成了不同的声腔音乐，体现了不同的地域风格。

随州被考古人称为"随枣走廊"，周天子坐西向东，循着黄河汉水向东延伸扩展，随枣走廊在汉水一线，是文物密集区，从1978年曾侯乙编钟发端，出土文物源源不断，擂鼓墩、义地岗、羊子山安居、叶家山、文峰塔，刨红薯似的，一挖一嘟噜，最近枣阳又出了个郭家店，又是一个庞大的古墓群，城市开发的时候不留神就会刨出些坛坛罐罐。仔细端详这些出土的器物，既有中原的厚重端庄，又有荆楚的灵秀精美，随州的花鼓调也是这样。随州往北是襄阳南阳，往南是安陆孝感，北边唱豫剧，南边唱楚剧，随州人说话像河南又似湖北，"夸白""冒得""孩（鞋）子""搞末事"，词汇跟黄孝地区一样，语音却迥然不同。随州人把北边靠河南的叫"肱音"，南边靠黄孝的叫"蛮音"，随州花鼓中就有"肱音"和"蛮音"，这就形成了这个地方戏的特色。

荆州花鼓、黄孝花鼓、麻城东路子花鼓、宜城花鼓、远安花鼓，此花鼓非彼花鼓，一方水土一方人一方戏，方言土韵为基础的声腔音乐，构成了各地花鼓的不同特色。

（2）地方戏最受本地区老百姓喜爱。

地方戏生长于本乡本土，就跟饮食一样，都是当地土菜，最符合当地百姓的口味，湖南人要辣，四川人要麻，江浙人偏爱甜，各地方口味不同，都是当地百姓的最爱。

黄陂孝感人喜欢楚剧，没有"悲迓"就不过瘾，大桥下、中山公园、青山公园里，一坨坨人围唱楚剧；襄阳人喜欢豫剧、曲剧，休闲广场上拉弦子，唱的就是豫剧、曲剧；天潜沔喜欢荆州花鼓戏，俗话很夸张，"听了哟哎哟，害病不吃药"。

沔阳皮影艺人卢才军跟我讲，一个老人患肝癌，疼得不得了，疼狠了不是要喊吗？沔阳话把"喊"叫"汪"，这个老人就在床上"汪"皮影。还叫儿子把垸里人叫来，说以前都喜欢听我的皮影子，要走了，我再"汪"把他们听下子。还有一个老人病重，要看皮影，找到卢才军，卢正在唱，来不了，说先把影子拿去，我这边唱完了就来。好，儿子把皮影子请回去往帐子上一挂，哎，老人好了。听起来有点神，可这是卢才军亲口说的，是他的亲身经历。

春节，沔街唱戏，半个月花鼓戏，半个月皮影子。我去时正在唱皮影，孩子们开着电动车把老爹老妈送来，一排排地坐在露天，晚上下寒气了，他们动都不动看得聚精会神。我询问了四个老人，个个说喜欢，说如今建了新区，想看皮影子都不知道去哪里找。现在好了，沔街就有，我们就晓得来了。一个大妈说："唱七天我来了六天，就昨日屋里来了客，冇来看成哪！"

潜江举办花鼓戏戏迷大赛，决赛在市里，就像过节一样，赛场外面都在唱花鼓戏。

一次在天门，我问："有没有人不喜欢花鼓戏？"饭桌上十几个人，都摇头，一个说："不喜欢就是有病哪。"

崇阳的地方戏叫提琴戏，通城、通山也有流行。这一带方言中有古音，中国好多地方方言中都有古音，所以地方戏的声腔往往比较特别。提琴戏声腔就比较特别。崇阳有一个爱情故事，发生在清代，婚姻不自由致使男女双双殉情，被称为崇阳的梁山伯与祝英台。一个农民剧团编演了这个故事，叫《双合莲》，用崇阳方言演唱，朴素而古雅，尤其是悲伤时唱的"哀调"，非常动人，老百姓喜欢。我去女主人公的故居，在一个山沟沟里，比较封闭，问到这个故事，村里的老太太都能唱起来。

巴东的地方戏是堂戏，比较粗糙简单，没有专业剧团，就是老百姓自娱自乐。我问有没有人看。他们说有啊，上屋、做生、伢们升学都唱，比电视"现实"。神农溪边的沿渡河流行船工号子，堂戏帮腔时竟把船工号子都唱起来，很高亢。

我看《白银千两》是在一个村里，天还没黑透村干部就催着开演，说最近有入室偷盗的，看戏不放心，想早点回去。我就担心中途有人退场。谁知观众兴味盎然，演完了都舍不得走，可见喜欢。

（3）"地方戏"是本土历史的回响。

丹江习家店青塘村，有调子戏与八岔子戏，还有戴面具表演的神戏，看上去很古老。这里地处武当北神道，修建武当道宫时，砖瓦都是在这里烧的，有四十八窑、七十二窑传说，香客上山做功德都要背两块砖。后来在一个叫"窑窝"的垸子真的出土了古窑,瓦当上都是龙形的纹饰。故宫的古窑专家赶来发掘,说,这是他们看到的保存得最好的皇家官窑。武当道宫的修建历时十几年,动用二十多万军民夫匠,还有全国各地的香客,上山下山要打尖,这样多人聚集在这里,会不会有娱乐?会不会有戏班子?白天辛苦了,晚上干什么?官窑点火会不会祭祀?开窑会不会庆祝?戴着面具唱唱跳跳的神戏就像是祭祀场面。地下的发掘证实了这里的历史,地上的神戏呢?是不是这段历史的回响?

恩施有傩戏、灯戏、柳子戏、堂戏、南剧,号称"五朵金花"。其中傩、灯、柳、堂都是小调小戏,唯有南剧是皮黄大戏,它能唱帝王将相的袍带戏,声腔也像汉剧和京剧,比小戏更精致,更讲究。封闭的大山里怎么会有这样的戏?这就与恩施几百年的土司历史有关。清初,反清复明的《桃花扇》在北京遭禁,次年就在鹤峰容美土司爵府中演出,土司家养优伶,唱吴腔、楚曲(后来叫"汉调")、秦腔、苏腔,这正是皮黄了。水土变化,这里的皮黄夹杂了山歌调、土家鼓,变得粗放,程式也不精致不严格,文戏武唱,大手大脚,已经融入了恩施地域风格。咸丰县南剧团演的《女儿寨》,开场就是一段山歌:"太阳出来照白岩(ai),白岩(ai)头上桂花开,要问桂花为谁开,请看土家女儿寨。"人物性格也是土家的,有情有义,敢作敢为,拒不投降,纵身跳下高崖。南剧也叫"人大戏""施南府戏",这上层宫廷意味的称谓,正是历史的遗迹。

(4)地方戏是乡音,是爹娘的声音。

潜江花鼓剧院建院五十周年举办晚会,老艺人们纷纷登台表演。观众中有一个从海外回来的潜江人,他说,离开家乡十八年了,当老艺人孙世安的《三官塘》一开口,他就热泪盈眶。他的太太是青岛人,美声歌唱家,这是第一次到丈夫的家乡潜江,听了花鼓戏说,对这个湖北小县要刮目相看了。

乡音乡情是刻骨铭心的。川人对于川剧、广东人对于粤剧,福建人对于闽剧、梨园戏,各地人对于各地方言演唱的地方戏,都有一种亲近感,甚至不在乎它本身的文野粗细,打动他们的就是对乡土的眷恋。沈从文先生回过一次湘西,当地阳戏团专门给先生唱了一出阳戏,先生听着就流泪了。

在河南看过交响乐合唱《朝阳沟》,就是豫剧《朝阳沟》的唱段,改编为合唱交响乐演奏,演完观众鼓掌不散。指挥转过身来问还要什么。观众就嚷,点唱段,又来了《前腿弓,后腿蹬》《亲家母你坐下》。那个热烈呀,不在现场你很难想象,就像奥地利金色大厅新年音乐会结束时的《拉德斯基进行曲》,全场起立和着节奏鼓掌,"亲家母你坐下,咱俩说说知心话",全场一起唱。咱们不是河南人,可咱们是中国人,河南的声音也是中国的声音,你想想,在外面听到故国的声音,你动不动感情?

（5）地方戏是国民教育的课本。

乡村出来的朋友可以回去了解一下老家的戏台,遗址不多了,但有老人健在的还问得到。可以看看自己家乡到底有多少戏楼,祠堂里、集镇上、庙宇里的,老民居里,到处都有大大小小的戏台。郧县文化馆有位叫张道生的干部,80年代做过调查,一个小小的郧县竟有四十八座戏楼。罗田九资河有一个罗家大院,是四百多年的家族老宅,父母带三个儿子,九十多间房,就有四个戏楼,就在一个大宅子里,一房一个,可以各看各的,也可以共同观赏。这就是传统中国人的娱乐,是他们的精神生活。从戏台的多寡、分布的地点,可以看到戏曲的无孔不入无微不至。国粹京剧是大戏,一般跑城市大码头,乡下老百姓看什么?就看地方戏,宅子里唱,宗祠里唱,赶庙会也唱。唱的是故事,也是人生的道理。《白银千两》讲惩恶扬善,《清风亭》讲孝道,《秦香莲》讲不要负心忘义。我在村子里跟农民一起看《秦香莲》,台上一骂陈世美,农民就放鞭,等包公一说"斩",所有的鞭炮都响起来。这是民间的情感,民间的愿望,民间的理想。《打金枝》,"安社稷保江山也要宽大为怀";《红娘》,热心快肠成人之美;《葛麻》,助人为乐,不要嫌贫爱富;《杨门女将》,"哪一仗不伤我杨家将,哪一阵不死我父子兵,哪一战不为江山为黎民!"深入民间的地方戏既有人情世故,又有家国情怀,目不识丁的乡村百姓就从这里懂得了民族历史,懂得了忠孝节义。

曾讨论湖北精神,什么是湖北精神?无论什么是湖北精神,这精神总是通过湖北人来体现并让外地人感受到的。现实生活中的湖北人,马路街边的、公共汽车上的、公共场合里的,那精神风貌,待人接物言谈举止,都会给外地人直观印象。国民需要教育,湖北人也需要教育。

中国戏曲、地方戏,历来是养成教育的独特课本。

五、湖北的地方戏

武汉地区:汉剧、楚剧;

孝感地区:楚剧;

黄冈地区:清戏、黄梅戏、麻城东路花鼓、武穴文曲戏;

荆州地区:荆州花鼓戏、钟祥荆河戏;

襄阳地区:豫剧、襄阳花鼓、湖北越调、枣阳曲剧、宜城花鼓;

随州地区:随州花鼓;

宜昌地区:远安花鼓、秭归建东花鼓、兴山堂戏;

恩施地区:傩戏、灯戏、南剧、堂戏、柳子戏;

十堰地区:竹溪山二黄、郧阳二棚子、丹江青塘村八岔子、调子戏;

黄石地区:阳新采茶戏;

咸宁地区:崇阳提琴戏、通城打锣腔、通山采茶戏。

剧种是在流传中形成的,它们相互影响,犬牙交错,这是为了叙述方便,简单地做了地区划分。

湖北地方戏为什么这样多? 地理环境使然。北邻中原河南,西接山陕川黔,东南衔湘、赣、皖,吴头楚尾。有北方言、西南官话桂系方言、赣方言。山区丘陵平原,地形也复杂,十里不同俗,五里不同音,不像东北、华北大平原,千里走马一览无余,语言也便于交流相融。河南豫剧能够一统天下,跟它的大平原也有关系,流传比较方便。交通阻隔的地方,封闭独特,哪怕是一个小区域,也可能形成一个小剧种。

简略介绍湖北主要的地方戏:

1.汉剧。

我们称它"汉老大",这是一个必须仰视的剧种,有三百多年历史。

仰视的理由:

(1)声腔体系成熟、丰富。

(2)行当齐全,有"十大行":一末(老生,刘备),二净(唱工花脸,曹操),三生(中年男子,伍子胥、杨延昭),四旦(大青衣,大家闺秀),五丑(诙谐风趣的男女),六外(做工生角,宋江),七小(文武小生,武松),八贴(做工花旦),九夫(老旦,佘太君),十杂(做工花脸,张飞)。

(3)表现力强,能文能武。

(4)剧目多,题材广泛,有帝王将相,也有才子佳人,达官贵人、贩夫走卒,日常生活,社会各个阶层都有表现,故有"汉八百"之说,也叫"箱子底厚"。建议欣赏《贵妃醉酒》,比较汉剧与京剧的异同。

(5)影响广泛。

嘉庆、道光年间流传到北京,与徽剧结合演变为皮黄腔,形成京剧。

流传于广西、广东、湖南、四川、贵州等地,在湘剧、川剧、赣剧、滇剧、婺剧、粤剧中皮黄腔都有重要地位,对这些剧种发展都有影响;

咱们湖北人应该了解一下湖北人对京剧的贡献,京剧史上两个重要人物余三胜和谭鑫培,都是湖北人。

1983年版《中国大百科全书》提到余三胜的籍贯还不确定，括弧里写着"一说是安徽怀宁人"，安徽的《皖伶谱》中也载录了余三胜。

谭鑫培是明确的，江夏大东门外田家湾人。却没有证明。谭家后人也很模糊。

撰写《中国戏曲志·湖北卷》时，就要把他们弄清楚。

为什么要弄清楚？它关系到剧种的源流发展。比如襄阳地区有个越调，听起来有点像汉剧，汉剧中就有襄阳腔，它进入了汉剧，又进入了京剧、滇剧、桂剧，现在那些剧种中还有襄阳腔。这襄阳腔跟越调是什么关系呢？专家们调查，发现襄阳地区的戏曲与明末李自成的义军有关，越调还被老百姓称作"军戏"。李自成从陕西过来，十万义军在襄阳府辖的宜城、枣阳、谷城、光化、保康、均州待了三四年，襄阳改成了"襄京"，这么多人，会不会有文化活动？会不会把陕西梆子腔带过来？戏曲史专家就溯汉水而上，过秦岭入陕甘，把湖北的戏跟陕西的戏进行对比，对比声腔和剧目，工程量很大，很艰苦，最后得出结论：越调就是襄阳腔，是秦腔到西皮的过渡声腔。这就把历史说清楚了，我们是怎么走过来的，有了证明。

一个外来剧种要生根发展，需要一些条件：要有移民，移民得会唱戏，唱戏的还是一个群体，与当地人通婚后代代相传，当地还要有接受这个戏的市场。

好，我们看看湖北的移民，崇阳的米应先、罗田的余三胜，紧跟着一个王久龄，也是唱老生的。紧跟着余三胜"以楚调新腔融入京剧"，被称为"汉派"，再接下来是江夏的谭志道，都是移民，是唱戏的移民，到北京时已经是汉调隽秀，只有米应先返回了湖北，其余的落地生根，与北京的戏班融合，在北京娶妻生子代代相传。余三胜的儿子余紫云是著名的旦角；余紫云的儿子余叔岩是著名的老生，开创了老生"余派"；谭志道一脉就更丰盈了，谭鑫培、谭小培、谭富英、谭元寿、谭孝曾、谭正岩，瓜瓞绵绵，个个出彩，创立了京剧第一大派，谭派。

所以，出生地的寻找，就关系到一个剧种的脉络源流。

我们省艺术研究所的王俊、方光诚两位老先生，三下罗田寻找余三胜。开始罗田人都不知道，余三胜是谁？最后两位先生在九资河七娘山上余家塆找到了余氏宗谱，白纸黑字地证明了余三胜的出处。

寻找谭鑫培也不容易，大东门外谭家湾在哪里？一个湾子一个湾子地寻找，泥巴路上来来去去，终于发现了谭氏家谱。消息传到北京，谭家后人都来认祖归宗。现在建了谭鑫培广场、戏楼，成了江夏的名片。罗田九资河也修了余三胜广场，塑了余三胜雕像，梅葆玖先生不大给人题字的，罗田人去了，战战兢兢地上门求字,谁知梅先生一听是余三胜,非常痛快,提笔就写,这是京剧的老祖宗啊。

回望历史,几代湖北艺人就宛如是一个团队,宛如接力,一代代赴京,落地生根,繁衍发展,余三胜生余紫云,谭志道生谭鑫培,谭鑫培拜余紫云,余紫云生余叔岩,余叔岩拜谭鑫培,谭鑫培之孙谭富英拜余叔岩,所谓"余谭不分家",几代湖北人的智慧交织交融,推动了国粹京剧的成型。那既有湖北汉腔特点,又为北京人听得懂并接受的湖广韵,就是这些湖北艺术家的生命和智慧。

2014年,武汉汉剧院整理复排《宇宙锋》进京演出,梅葆玖先生观看后不胜感慨道:京剧要向汉剧鞠躬啊!

汉剧在全国影响大,在湖北覆盖面就更广,有荆河、襄河、府河、汉河四大河派,荆州、沙市、钟祥、襄阳都曾经是汉剧的重镇。湖北众多地方剧种都受到汉剧的影响,直到现在,楚剧、花鼓戏、黄梅戏教学,还常常要请汉剧的老师。他们说,汉剧的东西就是多。

可是汉剧自己怎么样呢? 六千万人口的湖北省,如今只剩下一个完整的专业剧院——武汉汉剧院。

汉剧唱腔繁复曲折,跌宕顿挫,有韵味,但也比较缓慢冗长,圈里人开玩笑,说"辕门斩子的九腔十八板,上一趟厕所回来还没有完"。这正是汉剧的早熟,高度程式化,历史地看待汉剧,就能理解它的缓慢冗长。它是源头,记录了时代的发展轨迹,不可简单地摒弃或轻视。

我在日本看过歌舞伎演出,那是他们的传统艺术,他们是怎么对待的呢? 那天是大阪歌舞伎剧场落成演出,前厅摆满贺仪花篮,其中我看到了首相的名字。歌舞伎剧场都比较堂皇讲究,演出可以用奢华艳美来形容。服装漂亮得一亮相观众就要惊叹鼓掌。侧厅有歌舞伎展览,有小工艺品出售。观众中年轻人也不多,陪同的翻译也说看不懂,但不影响主流社会对它的尊崇。政府出资让小学组织学生观看,有的大人带孩子来看歌舞伎,还换上和服,侧厅还有传统风格的排档,卖没有油烟的和式小吃,幕间休息,观众去吃和式点心,他们说,这是日本人过去的生活方式,看戏也是一种体验。

尊重自己的传统艺术,在当下,怎么强调都不过分。

建议欣赏:罗田黄梅戏《余三胜轶事》和经典汉剧作品《宇宙锋》。陈伯华1952年以《宇宙锋》享誉京华,奠定了她汉剧旗帜的地位。

2.楚剧、荆州花鼓戏、黄梅戏。

(1)行当少。

以小旦、小生、小丑为主,也被称为"三小戏",如《葛麻》《天仙配》等。它们由民间说唱发展而来,楚剧"哦喝腔",荆州花鼓"采莲船""三棒鼓""道情""渔鼓",黄梅戏"采茶调""黄梅调"等,有民歌风,活泼、简单,以人声伴唱锣鼓伴奏。荆州花鼓也称"沿门花鼓""地花鼓",渔鼓简板伴奏。楚剧20世纪20年代进入武汉,受汉剧、京剧的影响,才有了乐队伴奏。荆州花鼓戏解放后50年代音乐工作者进入,配上了丝弦乐器。

（2）剧目少。

帝王将相的"袍带戏"少,家长里短的"生活戏"多。

汉剧多"袍带戏",恩施南剧、襄阳越调,与皮黄大戏有渊源,也唱"袍带戏"。楚、花、黄等起于民间的小戏多是"生活戏"。

楚、花、黄等小剧种生动自然,无拘无束,贴近生活,《荞麦馍赶寿》《何氏劝姑》《王婆骂鸡》《讨学钱》《安安送米》,直白朴素,都是日常生活的故事。

"汉剧把乞丐演成皇帝,楚剧把皇帝演成平民",行内人生动地概括了两个剧种不同的风格。

3.一位对楚剧发展起过重要作用的革命者——李之龙。

为什么要讲李之龙?在座都是共产党的宣传干部,我想介绍一下这位前辈共产党员,看看他是怎样对待我们地方戏的。

起初很意外,没有想到这样一个赫赫有名的革命者会关注被官府斥为"淫戏"的楚剧,当时叫"黄孝花鼓"。

李之龙是沔阳人,武昌两湖师范附小毕业,考入外国语专科学校英语科,毕业又考入烟台海军军官学校。这是中国海军史上著名的学校,大作家冰心的父亲、北洋水师名将谢葆璋先生创建并担任首任校长。李之龙在校期间,发动水兵和校工罢工,反对校方克扣军饷,被开除。

对于一个以革命为理想的青年,这开除似乎是成全了他。他马上就跟随董必武、陈潭秋在武汉参加了共产党,成为职业革命家。大革命时在广州当过苏联顾问鲍罗庭的英文翻译,担任中山舰舰长时,被蒋介石逮捕过,二十几岁就当了国民政府海军局少将,后升中将。

1926年10月北伐军进入汉口时,他在北伐军总政治部负责宣传。12月,他以国民政府中央俱乐部主任的身份接收了汉口民众乐园——当时叫"新市场"——改名"血花世界"。

李之龙有戏剧才华。十六岁在外国语专科学校就组织剧社,自编自演过一出话剧,在黄埔军校又自编自演话剧《新时代》。李之龙为什么没有搞自己熟悉的话剧,而要搞中国的戏曲,而且是地方楚剧呢?

一个重要的情况是新市场经营不善,亏损了几千元现洋,就要关门了。

这时李之龙是"血花世界"主任,北伐军一来就关门说不过去呀。必须尽快开门,但开门演什么呢?那时候可没有政府补贴,开门就得赚钱,不能继续亏损。话剧行不行呢?老艺人陶古鹏的回忆录提到,"经营不善"亏损的那一阶段,新市场演的就是汉剧和文明戏——话剧。李之龙要找不亏损的项目,至少目前不敢找话剧。

新市场有两个沔阳人,一个是游艺股股长,一个是股员。李之龙就向这两个沔阳老乡求教,怎么做才能赚钱?

两个老乡告诉他,楚剧最受欢迎,只有上演楚剧才能赚钱。

《楚剧志·大事记》记载,"李之龙到租界考察楚剧",尽管是大革命,他还是尊重规律,先调查研究。一个月后,即"1927年2月2日(农历正月初一),楚剧艺人陶古鹏、李百川率原天仙班应李之龙之聘,走出租界,以楚剧进化社名义在'血花世界'二楼首场公演"。楚剧由此取得了在汉口"本地街"公演的合法地位。"日夜两场,场场客满。一个场子不能满足观众要求,又在四楼给楚剧加辟了一个场子,仍是场场客满。""原来在租界卖三百钱一座,'血花世界'五百一张门票,看楚剧还要另加二百。""唱了不到两个月,就扭亏为盈,把原亏的几千元赚回来,还有盈余。"

李之龙为什么要把楚剧请出来呢?经济原因是其一。其二,也是主要的原因是什么?在他留下的文章中是这样写的:"楚剧是一种歌剧,其歌词有的就是优美的民间文学。"楚剧通俗,对白和唱词像家常话;楚剧故事多是恋爱婚姻、妇女解放、大家庭制度等社会现实,是"平民的艺术,民间的文学",因此是可以拿来表现社会现实的。

李之龙年轻、激进,在风起云涌的大革命中也说过头话,比如把楚剧比作《红楼梦》,认为"楚剧在戏剧中的地位,就是《红楼梦》在文学上的地位",那个时代冲动起来顾不上推敲琢磨的。

他反驳官府的"有伤风化"论,动了"狗屁""臭格言"一类粗口。他承认楚剧有低俗淫秽等内容,但认为"不能因此小故埋没了它的许多长处"。他理解并尊重底层百姓的娱乐需要。

阅读资料,很亲切,李之龙所作的许多工作,现在看都很有意义。

我们现在传承戏曲说要"出人才、出作品",却不料八十年前的李之龙已经这么做了。

出人才：举办楚剧进化社演员训练班，提高艺人们的素质，请名师授课，讲授中外戏剧史和艺术理论，他亲自讲授的是"演员的修养"。

出作品：整理传统剧目，改编文明新戏，还号召艺人们动手改编，成绩优秀者给予奖励。他亲自改编剧本《小尼姑思凡》，亲自导演，对化妆、服装、布景、灯光、伴奏和表演进行了全面革新，演出轰动。

《思凡》是个传统本子，看剧名会联想到怀春相思一类内容。小尼姑动凡心，不就是小姑娘情窦初开吗？寂寞深秋独守僧房，熬不住就胡思乱想，想着想着就忍不住要往山下跑了。昆曲也有演出，梅兰芳、程砚秋都唱过，其唱词典雅绮丽，缠绵悱恻不在话下。

李之龙一个革命者，一个大小伙子，怎么会对这样的戏感兴趣？

我甚至怀疑当年汉皋观众的审美水平，只怕是少见多怪。

带着这样的疑问，我到省艺术研究所资料室借阅了《小尼姑思凡》。

原来李之龙笔下的小尼姑，简直就是一追求解放的女青年，她也想找如意郎君，但爱情没有展开，展开的是她对自由的、自食其力的劳动生活的向往，正是大革命时代的主流。

大革命中的李之龙充满了火辣辣的激情，写到小尼姑下决心，扯下袈裟一丢，李之龙让她惊世骇俗地动粗口："去他妈！""跑他娘！""下得山去到农家，到农家去种庄稼！"好不痛快者也。

小尼姑由李百川、张桂芳和沈云陔轮流演出，三人都是李之龙培训班的学员。没有看到张桂芳的资料，不知底细。李百川则是汉口被誉为"戏才子"的楚剧名伶，沈云陔才二十二岁，已然大家风范。据说演出还开展了艺术竞赛评比，招待社会各界名流观看，一时汉皋震动，盛况空前。报界惊呼："楚剧革命第一声，平民艺术新纪元！"

楚剧为什么受到老百姓欢迎呢？李之龙认为：

"一、多半描写平民的生活与社会问题；二、唱词系极通俗的日常生活对话。"

我们现在说传统是宝库，要发掘，要整理改编，李之龙八十年前就提出来了，他说很多传统剧目"都是很好的材料，另行改编，即成为极优善的剧本"。《讨学钱》《亲家母过门》等喜剧，也"都有存在的价值"。

他还说"楚剧因布景简单演员不多，甚适合农村的宣传"，口气就像如今的文化领导。一个学英文出身的海军军官，青年革命家，进入楚剧才八个月，怎么就有这样的见地？不可思议之余,是由衷地钦佩。

他大刀阔斧地革新了楚剧,可对革新却又保持着理性和冷静,他说:"二月前看了楚剧界自命为革新了的楚剧,不由得我深为惋惜！我见他们把楚剧革新了的结果,完全是把楚剧自己的长处丢了来仿效人家的短处","为图自己存在,只好尽量去模仿京、汉戏","在演作方面,也是模仿大戏,加用场面,把自己特长的帮腔丢了","又学着新剧来强勉布景。咳！真是糊涂极了"。

八十多年前的话,也好像是对现在而言。

截至1927年7月,李之龙在汉口待了八个月。

15日,汪精卫政变,宁汉合流,共产党人转入地下。李之龙也离开了汉口。在广州他秘密策动海军起义,失败后赴日本避难。1928年2月6日,由日本经香港返回广州,被特务发现拘捕,2月8日被害于黄花岗。时年31岁。

噩耗传到汉口,楚剧艺人无不悲痛,暗设灵位遥祭。

李之龙留下了一些东西,无形的,却有价值。

六、湖北地方戏在全国的影响

"文革"前,1952年10月,第一届全国戏曲观摩汇演在北京举行,这是新中国第一次戏曲大检阅,陈伯华的《宇宙锋》惊艳,获得表演一等奖。据传梅兰芳先生说,看了陈伯华的《宇宙锋》,他再也不演这个戏了。楚剧《葛麻》也获好评,毛泽东看过,到武汉来还要问葛麻,后由上海电影制片厂拍电影。50年代的武汉楚剧团人才济济,团长沈云陔亲自参与移植改编了大批传统戏,丰富了楚剧的剧目和声腔,1956年参加文化部培训时,为全国三十个剧种的同行演出《二堂审子》,这是一个许多剧种都演过的戏,沈云陔领衔的楚剧《二堂审子》被认为"比原剧种都要好",被安排到政协大礼堂,加演三场。著名京剧演员高玉倩看过,印象深刻,多年后到武汉都提到过。

60年代,省戏曲学校师生创作楚剧《双教子》,广州珠影拍摄电影,也很有影响。百花凋零的"文革"中,楚剧竟然出了一个小戏《追报表》,并由长春电影制片厂拍摄,体现了地方剧种贴近生活,与时俱进的能力。

"文革"后至今有影响的地方戏剧目:

汉剧:《弹吉他的姑娘》《王昭君》《宇宙锋》;

楚剧:《狱卒平冤》《虎将军》《大别山人》《三月茶香》;

荆州花鼓:《站花墙》《家庭公案》《原野情仇》《闹龙舟》《十二月等郎》《生命童话》;

黄梅戏:《未了情》《双下山》《妹娃要过河》;

豫剧:《丑嫂》《山野秀才》;

枣阳曲剧:《刘秀还乡》。

这都是在国家级会演中获奖,或进京演出受好评的地方戏,湖北被誉为"戏剧大省","地方戏"功不可没。

地方戏在农村演出活跃,年节间,乡里聚会,宗族联谊,仍采用接戏班唱大戏的形式。"一去两三里,村村都有戏",许多地方戏剧团年节期间的演出合同从腊月签到端阳,有时一天要演两至三场。我在江夏一个村子目睹过老百姓"送幺台"的壮观景象,是省戏曲剧院的楚剧演出。晚上,老百姓打着火把,四人抬一张方桌,桌上堆放着年礼,排着队往台上送,火把形成一条长龙,明亮地逶迤着一直延伸到田间,这是大年的重要仪式,是老百姓欢乐情感的具象化。

所有文明国家都重视自己的文化遗产,中国昆曲早在 2001 年 5 月 18 日,就由联合国教科文组织在巴黎宣布为第一批"人类口述和非物质遗产代表作",国内非遗保护也加快了步伐。2006 年以来,我省的汉剧、楚剧、荆州花鼓戏、黄梅戏、恩施南剧、崇阳提琴戏、阳新采茶戏、随州花鼓等地方剧种已被列入国家和省级非物质文化遗产名录。

七、地方戏的传承与保护

我接触过马来西亚的马来语戏剧,澳大利亚的土著民歌舞,日本的歌舞伎、能乐等,知道他们有政府政策性的保护和资助,但他们是怎么保护,又是怎样发展的?我也缺乏了解,下面谈的是自己在实际工作中的思考。

咱们先探讨一下,什么样的地方戏是好地方戏?弄清楚什么是好的,有价值的,保护与发展时应该注意什么也就清楚了。

说说个人体会,我们到一个地方去,总想了解一下这个地方吧?吃吃特色菜,看看风景,领略一下当地风俗,对不对?看看在别处看不到的、跟别处不大一样的东西。那么,好的地方戏是什么样子呢?就是跟别处不一样的、有鲜明浓郁本土特色的戏!地方特色就是地方戏的价值,我们保护和发展时要注意的,就是不要把这些鲜明浓郁的地方特色给弄丢了。

目前普遍的问题是剧种的地方特色不浓,有人说是泛剧种化,就像大棚蔬菜,萝卜白菜一个味儿,苦瓜不苦,辣椒不辣,香菜不香,西红柿不酸甜。我曾与北京人艺一位话剧编剧谈地方戏,他是河北人,也说老家的评剧没有评剧味儿了。他说了一句很有意思的话:"把非洲人都抹白了那还叫什么非洲啊?"

要让地方戏有特色,要在哪些地方下功夫呢?

（1）声腔音乐。

地方戏的主要特色是声腔音乐,剧本可以各个剧种通用,声腔音乐不行。黄梅戏和楚剧、荆州花鼓的声腔音乐完全不一样,所以你要有地方特色,你就得保护它的声腔音乐。福建有个闽剧《贬官记》,由仙桃花鼓戏移植过来了,剧本还是那个剧本,声腔音乐变了,"哟哟依哟"一唱,严肃的公堂变成了农家的稻场,充满了乡土味儿和喜剧色彩,这就是声腔音乐的特色。

（2）方言音韵。

戏曲依字行腔,方言音韵是地方戏声腔音乐的基础,语言是有音乐性的,改变语言将使音乐变味。

荆州花鼓有个小戏《王瞎子闹店》,里面有一段数数,一二三三二一一二三四五六七,七六五四三二一,四三二一三二一,反复缠绕,绕不出去,一个个数字密不透风,还要字字清晰,考验演员的嘴皮子技巧,数到最后演员要断气,观众大笑鼓掌。无独有偶,天沔民歌《数蛤蟆》、新编花鼓戏《十二月等郎》中也有数数。我想知道为什么他们都喜欢用数字,就试着把天沔话数数与普通话数数、武汉话数数做了比较:一二三四五,普通话是平的;一二三四五,武汉话往下垮;再听听天沔话,一呀二呀三哪,三哪二呀一呀,一呀二呀三哪四啊五啊六(楼)啊七呀,高高低低,有起伏有韵律,非常有意思。

武汉话也有自己的起伏和韵律,每一种方言都有韵律,都有音乐性:

武汉话:"长江的水,轻悠悠,我们的爱情才开头,你是我的心,你是我的肝,你是我生命的四分之三。"

我的家乡江苏如皋话:"雪花飘飘,馒头烧烧,伢儿乖,吃鱼鳃,伢儿痛,吃鱼冻。"好听吧?

关于方言研究的意义,语言大师赵元任说:沿着语言之流上溯,或能找到古代中国人的发音。方言中多古音。

湖北许多方言都有古音。地方戏的创新发展中,就要注意方言的音乐性,挖掘方言中的音乐性和美感,写唱词就要注意,如此声腔音乐才能受到当地百姓欢迎。

初到文化厅时看地方戏,有一个戏在黄陂演出,好大场面,还有歌队伴唱,唱了半天我都不知道这是什么剧种。我不止一次经历过这样的情况,戏在进行着,安安静静的,一到"悲迓"出来,哗——满场掌声。"悲迓"过去了,又完了。坐在观众席里,可以感觉到老百姓喜欢什么。

《洪湖赤卫队》用的是天沔方言,"洪湖赤卫队,快跟贺龙回,活捉彭霸天,消灭白极会",你试试看,用天沔方言和普通话完全不是一个味儿。因为作曲家就是按照天沔方言音调写的曲子。一些美声演员用外语唱外国歌剧,起初不明白,以为故意显摆他懂外语。知道音乐与语言的关系才明白,咱汉语还有四声,你听一些外国人学汉语,发音对了,就是没有四声,怪怪的,俗话说"洋腔洋调",就没有四声。反过来用汉语唱西洋歌剧也比较别扭,估计外国人也听不惯。

怎样传承保护在实践中争议蛮大。在崇阳县参加过一次提琴戏座谈会,"创新"派说老腔不够用,不创新就要死;"保护"派说,提琴戏要姓"提",没有地方特色也等于死,会场上针锋相对很不愉快。提琴戏学会老主席是"保护"派,说县里举办三年一届的提琴戏艺术节,他去听了七天,没有听到一句提琴戏,好不容易来了一句老腔,全场鼓掌,可很快又收了,气得他拂袖而去。

交通改善以前,崇阳封闭,方言中保存着上古之音:玩叫"戏",黑叫"墨",回叫"归",都是古汉语。戏曲依字行腔,独特的方言形成了独特的音乐声腔,发音也特别,有假声。有人说是"杀鸡调",瞧不起,县剧团长期唱汉剧,都不说崇阳方言。我看了央视拍的农民剧团演的《双合莲》,才知道提琴戏是这样的,很古朴,有味道。我到县剧团去,又请他们唱当地的民歌小调,果然也很有味。前面说过汉剧的影响大,汉调艺人米应先就是崇阳人,50年代武汉来了几位老师,教的也是汉剧,我说,汉剧很了不起,可崇阳也有自己的东西,你要搞提琴戏,就不能摒弃本土的东西。

(3)如何创新。

今天被称为传统的东西其实都是前辈的创新,余三胜把汉调带入京剧就是创新,"不创新就要死"也没错。

可是文化是积累性的创造,老腔老调是多少代艺人千锤百炼而来,深受老百姓喜爱,经过观众检验的,你丢掉了确实也是死。

侯宝林说:"观众是我的衣食父母,我得把观众伺候好了。"这是根本,千万不要跟老百姓作对,不要自以为是。老艺人的创新,一是吃透了传统,二是尊重观众口味,今天这儿叫好,明天就保留下来,今天这儿冷场了,明天就要删减,要调整。为了生存,艺人们必须苦心孤诣地琢磨。程砚秋先生是喜欢创新的,搞《锁麟囊》的时候,一天,他兴冲冲地跑到师爷爷王瑶卿那儿,说:"我给您唱一段哭腔,您听合适吗?"一唱,师爷爷说好,"很恰当,还别致。"程砚秋说,这是从美国电影《风流寡妇》中受到的启发,他把外国花腔女高音的唱法揉到京剧里来了。这段唱腔受到观众欢迎,流传至今。

创新不是随心所欲,要吃透传统,要广泛的修养。而且有检验的标准,那就是观众的反应。

在日本看歌舞伎演出,我问他们是否创新,他们说,我们的智慧不够,只有先保留下来,相信后人的智慧。创新不了的时候,先把传统"原汁原味"的保护保存下来也好,至少老百姓还喜欢。

艺术永远追求的是最好,而不是最新。好了,新也就在其中。先不先就要创新,难免流于概念和功利。

(4)艺术魅力。

凡是艺术作品,都必须有魅力,要能够吸引人,传承保护地方戏,就要把它的艺术魅力发掘出来。

什么是魅力,就是一听就迷一看就爱,看了还想看,老百姓特别喜欢的你千万不要丢,要研究他为什么喜欢。

前面说过,中国戏曲有唱做念打,技术性很强,这是它的语言,是它的艺术手段,亦即艺术表现力。优秀的剧种应该有丰富的艺术手段和艺术表现力。戏曲有共同的语言,比如身段程式,各个地方剧种又有自己独特的东西,地域不一,养成环境不一,成熟度不一,高低不一,表现力不一,有的有特点,也有局限。比如越剧,婉约缠绵的风格特别有魅力,但慷慨悲歌壮怀激烈时,就觉得力度不大够。地方戏排行榜中,豫剧高居榜首,究其原因,不得不承认其地方特色与艺术表现力两大要素齐备!《西厢记》的缠绵悱恻与《程婴救孤》的义薄云天它都能挥洒自如,长矛大刀样样能行,加之汉民族大多都能接受的中原语言,它就成了覆盖面最广的地方戏剧种。

地方戏起于民间,艺人大多没有文化或文化不高,生存环境也在社会下层,下层社会口味的优劣都会在地方戏中留下痕迹,过去说花鼓是"淫戏"固然有封建道统的偏见,但传统的复杂成分还是必须正视的。传承保护地方戏也要加工提高,要筛选,否则会影响它的艺术魅力。

保护、传承、发展地方戏时要有热情,也要有理智,既要抓住剧种的风格特点,又要追求艺术表现力。没有魅力的作品会伤害地方剧种的传承,人家一看,哦,这就是地方戏呀? 下次就不看了。小剧种小剧团要扬长避短,抓住独特性,做力所能及的事,不是什么剧种都能走向全中国走向全世界的。县小地域小从业人口少,不要贪大求洋,许多传统戏都是靠折子戏流传的,艺术品质与大小无关。"前不见古人,后不见来者,念天地之悠悠,独怆然而涕下",就四句,力压千古。

传承保护还要注意成本,有限的资源用在哪里,要认真思考,不要搞花哨的大场面,要注意泥土草根的培植,向传统、民间学习,做扎实的工作。

怎样做扎实的工作呢?大家都在尝试,实践。

举一个例子,阳新采茶戏大家听说过吧?是国家级的"非遗",就阳新有个剧团唱,很珍稀的小剧种。第一届地方戏艺术节到省里来演出,我看了,当时很奇怪,怎么阳新戏不说阳新话?唱腔的地方风味也不浓郁。我不懂戏曲,只是顾名思义,地方戏要说地方话,不说地方话叫什么地方戏?后来在阳新看到农民唱采茶戏,说的地方话,可戏又不吸引人。演员衰老,力不从心,曲调也冗长沉闷。你说阳新采茶戏是国家级"非遗",可它不精彩,不吸引人,人家就不会发自内心地支持你。一次汉阳的"非遗"传承基地搞活动,邀请阳新采茶戏参演。县文体局就在乡班子里找了两个年轻女子,派专业剧团老师辅导,就是《访友》的一段,保持传统声腔的原汁原味,专业老师教身段,配打击乐伴奏,慢慢调整加工,弄出一个八分钟的段子到汉阳演出,反应不错,还让加演。这就来劲了,把八分钟扩展到二十五分钟,搞好后就在县城露天舞台演出,观众都叫好。我在现场看过,观众反应热烈。她们用的是地道的阳新方言,有古音,平平淡淡的大白话,唱来古雅深奥。有一段唱长达几十句,调子朴拙,一句咬一句,衔尾,接龙,顿挫切分,环环相扣,连绵不绝,步步递进,形成了一种很独特的节奏,打击乐队在旁边还附和,押着末尾的一个字帮腔,很有意思。现场很多观众都跟着帮起腔来,妙不可言。

人上一百,形形色色,音容笑貌把你区别于他人,独特的声腔音乐是地方戏独特的面貌,是地方戏安身立命的根本,是存在的价值。工业社会要"通用化""标准化",艺术则要"个性化"。"通用化""标准化"是地方戏艺术的大敌。

结束语:任重道远

剧种生存与发展的关键:

1.人才,2.剧目,3.市场。三者并重,互为因果。

中国戏曲是口传心授,肉身传承,丹江习家店青塘村有个"戏母子"姓王,家族传承,一肚子戏。去年"戏母子"死了,一肚子戏消失。鹤峰走马乡,柳子戏艺人谭文友,八十六岁,一肚子戏,唱不出,嗓子已衰老喑哑,面临人走戏亡的现实。

都知道要进行"抢救性发掘",找老人教已经不容易,找年轻人学就更难。年轻人不学,他要打工挣钱成家养家。即使有年轻人愿意学,却也不是都学得下来的,淘汰率极高。

著名戏剧家齐如山先生为梅兰芳写剧本，从事京剧研究著述等身，他访问过许多艺人，总结了好艺人的六条标准：1.好嗓音，2.擅唱，3.好相貌，4.擅演，5.好身材，6.擅舞。六条全具备很难，"每条都达到80分"就是上等人才。

旧社会普遍贫困，求生的路径狭窄，唱戏成为一条谋生的出路，庞大的贫困人口为戏曲提供了较大的人力资源。

社会进步富裕程度提高，唱戏不是唯一的更不是好出路了，农村苦孩子都不学戏，他要读大学，把爹妈接出去。唱戏收入不高，他怎么会学戏呢？高成本、低产出。不能上大课，老师学生往往一对一、二对一、三对一，学得好好的，一到变声期"倒仓"，前功尽弃。

有的戏只有一个老艺人能唱，他走了，这个戏就没了。我们说汉剧是"汉八百"，是形容汉剧剧目多，当不得真的，你问一问，谁能数得出八百？还有谁能唱？真正能唱的还有几出？大多数戏只是听说，看都没有看过，整个戏曲界都存在这个问题。

在襄阳听老艺人说越调《司马懿盗天书》，挺有意思。可这位七十多岁的老艺人说，他也只是听说，没有看过，不知道是怎么演的。上有一老，家有一宝，用在"非遗"传承保护上再恰当不过，老人是宝，青年是希望。

剩下的东西已经不多了，"抢救性发掘"是实实在在的"抢救"，趁他们还能动弹，录音录像，留下来。

这几年"申遗"的热情越来越高，申报成功后怎么做？希望像申报一样热情地做扎实的工作。政策靠政府，艺术靠自己，不能做懦夫懒汉。我不喜欢呼吁支持，我是非物质文化遗产，请支持支持吧。他凭什么支持你呀？你"非遗"不能吸引他，不能打动他，他觉得没有什么价值，当然不会支持你。"非遗"能不能传承下去，关键就在于现代人对他的态度，他能不能喜爱和尊重。我认同妇联的口号：自尊、自强、自立。好好发掘传统，把戏弄好了，用自身的形象赢得现代社会的喜爱和尊重。

文化工作有深有浅可深可浅，有红火热闹大轰大鞴，也有润物无声不张不扬，如阳新采茶戏，在文化站小屋里，两个农家女一句一句地教唱，孩子们一句一句地学。一个暑期过去，孩子们学会了一折戏，汇报演出，家长亲友看得也高兴，不论今后他们是否以此为业，采茶戏都会在他们的记忆中留下痕迹。

至于今后会怎么样，包括地方戏在内的传统戏曲会不会消亡，我无法预知，王国维先生说过，"凡一代有一代之文学，楚之骚，汉之赋，六代之骈语，唐之诗，宋之词,元之曲,皆所谓一代之文学,而后世莫能继焉者也",一切事物都有其兴衰过程,说不准哪一天它真的衰亡了呢。话虽这么说,元曲倒是辗转流传到现在,虽然发生了许多变化,但那脉络还在,所以说戏曲历史悠久,传统深厚呢。我们说传统文化,中国的传统文化很多就保存在戏曲中。这是必须尊重,必须敬畏的,不要随意摧残破坏。生态变化了,活得艰难,这就需要研究它的发展路径,从历史中寻找可以借鉴的东西,帮助它适应和发展,它存在着,生态就丰富,就会多一些比较和选择。也许就像江滩的芦苇,上面枯萎了,根系还在发育,咱们给它一点条件,不去人为地摧残,第二年它又会生长出来。

我们拭目以待。谢谢大家。

2014 年 1 月 14 日

田野的耕耘与采撷

在 2013 年"春雨工程"湖北省援助边疆和少数民族地区
基层文化骨干培训班上的演讲

题注：

　　我常跟管文物和群众文化的厅长开玩笑，我说咱们交换场地吧，我到你们那边去。我喜欢文物和群众文化。

　　这两边有活动我都想去旁听旁观，如果那两位厅长忙不过来，逢到有活动，我就自告奋勇地临时顶班，武汉话叫"挑土"。那次澳门康乐署来内地挑选春节民俗文艺节目，要去恩施，文化部有"非遗"中心的人陪同，到湖北咱厅里就得去一个干部，恰巧管群文的厅长外出回不来，外事处和社文处就问我能不能顶一下。我求之不得，好好好，我去我去，乐颠颠地去"挑土"，在恩施看了歌舞，帮着恩施市歌舞团把春节去澳门演出的项目争到了手。

　　跟群众艺术馆的朋友们也是这样熟悉了，不把我当外人，馆里几次办培训班都要我来讲话，我也乐于从命。

　　馆里的朋友们知道，我只负责专业艺术院团和美术馆、艺术学校的工作，群众文化不是我的"责任田"，但我那块地里的地方戏曲、民间艺术在群众文化中很活跃，群众参与度很高，这就有了交叉接触。群众文化总是热热闹闹的，参加的人多，大家都做得蛮高兴，我看了也欢喜。我们总是说要做文化强省，强不强要看整个社会环境的文化提升，要有群众的参与，光有几个专业院团几朵花不算繁荣。群文工作比我们专业的普及，城乡基层旮旮旯旯儿都有，你说他水平不高，可老老少少都喜欢，都来参加，爹爹婆婆都成了艺术家，这多好啊！咱们不是要为群众服务吗？这就是很有意义的工作。所以群艺馆一个电话要我来讲一讲，我马上就答应了。来了才知道这个班的成员来自边疆和少数民族地区，我不了解边疆和少数民族情况，不知道需要什么，事先想到的内容可能缺乏针对性，不能满足大家，但也来不及抱佛脚了，只有按准备的讲，先请大家谅解了。

一、认识的转变

先说说对群众文化工作的看法。

我是个话剧编剧，一直待在剧团，只知道群众文化是辅导业余文化活动的，用专业剧团的眼光看，业余的水平总是低一点，搞专业的不行了就转到文化馆去，专业是庙堂，居高临下，有优越感，对业余的是低看的。再加上搞话剧，从小学斯坦尼斯拉夫，体系还没弄懂，《大雷雨》《欧根·奥涅金》一类的戏倒看进去了。

人生的偶然性很多，认识的转变也有偶然性，事先一点也没有预兆，突然就被安排到了文化厅，整个人调换了位置和角度，再转眼看周围，许多事情就不一样了，仿佛突然点击打开了一个界面，也好像打开了一扇门，包括地方戏曲在内的各种各样的民间文化、民间艺术一下子都出现在眼前。过去看过没有？看过。知道不知道？知道。比如60年代就听过的一些民歌，《龙船调》《黄四姐》《柑梓树》，等等，也觉得鲜活生动，好听，不错，只此而已，要说有多么精彩，确实也谈不上。基本上是熟视无睹，充耳不闻。

现在怎么转变了呢？偶然里面也有必然，工作单位和职务身份的转变是偶然的，它给了我一个条件，一个走近民间文化的机会。必然是什么呢？是岁月人生对我的催化，天增岁月人增寿，年纪大了经历多了，对许多事情的看法必然变化了。何以见得呢？这就是听歌看戏时的感受，这是感性的，掺不了假，喜欢不喜欢自己知道，看到那些"土"的玩意儿，会惊喜，惊叹，好像突然发现了似的，蓦然回首，顿悟了，噢，真好啊，原来是座宝山啊。

大家知道那首《黄四姐》，"黄哪四姐呀，哎，你喊啥子嘛？我送你一根丝光袜子嘛"，完全是脱口而出，毫无矫饰之态。我搞创作，有体会的，这是我们创作中很难得到的东西，浑然天成。女孩子明明喜欢，却要反着说，送我丝光袜子干啥子嘛？小伙子说了："穿在妹脚上嘛，行路又好看嘛，做客有人瞧哟我的个娇娇！"直来直去，就是山里人的求爱方式，几句词儿就能看到活泼泼的生命，感受到年轻男女身上的热气。这是民间的智慧，是民间艺人的创作才华！特别是那双"丝光袜子"，神来之笔，送帕子、送镯子、送戒子，都想得到，写得出，只有送丝光袜子出乎意料，灵光一闪，天成。

据说《黄四姐》源自建始三里坪、高坪、红岩一带，那是通往宜昌的门户，汉口、沙市的商贾溯江而上，要从这里进山，山货要出来，也从这儿经过，是个商贸集散地，就出现了货郎游走的身影。"丝光袜子"说明有了近代工业，汉口、沙市、宜昌已经开埠，有了纺纱织布的洋机器。几段词儿信息量多大啊，就是一幅历史生态图景。都是大白话，日常口语，就能不衰不竭地流传，历经百年鲜活依旧，厉害不厉害？要不要佩服？咱们的作品有没有这样的力量？望尘莫及五体投地啦！

如今民歌走进了殿堂，《龙船调》都成了世界民歌经典，怎么来的？是一代代群众文化工作者辛勤采撷的，《龙船调》就是50年代利川文化馆的干部搜集的，回来又加工整理，参加的人很多。要保持田野的质朴自然，又要在艺术上更富有魅力，是一个群体的心血和智慧，艄公"我就来推你嘛"就是后来琢磨出来的，是一代人的积累。我们是站在他们的肩膀上，享他们的福了。

知道了这些就没有优越感了，庙堂的身段就放下来了，低下了头，应该向田野工作者们致敬了。

二、"龙骨"的故事

田野工作很辛苦。举一个"龙骨"的例子。那是70年代中，广东药材市场上出现了大批"龙骨"，惊动了古人类学家，发现作为药材的"龙骨"其实是哺乳动物化石，就追根寻源。广东人说，是从武汉药材公司弄来的，到武汉问，武汉人说是在巴东收购的。跟踪追击到了巴东，再问，就到了建始，也就是黄四姐的家乡。

建始有个高坪，群山错落沟壑纵横，整个恩施地区的山都大极了，高坪也不例外，喀斯特地区，大大小小的"天坑"密布，就是溶洞，"龙骨"就是溶洞里挖出来的。

华中科技大学有个建筑学教授张良皋，在回忆录中提到建始"龙骨"，那是抗日战争中逃难流亡，省政府办了联合中学收录孩子们，张教授当时就在建始的中学读书，看到老百姓挖"龙骨"，白白的长长的骨头，当作药材卖。历史的发展常常有信息阻隔，突然中断了，都不知道了，仿佛没发生过一样。就仿佛人体内的"迷走神经"，这是脑神经中行程最长分布范围最广的神经，支配人的很多功能和感觉，有些感觉进入"迷走神经"后，就消失了。"龙骨"好像也进入了"迷走神经"，消失了。直到70年代中，有老乡追野猪跑进洞内发现"龙骨"，才又浮出水面成了热点。一时都不干活了，都去挖"龙骨"，见洞子就钻。据说，从这些洞里挖出并销往全国各地的"龙骨"有上万斤。

北京的专家组是裴文中教授领衔的，他是著名的北京人头盖骨的发现者、古人类学家，在建始他们发现了早期直立人的牙齿化石。我去过那个地方，一眼看不到头的大山,一眼看不到底的山洞,想想当年的发掘,太难了,考验的不只是体力,更是人的意志,是咬定青山不放松的执着。恩施作家王月圣说,当年他还年轻,也跟着进了洞,带了些压缩饼干和水,在洞里待了七天七夜,出洞的第一顿饭好吓人,三个人一口气吃了六十个鸡蛋。

就那两枚小小的牙齿化石,"为探索人类的起源升起了新的曙光"。

文化田野的发掘也犹如寻找"龙骨",一点点地寻找,一点点地积累,可能会比较漫长,也是非常艰难的。许多生长过的,绚烂绽放过的文化被遗忘了,消失了,也进入了"迷走神经",中断了,阻隔了,现在的人们不知道了,这是很可惜的,是一种浪费。挖掘需要执着,要有耐心,需要的也不仅仅是体力,更考验着人的意志和职业精神。

三、群文人物

我是搞戏剧的,习惯性地关注人物,文化是生态,生态就离不开人的活动。我们都有这种体会,到一个地方游山玩水,美丽的风景会让我们开心。但是,让我们动心的,往往是人。人是灵魂。

走近田野,也有一些人物给我留下了比较深的印象。

1.江云。

这是我们省群艺馆的老馆长,在座有馆里的老同志,你们比我了解她,但是到馆里来,我还是要说一说她。她不是我的领导,没有什么交往,我纯粹是个外人。俗话说"墙内开花墙外香",是说墙内有一定的局限。咱们馆内对老馆长是很敬重的,不存在"墙内"局限。但是,墙内外的角度还是不同的,听听我这个外人的议论和评价还是有意义的。

江云很有水平,是老八路,一口"京片子"嘎嘣脆。这就少见,印象中一般"老八路"是比较"土"的,大老粗,没什么文化,一口土气的方言。可是江云却说漂亮的北京话,说明是大城市出来的,一点不"土",这就凤毛麟角。她是随大军南下来武汉的,武汉是中南局所在地,50年代就担任了中南出版社的总编。她文锋犀利,一针见血,口才尤其出众,1957年因言获罪。这是我听说的。

弹指一挥到了80年代初,文代会上劫后余生的人们见面了,交换各自的情况,感慨万千。听到有人说江云,我就问,谁是江云,在哪儿?纯粹好奇。旁边的人就指给我看,我还年轻,年龄差了辈儿,没有贸然走近。此后也没有接触。再听说江云,就是去年了。

这是在丹江六里坪,我拜访民间文学专家李征康先生。李征康说到自己的经历,提到江云,用了"恩人"这个词。

李先生说,80年代初,他还是个乡下的民办小学教师,业余喜欢写一写,在郧阳地区的小报上发过一些小东西。这时,省群众艺术馆在黄石举办培训班,主持人就是馆长江云。李征康带着自己的稿子去了。培训班不稀罕,办得很多,但像江云这样的领导却不多,她亲自看学员的稿子,提意见。不只是口说,是写出来给你看。李征康的稿子就是她看的。华中师范大学民间文学专家刘守华在培训班讲课,他觉得李征康可以搞民间文学,对李征康说:"江云给你看稿子,关起门来谁都不见,看完了这些意见,拿出去就能发表的!你按照她的意见改,改不了,马上回头跟我搞民间文学。"李征康后来果然搞了民间文学,他跟我说这件往事,是想说明江云的水平,出手就是文章,另外,也说明她的工作作风。

李征康从小生活在闭塞的乡下,不要说文学专业书,就连报纸都很难看到,带字的东西都不多,培训班提供了许多书籍供学员阅读,李征康激动得不得了,一有空就抱着读,如饥似渴。江云注意到了,有一天就说,你要看着好就带回去看吧。就这样轻轻的一句话,李征康一直记得,记得很清楚。

第二年又办培训班,地点在十堰,近多了,李征康又去了。还是如饥似渴地学习,生病都舍不得花时间去医院,看了病就急忙跑回来,一节课都不落。

后来的一天上街,有人喊他:"李征康,你出书了!"他非常意外。那人说:"在书店里卖呢!"他赶快跑到书店,一看,真的,是自己采写的民间故事《桃花洞》,长江文艺出版社出版的。他好生奇怪,后来问了,才知道是江云和李继尧送去出版的,怕出版不了,事先没有跟李征康说。李继尧是群艺馆的民间文学专家,笔名何伙,还为《桃花洞》写了序。

一本小书,让一个人确立了一生的道路,李征康从此心无旁骛,一头扎进深山沟发掘民间文学,吕家河民歌村、伍家沟故事村、清塘戏剧村一个个面世,中央电视台都到山里来拍摄,北京大学师生来山里考察,写出报告,海内外关注。

鄂西因为文化人的劳作,深山老林中神奇的宝藏呈现在世人面前。

伍家沟故事村现在建设得很好,游客去了可以在"故事堂"听故事,还有图文并茂的展板介绍故事村发现经过,其中有一句话:"老八路指明方向。"我问李征康怎么回事。李征康说,发掘过程中他经常向省里汇报,江云很重视,亲自到十堰,打算进伍家沟了解一下情况。可那时没路,她都花甲之年了,到沟口实在进不去。只好在乡里住下,听李征康介绍,看材料,一起研究。就那一次,她说:"很可能是个故事村,认定了,就沿着这个方向做下去!"这就是"指明方向"的来由。

下面的群文人到省里都要去省群艺馆,当时在武昌螃蟹岬,要经过大东门,十字交叉的路口,车多人多,也乱。李征康说,过街的时候江云总是拉着他的手,一边说慢点慢点,把他带过去。

这是小事,"老八路指明方向"也有突出领导作用之嫌,但是,李征康说到"恩人"时是那么诚挚,说了两次,让我回武汉代为问候,很有感情。关于江云,他心中一定是有很多内容的。

"江云们"的耕耘,在一大批基层文化人身上结了果,他们遍布全省,那些美不胜收的民间歌舞、故事、戏曲、说唱,都是他们的田野采撷。80年代初至今,让我们受益了几十年。

感谢"江云们"当时做的事情,他们谋划远大,不急功近利,埋头播种培育,就是我们常常说的,有前瞻性,做的是可持续发展的事情。

2.李征康。

不论怎样培育,最终还需要自己努力,李征康是很努力的。他是丹江六里坪人,早年很苦,当个小学教师还是民办的,搞民间文学后调到六里坪文化站,当过站长,现在已经退休。

我慕名拜望,邀请他一起去吕家河。我想吕家河民歌村是他发现的,如今成了远近闻名的文化旅游点,他也成了著名的专家,一定也愿意再去看看。谁知他不去,理由很奇怪——晕车。晕到什么程度呢? 晕到连六里坪都出不去! 怎么晕得这样狠呢? 他说,"在吕家河太吃亏了"。"吃亏"就是吃苦,亏了身体。怎么个苦法呢?

那是鄂西北大山区,与世隔绝,要不那些民间玩意儿怎么保存得那么好呢,封闭着的,电灯电话都没有,就住在一个小庙里。我去看过,小石阶上去,小院子,山里穷,菩萨也没有好住处,小庙非常简陋,就是几间小平房,芦席顶棚,大老鼠在上面窜来窜去直掉渣儿。山里人信仰丰富,相信万物有灵,人死了灵魂不死,要送到这里安放,小庙就是安置灵魂的地方。李征康就睡在这里,他说他胆儿小,一闭眼就看见很多小人儿,就起来把蜡烛点着,有亮光好一点,再睡,可蜡烛一会儿就烧完了,小人儿又来了,只得又起来点蜡烛。起起落落这一宿就过去了,一天两天不要紧,十天半月就受不了了,严重的失眠折磨得他痛不欲生。每次进去就要大病一场,出来就进医院,医院出来又进去,进去又是大病,反反复复把身体搞垮了。

一次在武当山最偏远的角落里采录民歌,借住在一个老乡家,夜里老乡突然把他和同伴赶出来,不让住了。大冬天,下着大雪,上哪儿去呢? 好不容易看见前面有一点灯光,就去求宿。门开了,人家一看是他们也不让进,说是书记打招呼了,不让留宿。为什么呢?因为你们是特务。真是匪夷所思。原来他和同伴带着录音机。就是那种砖头似的录音机,当时全县就两台,一台在财政局,一台在群众艺术馆。他们借的群艺馆的。山里人没有见过这个东西,见他们拿着到处找人说话,录下来,晚上回来放,在小本子上记,这不是特务是什么?与李征康一起的同伴是搞音乐的,就这次冰天雪地冻了十几个小时后,回去就不干了,改行当干部去了。

在伍家沟请人"拍经"也很难,"拍经"就是讲故事,人家不理他,他就帮人家干活,上房捡瓦,下地薅草,人说要磨面,好好好我去我去,挑上麦子一去好几里山路,磨好了又给挑回来,就是做长工了。他六里坪的家成了客栈,"故事篓子"来了,好吃好喝地招待,临走他给买车票。一个"故事篓子"孩子出车祸,他帮着处理,东奔西跑争取赔偿,肇事方还以为是李征康的孩子。还有一个"故事篓子"来卖小鸡,一来就病了,要李征康把小鸡卖了。两块的他要卖五块。李征康就去卖,在街边站了半天也没人买,只好找熟人帮忙,熟人说五块太贵了,李征康就自己贴钱,厚着脸皮把小鸡卖出去。

有个盲人很会"拍经",他总结武则天"乱宫不乱朝",高度概括。开始他不理李征康。李征康去他家,看房子要垮,就帮他修房,到民政为他争取残疾补助。房子修了盲人态度好了一点,一次到六里坪来,病倒了,李征康夫妇就像孝子孝媳,熬药煨汤端屎端尿,伺候到痊愈。盲人回去时,李征康送行,走到河边,盲人说,坐下歇会儿,我给你唱段莲花落吧,一唱就唱了一百多段。盲人聪明绝顶,上知天文下知地理,居然还能给生产队管账,十年不错一分。

发现青塘村时,李征康已经不能出门了。也是有缘,儿子又做了文化站站长,在青塘村驻队,听到村民们唱戏,回来跟父亲说。李征康教儿子一些民间戏曲的调查方法,有哪些角色,哪些戏目,哪些曲牌,有没有丝弦锣鼓,诸如此类。他告诉儿子,那一带曾经有过一个八岔子戏,你问问,看还有没有。

儿子按照父亲的指点到青塘调查,知道了八岔子戏,还有个神戏。回来向父亲汇报。父亲一听说,神戏?好东西呀!儿子蛮高兴,返回青塘告诉唱戏的村民。村民们说,请李老师来看看吧。小李说父亲晕车,来不了。来不了我们去!青塘人带上衣冠行头家业锣鼓直奔六里坪。当时河上没有桥,还是摆渡过来的。十几个人在台上演,就演给李先生一个人看。演完了都看着李先生,等他表态。

李先生感慨道:"嗨,没想到这个戏还活着!"

青塘地处武当山北神道,传说皇家道宫的砖瓦就是在青塘烧制的,有四十八窑、七十二窑之说,香客来了都要做功德背几块砖瓦上山。仿佛是对李征康的呼应,八岔子戏、神戏作为"非遗"确认后,一个叫"窑窝"的垮子发现了古窑口,报告北京,故宫博物院的古窑专家赶来了,村民们戴起神戏面具,敲锣打鼓又唱又跳地欢迎考古队。考古专家好兴奋,修建武当道场皇家神宫,历时十一年,动用人工三十万,点火和开窑的时候都要唱戏的呀!地下的古窑和地上的神戏宛若复活了一段消逝的历史。

人生就是两个字:向往。这是钱穆先生的总结。向往有对象,它推动着人的追求,追求的目标越明确,追求的意志越坚定。李征康先生就是这样的一个范本。

3.谭绍康。

也是一位退休的老文化站站长,我是在巴东溪丘乡王屋基村见到他的,这里有个村民堂戏团,他是辅导老师,正在拉胡琴伴奏。

为什么到巴东看堂戏呢?因为前两年省里举办地方戏艺术节,遴选参演剧目的时候,由我负责的评审组把巴东堂戏刷掉了。本来评审时有个原则,明确说了的,就是对小剧团小剧种适当照顾,因为他们困难一些,不能要求太高,能过就过。可巴东堂戏实在太差了,就在一个小会议室似的房间里表演,后面挂一块皱巴巴的布,这种情况怎么能到省里来表演呢?没看完就刷下去了。

猜想山区太困难,没钱搞戏,可没钱更得认真哪,想到省里来,还是得好好制作嘛。就这样,堂戏就没有来。湖北这么多剧种,大大小小都亮了相,录像片送来了又被刷下去的,只有堂戏。印象就比较深,后来到恩施就想去看看,了解一下是怎么回事。

一去就明白了,原来堂戏就是农民的戏,从来就没有专业剧团。大山区的农民跟平原发达地区也不一样,也要闭塞许多,忙时务农,闲时唱戏,唱做粗糙,都拿不出一把好胡琴。可就这么个水平的剧种,还挺活跃,鼎盛时期兴山、远安、房县、神农架一带都有,恩施地方戏南、傩、柳、灯、堂号称"五朵金花",堂戏就是其中之一朵。不能到省里来,人在山里照唱不误。

溪丘乡王屋基村有个堂戏团,就是几个农民自娱自乐,旦角的兰花指伸出来都是鼓鼓拐拐的,一看就是干粗活儿的。他们叫谭绍康"老师",请他辅导,非常尊敬。

谭绍康也当过老师,也是民办的,家庭出身地主,教师都没让他当下去,只好去跟亲戚学中医。民间真是有高人,这个谭绍康,出身不好嘛,一直受压抑,自嘲干什么都不成,可别人说他"门门清",干什么成什么。他不是学过医吗,一个孩子病得要死,父亲抱着到处求医都治不好,恼了,一扔,不治了! 母亲哭着把孩子拾起来求谭绍康,谭绍康七弄八弄硬给救过来了,孩子现在人长树大都娶妻生子了。我惊叹,说谭绍康你还不如就当医生呢。可是他说他喜欢文艺。改革开放后他就到了文化站,放电影,组织宣传队,说说唱唱如鱼得水。退休后又沿着神农溪上上下下搜集民间文艺,花了几年时间,堂戏、民歌、故事,一样整出了一厚本,三百多万字,手都写变了形。

谭绍康给我唱了一支歌:

> 小幺姑儿做双鞋(hai),
> 用纸包起等郎来,
> 郎许姐的包头儿,
> 姐许郎的鞋(hai),
> 针线不好你莫怪,哎伙也,针线不好你莫怪。

他嗓子并不好,沙沙的,但就是有一种打动人心的力量,是情歌,却唱得苍凉,有些忧郁哀伤。我把感觉说给他听,他说是啊,很多情歌都很悲伤。就是一个人儿坐在崖坡上,孤单单的,那么寂寞,看着那一层层走不到头的群山,这是一种人生的况味,是田野的本色。

"针线不好你莫怪"这词儿很有意思,田野里的东西,是粗糙一点,针线不好真是不能怪,但它能满足大山里的需要啊! 巴东是三峡库区,水位上升,有两千巴东人被迁移到了几百里外的沙洋。从山区到了平原,种柑橘的改种水稻,耳边是陌生的方言口音,不适应,想家。就把谭绍康请去了,干嘛? 教歌教戏,老家的山歌堂戏,聊慰乡情,多好啊。

谭绍康说,堂戏早先是在桌上唱的,走两步退一步,确实很简单。可老百姓喜欢,有自发组织的小班子,溪丘乡也有一个堂戏团。我去的时候,没有人,门锁着。我就问门口过路的老乡,这堂戏还有人看吗? 他们说,有人看哪,起屋上梁、伢们上学、老人做寿都要唱的。我问,好不好看呢? 他们说,好看哪,说我们这儿的事,就是我们的口音,比电视里的还"现实"——他们说的"现实"就是贴近现实的意思。

沿渡河的堂戏班子人多一点,那天下午演出,就在河边小广场上搭的台,观众很多,反应很热烈。有一个叫费天凤的女演员跟我拉家常,说她家就在旁边山上,有柚子和柑橘,很想摘几个来让我一边看戏一边吃,因为马上开演,来不及了。她其实很苦,女儿死了,儿子也有病,稍微讲了一点经历,我就觉得很悲惨。可她说她现在很知足,为什么呢?因为有堂戏。天气好她就会从山上下来唱戏,一唱就好开心。知道我是省里来的,她拉着我的手说,她最大的愿望就是到省里唱一次堂戏。弄得我不好意思,她不知道上次堂戏就是被我刷掉的。

这就有一点反省反思,田野的物产是自然生成的,是那个环境的产物,你不能脱离那环境来要求它。再说了,它的水平低,它的粗糙,说到底还是贫穷造成的,连套像样的戏装都没有,锣鼓家业也不齐整,唱得好一点的人能待在这样的地方吗?可它还是有它的观众,您嫌它水平低您帮助它提高不好吗?老百姓喜欢就不要轻易否定排斥,不要把"非遗"变成了"毁遗"。

4.孙邦固。

这是一位田野的采撷者,也是耕耘者,是一位创作过大量优秀音乐作品的音乐家。

也是湖北首届少数民族会演时,看到建始的一个节目《节节高》,是丝弦锣鼓,长梁乡民族小学的孩子们演奏的。他们去过北京,在政协礼堂为联合国教科文组织官员表演过,不同凡响。翻看节目单,编曲名叫孙邦固。晚会节目很多,他的名字不断出现,许多节目的音乐都是他作的。就向建始人打听,建始人说是恩施的。

在网上搜索,先看"丝弦锣鼓"介绍,说是清嘉庆年间有建始籍昆曲艺人由外省返乡,带回一些唱腔曲牌在家乡传授,"丝弦"即京胡、京二胡、月琴、竹笛等伴奏的板腔体戏曲音乐;"锣鼓"即本地的"薅草锣鼓"和"耍锣鼓"等民间打击乐,艺人们把本来不搭界的"丝弦"与"锣鼓"组合起来,既弹丝弦又击锣鼓,谓之"丝弦锣鼓",是个混搭品种。

有一篇孙邦固署名的文章,回忆寻找"丝弦锣鼓"的往事。是20世纪60年代初,听说有个"丝弦锣鼓"艺人叫肖茂荣,远近闻名,很想拜访。交通不便,他用"翻山越岭"来形容一路的寻找,好不容易找到长梁,一听乡干部说有啊,有个肖茂荣啊,孙邦固那个高兴啊,终于找到了。乡干部说肖家还在山里面,你们歇着,我们叫他来。肖茂荣一听这些文化人专门来找他,非常激动,跑着来了,马上招来了锣鼓班子,十几个人,就在乡里吹打演奏起来,各种各样的曲牌,还有技巧绝活儿,一连多少天,昼夜不断。孙邦固写道:"近半个月的日子,沉浸在古朴的'丝弦锣鼓'中。"那时候的农民不必外出打工,也不计报酬,孙邦固乞浆得酒,超过所求,长梁录访后,又找到肖茂荣的师傅尹明鹤老先生。孙邦固是这样写的,"与年逾古稀的尹老先生共同生活了一段日子",那时候文化工作者采风真是下功夫啊。

建始人知不知道这一段历史呢?去建始时就打听,问孙邦固来长梁采风的情况。县文化馆一位朋友也做"丝弦锣鼓"研究,他一听就摇头说:"孙邦固?他没有来过,'丝弦锣鼓'跟他没得关系!"

我非常意外,说看过孙邦固写的文章,回忆来建始采录"丝弦锣鼓"的事情。这位朋友打断我,说:"没有,没有这回事!"我都糊涂了,难道我记忆有误?不至于呀,那文章写的细节不是亲身经历很难编的。也许,这位建始朋友比孙邦固年轻许多,不了解当年的情况?大概吧。当时的气氛让我不好再问。

长梁人还记不记得呢?五十年前一个叫孙邦固的音乐家辛辛苦苦地来到这个大山里,搜集"丝弦锣鼓",吹吹打打记录了半个月。养在深山无人识的"丝弦锣鼓"之所以让人知人识,过了几十年还申报了"非遗",还组织小学生学着敲打,文化部的专家还来长梁考察,这一切自然不是某一个人的功劳,这是许多人接力式的传承,孙邦固是其中一员。我希望人们记得他。

这时,孙邦固在哪儿呢?就打听,恩施人说,他退休后住到北京女儿家了。在网上居然查到了他在北京活动的信息,是《新京报》的专访,他在女儿家所在的社区担任合唱团和乐队的指挥,还为社区写歌儿作曲,是个活跃的社区老人。

还有文章介绍他是恩施扬琴少有的传承人,这是一种古雅的说唱,不做商业表演,同好雅集,焚香净手演奏吟唱,居中操琴者为指挥,叫作"坐统子"的。文章称他为恩施民族音乐"坐统子"的人。

恩施朋友说,孙邦固常来电话,音乐上还有许多想法,想回恩施跟朋友们一起做。朋友们叫他快回来。他答应了。这话没有多久,他女儿却突然来电话,说父亲去世了。太突然了。才七十二岁。

舞蹈编导徐小平提到与孙邦固的合作,他为徐小平的《火塘》作曲,这是一个很不错的舞蹈作品,获得过全国大奖。徐小平说:"音乐也好极了!孙邦固写的!我一说想法他就明白了,一写就成,就是那个味道,音乐一响就跳起来了!"

"做统子"的人,是有田野根基的。

四、大家的视野

以前无知,以为田野是下里巴人,比不上高雅的阳春白雪,不上庙堂。却不知中国古代朝堂之上就非常重视田野,天子下令采风,每年七八月派人到民间采集歌谣,还有专管采风的太师官。天子为什么要采风呢?"观风俗,知厚薄",也是了解民情。饥者歌其食,劳者歌其事,不论是"关关雎鸠,在河之洲",还是"硕鼠硕鼠,无食我黍",

都是我口唱我心,是不假矫饰的真话,当官的要想倾听老百姓的声音,歌谣倒真是一个渠道。当然,也有说采风只是理想,不一定真的实行。存疑,不表。

咱们最著名的大学北京大学也采风,早在1917年就成立了歌谣研究会,征集歌谣,发文各省教育厅,还号召个人采集,出过不少歌谣集。

一些大文化人也重视田野。说近的,就咱们湖北沔阳的卢慎之、卢木斋两兄弟,都是著名藏书家、史学家,沔阳县志记述了民国十二年(1923)卢慎之写给朱自清的一封信,提到家乡的民间艺术和老百姓对民间艺术的喜爱,有很具体很生动的介绍。

再说一位大学者,也是湖北人,浠水籍的闻一多。抗日战争爆发时,他正是清华大学中文系教授。清华、北大、南开三所大学南迁组成西南联大,由长沙转昆明时,闻一多就组织文科学生步行团,干什么呢?由湖南到贵州到云南,一路西迁一路采风。南开大学有个叫刘兆吉的同学记录了这段行程,三千里,三个月,刘同学搜集了两千多首民歌,到昆明后整理出版,朱自清、闻一多等教授作序。两位先生赞赏刘同学的工作,序文体现了不同的精神气质。

朱自清祖籍浙江绍兴,出生于江苏东海,跟湖北人个性不一样,这里不说。就说咱们楚人闻一多,看他是怎么写的。

闻先生说,他读了这些歌谣,发生了极大的感想,特别是在日寇入侵民族存亡的危急时期,他希望国人注意:"在都市街道上,一群群乡下人从那眼角滑过,你的印象是愚鲁,迟钝,畏缩,你万想不到他们每颗心里都自有一段骄傲,他们男人的憧憬是——"

闻先生要我们注意这些乡下人憧憬的是什么呢?他就引民歌了,"快刀不磨生黄锈,胸膛不挺背腰驼","斯文滔滔讨人厌,庄稼粗汉爱死人"。

民歌中有大量的情歌,刘兆吉同学搜集时,一些妇女羞口,不好意思唱,还要做思想工作动员,也有人认为情色低俗。闻先生却认为,恰恰是这些情歌,表达了火一样炽烈的激情。它不是假斯文,不是鼠窃狗偷,"生要恋来死要恋,不怕亲夫在眼前,见官犹如见父母,坐牢犹如坐花园";"吃菜要吃白菜头,跟哥要跟大贼头,睡到半夜钢刀响,妹穿绫罗哥穿绸"。引述到此,闻先生很感慨地发问,哪一个都市人有这样气魄讲话或设想?"你说这是原始,是野蛮。对了!""人家要我们的命,我们是豁出去了,是困兽犹斗",我们要让他们看看,我们就是"几万万以'睡到半夜钢刀响,为采的庄稼老粗汉'",是"在大地上或天空中粉身碎骨了的男儿",我们要"拿出人性中最后最神圣的一张牌来"!

闻先生用了一个词:天阉。在亡国灭种的最危险的时刻,如果没有"庄稼老粗汉"的精神,那就是"天阉",就没有资格在这地面上混下去了。所以,这些民歌"是有意义的民俗的记录,刘先生的力量是不会白费的"。

　　好了,最后来总结一下吧,说了这么多话,都是对群众文化的赞美激赏,也是对年轻的群文朋友的期望。时代不同了,群文工作的环境和活动方式也发生了变化,但有一些精神还是需要的:

　　第一,江云先生的高远追求,培育人才,培护根本,做可持续发展的工作;

　　第二,李征康先生的吃苦耐劳,甘于寂寞,矢志不移;

　　第三,谭绍康先生对百姓喜好的尊重,服务百姓,与民同乐;

　　第四,孙邦固先生对民间艺术的热爱,向民间学习,从民间中寻找艺术创作的滋养。

　　法国史学家、文艺批评家丹纳在《艺术哲学》中有一段表述,大意是这样的,伟大的艺术家不是孤立的,在一个文化繁荣发达的时代或民族,或国家,往往有一些艺术家家族,大艺术家只是这些家族的杰出代表,犹如百花盛开的园林中的一朵更美艳的花,一株茂盛的植物的一根更高的枝条。在这些艺术家家族的背后,还有更广大的群众,我们听到艺术家的声音,在这响亮的声音之下,还有群众的复杂而无穷无尽的歌声,他们在艺术家四周齐声合唱。只因为有了这一片和声,艺术家才成其为伟大。

　　谨此,表达我对在田野耕耘采撷的群众文化工作者的深切敬意。谢谢。

2013 年 4 月 15 日

仰瞻乔木,回望乡土

在全省中青年文艺骨干培训班上的讲话

汉口万松园路省委党校礼堂

题注:

    到宣传部办事,遇到小曾,以前文艺处的小姑娘,现在大一点了。小曾说你来得好,正要找你。我问什么事。小曾说马上要办一个培训班。我说,哦,要我去学习呀? 小曾笑起来。我一瞟通知上有"中青年"几个字,也笑了,老太太超龄了。

    小曾说,给我们去讲一讲吧。我问讲什么。小曾说,《落地》就好。她说的是我那本小书,起先在网上看到其中几篇,就跟我说想看全部,我送了她一本。现在提及,我知道她也喜欢那种感觉。也是的,我也喜欢"落地",一想就踏实,两脚站在地上呢,放心了。

    行,"落地"就"落地",总归是地上的事情,看到的,听到的,有好多好内容蛮好的,说给大家听听也好。

我很幸运,近几年有机会也有条件到下面各县市走走看看,每到一个地方,包括那些犄角旮旯的大山区小地方,都会遇到一些文化人,有的是民间艺人,给我很深的印象。他们都很单纯,很专注,一门心思地发掘当地历史掌故啊民间传说啊,有的艺人身怀长技十分聪明,比如唱地方戏皮影戏、民歌小调什么的,不管外面如何精彩,什么市场经济他们也不管,就是埋头做这些事。我去了,只问他一下,话匣子就打开了,带着我到处走到处看,滔滔不绝如数家珍,生怕漏掉了一点点,恨不得把什么都告诉你。每个地方都有这种人,都在最基层,我很感慨,有一些体会,慢慢就写了一些文章,有的在北京等外地发表,就有反馈,有人给我发短信,说不光欣赏了美文,还了解了湖北的民间文化,很有意思。这对我是很大的鼓励,今天我也想从一位乡土文化人说起,也是与大家分享我的体会吧。

他叫高润身,鹤峰县走马乡白果村人,是一个退了休的中学历史老师,他注释了一本古籍,清代文学家、戏曲作家顾彩的《容美纪游》。我们省文物局在鹤峰考古,发掘容美土司遗址,这本书是重要的历史资料。我去鹤峰时知道了这本书。古文难懂,必须看注释,这就注意到这个注释者,哦,叫高润身。这是个什么人呢?就是鹤峰当地的吗?华科大张良皋教授考察武陵山区土家建筑,写了很多文章,他提到高润身,说到走马乡白果坪见到了心仪已久的高先生。

这就很意外,一个学者,怎么住在这样的地方?走马乡白果坪在哪里呢?在鹤峰县边沿,也是湖北边陲,与湖南交界,从武汉到鹤峰很麻烦,现在到恩施有动车,四个多小时,没有动车的时候,到恩施得一天。在恩施要住一宿,第二天再换汽车,恩施到鹤峰又是四个小时。到鹤峰县城就过中午了,挺累的,再歇一宿,第三天再去走马。中央民族大学有个著名的舞蹈编导徐小平,恩施人,80年代在恩施地区歌舞团,去走马搞过辅导。在北京我们见面,聊起鹤峰走马,我说风景很优美。她反问:"是吗?优美吗?"我反问:"不优美吗?"她说:"哎呀,惊险得不得了,下雨滑坡塌方,还有泥石流,吓死人的。"

现在公路好多了,不经恩施,从枝江也可以进去,武汉到宜都,到枝江,到鹤峰,还是要九小时车程。

一个文化人,一个学者,怎么会待在这样一个地方?远离中心。做学问总得要个环境,条件要好一点是吧,他怎么待在那儿?孤零零的,居然注释古籍?我很好奇。

这是一本游记,作者顾彩是孔尚任的朋友,就是写《桃花扇》的明末清初的戏剧家孔尚任。容美土司田氏几代都喜欢汉诗,爱跟汉族文人交往,跟孔尚任也有过从,《桃花扇》在京城首演的时候,容美土司的人就看过。康熙四十三年,也就是1704年,经孔尚任介绍,容美土司田舜年邀请,顾彩就动身了。

连接鄂、湘、黔、渝的一大片大山区,我们现在称为"武陵山区",顾彩书中称之为"武陵蛮",广袤千里草昧蛮荒。孔尚任还有个朋友在枝江当县令,顾彩就先到枝江,住在县令的衙署里。患小病,下人伺候着,跟他说容美危险得很,虎豹豺狼。这下人去过,迷了路差点丧命。顾彩一听害怕了,不想去了。可是容美土司已经派人来迎接了。来人说先生您可不能不去呀,土司刑法严酷,您要不去土司老爷会认为是我怠慢了客人,会要我的命!

顾彩只好上路了。农历二月初四由枝江出发,经过松滋,湖南石门,进入湖北鹤峰走马白果坪。就这么一段路，走了十五天。然后过大垭关，进入容美土司辖境的腹心地区。

流连四个半月，与喜爱汉诗的土司田舜年诗相唱酬，搬演《桃花扇》。走时不仅土司舍不得，流了泪，下人也依依不舍，说顾先生盛德所化，土司老爷也变了，割鼻割耳的酷刑都少多了。六月二十五日回返，走燕子坪、百顺桥，过河，到五峰湾潭，经长乐、渔洋关，进入长阳，回到枝江。

全程五个月零四天，文人戏墨有闻必录，滂沱大雨中打着伞就着篝火也要记录，山川胜景、民情风俗、社会经济、政治制度，既丰富又生动，而后整理出版《容美纪游》，成为后人研究土司文化的重要文献资料。

研究方志的人都会重视这本书，有一位著名学者，也是著名的辛亥元勋李书城，湖北潜江人，清末湖广总督张之洞选派到日本学习的学生，在日本结识孙中山反过来推翻了清政府。他立志救国救民，中国共产党第一次代表大会就是在他家召开的，他们家在上海有个楼房，他就把一楼堂屋提供给中共开会。抗战时他拥护"建立抗日民族统一战线"的政策，利用自己的声望和影响做上层人士的工作。解放战争时期，又为全国解放奔走呼号，支持和掩护共产党人进入武汉，称得上是解放武汉的功臣。这两年我写一些散文随笔，了解历史文化和民间艺术，一了解我就感觉到，有许多人是不能被忘记的。李书城也是不能忘记的一个人。30年代他担任湖北省通志馆馆长，编纂地方志时发现馆藏的《容美纪游》残缺不全，就请王葆心到北京查找抄录。

王葆心，又是一个不能忘记的，罗田人，光绪三十三年(1907)举贡考试名列榜首，方志大师。清代修书各馆有总纂官，主持编辑大型书籍，王葆心曾任北京图书馆总纂，30年代又任湖北通志馆总纂，李书城就请这位老先生和另一位总纂一起去北京图书馆查找并抄录《容美纪游》，一页页手抄回来。抗日战争爆发了，省政府迁往恩施，通志馆也要西迁，李书城要王葆心一起走。王葆心说我老了，体弱多病，会给你添麻烦的，我还是回老家吧。这样就带着大箱小箱的书籍文稿回到罗田，在老家整理书稿，主持重修《罗田县志》。元朝初年白莲教义军的首领徐寿辉是罗田人，为了踏勘历史遗址，了解徐寿辉在天堂寨用兵的地理形势，老先生扶病上山考察。罗田县政府非常尊重这个老文化人，花钱雇了乡民用滑竿抬老先生上山，正是战争当中，各种武装都有，挺乱的，乡里还派了带枪的乡丁保护他。罗田县北部山高，温度低寒气重，到底七十多岁的人了，劳累过度，在山里受了风寒一病不起，不久辞世。董必武先生是咱们湖北人，跟家乡的文人都有交谊，重感情，在重庆闻讯哀悼，亲书"楚国以为宝，今人失所师"一联以表其墓门。

李书城先生到恩施之后筹资出版《容美纪游》，依照的就是王葆心的这个手抄本。战时的恩施也有很多文化活动，李先生就发起了诗会，取曲水流觞之意，把诗会地点叫"曲水亭"。身在恩施，自然更想了解恩施，李先生很重视《容美纪游》。

高润身就是在恩施看到这本书的，他说，第一次看到这本书时还在上初中。不知道他看到的是哪一个版本。他说他一看就忘不了了。

抗战结束，李书城和省通志馆都返回了武汉，又是六十多年，时过境迁，物是人非，还有谁记得《容美纪游》呢？清代一个文人在山里游玩的书，跟现在有什么关系？如今以经济建设为中心，要GDP，房子票子车子，要高大上，《容美纪游》是什么东西？听都听不懂。要问跟我们现在的生活有什么关系？管吃还是管喝？都哑口无言。

可是，咱们搞文化的都知道，就是今年，咱们湖北，也是咱们国家有一件文化大事。2015年7月4日，在德国波恩举行第39届联合国教科文组织世界遗产委员会会议，通过了湖北咸丰唐崖土司城、湖南永顺老司城、贵州海龙屯联合申报的中国土司遗址项目，世界遗产委员会认为："'土司遗址'反映了13至20世纪初期古代中国在西南群山密布的多民族聚居地区推行管理少数民族地区的政治制度"，因此批准进入"世界遗产"名录。这给中国增加了一处世界遗产，也是我们湖北继武当山、明显陵后的第三处世界遗产。

这里说的是"土司遗址"，对不对？《容美纪游》写的就是土司！鹤峰容美遗址也是土司遗址！为什么没有进去呢？其实申报之初也提到了鹤峰的容美遗址，湖北、湖南、贵州几个遗址打包，是一个项目，容美遗址也可以包进去。可是容美不利，遗址太分散，大大小小分布在大山沟壑里。特别主要的遗址即容美土司行政中心——中府，被压在现在的县城底下，县城叫容美镇，就是当年土司的中府。上面是几百年层层叠压，老百姓在上面过日子，不是一幢房一条路，是整个城市鳞次栉比都压在上面，你要复原遗址就得把整个城市都掀开都挖了。谁敢？想想都摇头。分散的遗址点也不好办，这里一处那里一处，参观游览都跑不过来，修复的工程量也很大。"申遗"是三省一起做的，湖南动作最快，为什么呢？因为湖南原来空白，一处世界遗产都没有，他们原来要单独申报，十年前就动手，公路都修通了，遗址周边多少距离内都按照专业规范要求清理好了，工作做在了前面，遥遥领先。是国家文物局反复调研，决定把湖北、贵州拉进来，与湖南一起打包，叫做"中国土司遗址"，湖北这时才动手，时间就非常紧迫。世界遗产委员会两年一次大会，审批时间是既定的,都倒计时了,咱这儿还得从清场修路基础的工作做起。咸丰请来了省文物局专家坐镇,举全县之力背水一战。鹤峰呢?背水一战恐怕都来不及,范围太广了,只好放弃。事后专家们还是很遗憾,说容美土司遗址与那几处不同,也是胜过那几处的就是它有文字记载。文字是可以与遗址互证的,两重证明就很有力量了。咸丰那边发现一个字都是宝贝,容美遗址这边何止一个字,整整一本书!《容美纪游》中对容美土司辖域的每一个重要点都有记载,太翔实太生动了。有一个点叫平山爵府,《容美纪游》里写了的,顾彩在这里住过。我们省考古队在平山爵府做发掘的时候我去过,队长姓黄,他带着我到处转给我讲解,这里是什么那里是什么,他说,别的地方考古都是未知的,下面到底有什么,挖出来才知道。容美这里不同,有一本书,写得清清楚楚,这个平山爵府就描写得很过细,我们按图索骥照着书上写的挖下去就是了。

所以,考古的都知道这本书。

可是,如果不注释,《容美纪游》是很难读的,至少我是不会读的。

这是个陌生领域,容美?宣慰司?什么意思?历史漫长,人物众多,事件错综,不查找资料弄不懂,资料展开收不回,还是竖排,古人又不打标点不分段落,繁体字加生僻字,磕磕碰碰,阅读的快感都没有了。

好教师就是为学生扫清障碍,激发学生的兴趣。

高先生是个好教师,年轻的时候就年年当先进的。注释中他用扎实的材料、通俗易懂的语言介绍;他又像说书人,听他讲解,栩栩如生:顾彩骑一头大白骡子,带着行李,竹编大筐里还有锅碗瓢盆,一路叮叮咣咣,悬崖陡峭,骡蹄一趄一滑,步步心惊。

顾彩是无锡人,富裕之乡的文人,跑这儿冒这个险干嘛?高先生又为我们解惑,入情入理引人入胜。

在鹤峰,一卷《容美纪游·注释》在手,平山爵府在什么地方,地势如何,周围环境怎样,大小街道、学馆、戏楼、寺庙都在哪里,一路走一路对照。原文"平山爵府"四字,注释将近四百字。

藏书台又在哪里?好,爬上去看看。真的有一块平地,虽然树和灌木长满了,但扒开泥土和腐殖层,就可以看到残砖碎瓦。

土司上来读书,怎么上下呢?得有一条楼梯吧?

考古的按照书中的记述发掘,石阶就露出来了。天然巨石上有条裂隙,由下而上地曲折着,就在裂隙中加工打凿,形成了一级一级的阶梯。

书上说石阶很窄，胖子要像螃蟹那样才能爬上去。我去爬了，我不胖，但还是要手足并用，不"蟹行"就上不去。顾彩写得太传神了。

也要感谢高先生注释，让我读懂了。

华科大的张良皋教授考察武陵山土家建筑，专门拜访高先生，他写道，在鹤峰走马"得见心仪已久的学者高润身先生，他注释《容美纪游》，张扬顾彩，我们一见如故，大慰平生"。

看了张先生的文章我才知道高润身在走马，原先压根想不到，一个学者怎么会待在这个穷乡僻壤。到白果村打听时还有点将信将疑，我说高润身在这儿吗？村干部说，是啊是啊，在这儿啊。这才相信。村干部说，张良皋教授一来也问，八十多岁的人了，见了高润身那个高兴，像小孩子一样，拉着高先生的手说"我是你的粉丝，我是高粉！"又跟高润身一起去看顾彩睡过的大白果树，挽着高先生的胳膊拍照，说"我和高先生和顾彩先生在一起啦！"

我就去拜望高先生。就是一个鹤峰乡下常见的老木屋，有火塘，后门打开可以看见菜地，就是这样的环境，我问高先生，你怎么会想到要注释这样一本书呢？他说他看到这本书的时候，还是个孩子，一看就忘不了。

高先生的家乡30年代是苏区，有苏维埃政府，高父出去贩猪儿时被民团抓住，说是红军探子，活活杀死，随手挖个坑就埋了，尸骨都找不到了。母亲艰难地供他上学。

这里要说到抗日战争时湖北省政府实行的公费教育。当时中国是个穷国，湖北是个穷省，被日本人逼得不得不打仗，恩施是第六战区，陈诚回忆录里写道，部队战士有时一日只能吃一顿饭，多么困难哪。可是，"外敌欺侮更激发了滋培人力的愿望"，省政府决定，再艰难也要挤出钱办教育，用公费，"弥补寒家子弟的缺憾"，在恩施成立了湖北联合中学，二十二所分校分布在鄂西、鄂西北安全县份，让武汉及周边的两万多因沦陷失去父母接济的孩子在这里有饭吃，有书读。华科大张良皋教授当年就是在建始三里坪读的高中，本地贫寒孩子也受资助，高润身初中、高中都获得公费资助，因为成绩优异还拿到了奖学金。这也是不能忘记的！文化教育就是这么重要！张良皋，建筑学家，民族建筑学权威；高润身，中学老师，乡土学者。都是抗战时读的书，教育为民族保存了火种，气候适宜时就会成长，就会收获。

1957年，优秀教师青年高润身被划"右派"，当了二十年农民。浩劫过去，改正回校，子女又要顶职，他只得提前退休。直到1987年县民宗委要他帮忙整理民族史料档案,才又见《容美纪游》。

白天坐办公室,接电话,迎来送往,端茶送水;晚归小屋,青灯黄卷。他要实地考察,顾彩走过的地方都得去走走,他有严谨的学术精神,注释追求准确,可信。

比如书中提到的"百顺桥",他要去找,桥在何处,是何形制,建于何年,建桥的原委,命名的典故,旧址在哪儿,现状怎么样。"百顺桥"三个字,他注释了四百多字。我去过那个地方,两县交界道路崎岖,我从五峰过去,爬山爬得汗流浃背,当年高先生去可能更艰难,就是他在注释中写的,只剩了石门,老百姓叫它"大衙门""官屋场",注释中写了,这是当年的衙署。

注释工作期间还有小插曲,都是跟钱有关的。山区不是穷吗,那个年头搞文化工作更穷。注释要先找原本,确定原本,补齐残缺,勘误,还要查找资料,就要去北京出差。一说出差先要想到费用,要省钱,卧铺票贵,不买;而且,听说小偷也专门盯卧铺的人,坐卧铺的人有钱嘛。就买硬座,便宜一点。晚上8时45分上车,人多,拥挤,味杂,空气不流通,同事覃先生呼吸困难,越来越严重,几乎休克,到郑州只得下车抢救。北京之行夭折。再次北上,就查黄历,选了个吉日。

果然顺风顺水到北京了,国家图书馆规矩严,那时候还要介绍信。高先生没有身份,是民宗委的借用人员,必须有正式人员带着,这人就是县民宗委副主任熊先群,后来他们成为忘年交。他们要查皇谕奏疏善本古籍,这些专馆每周只开放一天,就是周二。早八点进门,下午关门才出来,在里面吃盒饭,资料不准带出,不许用手接触,翻页用夹子。高润身、熊先群分工,你一页我一页抄录。

一周抄一天,其他时间干什么呢?没有到过北京的,就到处逛。就逛出了两个小插曲:

先是瞻仰天安门,然后逛长安街,往西单方向走。一个妇女把他们拦住了,说给老公买的羊毛衫,请高润身帮着试试。五十八元一件,好便宜呀,试着试着就也买了两件。后来到西单一看,满街都是,一样的,十八元,腈纶衫。

接着乘车,遇小偷,又损失八百五十元。

于是换最便宜的小旅馆。地下室,厕所在头顶,渗漏。夜深人静,上面的声音声声入耳清晰可辨。吃饭也省了,一日一餐,就在街边流动餐车上吃。遇一少妇,东北人,中等姿色,戴隐形眼镜,热情,大方,同车进餐五天,混熟了。引得高先生也买了隐形眼镜,花了两百元钱,一天也没戴。

做事之难,有时候一些小事,题内题外的,曲曲折折都很影响情绪,这情绪又影响学术信心,会有挫伤。北京只是小插曲,可让你感到狼狈,都是因为穷嘛,处处寒碜。小插曲也会让人情绪低落的。高润身却没有低落,回鹤峰写了两首《北京行》,自嘲一番,继续伏案工作,还蛮坚强的。

数易其稿后,十二万字的《容美纪游·注释》终于通过了专家组评审,1991年12月出版——印数两千,定价2.40元。就是这本薄薄的小书,装帧简陋,很不起眼。双行夹注是六号小字,半个芝麻粒儿大,密密麻麻,考验读者的视力。知道的,当它是古籍整理的成果;不知道的,就当是普通的地方资料。

那个时代是很强调"集体"的,就这么个小薄本儿,序跋中还要写上"是集体智慧的结晶"。末页附了《容美纪游》整理小组成员名单,从顾问,到组长副组长,到成员排下来,一共十一个人。高先生排在最后,是第十一名,倒数第一。前面的身份都比他高,有教授、编审、民族研究学会会员、民委主任、协会理事,等等,身份写出来字数比较多、长长的。只有高润身后面字数少,俩字:教师。还好,俩字后面有个括弧,里面又是俩字:主笔。十一个人中只有他拥有括号,拥有"主笔"这俩字。

就是这个小薄本,不声不响地出版了。出版者和高先生都没有料到后来会有的反响。

高润身带着县民委发的奖状回到白果坪。十五年后,也就是2006年5月,容美土司遗址进入第六批国家重点文物名录,高先生已近耄耋,外面世界的精彩都与他无关了。

走马乡白果坪,与湖南慈利交界,土司时代那边是麻寮土司,这边是容美土司,两边交锋争斗,百姓避乱逃离。顾彩来时,一片荒凉,仅一株巨大的古银杏树,树洞也巨大,顾彩就是在树洞里避雨住了一宿,他把这株古银杏树写入了《容美纪游》。这是康熙年间。到雍正年间,土司制度衰灭,朝廷派流官取代土司的管理,设"巡检所"和"前司外委把总署",署址就在白果树旁。办义学,百姓回归,村镇复苏。

抗战时期宜昌沦陷,长江航运中断,鄂湘川之间的羊肠小道成主干线。东南的棉纱布匹百货,西南的食盐山货,都靠这条干线流通。走马白果正在干线上,沿途农家成了客栈,商贸繁荣,还开了一条半公里的街道,白果成了"坪"。

古白果树四周有石砌的围墙,这是乾隆和嘉庆年间两任知州拿出自己的俸银修的。过去的县官儿都是科考出来的,有文化,到一个地方都修史修志,他们肯定读过了顾彩的《容美纪游》,当地大白果树很多,为什么偏偏要保护走马的这一株,可见他们懂历史。培护这株古树是为什么呢?他们立了碑,把自己的意图记载下来，有这样一句碑文，"实固保障后之人仰瞻乔木，庶几有故国之思乎"。

走马老百姓也许读书的不多，没读过书不等于没有文化，你看他们对古银杏树的态度，多么尊崇，一代一代地培护。这是不是文化？所以古树一点也不衰老，一直郁郁葱葱生意盎然，那么高大那么醒目，抗战时竟然成了军事目标，日军地图上都标明了"白果树"。古树成了走马的"志树"，成了乡土的标志！

我去的时候是夏天，白果树伸枝展叶铺开来荫凉了半个操场，村里人就在树荫下打溜子，唱花鼓灯。走马的老白果树很多，还有一株也高大得惊人，仰头掉帽，据传30年代贺龙在树下整编过红军队伍，民间把贺龙整军的叫"武白果"，把顾彩避雨的叫"文白果"，都有精彩的说道。

临走我向高先生求书，高先生从里屋拿出一本《容美纪游·注释》，就是我手上的这一本，已经旧了，1991年12月第一版的。打开，扉页靠书脊这边有两行圆珠笔竖写的字，第一行"向端生自学之用"；第二行"恕不外借"。向端生是鹤峰作协主席，也是位作家。看这两行字，知道这书是属于向端生的，他要"自学"，很珍重，不外借。是什么缘故又回到作者手中了呢？也许是书中有印制的残缺瑕疵。来不及询问，只是一看这两行字就犹豫，接不接呀？高先生一笑，说，给你吧。我当然高兴，马上就让他题字。他的字已经有些颤抖了。但还是写得很周全，落款后没忘写日期：2012年7月29日。年底，也就是12月份吧，我的一本小书出来，想回赠，不知道邮编，怕寄丢了，就请鹤峰文化局局长向红艳转交。不料她回电话说，高先生已经去世了。非常突然。

再去白果就看望他妻子。我问高先生是个什么样的人。她说：老实，聪明。老实：埋头做学问，一介书生；聪明：能写能玩儿，民间的狮子灯、打溜子、花鼓灯，都会玩儿，老了玩不动了就给年轻人当顾问，连狮子灯的狮子怎样制作他都知道，一一指点，教给年轻人。过大年走马的狮子灯进县城表演，挨门恭贺，花鼓词儿必须唱出各个单位的情况，高先生即兴编写，随写随唱，急智惊人。

他留下一部文集，其中也记录这些生动有趣的民间玩意儿。山里寒冷，有烤火的习惯，有火塘，还有一种棉桌裙。就是一个小木桌，四边围着棉布做的厚厚的桌裙，桌子底下放炭火盆，脚搁在桌下，桌裙垂下来盖着腿，很暖和。高润身家也有，妻子说高润身一起来就坐在这张小木桌边写，写了一辈子。

我把这些写成一篇散文《高先生与〈容美纪游·注释〉》。发表时《长江文艺》编辑曾楚风写了一篇推介。我不认识这位编辑，刚才到这里看到咱们这个培训班学员名单，有曾楚风，所以我知道她现在也坐在这里。她好心，怕读者不看我的文章,因为"题材不够时髦,作者文笔清淡"。这是曾编辑的话,"题材不时髦"这没办法,"文笔清淡"是我的不足,谢谢她指出来了,以后我再努力。我不认识她,她却好像有点知道我,她在推介文章中说:"我印象里沈虹光近年写了不少文章是介绍湖北各地的民间文化及其代表人物的。"

她说得没错儿,我很高兴她注意到了。

我写过十堰六里坪的李征康,一个退休的乡镇文化站站长,起初是乡下民办小学教师,喜爱民间文学,钻进大山里搜集民间故事和民歌,住在破庙里,连电话电灯都没有,一蹲几月,搞病了出来,住院养几天再进去,病了又出来,养一养再进去,屡进屡出数年不懈,从老百姓的口边抠出了几百万字的故事和民歌,这就是"伍家沟民间故事""吕家河民歌",震惊业界,海内外关注。

我写过巴东县溪丘乡的谭绍康,也是退休的文化站长,做过民办教师、赤脚医生,沿着神农溪搜集民间文艺,巴东堂戏、民歌民谣、民间故事,出版三百万字资料专集。那年夏天他到沙洋去了,干嘛?教移民唱歌演戏。三峡库区水位提高,两千多巴东人被迁往沙洋,由山区到平原,由种果树到种水稻,不习惯,方言口音都不一样。移民们把谭绍康请到沙洋,待了一个月,就在那儿教移民唱巴东老家的山歌和堂戏。文化慰藉人们的心灵,多好!

还有省群众艺术馆的老馆长江云,李征康提到她非常感激,称她为"恩师",说你回去代我问她好。80年代初她主持培训班,当时还是民办小学教师的李征康就是这个班的学员。江云是个老八路里的知识分子,才华出众,给李征康看稿子,写意见,华师大民间文化教授刘守华对李征康说:江云这篇意见拿到报上都可以直接发表的。江云要求手下的群文干部扶持基层作者,以为他人做嫁衣为乐为荣,毫无自私自利之心。

何伙,本名李继尧,江云麾下的秀才,《布谷鸟》编辑,民间文艺家,擅长写民歌,是《幸福歌》的词作者。他给李征康他们讲民间文学概论,讲授搜集民间文艺的专业知识。李征康的第一部作品《桃花洞》,就是何伙送到长江文艺出版社出版的。看到铅字的书,李征康才知道他们帮他做的事,从此走上民间文化工作的道路。

我们都知道导演余笑予的大名,不知道他有个叫余少君的堂兄吧?余家人都有唱戏的天分,这个余少君没上过一天学,会识谱能编曲还能写词儿。1952年到北京会演,看了湘剧高腔《打猎回书》,回来就跟沈云陔一起琢磨高腔、移植,楚剧《打猎回书》的高腔好听极了,旦角演员都要唱的。他跟沈云陔一起移植了好多戏,至今都是楚剧的保留剧目。他带队到鄂东搜集高腔,老艺人唱,他记谱。他与其他搞音乐的不同,他从小学艺,是个好演员,老艺人没有文化,记性不好,头天唱的第二天可能就忘了,有的唱不团圆了,余少君行,能唱,这样转那样接,问是不是这样的,老艺人一听,是是是,后来记录的有的就是他唱下来的。"文革"受审查,仍不忘整理声腔音乐资料,形势稍微松动一点就开始工作,一个人在小屋里写,自己刻钢板,自己推油印机,一张张印出来,六十万字资料至今保存在省戏曲艺术剧院的资料室中。我写了他,编书时,我请人从资料室把这摞油印的资料捧出来,放好,拍下来,我说这照片一定要放到书中,让人们看看,他们默默无闻地做的实实在在的事情。

省艺术研究所的王俊,新四军五师的文化人,方光诚,地方戏声腔音乐专家,都是后学极为尊敬的前辈,编纂《湖北戏曲志》的时候,他们三下罗田寻找余三胜,终于发现了余三胜的宗谱。余三胜,余派宗师余叔岩的祖父,把汉调带入京城,是推动京剧老生唱腔成熟成型的重要人物。1983年版《中国大百科全书》中介绍他,关于籍贯还不确切,说他是安徽怀宁人,安徽保存的"皖伶谱"中也有他,日本一个叫波多乾一的学者在介绍中国戏曲的著作中,也称余三胜可能是"安徽人,其父行商,土著于北京,生余三胜"。

王俊、方光诚三下罗田,终于找到九资河七娘山,又是一番曲折辗转,拿到余氏宗谱时,激动得手都在发抖。余氏宗谱被称为中国戏曲史界当年最重要的发现。两位先生调查皮黄腔的源流,由襄阳起步,进陕西、翻秦岭,到甘肃折返四川,比对各剧种、剧目、声腔、曲牌曲调,访问瘫痪在床的老艺人,穿棉衣出门,脱成单衣回来,他们主笔的《中国戏曲志·湖北卷》获得文化部大奖。

杨匡民,武汉音乐学院教授,我以前对他一无所知,走访地方艺术时却到处听人提到他,潜江的杨礼福,称他恩师;荆州的胡曼,说跟着杨老师是他一生中受到的最好训练;蒋桂英,几十年里每年春节一定要给杨老师拜年。《阳新县志》中记载,1964年,带队到阳新调查把采茶戏挖掘出来,让这个民间剧种登上大雅之堂的也是杨匡民。在十堰,翻看郧阳花鼓资料,杨匡民的名字又跳了出来,原来他也参加了声腔资料搜集。这印象就很深刻了,这是一个什么样的人,怎么到处都提及他呢?我拜望了他,老教授九十七岁了。我看到他主编的《中国民歌集成·湖北卷》,概述也是他写的。他根据语言学大师赵元任的专著《湖北方言》,把湖北分成了五个方言区,照此展开调查研究,理清了声腔音乐与方言的关系,从中找出规律。我因为在文化厅工作了几年,碰到了地方戏声腔音乐的纠结,怎样传承怎样创新,不同意见争论很激烈。我是外行,只能凭感觉说说自己的观点。看了杨教授的书,恍然大悟,三十多年前他就说清楚了!

这都是因为工作关系走近了,是突然发现,蓦然回首,我感到自己的忽略,在湖北生活了一辈子,对湖北并不了解,忽略了许多不该忽略的。我们是站在这些人的肩膀上,在享他们的福呢!

曾编辑把我写的人物归纳了三点:

第一,他们"大多是生活在湖北偏远地区的,像高先生,一辈子待在鹤峰,如果只从地图上看,离武汉不算远,但实际上山高水长,路很难走,这几年交通才好些。过去很少有人想到那里去,只有那里的人一心想出来"。

曾编辑说的是地理偏远,还有心理的偏远,人在我们身边,王俊、杨匡民、余少君,都近在咫尺,我却茫然无知,不知道他们,漠视他们,在视野的边缘,心理距离很远,被遗忘了,也是偏远的。

第二,他们"是一群有真本事的人,他们能做的事其他人做不了"。

确实如此,与他们交谈,高润身、李征康、谭绍康等,就会感觉到他们是一些很有内容的人,不空泛不苍白,他们做的事情我们这些人确实做不了。你深入不到那块土地上去,你不能像他们那样年复一年蹲在那山沟里,你跟那儿血脉不相通,你下去了你的感受还是不一样,你做不了,也不可能做得那么好。比如我,就只能到吕家河听听民歌,走马观花,发点小感想,写篇小散文,如此而已。要拿出几百万字的民歌和故事,你要实实在在地住到那个山沟里,一天两天可以,一月两月就困难一点,一年两年呢?他们是把整个生命投入进去了,你做得到吗?

说到真本事,曾编辑发了一点议论:"如今这世上假货太多,而越是没有真本事的人往往越能折腾,折腾得无人不知无人不晓,而这世上的人又多半是只图个虚名的,所以最后闹得有真本事的人往往没人知道。这太不公平,也太坏事,坏国家民族的大事。比如高先生,这一生就编了这一本薄薄的印数很少价格很便宜的小册子,比不上很多人'著作等身'。可就是这本小册子,让我们深切地感受到高先生对学问的追求和热爱。"

第三,"这一群人是对地方文化发展真正有贡献的人"。

这句话我也深有体会,文化的发展繁荣,不是几个大中城市的发展繁荣,而是整个湖北大小乡村都要发展繁荣,道路有"村村通",文化也得"村村通"。高润身、李征康、谭绍康他们做的就是文化的"村村通"。不仅是鹤峰走马、十堰六里坪、巴东溪丘,还有许多偏僻的地方,我都曾遇到过高润身、李征康、谭绍康这样生活在最基层的文化人，他们是基础，是巍峨的文化大厦下面的小工，一生就在那里搬搬运运添砖添瓦。我们到那里去，很陌生，没有什么感觉。这时他们来了，给你一说一讲，带着你一走一看，哎，这地方就很有意思，有了历史，有了故事，有了人物，有了情趣，马上就生动可爱了。他们还会拿出一本书或一本杂志，自己编的，很粗糙，但你一看就肃然起敬，你感到他们也有敏感的心灵，也有很好的艺术感觉，他们往往很拮据，所以书出得很简陋，但有了这些，这个地方就有了内容，就不平淡，就有看头，有了魅力，这就是他们给后人留下来的财富，这就是这些无名的基层文化人的贡献。

　　"现在很多人感叹自己没有故乡了，按我的理解，'故乡'二字，一是指实在的山川草木田地房屋，再是指精神上的烙印——你对那块土地在精神上有所留恋，哪怕是一种食物，一副对联，一个人。""和山水草木房屋一样留存的，是让人敬仰的人物，人是地方文化的灵魂。"

　　这位至今未曾谋面的年轻编辑写道："看得出沈虹光希望有更多的人了解这一群人。"是的，我正是这样想的，这也是我的写作动力。

　　清代两位知州培护古银杏树，还立了碑，为什么要这样做呢？碑文上说，是为了"保障后之人仰瞻乔木"；为什么要"仰瞻乔木"呢？是让后来之人也有"故国之思"。碑文写得真好！

2015 年 8 月 25 日

"一定要问我们从哪里来"

——沈虹光谈地方戏的传承与保护

题注：

襄阳地方戏曲传承保护中心成立，我和襄阳文体局局长站在牌子两边，主持人一声令下，我俩双双抬手，把蒙在牌子上的红绸子拉了下来。大家鼓掌，我们摆姿势让记者拍照。

揭牌后就是研讨会。这是一个形式朴素内容扎实的研讨会，人不多，全是专家，有备而来，将发言编辑起来就是一个论文集。

旧日江湖人说，"有钱捧个钱场，无钱捧个人场"，我就是去捧人场的。省里都来人来参加这项活动，可见之重要，襄阳人也许会多注意一点，我就想起这个作用。果不其然，记者闻风而来，来了就好，提问吧，咱正好宣传宣传。我不是襄阳人，也不是戏曲业内的，没有王婆之嫌，说起来理直气壮，感觉挺好。

本访谈原载《襄阳日报》2015年11月30日第4版《汉江时评》，主持人：萧雨林。

"研究湖北的地方戏曲和文化，襄阳就有这么重要"

主持人：《汉江论道》，雨林有约。本期我们非常有幸请到了著名剧作家沈虹光老师作为我们的嘉宾。这次前来参加我市地方戏曲传承保护中心的专家很多，但为什么只请了沈虹光老师作为嘉宾？有人开玩笑说因为沈虹光老师的"官最大"，她曾担任省文化厅副厅长。说实话，我虽不是看谁官大，却也有些"私心"。首先是我非常喜欢沈虹光老师的为人。听她讲话，你会觉得是一种享受。她谈艺术，不仅仅是艺术本身，而是充满了对人的关怀与善意。二是我很喜欢她的作品。关于她的话剧创作，有媒体曾说，"如果要盘点百年来的中国话剧界，沈虹光的名字绝对不能不提"。剧作我是外行,去年我读了她的散文集《落地》。所谓"文如其人",她的文字非常干净、平实,没有任何拿腔拿调,却能一下子打进你的内心。这让我明白了,真正好的文章就应该是这样不靠文饰装扮、不端任何架子的。

简要介绍了沈虹光老师后,有请我们的主角"出场"。请问沈虹光老师,您今天在发言中说,研究湖北的地方戏曲和文化,必须从襄阳开始。那么,襄阳在全省乃至全国戏曲发展中是一个什么地位?

沈虹光:襄阳一直是个商业重镇,所谓"南船北马",南边的由水路而来,到这儿上岸,换马去北方,享誉百年的咸宁羊楼洞老青茶就是这样运出去的,从襄阳转旱路北上,穿过蒙古一直到了俄罗斯。由北边南下,要转水路了,襄阳也是一站。商贾往来,商路即是戏路,所以这个地方很重要。此外,汉水文化和长江文化在这里交汇,这块儿就会有新的东西产生,很特殊的。王俊老师和方光诚老师编纂《中国戏曲志·湖北卷》时,就是从襄阳起步的。他们说,不从襄阳起步,南边北边都搞不清楚。

主持人:您的《王俊先生》中有这样一段描述——为了探究汉剧的前世今生,她(王俊)曾带着戏曲音乐家方光诚,从武汉到襄阳,从襄阳"溯汉水而上,过郧阳,进入陕西安康,穿过汉中,越秦岭进入甘肃兰州","翻越六盘山到陇东环县,后折回陕西咸阳,入渭南,直插豫西,返回襄阳"。我很早就看过两位先生关于湖北越调和襄阳腔的文章。可以说,他们对襄阳正在抢救和力图恢复的湖北越调和襄阳腔的前世今生以及它们在戏曲史上的地位,是早已"定了调"的。

沈虹光:他们这一路访问了很多老艺人。王俊老师是做文本的,方光诚老师做声腔。他们把不同剧种的声腔和剧目进行比对,大量的、一个个声腔、一个个剧目地比对,比如剧目,这些剧目在山陕梆子里有,在湖北越调里有没有?在汉剧里有没有?占多大的比重?声腔也要比对,一样的声腔,在各个剧种中存在的形态,比重多大,有的是主腔,有的是小调,有的发生了变化,又与别的地方的声腔融合,像河流一样,有上下游,有干流支流,流经哪里?融合了什么,带走了什么,一路追寻查访它们发展的轨迹。经过调查研究,他们认为,作为梆子腔到皮黄之间的过渡声腔的襄阳腔,就是如今尚遗存于襄阳一带的湖北越调,它在汉剧、桂剧、滇剧里面都有痕迹,上游是山陕梆子、秦腔,下游是西皮,它就这样坐标似的兀立于襄阳,所以这个东西太重要了,是历史留给我们的坐标啊。

"搞戏曲工作,要有文化眼光"

主持人:您的《落地》中大多数文章都是写地方戏里的戏曲人生的,有学者说它是一部湖北的"戏曲人物志"。不过,今天高翔老师(武汉市艺术创作中心地方戏研究工作室主任)说,您以前对地方戏是排斥的。

沈虹光:我原来是省话剧院的,写话剧。2005年到了省文化厅分管专业艺术,戏曲是一大块儿,这才真正接触。以前觉得搞戏曲的人没文化,唱戏嘛,只知道戏里的那点儿玩意儿,"戏外"的东西知道得少。后来一接触,才知道戏曲真是博大精深,王俊和方光诚老师都很有学问,在戏曲里钻研了一生,还觉得有许多需要挖掘要研究的。方光诚老师说,王俊先生最后在病床上,还跟他说自己的想法,等病好了要做哪些哪些事情。传统文化积淀在戏曲里面,学问大了。这些年还接触过一些老艺人,发现很多老艺人即使没有读过书,也很有文化,他们才智过人,懂艺术,懂得事物的规律,能看透生活的真相,有很高的文化眼光和创造力。

主持人:您今天在研讨会上有句发言"一定要问我们从哪里来",语惊四座。这也不单单是针对戏曲而言。

沈虹光:现在我们都说要重视文化,特别要重视传统文化,但我们说不清我们从哪里来,传统就有我们的过去,是我们的初始,我们的路径。有首歌叫《不要问我从哪里来》,但作为文化,一定要问我们从哪里来。弄清楚了从哪里来的,才知道要到哪里去。这对一个国家,一个民族,一项事业,一个人都是非常重要的。这几年深入地方戏之后,我有种恍然大悟的感觉,我怎么什么都不知道? 就是不知道我们从哪里来的嘛! 我还是圈里人,那圈外的人就更恍惚。拿地方戏来说,阳新有个采茶戏,是国家级的"非遗",大家都知道,但它是怎么来的? 说不清楚。后来看资料才知道,它跟黄梅采茶调有关,很早就流传到江西,与赣北采茶戏融合,阳新是赣方言,这个采茶戏就在鄂赣交界的民间流行,是乡下人唱的俗戏,不登大雅之堂。阳新县城过去有戏班子,唱汉剧和京剧,解放后成立县剧团就是唱京剧的。1964年武汉音乐学院教授杨匡民带着一批老师和学生来到阳新,在田野搜集整理,采茶戏原来没有胡琴伴奏,整理时配上丝弦,当时正搞"四清"运动,年底,"四清"宣传队编了新戏,就用这个采茶戏演唱,从此登上舞台。这才半个多世纪,这个历史我这个文化厅干部都不知道了,你不知道历史,以后怎么发展? 要搞清楚我们从哪里来,不管是戏曲,还是历史、文化,都要搞清楚。历史上发生的事情我们知道得太少了。其实所有的工作都是把自己说清楚。把自己说清楚,看清楚,才知道我们今天是怎么回事,然后才知道怎么往前走。现在我们下了很大功夫,抓创作,振兴戏剧,是不是从根儿上做的,做得对不对呢? 只有弄清楚了怎么过来的,才能看到我们今天所在的位置,才能看清事物发展的规律。比如一个剧种,从哪里来的,怎么兴盛的,为什么能够兴盛,为什么能够流行,在现在变化了的文化生态中,它还能不能发展?想发展它需要解决什么问题,都可以从来的路径中找到启示。

越深入就发现知道得越少,比如湖北越调,为什么叫"越调",戏曲里面很少用这种以调式来命名的剧种,很多是以地名或乐器的形式,比如襄阳花鼓、随州花鼓等等。这都需要我们做大量的研究,把它说清楚。

主持人:我们襄阳的戏曲专家董治平老师说,湖北越调的形成跟移民有关,另外它也可能受"军戏"的影响,当时李自成在谷城驻扎了四年,他的义军从山陕过来,会把山陕文化带过来,在襄阳留下痕迹。董老师说研究越调,不能只研究苗,不研究土,这样的研究是不成功的。

沈虹光:是的,通过追根溯源,一下子就把历史从声腔的研究中带出来了。所以我们要做的研究既是戏曲的,又不是戏曲的。它研究的是人类生活和社会发展的共同规律,因为无论任何时代,人们都需要精神的东西。但正史中很少写人的精神生活这一块儿,于是就把历史弄得很窄。历史是个网状的,很难从一个点切断它,此果即彼因,每一个结束都是一个新的开始。所以研究戏曲,我们研究的是当时的整个文化生态,是人类的活动。

主持人:这就像您在写王俊老师的那篇文章中所写的——一段戏曲史,经纬纵横,铺叙了社会历史的广泛。

沈虹光:对于地方戏的传承保护,有人说要那么多剧种干什么,剧团现在又不能演出了,一句话就把百年历史留下的东西给否了。可是保护自然界物种的多样性大家都懂得,每一个物种都有它独特的作用,生态系统中物种越丰富,自然的创造力就越大。文化也是一样的,每一个剧种都有它独特的作用,剧种越丰富,文化的创造力也越大,可供选择的就多了嘛,京剧不就是在丰富的戏剧生态中,从各种地方戏中吸取了精华才产生的吗?孤零零的几棵苗是活不了的。所以搞这个戏曲工作,要有文化眼光,要弄清根儿上的东西。

"襄阳这帮人很了不起"

主持人:听说这次襄阳地方戏传承保护中心的挂牌,您给予了很多帮助和支持。之前您专程到谷城听了湖北越调,也多次到宜城、老河口的剧团调研,对襄阳的地方戏一直很关注。

沈虹光:襄阳市艺术研究所现在做的事情,有的省里都做不了,不是不想做,是没有人做。很多老专家都离世了,后面的人接不上,做不了。襄阳拥有这样一些老专家,像董治平老师、范光珠老师、杨顺适老师,懂历史,懂戏剧,有理论有实践,这就是宝啊。他们不为名利,不计报酬地做了大量的工作,很了不起。襄阳艺术研究所任所长是个明白人,盯着这些老专家,一步步怎么走都请教他们。我听说后很感动,心想已经做了这么多工作,何不挂个牌呢? 把旗帜举起来,对外是宣言,告诉大家我是干什么的,对内也是督促,挂了牌就要做事,有责任了。于是我就跟任所长建议,她一听就说好,马上开始筹备张罗,今天终于挂上了,为他们高兴。他们做得很扎实,挂牌不是走过场,有仪式,有研讨,事先做了扎实的准备,非常有内容,有质量。一帮人安安静静地开会,不追求轰动效应,谈的都是根儿上的东西,是很有分量的东西。

主持人:关于襄阳地方戏的传承保护,您有什么样的期望和建议?

沈虹光:首先是抢救。像湖北越调,这是襄阳自己的东西,是别人没有的财富。关于这块儿的资料掌握得越多越好。我们要通过研究,来复原当时的历史。历史如果没有这个东西,它是不完整。再就是希望他们能拿出活态的东西。这个东西不要大,但要"服众",要让大家看到当年越调的影子。

主持人:要拿出活态的东西,既要有人,要培养年轻演员;又要有钱,得投入。

沈虹光:现在想复制一个传统戏的经典,达到我们想象的高度,很困难。当初唱得那么红火,那是好演员磨砺出来的。现在要复制,也需要特别好的演员。要好演员就要拿出真金白银,培养人才。戏曲是"肉身传承",这种活态的"肉身传承"需要高投入。我第一次在谷城听剧团的小伙子唱高腔,很惊艳,越调原来是这样的,真好。但第二次到省里演出时,反应却比较平淡,没有在谷城唱得好。后来打听,说两个原因:一是紧张,在省里演出压力大,没有发挥好;二是疲累,平日要唱红白喜事,把嗓子唱疲了。可不给人唱红白喜事,光靠剧团工资又养活不了一家老小。好戏需要好演员唱,好演员的出现需要物质保障。所以,政府要保证文化的投入,它的重要性怎么强调都不过分。

主持人:如果要"复制"一台湖北越调的经典剧目,您有什么建议?

沈虹光:我很讨厌有的人瞎改。我们要向传统学习,敬畏传统,先得把传统吃透。你都没有吃透,原有的高度你都没有达到,你凭什么改呀? 地方戏一定要有自己独特面貌,不要模仿那些时尚的东西,要保持纯正。

主持人:对于襄阳这个地方戏曲传承与保护中心,您还有什么期望?

沈虹光:挂牌只是一个开始,要做的工作量还很大。要把历史说清楚,说不清楚的事情就要去了解它,要把工作做实。一步步地走,一件一件地做,千万不能急,不要追求轰动效应、成为热点,要实实在在地做出一点成果。文化就是这样积累的,它是润物无声的。摊子不要铺得太大了,我们的精力有限。能留下几本书,留下几折戏,留下几篇能说得清楚历史的文章,有几件事是实实在在的,就已经功德无量了。

主持人:做实,就是要"落地"。好的,感谢沈虹光老师的分享。最后我想再次重复一期《汉江论道》中的话作为结束语:城里乡间,搭台唱戏,是中国亘古不变的民俗;礼义廉耻,忠孝节义,戏台上最能生动体现中华民族的传统价值观念。正因为如此,传播、弘扬戏曲文化尤其是襄阳的本土戏曲,不应该只是戏曲工作者和研究者去努力和奉献,而是整个公共文化要去关注和推动的大事情。

2015 年 11 月 30 日

戏剧是个迷人的玩意儿

中国剧协第七届中青年编剧研修班

盐城温泉宾馆二楼天元厅

题注：

中国剧协来电话，说在江苏盐城办一个编剧班，要我去讲个课。

我说我都不写剧本了，讲什么呀？

剧协那位朋友说，随便，讲什么都行，反正就是你了。

江苏我是喜欢的，我就是江苏人，盐城没有去过，想去看看，就答应下来。

我也是怕自己太慵懒舒服了。想当年看戏，看到好的想写，心想我也能写得这么好；看到不好的戏也想写，心想我可以写得比这个好，像个皮球一拍就能弹起来。如今老了，没有那种按捺不住的冲动，也没有那个灵气了。内心给自己发出信号，花期过了。这么一想就理直气壮地懈怠起来，"闲来无事不从容，睡觉东窗日已红"，惬意死了。

剧协的电话把我给唤醒了，不得不振作起来，有的内容要翻书，看过的，模糊了，得找出来翻一翻。书上划了一道道杠杠，是自己划的，恍若隔世，有些划了杠杠的内容现在看还很有针对性，于是有些感慨，温故知新。

讲课要考虑内容，还要考虑条理，要让大家好接受，不能浪费大家的时间。总之，讲课对我是一次学习和锻炼。上了年纪的人，需要这种学习和锻炼。

戏剧是个迷人的玩意儿，让人又哭又笑。有人说那不一定，好多戏就不迷人。我说是啊，不迷人的戏那不叫戏。

幼年的印象对人的影响太深远了，我看曹禺的话剧《家》的时候还在上小学，住武汉大学珞珈山上。安徽省话剧团到武大演出,就在那幢现在是著名历史建筑的体育馆里,大人买票我看了。印象最深的是鸣凤找觉慧的那一场戏,太太把她送给冯老太爷做姨太太,明天一早冯家就要来接人,她来找觉慧,这是唯一能够救她的人。可觉慧非常忙,军阀要封他们的杂志,他必须连夜赶稿子,要把杂志印出来。隔着窗户,他跟鸣凤说,好鸣凤,明天好吗?明天咱们好好地说。可是鸣凤已经没有明天了。觉慧把窗户关上了,也把鸣凤唯一的生机关闭了。灯光把觉慧的头影投射在窗户上,鸣凤抚摸着这头影说,觉慧,我走了。虽然是小孩子也还是要掉泪。那时没有豪华的声光电,舞台朴素简单,可它就是动人,可见迷人的不是形式。我记得小时候看过的一些戏,至今仍留在脑子里的印象都不是用人民币制造的声光电。

话剧《茶花女》、越剧《红楼梦》,看这些戏时我都只有十二三岁,连座位都没有,站在台下,要把脖子伸到最长,够着还是看不到演员的脚,这也不妨碍我哭得一塌糊涂,眼肿得都出不去剧场。玛格丽特的命运,林黛玉、贾宝玉的爱情就那么让人揪心。戏剧就是这样展示了它迷人的魅力。迷人的戏能让人记一辈子。

有人说时代不同了,现在的世界太精彩,吸引人的玩意儿太多,都不看戏了。是的,这是现实,尽管这样还是可以试一试,好戏他看不看?他掉不掉泪?我也不大看戏,兴趣也转移了。有时候愿意读一读剧本,迷人的戏也少,想酣畅淋漓地大哭一场都不一定能办到。

一次参加曹禺戏剧文学奖评选,参评剧本有陈健秋的《水下村庄》。写的是一个村子,因为修水库就要被淹没了。村支书组织移民。他老爹死顽固就是不走,祖祖辈辈在这儿的,凭什么要我走?上高中的孙子高兴,想走,向往山外的生活。外面怎么样呢?支书说好极了。当然,他说的是假话。只有在妻子的追问下他才不得不说出真相。可是不管好不好都得走,水马上就要来了。老爹铁了心,死也死在这儿。支书一跺脚,一把火把自家的房子点着了。大火中孙子背起了爷爷,大水滚滚而来。看到这儿我就开始流泪。这是看录像,边看边擦泪,一大卷纸都让我用完了。故事放在1960年,正是最艰难的年月,从山区来到湖区,种种不适应,没吃的,去偷当地老乡的菜,引起殴斗。知道移民饿得腿都肿了,当地老乡说好吧,我给你吃的,咱们交换。这是平原湖区,缺少木材,就要支书老爹从山里带出来的棺木。这也得忍痛给呀,要活下去呀。就这样,泪眼婆娑中,支书妻子突然看到,自己从山中老家带来的小树苗活了。后来,支书牺牲在抗洪中,儿子长大了,做了县委书记,又回到山里移民。老家的村庄静静地沉在水底,儿子在水边跪下，说，先人们呀，你们为后辈儿孙受委屈了。这个戏让我哭了个痛快，我不是农民，没有被移民，但我觉得戏也写了我，就是我们这一代人，它是具象的，又有抽象度，扎得很深。

都说如今浮躁，显然大家都不愿意浮躁，可都不愿意浮躁却又都在浮躁着。我也浮躁，搞戏就怕观众坐不住，上来就要有吸引人的东西，要搞笑，要煽情，程咬金上来就是三板斧，不整个死人翻船就怕镇不住观众，合不合理另说。

前不久看了一出哑剧，西班牙的，人家不管中国人浮躁不浮躁，还是老一套，一笔一划慢条斯理地交待人物事件。哑剧还不说话，一点动静也没有就开幕了，一个家庭的居室里，一点也不现代派，就是老式的写实布景。演员戴着面具，后来谢幕看到演员都很年轻很漂亮，戴了面具看不出来，头发乱蓬蓬的，老了嘛，身子都佝偻着。静静地开场，一个戴着眼镜的老头儿在打字，嘀答嘀答的，一个老太太蹒跚地出来，磨磨唧唧地坐下，把身边的大提琴拿起来，开始拉。观众就竖起耳朵听，格儿——嘎——拉的什么？现代派？外国不是现代派多吗？后来发现不对，老是格儿嘎格儿嘎，不着调儿，老太太就是在胡乱拉。老头儿受不了，阻止她，她也不睬。门开了，又进来一个人，看面具和衣着形体是个年轻人，比较现代，哦，是儿子。老太太就黏着儿子，一会儿拿下墙上照片要儿子看，大概是儿子小时候的；一会儿拿出一件花条条的小毛衣要儿子穿，大概也是儿子小时候的。儿子进进出出，老太太就跟着，儿子不理她，门砰地一响走了。老头儿是个作家，书架上有书，桌上有书稿，老太太还把他的书稿都弄乱了，令他不胜其烦。慢慢发现不对头，老太太脑子有问题了，把袜子当手套戴。老头儿把袜子拿下来，穿在她的脚上，她把袜子扯下来又戴到手上，反复几次。上厕所出来，裤子也不提起来，就那么张着两条腿走出来，老头儿给她擦，给她提裤子。看着这糊里糊涂的老妻，他们的年轻时代开始闪回，演员换上年轻的面具，一个戴着眼镜的小伙子，文质彬彬，拿本书，等车。小姑娘来了，提一个大提琴，很活泼很轻盈的步伐就像要跳舞。与小伙子一起等车，一个有点迂阔，一个调皮活泼，这就有了故事，来来回回就认识了，恋爱了，一张大被单一蒙，两小青年就在里头折腾，大被单再一揭开，哎，一个小娃娃就举起来了。老头儿不再厌烦老太太，照顾她，可她最终还是去世了，就剩老头儿一个人。儿子谈恋爱了，结婚了，带着妻子和宝宝回来了。还是那种花条条毛衣，前面老太太要儿子穿，儿子嫌烦，不理睬。现在，儿子就穿着花条条毛衣，怀里抱的宝宝也穿着花条条毛衣，他们来看望更加衰老的父亲，一起拍照。观众看到这里都流泪了。经久不息的掌声。

据说，戏是根据一个真实故事慢慢攒出来的，三个演员一起搞了几年，沉醉其间，一天到晚在一起琢磨。一句台词都没有，成了名剧。在世界各国巡演，无不感动。到中国都已经来了几次。可见不论哪个国家哪个民族哪个时代哪个社会，只要想把戏弄好，就得认认真真地表现人的生活和情感，不玩花招，不走捷径，不哗众取宠，不奉迎讨巧，要有一种老实的态度，这是很笨的，也是很聪明的。

我想说什么呢？我想说一说环境对我这样一个人的影响，换一个说法，也可以说是我的局限。

法国史学家、批评家丹纳，很强调环境对艺术家的影响，他说，"所有的物质文明和精神文明的性质面貌，都是取决于种族、环境、时代三大因素"，他以每种植物只能在适当的天时地利中生长为例，说明艺术家和艺术品种、流派都不是孤立的，都是在一定的气候环境中产生的。

湖北有个宜城，1940年5月中日军队几十万人在那里厮杀，史称"枣宜会战"。著名的抗日将领张自忠就牺牲在宜城南瓜店的长山。我去的时候是3月，大地回春，有一个奇怪的对比，山下大片大片的麦田绿茸茸的，长山上却一片枯索，仿佛被炮火硝烟摧残了尚未复苏，很扎眼。山下山上气候一样，差异怎么这么大。我问了一下，他们说是土壤不同，山上是砾石地，只能长些杂树灌木，返青也迟。

精神产品、艺术作品、作家艺术家也受气候土壤的影响。并非都是"栽什么树苗结什么果"，土壤不对，栽的树苗可能长不出，长出来也结不了果，橘逾淮而为枳，结出来味道也变了。

除了自然的制约影响，丹纳还讲到精神气候，包含时代精神和风俗习惯，与自然气候一样，精神气候也对作品产生重要影响，在精神气候中，时代的精神状态始终占着统治地位。一个苦难的时代，苦难就是时代的主调。抗日战争爆发，保卫祖国反抗侵略就是时代的主调。反之，欢乐的时代，欢乐就是时代的主调。有时，艺术作品所表现的混合状态，也是与同时代的混合状态相符的。有人说，我们现在所处的时代，是一个最幸福的时代，也是一个最痛苦的时代；是一个富裕的时代，也是一个贫穷的时代。这时代是高尚的，也是卑下的；是文明的，也是野蛮的。现实是复杂的，精神气候也是复杂的。

人的生命体犹如一粒种子，种子中包含着各种因子，人的成长发展也有各种可能。旧社会下层孩子上不起学，金榜题名此路不通，成为知识分子的才能受到压抑，看到唱戏还能糊口，就学戏，于是戏剧因子就发芽生长，这是时代压力给有才干的人定下的一条发展之路。

湖北地方戏曲剧种很多，每个剧种都有悲腔，楚剧"悲迓"、崇阳提琴戏"哀调"、武穴文曲戏"哭四板"、黄梅戏"阴司调"、荆州花鼓"吊孝腔"。老百姓喜欢悲腔，听不到悲腔就不过瘾，没有"悲迓"的楚剧就不是楚剧。咱们盐城有淮剧，我看过淮剧《太阳花》，程澄有一段最动人的唱，那大约也是悲腔。

我们武汉有一出话剧《好听的都是忧伤的歌》，剧名特别能用到地方戏曲的声腔上，许多地方戏的悲腔都非常好听。

这也跟精神气候有关。

首先是艺人们对精神气候的感受。众多地方戏曲形成和兴盛的一二百年，正值清末民初，王朝衰落，外敌入侵，天灾人祸，民不聊生。我们湖北的江汉平原本来是鱼米之乡，可是水患连绵，各种各样的小调都是逃水荒卖唱乞讨时唱出来的。艺人们很苦，每天看到、听到、感受到的都是苦情，艺术天赋使他们比常人更加敏感，感受更加强烈深刻。当他要表达的时候，艺术的本质会使他把这种感受夸大和强化，推向极致。就是我们常说的，比生活更高、更强烈、更完美——哭号也哭号得更动人。

其次是观众的选择，他们爱听什么，艺人就唱什么。观众也生活在这个苦难时代里，也熟悉这样的情感，哭腔拖得长长的，"哇"字还要放开来往上一甩，撕心裂肺呼天抢地的感觉，马上就让人想到悲痛欲绝的妇人，非常逼真传神，观众一听就掉泪，就扔钱。观众的反应也刺激了艺人的发挥和创造。第二天，在观众扔钱的地方他会更加卖力，唱得更好。有人说楚剧的"悲迓"是嚎丧，也没错，生离死别、怨愤交集、哭告无门的时候，不"嚎"怎么受得了呢？"嚎"得艺术，长歌当哭。优秀的艺人都是表达人类情感的能工巧匠。优秀的楚剧旦角都很会唱"悲迓"，一口既出，顿时爆棚。悲腔就这样在时代的精神气候中日臻完善。

要适应观众，也要适应时代，"文革"中八个革命样板戏，那慷慨激昂的唱腔就是适应时代的政治需要。"四人帮"的专制强化着这种取向，只能豪放，不能婉约，只能宏大叙事，不能小桥流水，抒情也是革命的抒情，男女爱情就是靡靡之音，冲突就是阶级斗争。艺术家不可能往其他方向发展才华。要么搁笔封箱，不写；要么适应需要，改弦易辙。

"文革"结束，压抑的才华释放，文学艺术作品井喷似的涌现，话剧《于无声处》《报春花》《救救她》《曙光》，就是适应了时代对极左路线批判的需要。爱情戏也重新回归。记得第一次看传统戏，没敢直接上才子佳人，先弄个《林冲》试试，夫妻分别，林娘子的一抱，台下就爆发了热烈的掌声，可见观众对男女情感戏的渴望。

该说我的精神气候了，先看看五六十年代我的阅读书目吧。50年代末，配合新中国成立十周年，出版了一批长篇小说：《青春之歌》《林海雪原》《平原枪声》《红旗谱》《烈火金刚》《苦菜花》《迎春花》，等等。我都看了。清一色的红色经典。非红色的寥寥可数，《雷雨》《激流三部曲》，茅盾的《子夜》。这些作品为什么可以看呢？因为说是反对封建、反资本主义的。外国文学作品只有一家，那就是苏联的，《拖拉机站长与总农艺师》《金雄英雄》《被开垦的处女地》《静静的顿河》《日日夜夜》，写农村集体化，写红军。《安娜·卡列尼娜》是不许看的，看了要挨批评。《战争与和平》好一点，书名比较含糊，谁跟谁战争与和平？不确定。不像"安娜"，一听就不对。

下乡劳动时种棉花，看见农民用营养土做成营养钵，种子放在钵子里，发芽后再一株株地移栽。我们那时候的阅读，就是营养钵。我的营养钵是红色配方。

就在这样的培育下开始写作。从小作文开始。下乡配合"社会主义教育运动"演出，又到生产队劳动，住农民家。小作文就是《我的房东》。到一个叫彭兴店的地方赶集，就写《今日彭兴店》。因为读过一些红色的小说嘛，我的小文章也带有红色气息，比如，房东旧社会受过苦，我要写到新社会带来的变化；彭兴店的今日描写中，也要带一笔对旧社会的批判，等等，有政治倾向的。剧团团长是个艺术家，很有水平，出题改作业都是他，他夸我写得好。所以我现在对年轻人也总是鼓励，团长用的是红墨水，那些夸奖我的话是用红笔写的，让我好激动啊！

70年代初正式开始写剧本。

首先是深入生活。

那是非常重视生活的年代，不是因为艺术，是因为要改造思想，因为从小受到的教育就是要改造，而演革命戏写革命戏，就必须做革命人，这就要改造思想。年轻人谁不想上进呢？做什么都不甘落后，深入生活改造思想也蛮自觉。怎么改造呢？就是吃苦，蛮拼的。

第一个戏是写测绘兵的，跟随测绘兵到西藏生活，海拔5400米的山顶上有钢标，要爬上去。缺氧，剧烈的喘息，仿佛肺都要爆炸了。一行人中，我仅次于测绘兵战士，第二个爬上去了。这是我的骄傲。

下农村，学习老八路，看书上不是说八路军帮助老乡扫院子担水吗？我也挑水，扁担上肩前后乱翘，把水桶都摔坏了。锄棉花草就像《朝阳沟》里的银环，动不动就把棉花苗锄掉了。南方种水稻，蚂蟥多，趴在腿上吸血，不能尖叫，不能流露出害怕，要沉着，装得满不在乎地一巴掌打上去。

还下过小煤窑，大家知道张之洞创办的汉冶萍公司，黄石的铁矿煤矿都是汉冶萍公司的一部分。有一部电影《燎原》写的是共产党在江西领导煤矿工人罢工的故事。我去的小煤窑就跟《燎原》里一样，先要换衣裳，不光换外衣，内衣也要脱掉，因为煤渣细极了，会一直渗进里头去。腰都直不起来，矿灯戴在帽子上，就那么往里爬，当时胆子也不知道怎么那么大，就想着要锻炼自己。坑道里的工人是不穿衣裳的，带我去的工会干部姓曹，在前面爬，叫工人把衣裳穿上，有女同志来了。工人们就笑，说老曹你明晓得我们找不到老婆，还要带个女的来。

　　这段生活有个好处，增广了阅历，丰富了见闻，知道了自己这个小圈子之外的世界。还有一个好处，当时没有功利心，不是捞一包材料回来就现炒热卖地写。那时候讲体验，体验就不能急，人家工农兵怎么过的，咱也得过一下，干一干他们的活儿，获得真实的感受，那是我最沉下去的一段。

　　生活有了，该写了，怎么写呢？这就要讲技巧了。

　　我有两个课本，一个是上海戏剧学院顾仲彝先生的《编剧理论与技巧》。省话剧团资料室还不开放，因为搞创作，被批准进去找资料，翻到了一个油印本。一共六章：题材、主题思想、戏剧冲突、戏剧结构、戏剧人物、戏剧语言；三种结构方式：锁闭式、开放式、人像展览式亦称"冰糖葫芦式"。顾先生的语言很生动，形容奔向高潮的剧情就如同一匹奔向悬崖的骏马，必须紧紧地带住它的缰绳，拽住，在紧张中延缓高潮的到来，维持悬念，高潮的到来也就是剧情的突转，豁然开朗。

　　第二个是《闲情偶寄》，大概是过去创作组需要，从书中摘了结构那几节，也是油印的，立主脑、减头绪、密针线，讲的是布局谋篇的方法。

　　两个课本让我如获至宝，那感觉就是得到了秘籍，一卷在手所向披靡啦。这就开始干了。没有想到，还是不行，就像吃了个闭门羹，一把大锁在眼前，你手上的钥匙挺好的，可是锁孔不合，进不去，打不开。

　　怎么办呢？

　　没有办法，至今我也没有办法，写作时常常会碰到困难，写不出来，很苦恼，失败情绪笼罩着自己。怎么办？没有人能够救你，编剧法也救不了你，只有自己苦熬苦斗，或者另起炉灶，或者硬着头皮继续写，另起炉灶也还是写。除了写还是写，没有别的办法。电石火光也得是经历了黑暗后才能出现呢。

　　那一阶段参加了三个戏的写作：《高原风雪》，就是那个写测绘兵的戏；第二个是《凌云峰》，农业学大寨的；第三个是《大江东去》，写董必武的。

　　《凌云峰》是独立执笔的，以一个大队支书做原型。此人有个性，最可贵的是不唯上,敢抗上。他是个很有经验的农民,按照自己的经验种地,不听上面瞎指挥。他那个地方水冷,他认为不能种双季稻,可是上面说要以粮为纲,提高产量,下了红头文件统统种双季稻。全县都执行了,就他不执行,别的大队干部都不敢顶,就他敢顶,全县出名儿。他的抗上为老百姓保住了碗里的白米饭,他那个大队群众的口粮标准全县最高,全省有名,上面来的干部就有点怕他。遗憾的是群众也怕他。他一言堂,作风简单粗暴,一个妇女称病不出工,他竟让妇女队长检查月经带。有一对男女婚外情,他下令抓起来游乡。我跟群众一起干活,连常见的、让人解乏的荤笑话都听不到,谈虎色变。这样一个人怎么成了学大寨的先进典型呢?就一条,他地种得好,粮食高产,群众吃得饱,大多数群众还是拥护他,在"以粮为纲"的年代就一俊遮百丑了。写《凌云峰》就是到他队里生活,前后几次总共一年多,很深入了。怎么写呢?很为难,不光抗上不能写,压下也不能写,你写学大寨,结果把大队党支书写成了一个恶霸,不行吧?那是一个禁忌多多的年代,不可能表现真实的生活,都搞"假大空",化为了创作者的自觉,不用领导监督,自己就退缩,这是那个时代的精神气候。

改革开放是历史的转折,也是写作的转折。北京电影学院编剧班一年的学习,是重大的改变。作为教学内容,我们要看大量的外国影片。到北京第一天就看了两部美国片:《刑警队》《煤气灯下》。第一部是写西方国家与阿拉伯国家做石油生意的交易黑幕,金钱与政治交易,发生命案,刑警队长侦破,是情节性很强的政治片,叙事节奏很快,习惯了传统叙事的我们开始都跟不上。第二部《煤气灯下》,英格丽·褒曼主演,好莱坞名片,人物心理复杂,故事引人入胜,讲电影史时老师介绍了,叫"心理谋杀片",利用心理暗示,让对方自我怀疑,从而掩盖真正的罪犯。

当时正在批判"四人帮"的文化专制,北京非常活跃,大家都在反思。我这一代人都经历过"三突出""高大全",都这么干过,走不通时也苦恼,苦恼的不是看出"三突出""高大全"违背规律,而是苦恼自己不能"三突出""高大全"地写出戏来。你呼吸着那个空气,反感它,也受它影响,这就是那个时代的精神气候。

这就是我的局限,我的先天不足。前面说过"营养钵",那营养成分就有缺陷。1936—1937年吴宓先生在清华大学讲授"文学与人生",他给学生开了一个书目,从"四书"、《毛诗》、《礼记》、《春秋左传》,到中华书局、商务印书馆出版的西方小说,中外古今一大堆,都是人类文化的经典。

吴宓先生说:这是"每一聪明正直的男人和女人都应当阅读的""基本好书",

这些书"是关于每一个男人或女人——不是关于民族、国家、家庭,或社会的或经济的阶层的"。看看这个书目,看看吴宓先生的话,就让我知道自己有多么深重的缺憾。在一个不正常的年代开始阅读和写作,特别是少年时代所受的教育,会进入人的潜意识,影响你,伴随终生。

电影学院之后第一篇作品是小说。为什么写小说而不写戏呢?我喜欢小说的自由,没有剧团催稿,没有领导布置任务,从写什么开始便是自己做主,任性,跟着感觉走,领导也不看小说,不审查,编辑部说行了就发了,多好。就这样一连写了好多小说。不得不写戏是因为拿着剧团工资,尽写小说说不过去。剧团我的老师也督促我,要我跟她一起到学校采访,就这样准备写戏了。

心里觉得戏剧落伍,小说都玩意识流,都先锋荒诞了,戏剧还在什么题材什么主题思想的。奇怪的是让"文革"闹的,好像什么人都懂文艺,动不动就问,写什么呀?什么主题呀?哦,蛮有现实意义嘛。等等。谁都懂戏,就自己不懂。挺烦这些,因为我写东西最不喜欢这么讲来讲去,不想别人问,也不想跟人说。更多的时候是独自闷在心里,自己也是朦胧的,模糊的,慢慢琢磨,这样那样地选择,是很个人的精神活动。

小说好,没有人问你,也不直奔主题,可以放手放脚地写细节写人物,不必死死地盯着主线副线搭架子,一个冲突、两个冲突。特别追求戏剧化时,有时会把复杂的生活和人物简化了,过滤了,一不留神"三突出""高大全"又可能卷土重来。

那么,这个儿童剧怎么写呢?找了一些儿童剧剧本来看,觉得仍然有小英雄小八路的影子。一个为主的孩子,比较正确,对立面是有毛病的孩子,中间有几个摇摆的,围绕一个事件,展开冲突,最后解决矛盾,正确的更正确了,有毛病的受到教育,跟写大人一样,有个既定的套路。

开始也不知道怎么写,但"绝不能走那条老路"我是很明确的。采访回来就坐在小屋里冥思苦想,有时候都绝望了,没有路了,突然电光一闪,突然就豁然开朗。

第一,写什么?那个时候,市场的、金钱的冲击已经开始,传统的道德精神也由此动摇,一些老师忧心忡忡地讲到孩子们身上的问题,显然是成人社会的影响。我很受触动。写了几个孩子,几个家长。我并没有把它当儿童剧写。后来演出,大人也喜欢看,也蛮感动。

第二,怎么写?戏剧需要讲究结构,我就用日志结构全剧。一篇日志一个孩子一个家庭,每个家庭都有自己的麻烦,麻烦落在孩子身上,孩子跟大人发生冲突,未能解决,留下悬念,下一篇日志又来了,又是一个孩子和一个大人,又是一个冲突,留下悬念。连环套似的一篇套一篇,解开上一个悬念时,又出现下一个悬念,一个个小悬念连环套似地串起来,顾仲彝先生讲过"冰糖葫芦式"的结构,这是不是呢? 当时没有想,就是任性,就这么写了。后来有评论追认,说《五二班日志》是散文式的结构,我谢谢他们,让我归了口。

写作的真实状况很难描述,比如,剧中几个孩子有主次,为主的一个叫吉冬,父亲死了,母亲有精神病,这就是采访中素材留下的深刻印象。没管结构,内容与形式是一起出现在脑子里的。

吉冬爱学习,因为母亲的病而自卑,聪明而忧郁。这天上语文课,老师正讲读契诃夫的《凡卡》,吉冬患病的母亲出现在窗外,孩子们惊叫,老师回身,却又没有看见。老师有事走了,吉冬妈妈又出现,进来拉扯吉冬。一个叫郎军的孩子就学吉冬妈妈,武汉人叫"撩疯子"。我们知道,哪怕是孩子的行为,也是很残忍很伤人的。吉冬受不了,冲上来保护自己的妈妈,揪住比自己高一头的郎军说,你再敢学一下,我揍你。

郎军怎么会怕吉冬呢? 高一头就是实力呀,何况吉冬一向是老实孱弱的。郎军满不在乎,说,你想打吗? 量你不敢。

吉冬已经红了眼,我不敢? 你再学一句。

这是打不赢也要打的架,教室里乱成一团。一个叫吴勇的孩子冲上来,这孩子顽皮,不爱学习,让老师头疼,但这孩子讲义气,这时候就来帮助吉冬,混战中砸碎了窗户玻璃。

老师回来了,询问,怎么回事? 窗户玻璃是谁砸坏的。

郎军:是吉冬,是吉冬砸坏的。

老师:吉冬,是你吗?

吉冬不吭声。

孩子们也都不做声。

这时,吴勇挺身而出,说,是我,是我叫吉冬砸的。

老师扫视孩子们,说,其他同学说说。

孩子们就七嘴八舌了,是吉冬打郎军,郎军也打吉冬,吴勇就帮着吉冬打郎军。

老师听出了大概,混战是吉冬引起的。可吉冬是个老实的孩子呀,为什么会打郎军呢? 老师就追问。孩子们说出原委:吉冬妈妈来了,郎军学吉冬妈妈,吉冬不让郎军学妈妈,郎军偏要学吉冬妈妈,吉冬就打郎军,吴勇就帮吉冬打郎军。

这是一个停顿,随着老师的目光,孩子们都安静下来。

老师:吉冬妈妈有病,不能控制自己,这是非常痛苦的。(拉开吉冬的衣领,让孩子们看吉冬颈部的伤痕)这是他妈妈打的。你们都有妈妈的疼爱,可他没有,不仅没有,还要因为母亲的病受人嘲笑。刚才,郎军学吉冬的妈妈,除了吴勇,还有谁出来制止? 没有人制止?

孩子们面面相觑,一个个地承认道:我还跟着学了。我还笑了。我也笑了。

老师:嘲笑不幸的人是可耻的。我非常难过,这样的事情发生在我的班上。同学们在一个教室里学习生活,应该情同手足,而你们刚才的行为却是相反。若干年以后,你们长大了,不管你们从事什么职业,将来的社会都是由你们组成,你们将主宰一个时代,你们的品质、情操、心灵将影响一代风尚。将来的社会应该比现在更真,更善,更美,我希望你们每一个人,能成为心灵优美的人,成为我的骄傲。

前不久整理剧作集,又把这个剧本看了看,就像看老照片,记录那个时候的真实感受。改革开放初期,经济复苏,已经听说"要让一部分人先富起来",金钱已经发出美丽的诱人的光芒。可是,一部分人先富了,另一部分人怎么办? 社会心态复杂,躁动不安,原有的熟悉的秩序被打破,国营工厂不行了,生老病死也没人管了,据说社会要进步就要甩掉包袱,不能管那么多了。

我访问过两位特级教师,一个叫殷善玖,一个叫梅安妮。殷老师的父亲也是老师,先生还是一个中学校长。梅老师毕业于著名的武昌实验中学,因为家庭出身不好不能上大学,当了小学教师。改革开放后她们立即显露才华,成为武汉市第一批特级教师。她们有头脑,交谈中印象深的不是特级教师的教学方法,而是她们对道德精神、对社会文明的思考,她们担心崇尚金钱的社会对孩子心灵的负面影响,这样的孩子长大了,当他们主宰一个时代时,这个社会将是什么面貌? 两位老师的忧虑,也是时代的忧虑,是时代的精神气候,我的写作也受到这个时代气候的影响。戏中选择的课文是契诃夫的《凡卡》,表达了我的理想,我希望未来的社会是尊重人的,是善良友爱的。

当时比较乐观,觉得"再过二十年,我们来相会",一切都会好的,忧虑也被"在希望的田野上"的歌声冲淡。这是1982年嘛,一个戏当然不可能解决两位老师忧虑的问题,但表达了这个愿望。希望"再过二十年,我们来相会,伟大的祖国该有多么美,天也新地也新春光更明媚,城市乡村处处增光辉"。

没想到的是,天地确实是更新了,可麻烦也更加多了。毒奶粉、地沟油、黑煤窑、豆腐渣工程、腐败……富裕和繁荣也是有目共睹的,正如一些学者所说,这是一个快乐的时代,也是一个混乱的时代;这是一个好的时代,也是一个糟糕的时代。

《五二班日志》之后是《寻找山泉》。从形式上有人把两个戏归为一类,都是散文式的。《寻找山泉》写一个老红军回家乡,寻找引导他参加革命的战友的妻子。找了一个又一个,都是红军的妻子,都叫七嫂,却都不是自己要找的那一个。他老了,病了,是回来收脚印的,然而家乡仍是那样贫穷落后,回想当年起义的许诺,实现了吗?初衷忘了没有?有人评论道:"沈虹光还是写作意义的童年,寻找着呼唤着良知、道德、理想。"

大别山我去过多次,着急,革命五十年了,说起来是革命老区,还那么穷,赶快改变哪!的确有"呼唤"的意味。

到《搭积木》《丢手巾》的时候,老辣了,不再寻找呼唤了,呼唤谁呀?你自己的麻烦还解决不了呢。把自家的门打开看看吧,家家一本难念的经。《搭积木》里的男女主人公,中年人,爱面子,关起门来吵,拉上窗帘来闹,孩子一回来,夫妻俩的斗鸡眼就变笑脸,找些谎话在孩子面前来掩饰;下属来了,俩人又要装成正人君子,一个是科长,一个是大姐,都是有知识的人,对下属要循循善诱,保持一对好夫妻的体面,不能闹翻,不能把自己的狼狈暴露于人前。却不料孩子都看到了,最后孩子看着他们说:"其实,我什么都知道。"

形式上也变了,由散而聚,原来"散文"了两个,自己没兴趣了,但形式的改变还是因为内容而来的。《搭积木》是由武汉话剧院女演员张境的一句话触发的,这是一个非常棒的话剧演员,总想演戏,说让她过瘾的戏不多。我们是同辈人,她就说,哎,沈虹光你就写我们自己的生活吧。火星一迸腾地一下就点着了。《搭积木》就是一对中年夫妻吵架,很自然就想到了一个逼窄的场景,也不是故意"三一律",脑子里出现戏的时候就是这样的,一个房间,挤压着,从晚上吵到早晨,斗室风波,自然是压缩在一个场景里,反复折腾,看你能不能吵出戏来,吵好了就很好玩儿。

再不说儿童教育问题和革命初衷了,回过头来说说自己,麻烦也挺多的,夫妻关系,千古难解,终是无奈。有人说,沈虹光越写越小了。我不这么想,向外看,向内看世界都是无限大的。人的内心也是个大宇宙。过去我写得太不够了。

《同船过渡》《临时病房》比《搭积木》《丢手巾》要热情一些,年纪也大了,气和心宽,知道什么都急不得。而且,你碰到的麻烦也没什么了不起,用不着气急败坏声色俱厉,你碰到的别人都碰到过,连你生的病都不新鲜,胃溃疡嘛,谁没有得过呀？你还大惊小怪，检查时紧张得不得了。不就是常见病多发病吗？人家比你厉害得多，不是都过来了？所以不要着急，慢慢来，失望而不绝望，不要放弃对未来的向往。

形式上还是集中，强调低成本，《临时病房》只有三个演员，《同船过渡》在剧本上注明，雷子和拍电视的可以由一个演员扮演。除了人少可以降低成本以外，我也很喜欢这种写作感觉，就这么几个人，一个场景，看自己有没有本事折腾，时空限制着，你能反过来复过去翻出花样，很奇巧，又很合理，能够把观众吸引住，这很有意思。

《同船过渡》在日本和新加坡的演出，观众很喜欢，我问他们为什么，他们说，我们很富裕，但我们并不幸福，你的戏让我们看到了人生的意义。

我的剧作集中也有没有上演过的戏，想说一说《战成都》。

我的创作很随意，很任性，凭兴趣和冲动。写《战成都》也是对人物有兴趣。

贺龙在湖北很传奇，故事很多，是个很有魅力的人物。但是"文革"中也公布了他的一个"罪状"——杀害了湘鄂西苏区领导段德昌。当然，后来平了反，段德昌是夏曦杀害的。夏曦从上海中央来到湘鄂西，就是领导肃反的，贺龙只是军事领导，肃反是夏曦说了算。在《贺龙传》中有一则资料，说的是60年代为写军史，记者访问贺龙，问到段德昌被杀的情况。这也是很多人的疑问，贺龙你也是湘鄂西领导人，你怎么不救段德昌呢？是吧，都有疑问，想正面听到贺龙的回答。这本书里记录了贺龙的回答，贺龙说，我顶不住。接着这位记者写到，贺龙说到这里，泪流满面。这一段话很令我很震动。贺龙是老实的，他承认自己顶不住。他没解释辩白为什么顶不住，但我们可以看看当时的情况，夏曦是读书人出身，文才很好，很早就参加共产党，还跟毛泽东一起组织新民学会，文化理论水平都很高。贺龙呢，赶马帮的小盐贩子，后来是哥老会的老幺，"文革"批斗说他"土匪"，就是哥老会这一段。后来又当川军的镇守使，成了军阀，这样的履历，在夏曦这样的"正宗马列主义"知识分子面前，会不会有自卑心？夏曦是党中央派来抓肃反的，贺龙真的顶不住。记者的这段文字不长，给我印象却很深，很少看到这样高级的领导自责，一般都是正确的，从胜利走向胜利。可是贺龙自责，过去二十多年了，说起来他仍然难过，泪流满面，我就对他有好感。

我写剧本，多是写我喜欢的人物。也不一定都能写得好，但写的时候很开心。不喜欢的人能不能写好，我不知道。《五二班日志》乐老师，《寻找山泉》粟秉山，《搭积木》她、他，《同船过渡》高爷爷，等等，这些主人公都是我喜欢的，我觉得他可爱，就写出来了。贺龙就是我觉得他可爱,就写了。

剧本选择他初入成都的两个月。

四川军阀出名,刘湘、刘文辉、邓锡侯、杨森、田颂尧、熊克武等几大势力防区制,各霸一方,干嘛? 收税,税制自定,盘剥百姓,民怨盈路。厚薄不均利益冲突就打仗,打完了坐下谈判,称兄道弟抽烟喝茶,歇好了再打。"神仙打仗百姓遭殃",好端端的"天府之国"被他们整得"闾里萧条,炊烟断绝,流离荡析,十室九空"。

抗日战争实在是救了川军,用川军自己的话说,是打"国仗"。为己为民者,义气;为国为民者,血性。川人的大义血性也彰显无疑。"死"字旗就是四川人打出来的,那是"义民"王先生为出征的儿子制作的,一块大白布上写着斗大而苍劲的"死"字,说娃儿你好生拿起,伤时拭血,死后裹身,不把龟儿小日本打走你莫回来见我。

我们湖北通城有个苦竹岭,长沙会战时留下了一块碑刻,就是一块天然的大花岗岩,刻着几行大字:"大中华民国二十八年蜀人杨汉域率精卒五千大破倭寇于此。"又是"蜀人"。

抗日战争时,三百万川军出川,六十四万伤亡。1944年7月7日,成都竖起了一尊雕塑纪念阵亡的川军将士,作者是内迁于成都的杭州艺专教授刘开渠。他请了一位真正的川军士兵做模特。这位士兵1937年底出川,打娘子关,守太原,1938年初在滕县与日军交火,浴血奋战一个多月,所在的一个营只剩一百多人。模特是典型的四川人,小个子,精瘦。刘开渠先生的雕像也是精瘦无肉的,短裤、绑腿、草鞋,手握步枪,身背大刀、斗笠、背包,俯身跨步,仰视前方,若正待出征冲锋。

雕像竖立在成都市人民公园大门前,我看过,看过不止一次,凄凉、悲壮,每次看都感动,要掉泪。

邓锡侯说起自己的一生,只谈抗战,只有抗战是正义的。

正义的抗战打完了,是不是又要打内战呢?《抓壮丁》是四川方言演的名剧,1938年写,1943年在延安修改上演,抗战抓壮丁情有可原,前方一死几十万,需要源源不断的兵源补充,强征不对,可战时又怎么能做过细的思想工作呢? 只能"抓"。打内战时抓壮丁就不得人心了。四川就是个闹兵灾的地方。

动刀枪的事情最终伤害的都是老百姓。《水浒传》动不动就手起刀落一颗人头,想想蛮残忍。《三国演义》也动不动就引兵十万,是非成败转头空,您成英雄了,露于野的白骨可都是寻常人家的孩子,一仗就没了,爹妈多心疼啊。有比战争更好的办法,就不要用战争。古人都知道止戈为武,平息战乱才是真正的武功,我揣摩贺龙,他是一个有情有义的人,一定也会这样想这样做的。

可是树欲静风不止,成都杀机四伏,你不打他,他要打你。国民党利用四川特殊地理环境做反攻基地,撤离时把武器装备留下,特务与土匪袍哥联手,前者想借土匪袍哥之力反攻,土匪袍哥想依靠国民党援助保住山头,蒋介石都拿我们没奈何,共产党还想咋个?

1949年底至1950年初的两个月,成都处在"群狼包围"中,城内有枪声,城外有杀戮。

贺龙怎么办?他在军阀熊克武手下当过旅长,担任过川东西秀黔彭镇守使,跟军阀熟稔,就写他宴客,"我军进军西南,惊扰了各位,聊备薄酒,给各位压压惊"。

这是军管会的大院,按照规定,外人入内都要交枪的。警卫队队长是北方小伙子,高大忠诚,态度也生硬,要刘文辉的团长交枪。团长不交,感到受到欺侮,你们说起义人员不缴枪,言而无信哪。

发生冲突。刘文辉赶紧上前,抱小面,是我的人不懂规矩,交吧,我这儿还有一支呢。把自己身上的枪也交出。其余客人一看,纷纷交枪。而且,酒也不吃了,纷纷告辞,不欢而散。贺龙很尴尬,就批评警卫队队长,道理还没说完呢,冷枪响了,有刺客。为安全起见,军管会清理内部,把贺龙的秘书冷梅清也抓了,这是个很单纯的向往革命崇拜英雄的女大学生,被怀疑是安插进来的特务。

一个个小悬念积累着,你止戈为武兵不血刃,你用和平手段能不能占住成都?终于,一支起义部队拖枪上山,领头的正是刘文辉的外甥,团长。消息见报,刘文辉难堪了,装病,心情不好,抽鸦片。

反水的团长趁机挑动,一兵一卒都是您的心血,共产党一来就缴了,弟兄们说:"军队一交,就要挨刀,脸色一变,就要清算,整编出川,调虎离山",共产党还在乡下搞土改,分田分地,您可是出名的大地主,共产党是要搞阶级斗争的。

刘文辉有口难言,是啊,大军阀、大官僚、大地主、大资本家他都占全了。起义了,蒋介石那边去不了;去国外做寓公,他这个四川王也做不到,只有跟共产党合作,可是——现在你是统战对象,将来他们下起手来,只怕比老蒋还狠。团长的话直戳刘文辉的心窝。

刘文辉又抽起了大烟。

这时,贺龙来了。

团长赶紧躲进内室。

贺龙笑声朗朗，他是探病来的。

贺　龙：自乾兄，咋个出不得门啰？哪里不好嘛？

刘文辉：老毛病啰，一到冬天就喘不上气。

贺　龙：找医生看了没得？

刘文辉：医生那几味药，我自己都点得出来啰。

贺　龙：坐到坐到，贵体欠安，不要讲礼。

刘文辉：我是闲人生病，惊扰你这个大忙人，真是不敢当哦。

贺　龙：你是闲人哪？

刘文辉：我咋个不闲？还有啥子事嘛，人枪都交啰。

贺　龙：你的枪还没有交完哦！（刘一惊）这儿还有一支嘛！（笑着拿起茶几上的烟枪）

刘文辉：（释然，苦笑）这支枪也可以交啰，我正在戒，几天没抽了。

贺　龙：我不抽烟，可我晓得这个东西有两个好处，一是治小病，头疼肚子疼啥的，用一点，立刻见效。

刘文辉：是的。

贺　龙：二是去烦恼，心情不好，苦闷了，抽两口就安逸了，飘飘欲仙，可以忘忧哦。

刘文辉：（不好意思了）忘忧是假的，暂时麻痹而已。

贺　龙：是！麻痹一时三刻，醒过来，那烦恼还在那里。治病也是一样，痛是不痛了，可是病说不定还搞狠了！这就叫做自欺，自己骗自己，利小害大，还是戒了的好。只是抽的时间长，戒猛了不行，循序渐进，慢慢来。

刘文辉：（心神不宁地笑着，附和）是，是，喝茶，喝茶。

贺　龙：（突然地把茶盅盖扣在茶盅边上）自乾兄晓得这个规矩不？

刘文辉：（一愣，继而）哦，晓得晓得。

这是一段"盘海底"，就是四川袍哥中流行的黑话暗语。贺龙才智过人，一段"盘海底"对黑话，仿佛是开玩笑，拉近了与刘文辉的关系，又很自然地引出往日的历史，谈到自己从哥老会转到共产党的人生经历，说到共产党大军进川后的局势，特务土匪负隅顽抗，杀工作队员，手段那么残忍，还拖队伍上山，要打游击。贺龙冷笑了，打游击哪个打得过共产党？蒋介石几百万人都被赶到了台湾，你几个残兵败将土匪袍哥还想成气候？四川四面环山，这些人以为搞赢了就是独立王国，他就不想想，要是搞不赢呢？天下都是共产党的，搞不赢你跑都跑不出去！

贺龙是在敲山震虎。刘文辉也极懂政治，马上坦承自己的人反水上山，他失察，没有控制得住。

话说到这个份上，贺龙就实话实说了，我晓得你不安逸，脸色都不对头，今天上门探病是名，宽你心是实。

刘文辉感动了，大喝一声，把里面的叛将绑了出来，交贺龙发落。

贺龙叫警卫队队长松绑，还枪，道歉。

刘文辉与反水的团长很震惊。

贺龙说起诸葛亮七擒孟获，七擒七纵，我们共产党未必还没得诸葛亮的胸怀？但是我要告诉你，七次太多了，"神仙打仗百姓遭殃"，四川老百姓太苦啰，军阀混战、抗战牺牲，不能再打了。所以为了老百姓，我一次就要把你打服。

写剧本都是虚构，没有想象力不行。想象力怎样激活？冲动。冲动是什么？冲动是"能引起某种动作的神经兴奋"；是"情感特别强烈，理性控制很薄弱的心理现象"。在日常生活中，冲动常与不计后果的鲁莽的行动相连，而作家的写作却特别需要冲动，就要那种"走火入魔"的状态，不可遏制的写作欲望，这时候想象力会异常活跃，精彩纷呈。

我喜欢剧中那个川大女生，给她起个名儿叫冷梅清，很单纯，在学校宿舍里偷偷传看进步刊物，看到贺龙的照片，就崇拜得不得了，就跑去参军。幸运地被分到贺龙身边工作，好幸福嘛。怎么也想不到会受到怀疑，被逮捕审查，后来说不是特务，不是特务也不相信你了，放出来后不能回军管会，分到采购队去山里征粮。好吧，征粮就征粮，跑来跟贺龙告别。贺龙一听就担心，在成都附近的工作队就有被杀的，女娃子要去山里，很危险的。贺龙就问她有枪没得，给她一把小手枪，还教她放，三点一线。后来，这女娃子还是牺牲了，遇上特务土匪，就死在她的特务叔叔枪下。戏的结尾，贺龙送警卫员去上学，说起了女娃子，本来是要介绍给警卫员的，说找个大学生好，好学文化嘛。贺龙让警卫员好好学习，老百姓受的苦太多了，我们共产党要建立新秩序，人人有饭吃，人人有事做，安居乐业，不是轻而易举的。可惜女娃子牺牲了，多好的女娃子啊！

写这样的戏我是很动心的，虽然未上演，写作却很快乐，在想象中化身，一时贺龙，一时刘文辉、袍哥、川大女生、警卫员，语言都变了，西南官话，各种人物、各个场景，栩栩如生，我也把自己的想法放进去了。黄宗江先生看了剧本，夸我，"小女子还能写贺龙啊",这话我爱听,比获奖还高兴。

不在乎上演与否还有一个原因,我怕几百万元制作费投进去,到时候获不了奖,怎么对得起人?我情愿不上演,写出来了,证明我行就可以了,有人夸几句就更好,不想承担获奖的压力。我只做我力所能及的事情,写我力所能及的文字。

我对自己要求不高,小学五年级生,没有当作家的理想,住在一个叫九龙井的地方,坐井观天视野狭窄,在剧团里不能演戏才当编剧,写出来剧团能上演,就很开心,获奖了,就更高兴。一部两部,就成了专业编剧。在那个小天地里,我的剧本上演率比较高,还有日本的剧团演我的戏,一部两部的,哎,这说明剧本不错呀,这就有点得意了。一个小学生,"营养钵"里的养分也不全面,该读的书都没读过,长成这样可以了,知足吧。

不过作品行不行,终归不是由自己说的。

好作品都具有经久的特征,《西厢记》《拜月记》《牡丹亭》,唱了几百年,作品表现的人类的心理情感特征是稳定的,至今还比比皆是地存在着,所以现代人也爱看。写剧本,难的就是对人类心理真相的把握,那些恒稳地存在于我们心里的是什么?

70年代末高晓声有一部小说《陈奂生进城》,影响很大。我们有时候自嘲,说自己就像陈奂生,就是说小说抓住了人类某些共有的心理特征,自己身上也有。这样的小说就很了不起,很有价值了。

那一年,江苏《青春》、江西《星火》、湖北《长江文艺》一起在庐山办小说创作讲习班,也请了高晓声来讲课。1957年以后,他在农村生活了很多年,还当过队办企业的采购员,写《陈奂生进城》特别有生活,他也特别熟悉农村。我们就问他农村的改革,问他"一部分人先富起来",是谁先富起来。他几乎是不假思索地说,肯定是掌权的干部先富起来,因为你不让他富起来,他就不会让你富起来。现在我还记得当时的情景,大伙"轰"地一下笑了。三十多年过去了,再想想,他多么犀利呀。所以他能写出《陈奂生进城》,把历史特征和人物的心理特征描写得那么深刻,那么有时间和空间的穿透力,这都是源于作家的思想。

我不喜欢说那句话"作家应当是思想家",总感觉要扯到政治思想上去。可是,写作还真是要思想。你对人类对世界是怎么看的,是你的看法,不是别人,这个思想非常重要。

说了这么多,什么意思呢?还是说我的局限,我的知识、我的眼界、我的才能,都尚有欠缺。这些局限也都存在于我的作品中。

当然我也有长处,那就是比较老实,不浮夸,心里没底的戏咱不写。戏剧是个迷人的玩意儿,技巧性也很强,有时候形式本身都有美感,但炫技也是要有实力的。我只做力所能及的事情,不玩儿花活儿,好好守住自己的感受,把自己的感受写出来,至少我是真诚的,有几个人看,就很感激了。

2015 年 4 月 8 日

创作谈与迟来的评点

首届宜昌艺术节创作研讨会

题注：

2014年11月宜昌举办艺术节，评委班子有点"豪华"，居然把在一线干活儿忙得无法分身的著名作曲家方石、诗人词作家唐跃生都请来了。宜昌人把评委抓得蛮紧，每天看完了，一出剧场就要到文化局九楼会议室开会，一个个地发言评论，不同意见都能发表，说完还不算，记录上还要签名，验明正身似的，保证没有弄虚作假。宜昌文化局有人天天跟着，说评委的意见太好了，平时难得听到的，要是剧团的人也来听听就好。

大家就商量，要不要剧团来听。意见不一，评委都是各自行当的高手，真知灼见语惊四座，剧团同行来听听当然好，可是，还要评奖，各剧团身后还有地方领导，评点中难免有轻重，比较敏感，权衡利弊还是算了，大家都懂的。但意见还是想让剧团的同志们听到，这样，2015年召开创作研讨会的时候，就把评委们又请来了，排了时间，一个个地讲，这就是迟来的评点。

宜昌是个很有魅力的地方，感谢邀请，让我又来到宜昌。

上个月我去了江苏盐城，中国剧协在那里举办中青年编剧高级研修班，这已是第七届。我应邀参加了两届。授课分两部分，一是评点作品，二是讲课。学员都带了剧本来，交给老师看，讲课前先评点剧本。这做法很好，学员很有兴趣，有互动。上一届在庐山办，我看了三个剧本，第二天上课就先评点剧本，然后讲创作。盐城这次分开了，六个讲课老师，另外有几位评点老师，我是讲的，不看剧本；评点的就很辛苦，一个人要读好多个剧本，一个个地说。

今天咱们也分两部分，我先说说写作，然后说说去年宜昌艺术节的剧节目。已经隔了一段时间，印象有些模糊，他们给了一套资料，说明书什么，一看就都回忆起来了。我做了些准备,刚才进来看到会标,"谈舞台剧本创作及首届宜昌艺术节语言类节目综述与展望——沈虹光",原来我只讲讲语言类节目就可以了。事先不知道,凡是看过的包括歌舞类的我都准备了,都写了小条儿夹在这儿,一会儿对照着讲吧。

先说写作。

写什么,怎么写,怎么才能写得好,这是每一个写作者都会考虑的问题。舞蹈、音乐、绘画大概也是一样,也得想想编什么画什么怎么编得好画得好吧? 我是每次都要想的。

大家都知道老作家陆文夫,写《美食家》的,早年写过一篇小说《小巷深处》,写苏州小巷的生活,静谧的小巷中,一个年轻姑娘的身影轻轻走过,她是谁? 为什么这么忧郁? 一个小伙子爱上她的时候,她为什么要拒绝? 小说很好看,我那时候还小嘛,都看过。原来这个年轻女子旧社会做过妓女,现在解放了,想开始新生活,旧社会的阴影却笼罩着她。小说影响很大,1957年陆文夫被划"右派",罪名中提到了这篇小说。改革开放后他的《美食家》更是全国人民都知道了。我听过陆文夫的课,那是80年代初《青春》《星火》和《长江文艺》在庐山上办的小说讲习班,我参加了。记得陆文夫讲课时说过,每一次都会考虑怎么写,而且,下面这句话很重要,他说,还要常常和失败情绪作斗争。他是大作家,他都要"常常和失败情绪作斗争",咱们的"失败"和"失败情绪"就太正常不过了。因为有"失败情绪",就有失败的可能,只要你还想要写得更好一点,就不能不反复掂量,写什么,怎么写,怎么才能写好,这是创作中很正常的思想活动。倒是那种不在话下什么都手到擒来的感觉要打打问号了。

新文学运动初期,胡适先生有一篇短文《什么是文学》,这是答复别人的提问,他说什么是文学呢? 他用了四个字:表情达意。表情表得好,达意达得妙,就是文学。他说文学有三性:第一是"懂得性"——这是早期白话文,听着有点别扭,意思是清楚的,就是要让人看得懂,咱们的戏,咱们的歌舞节目,也要让人看得懂,听得明白,这叫懂得性。第二是"逼人性",这词儿也有点别扭,意思也是清楚的,"逼人"就是直抵人心,打动人心,触动人心,文章和戏剧,一支歌儿,一段舞,都要动人。第三是美,美就是魅力了,只要是艺术作品都得有魅力,你不是靠说教,不是靠讲道理,你是靠魅力去吸引人打动人的。这三条其实是两条,前两条做好了,自然就美了,归纳起来还是表情达意,你要表达得清楚明白,让人接受;你要打动人心,调动人的情感;你要表达得美,用魅力吸引人。我想音乐、舞蹈、美术、戏剧,无外乎这两条,表情达意。

我想表什么情,达什么意,怎样才能表达得好,不光要想明白,还要表达得明白,不仅表达得明白,还得表达得好。写文章,人家一看你的文字就想看;写戏,人家一看就被吸引；舞蹈，一伸胳膊一伸腿，人家就觉得有魅力，这就是艺术。所以胡适这《什么是文学》的短文用在我们这儿也是一样的。

十来天前我到了老河口，这是省文史馆的边镇调研，看了与河南交界的孟楼镇后返回市内，领队有事要返回武汉，让我们在老河口等着，这就空出来一天。调研组是两部分人，一个摄影班子，拍摄边镇状况，提供图像资料；另一部分是学者教授，调研基层情况后给省政府建议建言。这次来了两位教授，一位中南财经大学的经济学家，一位社科院的历史学家，加上我，三个人。空出来的这一天，摄影班子还是出去拍摄。我们三个人干什么呢？老河口我熟悉，我就建议两位教授去参观博物馆，那是抗日战争时期第五战区长官司令部，李宗仁在那里指挥作战的，有很多重要文物，市区里还有李宗仁夫妇捐款修的平民医院、中山公园，可以看出艰难时期中国人还在建设，我就推荐两位教授去参观，我一个人去了剧团。

此前文史馆的同志曾问我，要不要组织一次地方戏曲的调研，我没有敢吱声，不接茬儿。为什么不接茬呢？我是怕下面剧团水平低，万一专家学者们看不上呢？像这位搞经济学的，去了一看，这"槐（差）"的剧团要它搞么事啊？走市场走市场！那还完了。所以我就没有接茬儿。

我就请两位教授去参观博物馆，我一个人去了剧团。剧团的人看见我很高兴，说刚刚恢复了个传统戏《大祭桩》，已经下去演出了，老百姓挺爱看，但他们觉得还很粗糙，边演就边加工排练，他们就让我看排练。

小剧团困难，排练场以前被租给商家卖家用电器，新班子上任后想办法收了回来，没钱修缮，只能清理一下地坪，搞得干干净净的，墙上贴上一些剧团下乡演出的照片和报刊宣传文章，营造出一些艺术氛围，每周六就惠民演出，观众慢慢多起来，哪个周末剧团另有任务没在这儿演出，观众还问，昨天怎么不演哪？可见人气上来了。我去的那天上午，他们就在这里排练。

《大祭桩》我知道的，豫剧的经典名剧，常香玉的代表作。剧情曲折，唱腔好听，我就想小剧团水平虽然不高，但这个戏保人，可以请两个教授来看看。当时就打电话。两教授正在博物馆，听我说看排戏，还蛮愿意的。经济学教授还说，豫剧呀？好啊，豫剧好听啊。这不正好吗？他喜欢豫剧，剧团水平差一点也能原谅。我就让剧团赶紧准备，有教授来看戏。

小剧团好兴奋，这么大的教授学者来看戏，从来没有过的。排的是《路遇》一折，未婚夫将要被处决，未婚妻去祭法场，路遇未婚夫的母亲自己的婆婆，婆婆误会媳妇也是加害方的，痛打媳妇。媳妇哭诉，说明真相。戏剧冲突很激烈，又唱又做,演员差一点戏也不会太沉闷,这也是我敢请教授们来看的原因。

可是,到底年纪大了,演员腰粗,唱功还可以,做功不行,翻身不灵活,圆场也跑不起来。经济学教授的眼光果然刁钻,才看一会儿就跟我耳语,说这个剧团一看就困难,你看这演员都老了嘛。我说是啊是啊,剧团不容易,我得帮剧团说话呀。

幸亏是名剧,"婆母娘息怒站路口"一段又是经典唱段,戏曲演员是需要唱功的,而唱功好的往往就是老演员,小时候受过训练,吃了苦的,唱得韵味十足,嗓子又好,报字清清楚楚,不用字幕就挺动人。经济学教授连连点头说不错。

我很高兴,趁势而上,跟旁边剧团的段老师说,能不能把《看孙孙》也走一下。段老师说,好,马上起身去找团长。段老师叫段志华,是老河口戏工室的退休老同志,被剧团请出来,与另一位叫陈荣生的老同志一起编写了《看孙孙》。

团长一听要《看孙孙》,说好,马上准备。演员也积极,《大祭桩》一结束,《看孙孙》的道具就搬上去了。也没有化妆服装,就这么上去演起来。

这是个小戏,去年到武汉参加第二届地方戏艺术节,小戏类里投票得了第一名。主演也是一等奖。这其实是个很简单的小戏,也蛮粗糙,是什么事呢?小两口生了个胖娃娃,"百天"时,奶奶、姥姥高高兴兴地来看孙孙。姥姥是城里人,有钱,打扮得也漂亮,奶奶是乡下人,一看就是那种勤巴苦做的,从乡下来看孙孙,媳妇说,看孙孙好啊,要"收门票"。好像是开玩笑,又不是玩笑,就是要红包嘛。

姥姥说,应该的应该的,大喜事嘛,给了个大红包,五千。媳妇眉开眼笑。奶奶也说是应该的,咱添了孙子,咱也拿呀。一把拿出来,五百,都是零票子。媳妇的脸色就不好看了,算啦算啦就不要啦。奶奶不干,爱孙孙嘛,一定要给。媳妇就是不收。儿子脸上挂不住了,说这是奶奶的一份心,老婆你就收下吧。媳妇还是不收,奶奶还是要给,儿子夹在中间非常难堪,央求媳妇,就看看我的面子嘛。媳妇眼一瞪,看你的面子,谁看我的面子呀!啪地一下把钱打掉了,零票子小钢镚滚了一地。老太太怔住了。儿子赶紧上来劝妈妈,老太太一巴掌就打到儿子脸上。

这是我的血呀,这是我的汗!这是我起早贪黑东跑西颠,拾废品、捡破烂,我一分一文我都是为你们在攒哪!就这一句一开口,那板胡一拉,眼泪掉下来,观众也鼓掌了。

扮演奶奶的演员叫单瑞荣,瘦瘦的,和丈夫都是淅川艺校毕业的,一起到了老河口,丈夫在豫剧团,她在曲剧团,曲剧团垮了就到纺织厂织手套,纺织厂又垮了,就到丈夫这个团来帮忙,她嗓子好,会唱。他们的儿子在省艺校舞蹈系当老师,《家住长江边》到新加坡演出时,我带队,他在"武当"一节中领舞,还在男生中负责,我就记住了他叫王苗。男孩子饭量大，又是跳舞的，我就把我的碗儿面给他吃，他就告诉父亲，沈老师对他挺好。排这个戏时，他父亲就给我打电话，说他是王苗爸爸，请我介绍一个导演。我这才知道豫剧团还没垮。但是很困难，团长工资才八百多块，演员还要唱红白喜事，原来演奶奶的嗓子唱坏了，临时让单瑞荣上了。

现在的团长就是王苗爸爸，单瑞荣就是王苗的妈妈。文体局计财科科长来兼了剧团书记，与王苗爸爸合作得很好，排演场就是他们收回来的，这个戏也是他们搞的。一个小戏反反复复修改，很下工夫。

老太太瘦瘦的，头发梳得齐齐整整的来看孙孙，蛇皮袋里还有自家的土鸡下的鸡蛋。媳妇拦着奶奶，要洗手。"好好好，洗手洗手。"洗了手还是不让看，说孙孙在睡觉。"好、好，睡觉好睡觉好，睡觉长膘"，老太太还是笑呵呵的，说着就挽袖子，洗衣裳，眼睛里有活儿，来了就找活儿干，就是这样一个老太太。这样的人是不应该欺负的。她哭了，观众也哭了。

在黄鹤楼剧场演出，他们生怕武汉观众听不懂豫剧，不料老太太的唱段中，观众多次鼓掌。板胡也好，没有请作曲，就是剧团这个板胡琴师跟段老师他们几个商商量量地弄出来的。

省里地方戏艺术节后，严厅约我写文章，我写了《看戏三记》，"三记"记了三个参加艺术节的戏，一个是罗田的黄梅戏《余三胜轶事》，第二个是阳新采茶戏《访友》，然后就是《看孙孙》。我特别介绍了这个小剧团的艰难，艰难中还能搞出好戏，不是很值得一说吗？文章交了，发没发我也没问。忽然有一天，收到一个短信，竟是阎肃老师发来的，意外极了，从未通电话发信息，也就是前两年给他寄书后收到过他的短信，现在突然来信息，说什么呢？短信说：看了《中国艺术报》7月14日的《看戏三记》，隽永，清新，深切，平易，"读得我眼眶湿润，感动不已"。

我不是说我的文章写得多么好，也不是说这个小戏有多么精彩，我是说这个小剧团有一种艺术精神，不论多么困难，只要搞戏，就是抒发他们对生活对人生的真情实感。我把阎肃先生的短信转发给老河口王团长，我想让王团长把信息转给他们的领导，这可是北京大专家的评价，这对小剧团是多大的支持啊。不料王团长搞不清"老阎"是谁，以为是严厅，短信看完就完了，浪费了我的苦心。

这次请教授们看《看孙孙》我也有一点底，看完我就请教授们讲话。经济学教授快人快语，说，你们宣传的是主流意识形态，是核心价值观，政府应该"兜底"！改善他们的条件，让他们更好地为群众服务。历史学教授接着说，他很久没有这样感动了，就是老百姓自己的事情，一点没有包装，却这样感人。

我用这个例子说明什么呢？说明小戏是好戏。好在哪里？第一，明白，它情节简单，有头有尾，说得很清楚，这是"懂得性"；第二，表达得很好，虽然不精细，但冲突合理，直击人心，"逼人性"，很打动人；第三，美，有魅力，表演和唱腔都很美。

他们也没有请专家，我给介绍了一个导演，省戏曲剧院楚剧团退休的田沔东老师，剧本也是团里自己写的，作曲就是剧团拉板胡的琴师，这句怎么唱，那句怎么唱，有的曲子跟词儿还和不上，就一起商量。到武汉参加艺术节，是团长和书记出钱包的一辆车，单瑞荣就住在儿子家，几个演员条件也不怎么样，演儿子媳妇的年纪都很大，但戏仍然能够感动人。这就是那几条，老百姓心里的话，说清楚了，说得好，它就能动人。

著名学者吴宓讲授"文学与人生"的时候，曾以英国小说《汤姆·琼斯》为例，列出优秀作品的必要条件：

1.宗旨正大，主题、思想倾向、严肃的人生目的；

2.范围广泛，展开了宽广的层次丰富的社会生活、历史；

3.结构严谨，曲折跌宕，情节复杂，经纬交错，有条不紊；

4.事实繁多，生活内容丰富；

5.情节逼真，发生得自然、真实；

6.人物生动。

我们可以对照一下《看孙孙》，第一条宗旨正大有了，看戏的观众都认同戏中表达的道德情感，老奶奶善良、慈爱，观众站在她一边，谴责那个嫌贫爱富的儿媳妇，对吧？第二，小戏虽然篇幅短小，反映的却是我们当下的社会生活，是我们这个历史阶段出现的道德缺失，在人和人的关系上，在家庭中，金钱已经在挑战情感了。第三、第四不说了，二十几分钟的小戏和长篇小说《汤姆·琼斯》没有可比性，但小戏的结构还是严谨的，线条单一，起承转合却有条不紊。第五、第六又可以看一看，情节逼真，发生得自然真实，老太太喜滋滋地来看孙孙，到一把碎币被打落满地，逻辑性强，顺理成章，人物也是生动的，各有其貌。

观看这样的戏，尽管它小，它简单，但它把握住了一些根本的东西，就具有了一个好戏的基本要素，值得我们学习。

回到自己的创作中来，我是怎么写作的呢？

我很随意，没有计划，没有远大的目标，就是想写了，就写，怎么写也不知道。开始眼前也是一团漆黑，没有电脑的时候，第一页纸撕了一张又一张，写着写着看见了一线光明。事后有人问写作体会，要谈一谈，怎么谈呢？只好回忆当时的情况。现

在也是这样,我也得稍微把自己的状况归置一下,显得有点条理,这就是三项基本原则:

第一,尊重生活;

第二,尊重自己的感受;

第三,尊重观众。

三项都是老生常谈了,没有一项是新鲜的。

先说尊重生活,这是毋庸置疑的真理,谁不尊重生活?可我想说的是,我们早先是"重视",不是"尊重"。我从70年代初开始学习写作就下生活,比现在深入得多,也很能吃苦。用当时的眼光看,现在的我是高高在上养尊处优了,是很脱离生活的了。那时候下工厂下农村,一住大半年,卷起袖子干,撸起裤腿下水田,首先是体验工农兵的思想感情,要脱胎换骨,多么彻底。可是,这样下功夫地深入生活,却写不出东西,写出来的也不行,速朽作品,"假、大、空"。

有一出戏叫《高原风雪》,当时还是比较轰动的。因为只有八个样板戏,天天看,看腻了。这个戏一出来,西藏的,载歌载舞,测绘兵的,爬雪山过溜索还是机关布景,很新鲜。这是我参加创作的第一个戏,三个人写,七场戏,分工我写了三场。我们是重视生活的,到西藏跟着测绘兵到野外工作,住帐篷,爬高山,到牧民点访贫问苦,联欢。蛮深入的。可是,为什么写出来的戏不行呢?

这就是重视生活与尊重生活的不同。文化专制的"文革"中非常强调生活,下生活下得非常扎实。但是,重视生活不等于尊重生活。带着既定的政治概念去的,生活了,一写起来还是概念,无视生活,曲解生活,这就是不尊重生活嘛,不尊重生活等于没有生活,白下去了。三项基本原则的第一项,要尊重生活。怎么才叫尊重生活呢?以我个人的体悟,要尊重生活,先得尊重自己在生活中的感受。

这就是第二项基本原则。

《高原风雪》中我们编了一个国民党特务,由印度潜入西藏,与达赖分裂分子勾结,利用善良单纯的牧民,破坏解放军测绘。生活中有没有?没有。

这不是说戏剧不能虚构。

没有虚构就没有戏剧,我的戏全是虚构的,没有一部是生活中现成的故事。《同船过渡》发生在"团结户"里,我住过"团结户",可老船长和方奶奶是虚构的,两个小青年恶作剧,给老太太登征婚广告是虚构的,广告一登还真的来了个老爷爷征婚,哪有这个事情啊。

虚构归虚构,您还得承认,这个故事是这个环境中可能发生的。这又是老生常谈,大伙都知道的道理。所以我今天讲的都是陈年旧话,真的不新鲜,大家都知道的。

问题是，《高原风雪》中国民党特务破坏测绘的事情，我们深入生活的时候就没有听说过，在那个环境里也不可能发生的。海拔几千米的山上，光秃秃的，连人都没有？上去了也缺氧，谁跑那上面搞破坏呀？你硬要写这件事情，让国民党特务跑到那个无人的山上去，你就得给他一合乎逻辑的理由，作案要有动机的，戏剧人物的行动也得要合理的动机，让观众觉得他跑到山上去是可能的。

记得一个极端的例子，科幻影片《终结者》，我只看过1和2，好多年前看的，那个机器人连眼泪都不会流的，一开始是没有人类感情的，可是，在与那对母子的接触中他发生了变化，最后为了救母子，竟抱住那个打不死的液态机器人跳入沸腾的钢水里，催人泪下。现在还记得那个画面，身体已经在被钢水融化，却还有一只手高高地举起，翘着大拇指，骄傲地宣言着正义的胜利。这不是生活中的故事，但却是剧作家设置的戏剧情境中可能发生的故事。可能不可能的依据是什么？是观众的生活经验。观众是根据自己的生活体验来判断戏剧的合理性的。人与人交往，从陌生到熟悉，到产生感情，为了伸张正义牺牲自己，人类体验过的，所以他可以打动人。

《高原风雪》有情节，但情节虚假，说服不了人。所以也就是看看热闹了。对这样的戏，演员拿到剧本会说，这说的是人话吗？那时候的戏，常常不说人话，这就是我们都厌恶的"假、大、空"的作品。

尊重自己的感受相当重要，宜昌演过《五二班日志》，有的老同志可能还记得，那是个蛮受欢迎的戏，形式上也很新颖，时空转换很自由，80年代初这种形式比较少见。我是上了电影学院，又写小说，叙述上就比较自由，不愿意受编剧法的束缚。有人就说它不是戏。不是戏为什么观众又喜欢呢？后来就说还是戏，但是散文式的戏。这就归了口，我也放心了。

过去我们见过一些儿童剧，包括比较有名的抓特务的《英雄小八路》，写儿童团的《枪》，红军时代的《红孩子》，等等，都写得不错，也很受欢迎。但我到学校采访，我接触孩子们，体会迥然不同，没有什么小英雄小八路，没有什么和坏人坏事作斗争，我感受的是什么呢？我感受的是成人社会对孩子的污染，孩子的世界不单纯了。老师跟我讲他们的忧虑，不讲道德，只讲金钱，不讲精神，只讲物质，这样下去我们的社会怎么得了？孩子们长大了，由他们来主宰这个社会的时候，怎么得了？现在回忆起来，当时与老师们交谈时的感受还是蛮强烈的。我尊重自己内心的感受。演过这个戏的老演员大概还记得上课的那场戏，我选择的课文是小学五年级语文课本中的《凡卡》。语文课本中那么多课文，为什么我偏偏选契诃夫的《凡卡》？不是冷静地理智地思考，是本能，油然而生的，一眼就选中这一篇，就是希望有一种精神,一种情感,让这个世界更善良,更美好。

尊重自己的感受,这个"自己"的质量就有点重要了。有一种担心,你这样强调个人的感受,会不会弄得狭窄,咱们做比较大众的舞台艺术,过于强调个人感受,会不会把作品弄得很边缘,很小众。我想"边缘""小众"也是艺术中的一种,表达得好也有价值。只是我比较大众,比较喜欢光明的、健康的、善意的,"自己"是光明的、健康的、善意的,感受就能够与大众沟通。

我住过一次医院,出院以后写了《临时病房》。当时的感受是很窝囊,很受气。看她笑眯眯地来了,问病情,开药都很客气,因为听说医药很贵,没有经历,住院也是第一次,看药盒上是"株式会社",心想是进口的吧,进口的肯定很贵啦,而我们艺研所又很穷,报销医药费常常有困难。想问价钱却又不好意思,因为进医院时刚巧碰到文化厅李厅长,他说,专家来了,好好照顾啊。我还是个专家,看病还要担心没有钱,挺丢人的。就不问钱,婉转一点问药,是什么药,是不是非要用这个药。她一句话就回答了,常规药,没问题的。只好听她的了,李厅长打了招呼嘛,态度都蛮好的,和颜悦色。算账的时候却吓了一跳。天,这么贵呀?笑眯眯地"下手",毫不留情啊。

这就有了《临时病房》里的乡下老太太刘大香,仿佛有了个种子,不由自主就发芽生长,就写出来了。

老太太儿子在深圳打工,已经当老板了,有钱,也跟医院打了招呼,好好给老太太看。可老太太舍不得钱哪,药片儿都要省着吃,昨天的还没吃完,今天不用给,还楼上楼下跑,干嘛?捡易拉罐,收要洗的衣裳,衬衣长裤五角,短裤背心三角,袜子两角。那一个个圆圆的硬币她收了,装在口袋里就特别舒服。打吊针,这一瓶药水是多少钱?弄不好抵我一个月的饭钱。就不肯打针,跟护士发生冲突。临时病房嘛,还住了个老头子,老头儿就劝老太太,儿子不是有钱了吗?老太太就讲起儿子在外面打工的遭遇,做建筑抢活儿抢地盘,人家要撵他走,对不起这是我的地方。儿子怎么想呢?儿子说,我不走,这地方是我辛辛苦苦一天天做起来的,我凭什么走?那人说,那好,你不走,你拿东西来换。什么东西?命!他要儿子的命!他打断了儿子一条腿,打瞎了儿子一只眼。所以老太太说,儿子的钱是拿命换来的。看着头上挂的药瓶,老太太说,人家看这是药水,在我看这就是我儿子的血呀!

那天排戏一个演员带着家里的保姆来了,坐在后面看排练,看到这儿大哭失声,跑出去了。我说怎么了?演员跟出去看。过一会儿保姆回来了,不好意思地擦着泪说对不起呀,我老公就是这样的呀,我老公就在青山打工啊。后来我们在很多地方演出,也有这样普通观众的反应,说就是这么回事啊。这些都让我久久地记在心里，对我是很大的鼓励。这就是虚构的，但是在现实中是可能发生的。

后来到北京演出，日本演《同船过渡》的剧团听说了，上午乘飞机晚上就赶到北京看，看完就拉着我授权，要排这个戏。我说，你们那么富裕了，还看这样的戏吗？他们说不不不，人心都是相通的，我们都能体会。你看，日本人也接受。后来他们也演了这个戏，还把我们的《临时病房》请过去，就在东京巢鸭一个叫"三百人剧场"的剧场，他们先演三场，然后我们也演三场，让观众看同一出戏中日两方演出的异同，很有意思。

哥伦比亚大学有一个汉学教授叫夏志清，写过一本书评介中国小说。巴金最著名的作品不是《激流三部曲》吗，就是《家》《春》《秋》，可是夏志清评价最高的却是巴金的《寒夜》，超过那三部名著。许还山还主演过电影《寒夜》，一个战乱中流亡到重庆的小知识分子，百业凋敝无处谋生，母亲又和妻子发生冲突，这个男人夹在两个女人之间，难以自拔。很动人。夏志清评点，这部作品是"牢牢植根于日常生活中的创作"，"和一般中国家庭太过逼肖，所有柔和、伤痛的场面，遂具备了动人的力量"。然后他又说："一个作者如果忠于自己的感受，尽管文体平平无奇，人物心理不够微妙，却仍能发挥震撼人心的力量。"

《临时病房》在北京演出时，《南方周末》记者来了，看了两场，第三场就把我拉到外面，坐在台阶上采访，小麦克夹在我的领子上，录了音。过几天发了个长篇访谈，把我的"守住自己的感受"这句话拎出来做了标题。我说到现代社会纷纭，变化快，我感觉自己跟不上，落伍了，这个派那个派也学不会，没有那个能力，还是老实一点，好好守住自己的感受，守住自己的感受也不容易，很容易被裹挟的。那么我就好好地守吧，撇开一些浮头的东西，安静下来，搞清楚什么是自己真实的感受，把它写出来。后来报纸出来标题就是"好好守住自己的感受"，我觉得这个年轻记者很敏锐，抓得很准的。

80年代中上海有个戏，《中国梦》，黄佐临先生排的，奚美娟演的，很轰动。作者是一对夫妇，孙惠柱、费春放。他们后来到美国留学，教书，2000年后回国，孙惠柱在上戏任副院长，费春放在华东师大教比较文学。《临时病房》应邀到上海国际艺术节演出，他们看了，很感慨，在剧场门口交谈了一下。他们说，回国以后看了很多戏，包括这次上海国际艺术节的戏，都很宏大，很热闹，他们举了抗日题材的例子，一开始都是家族、个人纠葛，矛盾错综，日本人打来了，国难当头捐弃前嫌，民族大义把大家团结起来。都是这个路子。今天看了《临时病房》，啊，原来中国还有这样的戏啊。回汉后收到上海朋友寄来的一份剪报，是《新民晚报》上的一篇文章，题目是《〈临时病房〉：朴实故事亦动人》。署名孙惠柱。文章开头就设问：

"两个生病的老人住进医院，连来看望的子女也没有，更没有遗产之类的纠葛，这样的戏也有人看？""也许会让很多人大吃一惊，一个关于普通人的朴实至极的故事，竟会那么打动人。"怎么回答他自己的提问呢？他写了这样一句话："话剧的生活质感首先来自剧作家对现实的切身感受，而不是网上冲浪下载出来的故事。"

好，该说第三项基本原则了，这就是尊重观众。

《同船过渡》获奖的时候在北京开会，要我发表感言，我引用了侯宝林先生的一句话："观众是咱的衣食父母，咱得把观众伺候好了。"感言发表时，我就用这话做了题目——"把观众伺候好"。

当时剧团很困难，从写《搭积木》的时候开始，我就想西方的"贫穷戏剧"不知道是不是因为拮据。反正我写这几个戏的时候，都有经济的考虑，我想低投入，高产出，花钱不多，观众喜欢看，演出场次多，这不是很划得来吗？三五个人物一出戏，一个场景，一个面包车就装走了。剧本写出来了，中国剧协要在广州召开新剧作研讨会，会上学习美国奥尼尔戏剧中心搞新作朗读排练，《搭积木》就在广州战士话剧团排演场做朗读排练，排了四天，旁边还坐着提词儿的，就给全国新剧作研讨会演出，演员穿的自己的衣裳，代用景，观众看得又哭又笑，说就这样也可以公演了，后来就真的公演了，而且上了北京，在首都剧场公演。就是小成本。多经济呀！

咱们真得算算账，别动不动就大投入大制作。说起来挺震撼的，震撼的是什么呀？有评论家说，那叫"夺人耳目，不入人心"。

尊重观众还必须尊重传统，我是比较保守比较传统的，《搭积木》《同船过渡》都是老样式，有人说是"三一律"的佳构剧。《搭积木》在中国剧协开研讨会，中戏导演系老师林荫宇给我写了个小条儿，她说，时间不多她就不发言了，但她要把意见告诉我，这个戏形式陈旧，在学校讲课时她总要讲到《五二班日志》，因为那是"第一"，你难道不想做"第一"吗？

这个林老师很可爱，很开诚布公。但《五二班日志》的"第一"我也不是故意争的，内容和形式就是浑然一体同时出现在脑海中，学校生活嘛，开放的；夫妻矛盾，亲密的敌人，自然就挤压在一个小小的空间，斗室风波，一个空间既是形式，也是内容。旧形式和老传统里也有规律，如果观众喜欢这个旧形式老传统，我们为什么不用呢？

许多传统戏《秦香莲》《天仙配》《白蛇传》《女驸马》久演不衰，它们靠什么赢得观众的喜爱？是大投入大制作吗？显然不是。许多传统戏就是一桌两椅，那不也是旧形式吗？不也能让观众看得又哭又笑的吗？

《同船过渡》也很传统，在日本演出观众却一点也没有嫌它陈旧。日本有个

"鉴赏会",是观众自己组织的,交会费,用这个钱邀请好戏演出。《同船过渡》在东京演出,各地鉴赏会派代表来了,把录像和剧本带回去大家讨论,要不要接这个戏,投票。第二年又演出,更多鉴赏会代表来了。那天晚上演完了,他们邀请我喝清酒,说要庆祝一下,他们买了《同船过渡》了。我问翻译,他们说"买"是什么意思。翻译告诉我,就是签了合同,要请《同船过渡》去演出,这就是"买戏"。第三年就到北九州十九个城市巡演,他们把我请去了,一些观众说,你的戏能来演出很不简单的,是大家投票通过的。十九个城市一起签合同,福冈、佐贺、长崎、鹿岛、大分,一站站地演。这么个传统的戏,为什么这么多人投票呢? 我觉得,尊重传统中还有尊重规律,不是为传统而传统,传统它也包含了规律,这就是前面说过的,你说明白了,你打动人心了,你演得好看了,这就是规律。至于形式,是散文式,是锁闭式,还是人像展览式、冰糖葫芦式,不管哪一种结构方式,不管你创新不创新,你符合了前面说的几条,他就喜欢。一个老艺术家说,艺术永远追求的是最好,而不是最新,好了,新也就在其中。如果一上来就想新玩意儿,常常流于概念和功利。

《同船过渡》《幸福的日子》《临时病房》在日本演出,我问日本观众,你们怎么会喜欢这些戏的。他们说,这些戏让他们了解了更多的人生,国家情况不一样,但人生是一样的。你看,是不是符合吴宓先生说的,主旨正大? 这就是规律,是大众都能接受的。

我没有读过多少书,学历很低,没有受到更多更好的教育,我常常意识到自己的局限。不仅仅是我一个人,也不光是编剧,其他门类其他人,包括表演,一代人有一代人的局限。我现在放几张照片请大家看看,都是我的戏,同一出戏,咱们看看中国演员和日本演员的不同。还有摄影,我们拍的剧照总有一点"摆",好像要说明什么,摆出个姿势,有点概念的痕迹,你再看看日本的摄影日本的演员,模式或者套路就要少一点。

这是《同船过渡》,说的是团结户里的两家人,一对小夫妻和一个独身的老太太,经常发生矛盾。小夫妻恶作剧,想把老太太撵出去,给老太太登了个征婚广告,没有想到真的来了个

1994年武汉人艺《同船过渡》剧照

1998年日本剧团东演《长江乘合轮》剧照

老头儿，由此引发一串故事。这是武汉话剧院演的，胡庆树老师和肖惠芳老师，非常优秀的老演员，是公认的大陆演出最好的一版，在上海戏剧学院剧场演出时，鼓掌三十多次，观众喊"高爷爷我爱你"，他就那么迷人。但这张剧照可以跟日本的比较一下，这是日本的，不一样对吧？这是高爷爷向方老师求婚，问老太太愿不愿意。日本演员条件远远不如中国演员，但演得很好，都跪到地上了，固然有日本民族的习俗，表达感情却很真切，甚至比我们夸张，让人感到真切，自然。他们的剧照摄影跟我们不一样，是请摄影公司拍的，我去时已经拍好，拿给我看，一看就有点震动，我的几个戏都有剧照，他们不用彩色，一律是黑白的，

黑底子，凸显着人物的形象和感情，呼之欲出，很强烈，很活。不是说我们的表演和摄影不好，但都有一样的问题，有模式的感觉，不那么自然。

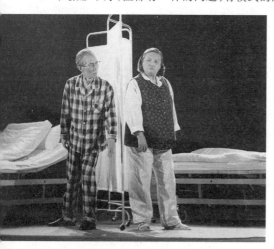

2004年长江人艺《临时病房》剧照

　　再看《临时病房》，也是非常优秀的两个演员，省话的，王学峻、肖惠芳。这是吵架，用屏风把两个隔开。老头参加同学会，海鲜吃多了拉肚子，老太太穿过屏风给他帮忙，结果拉到裤子里。老太太给老头换裤子，老头怕她看。老太太说，哎呀，我都生了三个儿子了，男人身上什么我没有看见呀！演得非常好，可你们看剧照，有一点"摆"吧？好，看看日本的，这是老头参加同学会回来，喝多了，激动了，一屁股坐在地上不起来，多么自然，恨不得

就能听到老头耍赖的声音。这上面没有老太太，那也是好演员，生活中像个贵妇，我都不相信她能演乡下老太太。演出前三天导演就不让她洗头，乱蓬蓬的，让她进入那种状态。他们也在努力接近生活，接近人物。

2005年日本剧团东演《临时病室》剧照

尊重观众，尊重传统，尊重规律，还涉及创新问题。有时候创新成了一张虎皮，吓唬人，一说创新就堵住了你的嘴，你不能说个不字儿，只要是创新就要得到赞扬和肯定。是的，谁能反对创新呢？创新是一个探索过程，即使失败了，那失败的体会也会是有意义的。比如绘画，人们可能不再追捧某些新潮的作品，但其中的技法，某种材料的运用给人启发，留存下来，在其他作品中运用。所以不仅不能反对创新，还得宽容失败。我不大能够接受的，是急功近利的所谓创新，是走捷径，是投机取巧。

最近看到一篇文章，是中国戏曲学院教授傅谨写的，其中有这样一段话："在我们戏剧界，实际上是整个艺术界，艺术家们总是不断地、随心所欲地创新，令人眼花缭乱，它像极了那种拆了真庙盖假庙的闹剧"，"艺术家就像一群狗熊冲进玉米地"，"急匆匆地掰取每只进入视野的玉米棒子"，"一面收获，一面也在遗弃原有的成果，最后留在手中的棒子未必都是最好的"。"我们见过太多在创新幌子下的胡言乱语"，只要说是"创新"就受到鼓励。傅教授引用了盖叫天的公子张二鹏的话，"创新多容易啊，越是身上没玩意儿的人越能创新，除了创新啥也不会，成天创新，喊戏剧改革，我看那叫戏剧宰割"。傅教授说："继承和模仿是要付出大量劳动的，要年复一年地勤学苦练，偷懒，不付出，学不像，于是一些人就走捷径，号称创新，以此掩盖自己的拙劣。"

我参加过一次花鼓戏声腔研讨会，一位演员唱《站花墙》"叫道童"。这是胡新中经常唱的一段，非常优美。这次研讨会胡新中有事情没有参加，就请这位演员演唱。我一听不对，那最好听的声腔没有了。就问怎么回事。回答说他们修改了。我说原来的腔很优美，为什么要改？问来问去，原来胡新中用了"边音"，他们不会用"边音"，就把声腔改掉了。这也叫创新？你连原来的高度都没有达到，胡新中那个"叫道童"

是翻上去的,我为了弄清楚为什么好听,在录音机上一个音一个音地抠,反反复复地听,发现"一、七"这些很不好发的音他都翻上去了,翻得那么高那么漂亮。怪不得好听呢,我喜欢听的就是这个。这天我没有听到,我说,因为没有"边音"唱不上去而修改,也可以,但要说清楚,别说创新。没有原来的好,那不叫创新。他们说,你要想听原来的,就只有胡新中一个人唱了。我就问胡新中,真是这样的吗?他说,不是,还有人能唱,嗓子好的人还多,但是,唱上去还要好听,就要下功夫了。胡新中说的就是规律,艺术要有魅力,你说你是非物质文化遗产,支持支持吧,那不行,你得靠魅力来吸引他,这魅力不是轻轻松松就有了。老艺术家都是下了苦功夫的,不是那么轻松就成功了。你肚子里有几首歌,有几出戏呀?你就创新?

观众喜爱的东西是不能瞎改的,那是一代代艺人的创造,一代代观众的检验,是一个一个群体的积累性的创造,是千锤百炼的。不是哪个天才,哪个聪明人脑子一热就创作出来了。艺人们要吃饭,就要琢磨观众的口味,观众的口味就是人们的欣赏习惯。这是规律。尊重观众也就是尊重规律。规律是不能创新的,只有遵循,认识,发现,把握。

写作技巧也是规律,戏剧你不写冲突就不好看,这就是规律。我们在学校里学习技巧,也是学习一项专业的规律。从事创作了,你的作品好不好,是不是符合规律,这就需要检验。检验的唯一标准是观众的反应。

观众反应有局限性,地域、时空对人都有局限,对同一部作品反应可能不一样,在比较大的范围和比较长久的历史中,在各个人群中,一部作品都能受到欢迎,大家都说好,那就比较接近真实了。

年纪越大,经的事越多,就越不敢骄傲。有人说沈老师很低调,我说我是不敢高调。咱们武汉音乐学院有位杨匡民教授,50年代就开始搜集湖北民歌,他研究方言与音乐的关系,把湖北分成五个方言区,跟学生们说,你们下去吧,五个方言区五个组,就沿着方言区去挖掘,一定能出成果。80年代初,《中国民间音乐集成·湖北卷》出版,这是《中国民间音乐集成》中的第一卷,得到了文化部和联合国教科文专家的褒奖。我拜望他,看到他的著作,知道我们在为地方戏音乐声腔困惑的时候,他早就阐述清楚了。是我们太浅薄太无知了。

现代考古学开山之人李济,是咱们钟祥人,发掘安阳殷墟的主持人。有人问考古,怎样才能有发现。他说,一个皮球掉到一块草地里了,怎么才能找到呢?在草地上划上一条条线,然后,沿着这些线一条一条去找,就找到了。这就是胡适说的,聪明人下笨功夫。

干我们这一行也得下笨功夫,我写一些小散文也下笨功夫的,要看好多资料,最后从里面只用了一点点。可你不看就不行,杨匡民教授那本大书我就得看,不看就会把这些前辈所做的工作忽略了,而要知道今后我们该怎么办,就必须知道前辈是怎么做的。任何捷径,想侥幸取得成功都是要不得的。

好了,写作讲完了,下面来评点。

也是向大家汇报去年观看宜昌艺术节剧节目的感想。歌舞我是外行,可咱们节目都是给外行看的,观众就是外行,不妨把我作为一个观众,听一听我这个观众的观感,也许也是有益的。

我按照顺序讲。

第一个是长阳的《江山美人》,一个县歌舞团,能够创作演出一台像模像样的舞剧,很令人惊讶。舞剧专业技术要求很高,不经过严格的训练肢体能力达不到,无法表达,能够演出就让我惊讶了。男女主演完成了任务,女主演特别年轻,形象也不错。《江山美人》要表达的内容我也看明白了,观众来了可以看到一个故事,能看明白。运用舞蹈语言塑造人物方面,我印象比较深的是那个反派,他有性格。

第二个是五峰的《我在茶山等你来》,这是一个比较完整的风情歌舞晚会。土家族歌舞看得比较多,恩施的、宜昌的,这几年都在做,看多了就有一个感觉,相似度很高,有些节目不说抄袭吧,应该是互相借鉴,看来看去就那么几个动作。我想是不是这个地区太小了,就在武陵山区这个文化圈,总是互相影响,东西是不是就这么多了。不料那天看五峰的演出,还是有点小兴奋,舞台上很干净,素色的底幕上几朵鲜花怒放,刚好跟演员的服饰风格相呼应,深色的衣裙上一朵鲜花,好像有一个审美口味较高的人在矫正调整着。在相似度很高的节目中,五峰也弄出了一点新意,比如"哭嫁",与《家住长江边》等众多"哭嫁"不同的是,五峰"哭"出了一个很具体的、很有细节的姑娘,她其实是蛮想出嫁的,但又舍不得爹妈,"哭"中有喜,向往着"嫁",舍不得又"哭",哭哭笑笑,还有嗔怪女伴儿的动作,就是你就是你,就是你撩的,本来是不想哭的!艺术特别需要细节,一个小细节就揭示了人物心理,不空泛,跟"哎呀我的爹哎呀我的妈"超市式大路产品的"哭嫁"拉开了距离。舞蹈《山鹞子》也不错。选择的点很好,但是好像没有完成,你写"山鹞子",要塑造它,就要想想办法,怎么才能让山鹞子的形象更鲜明更强烈,在严酷的大山中生存的山鹞子是很强悍的,也许需要一些技巧性的东西,我大概要求高了,现在看不大过瘾,期待没有得到满足,还得再挖出点什么才好。传统的和创新的结合得也比较好,民间本色没有丢弃,创新也没有提升到我不认识的程度。

第三，秭归《大端午》。作为屈原故里，秭归的创作有担当，追求比较博大，从"端午"入手，加了个"大"，是屈原的"端午"，不是别的地方的，秭归要表现本土文化，这样的眼光是必须的。它好在有追求，有深邃的历史眼光，问题是在历史与现实，深邃与浅近，在高雅与通俗，在写意与写实，在这个衔接上揉得不够好，突然一下上去了，突然一下下来了，突然很写意，突然又很写实，突然很远古，突然又很浅近。许多历史是活在现实中的，我们要找到这个衔接，深入浅出，用生动可感的语言表达出来，蛮难的。也许我要求高了。

第四，这个《明月当空》我没看过。

第五，远安花鼓。三个小戏，最可贵的是刻画人物，宜昌地区也就是这么一个戏曲剧种了，音乐蛮灵秀清新的，有特点，远安咬定青山不放松，抓住花鼓，花鼓中又抓住人物，这是值得肯定的。如果我不满足，那不仅是对三个小戏，我是对所有传统戏曲和民间艺术的整理改编有一点期望。

民间艺术、传统戏曲，是在旧时代老百姓特别是底层穷苦百姓中流传发展的，有的就是苦中作乐卖艺糊口的玩意儿，不可避免地受到那个时代那个底层环境正面和负面的影响，因为所有物质文明和精神文明都是时代和环境的产物，我们的民间艺术、传统戏曲，特别是这种民间俗戏，在底层社会产生，既有民间的质朴，也有底层的俗弊，泥沙俱下，有的还掺杂一些狎昵暧昧的说表，撩逗看客不健康的猥亵心理，过去许多地方官府和正统乡绅认为它是"花鼓淫戏"，是禁演的。为了生存而迎合低俗口味，30年代连京剧这样的大戏都难免，演七仙女沐浴，把衣裳都脱了，只戴个兜兜，所以解放后要"净化"呢。民歌有什么"十八摸""寡妇叹五更"，我是很喜欢传统的东西的，可这样的词儿我也唱不出口啊。

武汉音乐学院杨匡民教授搜集民歌时告诉助手们，你们搜集民歌，是什么人唱的，唱给什么人听的，在什么场合唱，都必须记录下来。就是几个姑娘婆婆，或是寡妇，纺线的时候唱和田间地头唱，都是不一样的，男人在不在也不一样，女人唱女人的歌和男人唱女人的歌也是不一样的。杨匡民教授是华侨，南京国立音乐院肄业的洋教授，受过很好的教育，他组织的调查有很高很严的标准，还有功能性民歌，打硪打夯的时候唱的，车水薅草时唱的，出嫁的时候唱的，祝寿的时候唱的，红白喜事唱的，通过这些民歌可以看到更多的内容，看到生态，要忠实地记录，但表演时就要整理提高。

《龙船调》就是一个整理提高的范例，到俄罗斯演出时人家问这是什么，我说春天里一个姑娘要过河去会她的情人，人家就觉得非常美。他们说，哦，歌颂春天歌颂爱情,马上就理解了,非常美。

闻一多那一代大文化人都很重视民歌,西南联大从长沙到昆明,闻一多就带着文科学生步行,一路搜集民歌,特别重视情歌,一些妇女不好意思唱,学生做工作,情歌表达了人们的喜怒哀乐,是当时的生态,哪怕是"十八摸""寡妇叹五更"也都要如实记录。所以一定要写明在哪里搜集的,什么人唱的,它传递了很多信息。我们搞创作就要提高了,你想,那些"十八摸""寡妇叹五更",那些狎昵粗俗的词语大学生能喜欢吗?

具体到远安三个小戏,《铣老大盘颗》,这是一个佃农赖租耍弄地主的戏,表现的是佃农的智慧。我觉得一开始应该把铣老大对佃农的苛刻、盘剥表现出来,用细节或用台词说出来,一定要说出来,你不把地主的不义表现出来,就显得佃农不义。如今讲契约精神,中国传统社会也讲这个,说好交租,不能赖的。一定是地主不讲理,地主先不义,佃户才赖租。现在是因为天不好就不交颗,那我要问,天好他让你多交了吗?没有吧?所以,赖租还耍弄地主就不大占理。要讲出地主的不义,不合情理,佃农的智斗就赢得了人心。智斗也不是报复,是维护自己的权利。毕竟这是一个尊重个人权利的时代,民间的智慧人物比如阿凡提的故事,他也要合理,陈世美仅仅是重婚,如果不杀秦香莲和孩子,包公还没法斩他呢。所以佃农的智斗是维护自己权利,这样观众就会站在佃农一边。《打补丁》也挺好,但是要给三赖子这个人物一点可爱的东西,姑娘爱他爱什么?光是插科打诨不行。三赖子为什么穷?游手好闲可不好。《刘海砍樵》刘海多可爱呀,照顾老娘,又孝顺又勤劳。狐狸精喜欢他,他还说你不要跟我,我砍一天的柴火,还买不到你头上的一颗珠珠,我屋里好穷哦,只有一个大蛋一个小蛋,太阳从屋顶照下来地上一个大蛋,下雨屋里到处漏雨是小蛋。他老实地承认穷,不要姑娘跟他,说跟他要受苦,可爱得很。改编整理就是抓住人物性格,写得更加阳光。传统小戏的丑行有很多插科打诨的套语,陈词滥调,太多了,重复啰嗦,不精练就显得很贫。还有一个戏我不多说了,这是一个清官,穷得连房租都交不起,但他审案子很刚正,送上门的钱他不要,这很绝。但要把他清贫寒酸和他的刚正不阿交织起来,就很好玩,怎么写好张映泉老师知道。

第六,《打个谜语你来猜》,可爱的剧名,有童趣,是谜语就有悬念,有扣子,能引起兴趣,是戏剧性生根发芽的地方。看了有点困惑,戏核儿在什么地方?用什么吸引观众?戏中提了两个问题,一个是留守儿童的心理情感问题。三个儿童,各有各的问题,一对双胞胎是想念爸爸,另一个是受人欺负,都是留守儿童的问题,这些问题如何在谜语活动中展开?要编编辫子,一直在写留守儿童问题和写谜语活动中摇摆。谜语它不是问题,如何在谜语中设置冲突,冲突在什么地方?谁与谁冲突?为什么冲突?有两点开掘不够,一个是人物亲情,孩子思念父母,是很容易动情的,但现在都放过去了;二是谜语的智慧和趣味,也没有展开。

第七,《农耕韵》,是一个蛮踏实蛮落地的作品,编导用自己的材料做自己的菜,很写实的农耕流程,劳作,休闲,收获,非常朴实,舞蹈动作甚至仿生,纳鞋底,筛筛子,打砾,都是原生态的。就像他们自己说的,"看得见,摸得着,感受得到,摒除了生搬硬套的强植强入"。编导是个明白人,知道自己要干什么,他不想"生搬硬套",不想把主观的现代意识"强植强入",就是咱老百姓的事儿,而且是农耕社会,还不是城市化了的农村,是传统的农耕社会的劳动休闲收获的快乐。这也有意思,就是往日的生活,乡村往事,我把它做得漂亮也一样是好东西,不一定非是现代的时尚的,传统社会也会引起我们的乡愁和回忆,年轻人会知道,哦,这是我父亲母亲的生活,也会很亲切。编导明白,心很定,把目标树起来了,心无他务,这也是一种写法,而且完成得比较好。

没有了,就给我这么多,没有当阳的材料,当阳有个小品不错,当时评委老师们看了都比较喜欢,很生动,贴近生活,估计演出时剧场效果很好。

感谢宜昌的朋友们邀请我来,给我一个欣赏、体会、交流的机会,也感谢大家给观众提供了这样多的快乐,谢谢。

2015 年 5 月 25 日

桥梁与沟通

到文化厅当了干部,兼有领导者和创作者的双重身份,使我没有过去单纯,遇事踌躇,开口谨慎,这边想想那边也想想。两个角度有共通点,也有不同之处,两边都要考虑,不敢单就一头。或许我就是个桥梁,沟通领导与艺术家,勉为其难,尽力而为,谈几点个人想法。

一、创作要"落地"

"落地"是讨论"八艺节"开幕式晚会的时候,总导演赵明说的。当时正在王原平的工作室听音乐小样,听一段讨论一段。听到某一段时,他说,这段得"落地"。作曲王原平何等聪明,一听就点头说,明白了。改了再听,果然"落地"了。

怎样叫"落地",怎样叫"没落地",一句话很难说得清,如同俗与雅,说不清楚,但一看就有感觉。艺术没有硬性的衡量标准,但面对一个作品,人们约定俗成还是有大致差不多的感觉。同一个作品,产生迥然不同反应的情况也有,因为欣赏者有不同的教养和文化,趣味不尽相同,各个群体之间也有差异,甚至地域、年龄、职业的差异都会影响到审美。不同群体的审美还可能有各自的局限和缺陷,他们互相抵触冲突,也互相补充融合,一部作品如果能够在更长的时间段和更大的空间里流传,这时,如果比较多的人都说好,那就比较接近事实了。比如《洪湖赤卫队》,湖北人说好,演到北京,北京人也说好,再到全中国,全国人民都说好,五十年前说好,过了五十年再演,观众还是说好,这就真的是好了。

《洪湖赤卫队》是"落了地"的。人们总是谈这个剧的音乐,不大说文本,其实《洪湖赤卫队》的音乐好,文本也不错,很"落地"。你看它的情节,一步步走得多稳当,多扎实:红军走了,白匪回来了,赤卫队保卫家乡保卫百姓,就骚扰白匪,彭霸天正听小曲呢,一把钢刀飞来,"老子本姓天,家住洪湖边,今天来借枪,明天打江山!"就是让要你难受。彭霸天不干了,清剿赤卫队,你出不出来? 你不出来我就杀老百姓。机枪一架就要扫射了,"住手——",为救乡亲韩英挺身而出了。接着牢房劝降,你得交出红军来。韩英当然不会交,于是押来韩母劝降。韩母两难了,"儿啊,你要是写了(自首书),怎能对得起受苦人和共产党?你要是不写,儿啊儿啊,明天天亮,你,你,你你就要离开娘啊!"入情入理、脚踏实地地奔向了高潮。

好作品都是"落地"的。"妹娃儿要过河,哪个来推我嘛?""梢公你把舵搬,妹娃儿我上了船。"大白话大口语,平铺直叙,不包装不华丽,却唱到了维也纳金色大厅,唱到了美国,成了世界民歌经典,因为它"落地"了!"落地"了才有人间的情感,湖北人中国人外国人,在人性的层面上都是一样的!我们去俄罗斯演出,俄国人问这是个什么歌,我说,在一个美丽的春天,一个小姑娘要过河,她向往爱情,向往春天。俄国人马上点头,说好好好,明白了。谁不向往春天,谁不想过那条河?这是人人心中都有的东西,人人心中都有的东西好写也不好写,好写是因为我口唱我心,唱出来就是了;不好写却还是因为人人心中都有,写得好不好人人都能一眼看透。正如俗话所说,画鬼容易画人难,因为鬼魅谁也没看见过,随便你瞎画,而人就在身边,画得不像连小孩子都骗不过去。

如今"落地"不容易,因为种子"落地"生根发芽开花结果,需要一个自然周期,这就不能急。可如今人们就是等不急,人吃快餐车行高速,恋爱叫"速配",结婚叫"闪婚",等不得你慢慢来。潮流也在推波助澜,浮头上尽是熠熠闪光的美丽泡沫,忍不住就要追逐。就像竞走运动,规则是只能走不能跑,两脚不能同时离地,运动员谁不知道规则?天天训练的就是这个,谁愿意犯规呀?可是金牌诱惑,心急想吃热豆腐,走着走着两脚就离了地。竞走离地了好办,一张红牌就罚下去了,咱们的作品不好办,没有硬指标,不"落地"的东西罚不下去,还在台上风光着,这种不落地的东西多了,就给人一个花花绿绿的印象,很热闹,仅此而已。

还有一个困扰,就是创新。创作者都忌讳重复,别人搞过的咱不能搞,自己搞过的也不能重复,每一次都要寻找一些新东西,要突破,也就是天天强调的创新。但在求新求变的时候,是不是也要守住点什么?守什么呢?守住自己脚下的这块土地。

守住不是不变,不是不创新,不久前在安徽黄山下看了一个小县剧团演的傩戏,演员戴面具踩高跷,身段动作非常简单,扭来扭去,没有咱们那高度成熟的戏曲程式,故事和人物也都很简单,是比较原始的戏剧形态。湖北也有,我看过,可我们的不大好看,那叫真原始,不美,看着不大舒服。安徽那个就是重新设计了的,还是戴面具,但面具做得很漂亮,很好玩儿,有童趣,人类早期的东西嘛,与稚拙的表演风格很统一,像孩子一样憨态可掬,很可爱,观众可以感觉到它的古老,却又能体会到它的新鲜。我问了一下,果然,这个剧团的傩戏传承做得很好,还去韩国等一些国家演出,很受欢迎。再看那些保护得很好的民居村落,就觉得安徽人比湖北人守得住,是在坚守中创新了。

追逐时尚和新潮未必是创新,服装天天在变吧,一时宽松一时紧窄,一时长款一时短摆,跟都跟不及,干脆你就别动,把十年前的拿出来穿穿,人家没准还认为是时装呢。

心急火燎地捞素材挖故事也并不等于有了生活,往往在生活中很感人的事,让我们一编,反而变假了。这里有编剧技巧问题,也有创作心态的浮躁。为什么浮躁?功利之心作祟。干我们这一行一辈子都摆脱不了两个字:名利。搞戏就要获奖,获奖还要大奖。二等奖都不算奖。周围的声音、身边人们(包括亲友、剧院的演员等)期待的目光都会影响着你,于是就不平静,也恨不得马上拿个大奖,开始还清醒,快到终点了,奖牌就在前面呢,心一急脚就离了地。

人"落地"先得心"落地",要把心态放稳,放平。心不"落地",搜集再多故事,也不一定能写出好戏。艺术创作是一项复杂的精神劳动,有意栽花花不发,无心插柳柳成行的事经常发生。

二、精品需要积累

在一定的时间空间里,精品相对于非精品总是比较少的,数量较大的精品往往要经过历史的沉淀和积累,比如我国戏曲史的"黄金时代"元代,可说是涌现了大量的精品。但认真算一下,这个"黄金时代"是一百五十多年,也就是说,不算宋杂剧、金院本,从元代开始的大量杂剧精品,也是一百五十多年的积累。

"八艺节"我省的精品很多,未能参赛的作品中,有的基础也很好,具有加工提高成为精品的潜质。陈晓光部长评价我省的创作"令世人瞩目",这五字评价令我们欣慰。这是以"八艺节"为契机实施精品工程的成果,也是改革开放三十年,甚至是新中国成立几十年我省艺术能量积累的成果。

积累有四方面:

1.人才。生产精品的人才需要积累。这些年活跃在我省舞台上的编、导、演,不少都经过了几十年的实践,如余笑予、胡应明、宋西庭等,80年代初就开始了艺术操练。还有些人才的发蒙更可以追溯到20世纪五六十年代,如湖北省戏曲学校,就成批量地为京汉楚输送了人才,余笑予、谢鲁是戏校的老师,朱世慧、程彩萍、李春芳、习志淦、丁素华等都是该校学生,他们早年在一些名老艺人门下得到亲炙,学得扎实,又经过多年实践磨砺才成熟。

2.生活。创作需要生活积累。突出政治的时代提倡"深入工农兵","向贫下中农学习",不由分说地把文艺工作者赶下乡,客观上给了创作者长年累月浸润于生活的机会。可以问一问杨凤仙,过去省民间歌舞团的编导一年下去多少天,多少个月?湖北几个地区都跑遍了,这是哪儿的歌,那是哪儿的舞,如数家珍头头是道。《家住长江边》中的《女儿会》人见人爱,那就是从生活里泡出来的。艺术要有想象,但还要有生活的出处,要有生态气息,经久不衰的作品,哪怕一段小舞蹈,也要有生活的根基。巴东的"撒叶尔嗬"刚在央视青歌赛表演,我独自在家看,兴奋得一个人鼓起掌来。同一题材的歌舞很多,有的就不知所云,不知道你要干什么,光是那些动作,弄不好像群魔乱舞。

3.实践。创作者要不断地实践,写得多不一定写得好,但不写肯定不会成熟。有一锄头挖出金娃娃的好事,但比较少,要在实践中积累经验。经验也是能力的一部分。不赘言。

4.灵感。创作需要灵感,灵感怎样出现?它超出智力和学识,突如其来。

有个说法叫"等待灵感的降临",这"等待"就包含了创作者各方面的积累,我们常说厚积薄发,好像很轻松,其实这过程也有精神情感的自我折磨,冥思苦想,一旦雷电相撞才有火花。

我省文艺是有积累的,《呀活衣活》演出时,荆州一些老同志看了流泪,说过去长年累月在基层搜集整理民间歌舞,就是没有条件把它搞出来,很多荆州人甚至不知道自己家乡有这么美的东西。所以他们感谢"八艺节",由于"八艺节",省委、省政府高度重视,整合资源,资金投入量空前,给了比较好的条件,积蓄的艺术能量被极大地激活,岩浆似的喷发,密度较大地出了一批好作品。

2007年硕果累累,是我省艺术创作的大年。有大年就可能有小年,有丰收就难免有歉收。要持续地发展就要养地气,氮磷钾都不能少,有时候还得休耕。我们要给2008年制订工作目标,也要保土保墒,土地滋润了,才能高产稳产。

三、主旋律问题

政府投入建设的艺术院团,必须高扬主旋律,这是前提。

"八艺节"已做得很好,不少主旋律的作品,如表现革命战争、革命历史、诗史等重大题材的戏,都很受观众欢迎,不多说。

补充两点:

1.不要把当代普通人的生活排除在主旋律之外。

先说一次个人经历。我参加过一个中日戏剧研讨会,双方各拿出三个剧本提供研讨，中方提供的剧本中，有刘锦云的《狗儿爷涅槃》、过士行的《鸟人》和我的《同船过渡》。在研讨中，一个叫林英树的日本戏剧家发言了。没有一丝笑容，有些咄咄逼人，他说，一个中国老戏剧家说，中国政府提出了主旋律，使中国戏剧走进了死胡同。当时我脑子"嗡"地一下胀大了。有人说我这个年纪的一代人，都有一个毛病，见不得外国人说中国不好，尤其是日本人，自己说可以，你说就不行。当时我就是这样，林英树话还没有落音，我就举手要求发言。主持人按下我，说你的十五分钟发言已经用过了。我只好按捺着。将近结束时，一个旁听的剧团导演发言了，他说了一些中日友善和人心相通的话后，举起我的剧本道："我认为沈先生的戏日本人就能够理解，我们剧团就可以排这个戏。"我的弦还绷着，一听这话就边举手边起身边开了口，我说我很高兴听到这位先生的发言，如果这个戏能在日本演出，那我太高兴了。就此我也想回答刚才林英树先生的问题，我的作品多是描写普通的中国人的生活，我没有感到主旋律的要求对我有什么限制，就是这个表现普通人生的戏，获得了中国政府颁发的最高奖。政府肯定这样的作品，也就是说，表现普通人的生活的戏，就是主旋律。

后来，日方整理了研讨会纪要，中日两种文字的，寄给我。关于这一段，纪要写道，林英树的话一出，会场顿时紧张起来。可见日本人也感到了气氛的变化。关于我的发言，纪要说，沈先生的发言，给会场吹入一股清新的风。

我自我表扬地介绍这件事：第一，我得意，我没有输给日本人；第二，我确实是这样看的，主旋律是什么，就是老百姓的生活，就是健康的人生。

不论什么题材，是宏大的历史叙事还是平凡的现代生活，不论是城市故事还是乡村风景，不论是悲剧还是喜剧，只要有积极的、健康向上的精神品质，体现主流文化的价值观，就是主旋律。

党号召展现人民群众用诚实劳动创造美好新生活的伟大实践，实现民族振兴的博大情怀。

胡锦涛主席在宣传思想工作会议上提出："有利于国家富强、民族振兴、人民幸福、社会和谐的思想和精神。"

这就是主旋律。

2.主旋律作品要有艺术魅力。

是艺术作品就要符合艺术规律，不能因为是主旋律就来另一个标准。有艺术魅力，才能感染人。电视已出现了一些很好的作品，值得学习。

有人说，如今打开电视就可以看到世界上最高水平的演出，因此观众审美水平提高了,一般的作品很难满足。这话不错,但除了审美水平的提高,观众大大提高的还有对社会生活、对世界历史、对人类自身的认识力和理解力,人们知道了生活是多样的,人性是复杂的,追求幸福的道路是曲折而又艰难的,等等。《龙江颂》提倡舍小家为大家,江水英做思想工作说,"你往前看,再往前看,巴掌山挡住了你的眼",就这样解决了矛盾,当时我们看了还说挺好,现在这么写行吗?现在简单的、概念的大道理已不能说服人,写到作品中怎么能打动人呢?

不要标语口号,不要做时代的传声筒,不要从概念出发,老生常谈,不赘言。

四、关于现实题材的创作

年前,我出席过一个现代艺术作品展,展览的名字叫"在场"。他们要我致辞,我就说了点感想,我说中国正在发生着历史上最伟大的变化,我们所在的湖北、我们生活的城市武汉都在日新月异地变化着。我们的服饰变了,我们的内心也变了,改革开放三十年,一切都不一样了,作为艺术家应该感到幸运的是,当这些变化发生的时候,我们都"在场"。艺术就是要把"在场"的体验和感受表达出来,让健康的主流文化影响"在场"的一切,让"在场"的一切更加文明更加进步。我想这就是我们强调现实题材创作的意义。

即使是讲述历史故事,也应该怀有对当代社会的真情和责任,因为我们"在场",我们得为现场做点什么。

获得多项大奖的豫剧《程婴救孤》是一个古老的历史故事,它不着一字于现代,却字字句句打入现代人心。你可能正斤斤计较着薪水和待遇,你可能钩心斗角于仕途和商场,你不可能没有世俗的物欲和贪念,但这一时刻,面对一个又一个大义凛然、视死如归的忠义烈士,谁都不能不泪流满面,谁都不能不认同,现代社会现代人类也需要血脉偾张义薄云天的正气。

我们正在建设让每个人都感到幸福的社会,今天中国人的幸福指数已经比过去高得多。可是,有幸福就有痛苦,有收获就会有付出,有满足就会有失落,有追求就会有坎坷。惊天大案,矿难频仍,造假屡禁不绝,欠债不还抖狠,诚信竟成了稀缺。包二奶,傍大款,吃饭的问题尚未彻底解决,又来了吃饱饭以后怎么办的困惑,一道道山来一道道水,通向幸福的大道并不一马平川。温家宝总理在中国文联和作家协会代表大会的报告中,希望艺术界要提倡讲真话,反映真实的社会情况,鼓励人们去追求真理。现实题材的作品尤其需要发出真实的声音。

然而,艺术不是披露现实问题的新闻稿,也不可能立竿见影地解决社会问题,但现实矛盾又不能回避。怎样把握?我也说不好,引一段话咱们共勉吧,这是傅雷在《约翰·克里斯朵夫》卷首写的一段"译者的话",很耐人寻味:"真正的光明决不是永没有黑暗的时间,只是永不被黑暗所掩蔽,真正的英雄决不是永没有卑下的情操,只是永不被卑下的情操所屈服罢了。"

我们的写作还常常把现实生活简单化,要不直奔先进人物先进事迹而去,比如带领群众改变家乡面貌,无私奉献等;要不就从概念出发,人物情节都比较虚假,比如大学毕业生放弃城市高薪工作,回乡改变家乡面貌,居然很快就成功了。当然还要加一点爱情戏,闹点小矛盾小误会,等等,观众想都想得到。有些戏有原型,写得却不如原型感人。弄到高潮还要音乐大作来核心唱段,你矛盾冲突就不合理,怎么能动人呢?

我曾忌讳"编剧"的"编"字,有生造意味。动手就编故事,甲要干什么乙就偏不让他干什么,于是冲突,戏就有了。戏剧需要冲突,但必须是合乎生活和生命逻辑的冲突,而不是人为编织的冲突。我们常常戏剧化地简化生活。

读过一位美国汉学家对巴金作品的评价,他承认《激流三部曲》的社会影响,却又认为其反封建的主题被过于强化,他说他更倾心于《寒夜》,它"是牢牢植根于日常生活中的创作。读者在目击男主角一步步走向身心交瘁的境地时,简直不忍卒读。因为和一般中国家庭生活太过逼肖","一个艺术家只有照实地去描写生命","如果忠于自己的感受,尽管文体平平无奇……却能发挥震撼人心的力量"。

如今的观众比《寒夜》时代更老道,都知道人心是复杂的,生活是复杂的,你违反了观众的日常经验,写简单了他就不相信。他们要问:为什么要这样?怎么可能? 好戏是情理之中,意料之外。反之,则是情理之外,意料之中。

武汉大学生曾举办话剧节,有两个有趣的小戏。一个叫《记得当年那个小》,两男两女四个人互相教授恋爱技术,观众在笑声中对这种不涉真情的爱情操作表示了否定。另一个叫《那些日子我们一起走过》,同寝室的四个男生,一个想谋高薪工作,赶快赚钱养家;一个要考研,想走门路;一个热衷恋爱,又想更新女朋友;还有一个父亲是大款,要出国。毕业前夕,四人发生口角打了一架。

我当时的感想是:幼稚的表演,简陋的舞台,但无损魅力。为什么我会认为这两个小戏有魅力呢?作为颁奖嘉宾我上台念了评委评语,我把那短短的评语记下来了,我觉得说得很好:"你们在作品中注入了强烈的生命体验和文化思索,并赋予了充沛的艺术激情和艺术想象,极大丰富了话剧舞台的题材范围和演出样式。"这就是魅力所在,他们把自己的生命体验放到作品中,文化思索也在这体验中,表现得非常真切,没有教育人的套话空话,打架本身就让人震动并受到教益。

应该向孩子们学习。

五、领导者与创作者：同一目标，不同的分工

在主流文化领域，领导者与艺术家目标是一致的。我们爱我们的国家，爱我们的家乡湖北，我们希望我们的国家、我们的家乡湖北日益富强。昨天，奥运火炬已开始传递，世界上很多国家都举办过奥运会，但别人都没有像我们这样轰轰烈烈举国投入。为什么呢？我想，因为中国人太苦了！我是小学四年级时开始上历史课的，从1840年开始讲，回回受气，中国人伸不了头，尽是受欺负的记录，看得难过死了。中国人太想扬眉吐气，太想祖国强盛了！奥运寄寓了我们的希望。国家要强盛，文化是软实力，既然如此，我们就应当贡献力量！这是目标一致。

不同点在于分工。比如，2008年有一项重要工作：配合改革开放三十周年、国庆六十周年，创作一批优秀作品。领导要宏观规划，提出要求，要组织力量，选择题材、谋划运作，包括计算获奖作品指标，缺什么要赶紧补什么，如组织这次创作会，这是领导者的责任。你不组织你就失职。

而创作者则要保持一定的距离，要配合又不能太配合，配合是因为我们接受党和政府的领导，接受党和政府给予的生活和创作的资助、保障，党和政府的中心工作我们就必须接受，认真对待；不能太配合是因为创作有其特殊性，即使交办任务，只要创作，就得心有所悟情有所动，要有感而发。

"八艺节"硕果累累，就是领导者与创作者的合力。巩固"八艺节"成果，推广成功经验，也应包括这一部分。

六、希望

1.希望戏剧文学多些文学性。

文学四大部类——小说、诗歌、散文、戏剧，只有戏剧最麻烦。有如海上的冰山，戏剧只能写露出海面的山尖，通过这一点尖尖，还得让观众看到海面下的山脉山脊，还有暗沟潜流。小说《家》将近三十万字，剧本却只有三四万字，演出两个半小时，写多了没用啊。它不是案头欣赏的文本，又得经得住案头阅读。它的生命在舞台，却要受舞台空间和演出时间等综合因素制约，写起来最不自由。所以写（舞台剧）剧本的人少，不少地方悬重赏征集剧本，可已有电视剧的高稿酬在前，舞台剧本的重赏并不那么诱人。

到处剧本荒。前面说积累，要厚积薄发，可是剧团等米下锅，不容编剧积厚了再发。不成熟怎么办？于是导演介入，通行的做法是"二度"帮助"一度"，大家来"攒"，"攒"成功了的例子也有。据说《茶馆》初稿出来就拿到剧院听过意见，本来茶馆只是第一幕,后面还有解放后工商业改造什么的。人艺导演和演员"介入"后,说这第一幕不错,建议把后面几幕砍掉,把这第一幕"抻一抻","抻"成三幕,全剧都发生在茶馆里。老舍先生接受了他们的意见,这就是我们现在看到的《茶馆》。不过这还不是典型的"攒",是老舍先生听取了"二度"的意见,"砍"了后面"抻"了前面而成的。"攒"是把原来的剧本拆了,重新编撰。

这样的"二度"就有负面效应了,编剧和剧院都会想,反正有"二度"帮忙,"一度"糙就糙一点吧,先立起来看看,好,"二度"进入了,立起来了。立起来行了,就不改了;不行怎么办呢,只有再改,小改还好办,原来的布景什么的还能用,碰到大改,人力物力时间浪费就大了。"二度"也不是每一次都能救场,高超的导演手法、形式上的翻新、声光电都掩盖不了剧作的苍白。不小心得奖的可能也存在,那就一奖遮百丑,索性就不改了,有的戏直到收箱,根本问题也没解决,说起来得过什么大奖,观众却不记得你。

所以要把"一度"创作搞好。戏剧文学是文学,应该有文学品质的追求。《茶馆》的导演和演员虽然提出"砍后头,抻前头"的建议,但以一个茶馆的变化,举重若轻地托出沉甸甸的中国历史沧桑,栩栩如生地描绘大历史中芸芸众生的沉浮兴衰,还是靠老舍的一支笔,这是作家的心血和睿智,导演和演员帮不了忙的。

编剧要比一般人想的更多一些,特别是对社会对人性的认识和思考。一部作品总要有一点意思,包括歌舞,如今的大歌舞太多,一小段舞蹈也不能仅仅是形体动作,观众需要看到让人怦然心动的东西,这就是作品的灵魂。

在编导的关系中,我只能严格要求编剧,因为我是编剧,我写得也不好。我不怨导演的凌驾,我想,如果能把剧本写得像曹禺大师那样,赢得一代又一代导演的尊重并不断诠释,谁又能把你推倒呢?

2.希望领导和导演等"二度"创作尊重编剧。

大师是稀少的,湖北文艺的繁荣还要靠我们这些不是大师的人的努力。"八艺节"我省一些剧目和开幕式晚会的创作,都证明了本土的、自己的编导力量的重要。

编导演舞美作曲这条流水线,首先是编剧。没有好剧本,"二度"无用武之地。希望领导们、导演们和"二度"创作的同仁们体谅剧本创作的难度。一个导演一年排两三个戏很常见,编剧一年写两三个戏就比较少。导演有剧本可以依凭,不满意可以修改,题材、人物、情节都有个底子,推倒重来也还有一团面让你揉。写剧本却是"空手套白狼",白手起家,除了改编,一般都是"无中生有",人物从起名字

137

开始，就像女娲抟土造人，一点点地成形。故事情节也是"凭空捏造"，有的戏调动的几乎是作者一生的积累。

黄梅县剧团春节前来汉演出，一台演员整齐得很，都不像个县剧团。为什么，因为他们有一个死心眼儿地给剧团写戏的编剧。不管是不是精品，反正他不停地写，他写剧团就有戏，有戏演员就能演，舞台各部门就能提高，剧团的社会影响也大了。有的剧团以前不比他们差，可老没有戏演，演员一天天都耗老了。有个好编剧是剧团的福气，所以要对编剧格外地好一些，要给他们宽松的环境。如今写小说写电视剧的都有80后，甚至90后的人了，舞台剧剧本的编剧呢？四十岁就算年轻的。再不给他们自由轻松的环境，人才就更难凝聚。

今年是改革开放三十周年，我们是改革开放的在场者，也是受益者，有责任用艺术作品说出心里的感受。怎么没有生活呀？你每天不在生活吗？就是去菜场买菜，两个人吵架，你听听，没准儿也带出来半个世纪的社会人生。你可以去了解你不了解的领域，但你一定要有自己的感受，一个独角戏，一个人物，也能表现出生活和历史的分量。

尽管剧本，包括歌舞的原创很难，但还是要坚持高标准，取法乎上得乎其中，取法乎中得乎其下，行动要实际，但理想一定要高远。拜托大家，我们一起努力。

2008年3月25日

沃枝叶，培根本

也谈艺术节
在全省艺术创作会上的发言

题注：

　　第一次以厅长身份在创作会上讲话时，很新鲜，认真做了准备。第二年又要讲，就有点迟疑，怎么又讲？可一想自己的身份，创作会是分内的工作，也就没有推辞。现在是第三次，就不大想讲了，哪有那么多好讲的？人家来开会，一看怎么又是你？我自己都烦了。何况现在也退下来了，就跟严厅长说，我说我已经退下来了，今年就算了吧。他笑着说，退下来您也是专家呀。

　　他对专家一向很尊重，我没到文化厅时他就很关照。日本剧团东演到武汉来演《同船过渡》，接待事宜我处理不了，找到当时是外事处处长的他，他二话不说匆匆跑回家换了件西装就跟我去机场，既有对外交流的规范和分寸，又不失主人的热情和诚恳，"日中友好话剧人社"和剧团东演的客人们赞不绝口，后来去日本再见面，还托我问严先生好。现在他当了厅长，接我手分管艺术，我怕推狠了是不支持他工作，就不再推脱，就又跑到台上讲起来。

一年一度，又见面了。

创作会有两种，一种是专业性的，笔会和培训班，谈剧本创作、人物、题材、戏剧结构、矛盾冲突，等等。另一种兼有部署工作性质，像咱们这个会，各市州县的局长都来了，要说说这一年的计划，有什么创作设想，是每年都要开的例会。文化部每年也开创作会，以前除了各省市的文化厅局长，还要带一个创作人员参加。我以创作人员身份参加过这样的会，那会是这样开的，先看录像，一般是当年的获奖作品,看后大会发言,先是该获奖作品的主创人员谈创作体会,然后是作品所在地的文化厅局长讲话,部领导最后讲话,要部署工作。

以编剧身份发言很单纯,文化部也不命题,随便你说。

自从当了干部,讲话就不单纯了。首先不能讲官话套话假话,原来一起处得好好的,别让人说一当官儿脸就变了。但也不能像过去毫无顾忌口无遮拦。我性格比较温和,偶尔"放放小炮"。记得一次开创作会,领导要我们讨论怎么把创作搞上去。我发言说,先别说怎么搞上去吧,先说说创作是怎么搞下来的。好像因此就觉得我有点刺头儿,开会就说,听听,听听沈虹光怎么说,好像我又要"放炮"了。他们是高估我了,我哪有什么锋芒啊,一点小意见小牢骚而已。当干部以后更是瞻前顾后,方方面面都要照顾到,都不用别人提醒,一看那阵势就知趣,就得想一想怎么说才合适。

现在退下来了,可以随便说了吧?还是不行。为什么?这都是厅里处里的同事,相处也是好好的,不能一退下来就指指点点说人家不是吧,不能一当官儿脸就变,也不能一下来脸又变,人家还在台上干呢,不能给他们添乱,要给他们补台。就这样,杂念很多。可讲话就怕有杂念。写作也怕杂念。一有杂念就写不好了。

"八艺节"过后好像没闲着,老有这个节那个节,各个剧团要搞戏,有的要我推荐编剧,有的干脆说你给我们写吧。我婉拒了。首先是老了,没有冲动,没有灵气。就像声音,人老了,声带自然老化,声音没有水分了。

其次是不适应现在的写作。人的生活习惯都是年轻时养成的,写作亦然。我不适应现在的戏剧写作。现在要讲"合同""订单""热点""卖点",有"命题",为什么什么"打造",要"选择题材""量身定做",等等,让我感到无形的束缚,包括"宣传"什么"歌颂"什么,还有"配合"什么什么,动手就要自觉地奔向一个目标,我不大适应。

是的,我们受政府财政支持的剧团,是要服务中心,我也这样跟同志们说,这是必须做的。但艺术毕竟不是政治宣传,有独立性,有时得保持一点距离,怎么既"配合"又"独立"、既"服务"又保持"距离"呢?我也说不清楚,做起来也难。难也得做,在实践中解决。我是学样板戏过来的,什么"传声筒""标语口号"都搞过,我怕重蹈覆辙。曹禺最有代表性的作品《雷雨》就没有刻意去表现什么。事后人们说是反封建的主题,他说他同意这个追认。当然,他是天才,咱不能跟他比,但艺术还是有共同的规律的。我讲的都是我的杂念,是影响我个人创作的心理活动。

戏剧音乐美术舞蹈等各个艺术门类都有价值,彼此不可替代,没有高低贵贱之分,但在表现历史社会人生的错综复杂性上,戏剧的能力确实比有的门类更有特点,这是戏剧这个品种的表达方式决定了的。戏剧不能表现这种错综复杂,就没什么意思,要你干什么?

年轻时还养成阅读习惯,喜爱有品读价值的剧本,不上舞台,就泡杯茶靠在沙发上阅读也是享受,我至今还保持着这种习惯,你可以从作者提供的文字中去想象,很有意思。我不喜欢导演凌驾于剧本之上。有的导演还好,还跟编剧商量一下,有的说都不说就给你改了。有的还大家讨论,七嘴八舌,编剧乖乖地坐一边记录,成记录员了。

从小生活的剧团环境也影响我的写作状态。几乎就没有正规上过班坐过办公室,写作是个人的事情,不经意地发现,不自觉地思索,突如其来的想法,全在自己心里,冲动起来一挥而就,无人置喙,写完了你们看吧,人家不管我,我也不管别人。人家一管我我就写不出来了。

以三个年代三个作品为例:

80年代《五二班日志》,这是我的老师、省话老导演甘家志要我写的,我正在写小说,她拉去采访,说你不能光写小说呀。采风我是自由的,跑学校,找老师,听课,而后动笔,写什么,怎么写,也是独立自主的。剧团领导也不管我,就一个人关在小屋里冥思苦想,开始也不知道写什么,但我知道不写什么:不写小英雄小八路,不写成人化的说教。

当时也有个节,在南昌举办全国儿童剧会演,通知来时,我这儿剧本已写完。要抓紧一点也可以赶上,但我没那个意识,我不知道"节"会评奖,评上了会带来等等好处。当时没有想到,后来剧本获奖在鼓浪屿颁奖我都没去,我又忙着去写小说了。我说"酒香不怕巷子深",东西好就行。我开出单子,武昌实验小学、中华路小学、汉口实验小学,殷善玖、梅安妮、章德惠老师,都是我采访过的,你们也去访问一下吧! 别从现成的电影戏剧里找素材,别动不动就擦鼻涕揪裤腰带,小孩都这样啊? 得从生活中去找。甘导演就带着演员去生活,回来还做小品。彩排时,南昌会演已经结束。是咱们厅老艺术处处长刘恩显把在南昌参加会演的少儿司司长罗英和程式如等北京专家请过来,说你们不是要回北京吗,绕一脚到武汉转火车吧,到武汉看个戏。就在湖北剧场看的,演完就在观众席座谈,客人们好喜欢,要我们上北京。

后来全国好多剧团演这个戏,王晓鹰见面老是说,他毕业实习的戏就是《五二班日志》,在徐州排的。湖南省话排这戏,据说把剧团都救活了。江苏、长春也排了这个戏。

当时领导也不干涉。韩光表老厅长到省话来，说结尾不好，教育了半天，结尾孩子还是跟妈妈到美国去了，显得我们教育失败似的。我不改，我说写开头的时候就想好了她要走，不好改。不改也没啥。韩厅长就回去了。到北京演出，在赵寻和蓝光家里，他们是老革命也是老艺术家，他们也提结尾问题，我还是不改。我不是个固执己见的人，但写作这件事，真是无法听别人的，勉强不得。不改他们也算了，没有人非要你怎么样。很自主。

90年代《同船过渡》我就比较成熟了，知道获奖能带来的种种实惠了。这个戏把能够得到的奖都拿到了，但写作时没有想拿奖，也没有哪个艺术节要我参加。有人说这个戏是给胡庆树"量身定做"，其实不是，纯粹是自己冲动，就想写，按捺不住。写到一多半时，有一段很长的台词，突然想到胡庆树，我很早就看他的戏，非常崇拜，不光戏好，声音也很有魅力，突如其来就想，这词儿让他说出来就好了。那时候不是讲改革吗？为什么不能打破省市剧团界限合起来排个戏呢？省话的肖惠芳、市话的胡庆树一起演，多好，就这样给市话剧院院长孙青海打了个电话。市话当时很拮据，没钱排戏，还要请导演，吃住都要钱。我先生说咱们自己掏点钱吧，就拿了三万块钱。孙青海好感动。这个戏结尾也有问题，就是那个老船长死不死的问题，原先是正面告诉老太太，老头死了。据传，文化部某领导说，要是不死，这个戏肯定能获大奖。这就要我改，都不好跟我说，是市局艺术处处长梁忠艺挂的电话，吭吭哧哧地说了。我很痛快，我说行，改吧。剧院不容易，我不挡剧院的财路。后来演出导演和演员就商量着处理的，瞒着老太太，就没说死。剧本发表不改，保持原样。日本剧团东演的导演和演员都很奇怪，说死了不是很好吗？很感动人的。为什么要改呢？所以日本还是照剧本演出的。

2004年是《临时病房》，是生病住院的时候突然产生想法，我自己排的，花三个多月与两位老演员慢慢磨。人物少，成本低，一辆面包车全装走了，吃饭就一桌，剧团能多演。这个戏赶上了一个艺术节，是全国小剧场艺术节，我们在开幕式上演出，演完我就回来了。最后评奖时我在荆门，院长来电话，不好意思直接说，只说，正在评呢。我先生的电话也来了，帮着院长说，要我去北京做做工作，或者给熟人打打电话。这时我已经获得三次曹禺剧本奖了，当然奖也不嫌多，你再给我一个我还是高兴的，但我不会去活动，年轻时都没有活动过，这个年纪还会活动吗？可是剧院不一样，剧院和演员都需要奖，评不上我可是历史的罪人。思想斗争很激烈，但我还是没去，打着腹稿，准备评不上奖时面对剧团同志们的讲话。还好，最后还是评上了，不光剧本，演员等各项奖都拿到了，而且都高居榜首。

我曾经把这个戏弄到汉口江滩演出，露天的，观众中还有打着赤膊的农民工，从头看到尾，没有退场的。这跟奖没有关系，但是我很高兴，说明能够抓得住观众。江滩夏夜演出是市群艺馆龚泽生组织的。《临时病房》演出时，日本东演剧团（他们也演这个戏）来了两个客人。我请他们到江滩看戏，观众的反应他们也很感动，握着龚泽生手说，你们的工作很有意义。

年纪大了，没有很高的奋斗目标了，只想把戏搞好一点，有人看就行了，这是我能够把握的，其他我管不了。我大约是一个天生不喜竞争的人，竞争的时代不喜欢竞争，显然不合时宜。

"挑战"一词儿如今用得很多，好像到处都在"挑战"，到文化厅工作对我也是蛮大的"挑战"。比如办艺术节，就少不了评奖一项内容，这是激励奋斗进取，鼓励艺术创造的一个手段。这也是竞赛游戏，没有争金夺银，奥运会、世界杯就不精彩，就没有看点。奥斯卡、金熊银熊、金鹰百花，都是奖，揭晓时还有悬念，没有这些，影视都会失去一些热闹。

几乎每一个事物都会引起不同的看法，横看成岭侧成峰，远近高低各不同，众口一词叫好的事情有，不多。举世瞩目的奥运会，伦敦亦有市民抱怨干扰了正常生活。还有兴奋剂出现，这也是魅力无穷的运动场的负面效应，艺术节会不会成为只为了夺奖的战场，也带来负面的东西？不得不考虑。

去年咱们办"中国京剧节"，受到全国同行的称赞，很成功。我作为工作人员也感到自豪。但还是有不同看法。比如一些著名演员的演出，观众希望看到他们的拿手戏，听到脍炙人口的名段。可因为评奖必须是新创剧目，这些名演员被请来是争奖的，就要唱新创戏，脍炙人口的老戏就不会唱。新戏创作不容易，搞得好也罢，若不理想，观众就失望，就有意见。不是说"艺术的盛会，人民的节日"吗？敢情都是在争大奖，这就很影响"艺术节"的形象，也影响了群众过节的快乐。

今年省里又要办节，犹如一次赶考，同一时间表，同时设计，你备料我也备料，你画图我也画图，你放线我也放线，你开工我也开工，人手紧，错不开。

首先要出剧本，于是编剧紧俏，都找到门下，一个编剧几个剧团拉扯，无法分身腾挪。时间紧，有的编剧便要求导演先期进入。于是又要先定导演，导演便也紧俏了。艺研所的编导个个手中一把活儿。

编导们个个敬业，不用扬鞭自奋蹄，掐着表熬夜赶工，弄得一个个脸是黄的，眼是红的，晤面摇头，叫苦不迭。

放大到全国,这种情况也屡见不鲜。一些特别优秀的编导被约稿的剧团围追堵截,都是熟人、朋友、同行,编导们不能封门拒绝,都接又接不了,很困扰。

剧团也纠结,要争取资金投入,就要去找上级。上级就要问,能不能得奖?剧团怎么回答?只有请获奖率高的名编名导来。往上一报,得过什么什么奖,这一听放心了,给钱。所以请到名编导就成功了一半。可是名编导又不容易请,这时拼的是诚意和执着,要有强度和力度,程门立雪锲而不舍。

在各类艺术节上,常会看到一些著名编导的名字出现在不同的节目单上,剧团、剧种、剧目节目不同,但出自同一编导之手,比比皆是。艺术节就是一些名编导的节日,是他们的比拼。

应该承认优秀编导超强的创作活力,要感谢他们,让我们享受了他们富有才华的创作。赞美的同时,也听到微词,称之为"空中飞人"。

济南那届京剧节时,就听到一些意见:

1.艺术个性和风格趋同;

2.小编导难有实践和表现的机会。

这是现实,是咱不得不接受的现实,短期内改变不了。谁不想获大奖?想获大奖就要请好编导,可僧多粥少,好编导少,剧团多,都来找他,他也没办法,到处救火,只好在空中飞来飞去。就像杂技节目转盘,一个人面对一排盘子,编导得挨个把它拨转,从头顺着来,一个个地拨着转到最后一个,前面那个又不行了,赶紧又去转前面那个,来回跑,一个都不能停。设身处地想想,编导们好辛苦。优秀的艺术家创作力旺盛活跃,可也有自己不大能变的风格,搞多了可不就趋同了吗?出自一人之手,高低成色也不一样,有的好有的差,看你的运气,给你写的这个比较好,你就中大奖了。

小编导出头的问题也不好办,要出头只能先埋头,默默无名的原因很多,自己能够把握的只有埋头苦干,老老实实地用作品说话。这种供求失调的状况在相当时期内很难改变,只能用现实主义的态度对待,把意见作为一种提醒,警惕或者调控负面的情况。就像三峡工程,争论了很久,负面意见很多,如果作为提醒,这些意见便很有意义。事实上三峡工程在此后建设中,一直很注意防止可能产生的负面效应。对艺术节也一样,在现实中保持清醒,保持一个健康的心态,弱化负面效应。

我们说"以艺术节为抓手","抓手"是什么意思?常见于管理工作报告,"以思想工作为税务工作的抓手","以企业结构调整为国企改革的抓手",等等。从机械角度解释，"抓手"就是"完成抓取动作的自动机械"。

"以艺术节为抓手"，大约就是以艺术节这个"自动机械"，抓取文化大发展大繁荣这一大局。"自动机械"是手段，文化的发展和繁荣是目的。

我长期在剧团，过的都是苦日子，《临时病房》排戏连排演场都没有，找关系借老年公寓活动室才把戏排出来。贫贱夫妻百事哀，没钱制作新戏，"节"来了就像荞麦馍赶寿，拿不出"节"礼，没有钱搞戏去过"节"。可没"节"又不行，要争取资金，"节"有时候还是个机会。所以当时说："过日子难，过节也难，没有节日子更难。"有了节，要一点钱，获个奖，上级又更重视一点，日子就好过一点了。

越过千禧年，经济状况好转，最大变化来自"八艺节"。

省委批示，"八艺节"要给湖北留下"四个一"：

留下一批群众可以享用的场馆；留下一批群众可以欣赏的艺术精品；留下一批优秀的文化艺术人才；留下一些行之有效的好的机制。

我们沿袭了"四个一"的精神，"八艺节"之后2008年举办了首届地方戏艺术节，下面市州县的地方戏曲院团都参加了，"八艺节"是全国性的，级别高，县市剧团参加不了，省里艺术节就可以来了，特别高兴，有了活力；召开了楚剧、花鼓戏声腔研讨会，探讨传承保护问题，更加注重本土民间资源，注意地方艺术特色的传承发展，舞台更加丰富多样。

这些活动产生了广泛的社会反响，也得到了各级地方党委和政府对文化的重视，这是艺术节更大的收获。

天门举办花鼓戏艺术节，艺术处管处长他们去了，场面令他们吃惊，万人空巷，场内专业的唱大戏，场外民间艺人唱小戏，还有各种民间文艺表演。一些在外地做生意的天门老板赶回来，把乡下的老爹老娘接到城里在宾馆开了房间住着，天天看戏，就像过年一样。政府看到群众这样喜欢花鼓戏，就更加重视，批编制招学生，送到省里学习，培养接班人。这就是"抓手"起的作用。

2011年在十堰举办第二届全省地方戏曲艺术节暨演员比赛，精彩程度和观众反应也超过预期。有的观众说，身在十堰，不知道湖北还有这么多剧种，天天跟着看。青年演员也得到了展示机会，省艺校花鼓班三年级一学生参加比赛，初次登台，连头都没包过，一包就要晕，大哭，说唱不了。艺术节给她一次锻炼，年底到沈阳参加文化部职业艺术院校地方戏曲比赛，就取得了好成绩。

艺术节这个"抓手"是有积极意义的。这里给大家讲讲半个多世纪的一个艺术节，就是新中国成立后的第一届全国戏曲观摩演出。看了一些资料，看到当时的一些做法,当时的一些戏一些人,既熟悉,又新鲜,今昔对比很有意思,下面向大家分享。

这是1952年,新中国成立才三年,地点在北京,10月6日到11月14日,将近四十天,秋高气爽正是北京最好的季节;全国二十三个剧种、三十个剧团、一千六百多演员、八十二个剧目,第一次集中于北京;《人民日报》发表了社论,题目是《正确对待祖国的戏曲遗产》;大会制作了毛主席像章,编号四位数,发行量9999枚;文化部部长周扬主持大会,闭幕式周恩来总理讲话。刚刚从旧社会过来的艺人们震惊,从未见识过的场面,从未享受过的待遇,感动极了,都说新社会好啊。

那时候也评奖,看看获奖情况,可以感受当时的评价标准和作风。

荣誉奖:

梅兰芳、周信芳、陈砚秋、袁雪芬、常香玉、王瑶卿、盖叫天——都是中国戏曲泰斗级人物。

剧本奖:

越剧《梁山伯与祝英台》——华东戏曲研究院越剧创作室改编,执笔五人(全部署名),原改编者一人(署名);

沪剧《罗汉钱》——上海文化局艺术事业管理处创作研究室集体改编,执笔三人(全部署名);

评剧《小女婿》——剧作者曹克英;

川剧《柳荫记》——西南演出代表团改编;

京剧《将相和》——改编者二人(全部署名,其一为翁偶虹);

淮剧《王贵与李香香》——上海文化局艺术事业管理处创作研究室集体改编,执笔二人(全部署名);

越剧《西厢记》——改编者人民革命军事委员会总政治部文化部文工团越剧团;

楚剧《葛麻》——改编者武汉市楚剧工作团;

秦腔《游龟山》——改编者马健翎;

——改编和执笔大多不止一人,全部写出来有点长,我把人数写出,独立署名写出,多人署名省略了。

我注意到两点:

第一,流传的传统剧目不管改动大不大,作者署名一律是"改编",不像如今,不管改动大不大,一律都写"编剧"。

第二,有明细,丁是丁卯是卯的账本风格,作品是创作的还是改编的,是集体

146

创作还是个人创作,是集体改编还是个人改编,是集体创作或改编由某个人或某几个人执笔,抑或个人完成,都写得清清楚楚,不厌其烦不厌其详。如《梁山伯与祝英台》是改编的,是集体改编的,是华东戏曲研究院中的越剧创作室集体改编的,执笔五人,五个名字全都写上,一个也不省略。然而还没有完,还有一个"原改编者"。就是说,华东戏曲研究院越剧创作室改编之前面,还有一个改编者,也署了名,华东戏曲研究院越剧创作室是在这位原改编者的改编本的基础上再一次改编的。一丝不苟,每一份劳动都得到了尊重。

那么,宣读时怎么办呢?获奖名单这么长,一个一个都要读到吗?我们现在怕麻烦,常常只念一个名字,后面来个"等"。不知道当时他们是怎样宣布的。有些内容真是不能省略,不能怕麻烦。

再看看演出奖:

一等:

京剧《雁荡山》、越剧《梁山伯与祝英台》、评剧《小女婿》、京剧《三岔口》。

二等:

沪剧《罗汉钱》、淮剧《王贵与李香香》、京剧《白蛇传》、越剧《白蛇传》、豫剧《花木兰》、沪剧《白毛女》、秦腔《游龟山》、楚剧《葛麻》、桂剧《拾玉镯》、闽剧《钗头凤》、川剧《秋江》、川剧《评雪辨踪》、粤剧《表忠》、汉剧《宇宙锋》、淮剧《蓝桥会》、晋剧《打金枝》、湘剧《琵琶上路》、湖南花鼓戏《刘海砍樵》。

三等:

秦腔《一家人》、河北梆子《秦香莲》、晋剧《蝴蝶杯》、京剧《兵符记》、评剧《女教师》、曲艺剧《新事新办》。

在这里我们看到了许多熟悉的剧名,披阅了半个多世纪的风霜,还活跃在舞台上,久演不衰常演常新脍炙人口,至今仍是全国各地的大小院团和各个剧种的看家剧目保留剧目,让我们知道了什么是真正的精品。

演员奖中也有许多熟悉的名字:

一等:三十四名,包括沪剧丁是娥,京剧马连良、裘盛荣、李少春,川剧周企何、陈书舫,汉剧陈伯华。

二等:四十一名,包括楚剧熊剑啸、京剧张君秋。

三等:四十五名,包括楚剧李雅樵、余少君、关啸彬、汉剧胡桂林。

这是一份闪闪发光的名单,与前面的获奖剧目一样,是经得住时间考验的。

资料很多,不能尽述,我们湖北人熟悉的汉剧吴天保,楚剧沈云陔、章秉炎,京剧高百岁、陈鹤峰,等等,也都榜上有名,获得了不同等次的褒奖。

乐队、导演、指挥、美术设计者也有奖。

这些剧目是怎么产生的呢? 当时分为东北、西北、西南、中南、华东几个大区,各个大区先行遴选。中南区首府在武汉,湖北、湖南、河南、广东、广西、江西的汉、楚、豫、湘、赣、桂、粤、潮、邕等大大小小剧种就集中到了武汉。当时担任中南文化部文艺处处长的是大艺术家崔嵬,会演就由他主持。正是挥汗如雨的盛夏,那时没有空调,电扇也不多,崔嵬北方人大个子,一个大光头,穿条灰布短裤,一手拿着大芭蕉扇,一手拿着擦汗的大毛巾,巍然不动地坐在评委席上,聚精会神地盯着台上的演出。我们的老剧协主席、著名剧作家龚啸岚先生参加工作班子,指导剧目的加工提高。后来在北京惊艳的陈伯华和汉剧《宇宙锋》,就是遴选出来后,经龚啸岚等人整理修改剧本、由崔嵬亲自导演的。

中南地区也有戏被"枪毙",这是艺人们从未经历过的事,百思不得其解,戏不就是戏么? 怎么能"枪毙"? 可是,真的就是一句话,就不能演了。哦,"枪毙",就是不能演了。

被"枪毙"的两个剧目,一个是广东粤剧《三春审父》,解放前在广东及港澳演得很红火,很受欢迎的,不料文化部管戏剧的领导田汉等人一看就批评,"枪毙"了;第二个是湖南湘剧高腔《打猎回书》,也是解放前演得很多很受欢迎的,不料还在长沙彩排后就被"枪毙"。艺人们不懂政治,只觉得天都黑了。

粤剧被"枪毙"原因不明,资料没有显示,只说广东人非常沮丧,原来自我感觉很好的,不承想当头一棒。那时候一些大文化人都担任着党和政府的高级领导,理论家、作家陈荒煤这时就是中南军政委员会宣传部部长,他来了,问广东可有其他剧目。这就重新拿了几出,有《凤仪亭》《表忠》《别窑》,这才进京了。《表忠》不知道是不是明清传奇《表忠记》,表现的是明清易代之际一些读书人抛却眷恋与徘徊,对新朝政权完全接受和拥戴的过程,从资料看,这个戏因主题性很强被选到怀仁堂给毛主席演出了。

湘剧高腔《打猎回书》为什么被"枪毙"呢? 现在说来很好玩,刘知远不是从军了吗? 后来在外面又娶妻,《打猎回书》中儿子碰到母亲李三娘,"回书"就是带信,刘知远才知道原配还在。怎么办呢? 后面这个老婆很大度,说姐姐受苦了,赶紧接回来一起过日子吧。就把李三娘接回来了。这不就是两个老婆。解放初刚刚颁布了婚姻法,你这是宣传重婚,唱对台戏呀? 还是幸亏陈荒煤,他和崔嵬来看了戏,这才让戏"起死回生"上了北京。一演就轰动了。田汉也来了,他是长沙人,喜欢湘剧,看了戏激动地上台认乡亲,拉着演员的手说,多善良,多动人哪。

后来有评论是这样写的:"会演展示了中国戏曲的人民性和现实主义精神,显示了中国戏曲的丰富性和多样性。"

会演确实是"抓手",前前后后又组织了很多活动:

1.召开座谈会,听取各地演员意见,由当时的戏曲改进局局长马彦祥主持,政策组负责;

2.组织各省市剧团、剧种进行深入展示,一个省一个剧种演一个晚会,彼此交流;

3.组织优秀剧目全国巡演,扩大影响,更广泛地交流示范,推动全国各地戏曲改革发展。

就是在这些活动中,湖北向全中国展示了自己的汉剧和楚剧,陈伯华、沈云陔亮相,确立了剧种旗帜的地位,成了我们如今说的"领军人物",由他们"领军"的团队实践,对湖北地方戏曲半个多世纪的发展繁荣产生了深远的影响。

沈云陔这个人物是值得说一说的,他是有抱负的,想把一个从乡下出来的躲在租界地唱茶馆的小剧种,带领着走向高端,他想让楚剧更加精彩,更加优秀。全国性的艺术节打开了沈云陔的眼界,他本来就爱学习,解放后政府给了这个条件,他更加如饥似渴,已近知天命了还跟年轻人一起学戏,练功。他持续不断地组织改编移植,经他主持改编移植的如《庵堂认母》《二堂审子》《杀狗惊妻》等大量剧目,都成了楚剧的看家戏,课堂上的教学范本。前面提到湘剧高腔《打猎回书》,就是在北京观摩后沈云陔与余少君一起移植改编的,从剧本到声腔,引进湘剧高腔,与楚剧仙腔融合进行了创造。沈云陔组织了一个小团队研究楚剧的声腔音乐,这是一个知识结构能够互补的团队,有受过现代音乐教育的知识分子易佑庄,有声腔天才名艺人李雅樵,有梨园世家出身的编导演全才余少君,还有演员出身但有音乐天赋的年轻人周淑莲。他们曾到钟祥等地挖掘高腔,沈云陔还把麻城一带的高腔艺人请到武汉,吃喝照顾好了:你家们什么事都不干,天天就给我唱高腔,让我记录下来。

我常常听人谈及沈云陔,无不佩服,这是个与众不同的艺人,是一个境界高远的艺术家,他知道"培根本"才能"沃枝叶"。楚剧能在五六十年代傲立江城,与汉剧、京剧鼎足三分毫不示弱,"八个样板戏"一统天下的"文革",楚剧还能唱出一个《追报表》,能拍出电影来,说明这个剧种旺盛的生命力,这里就有沈云陔注入的心血。沈云陔是培了根本的。当然,他只是一个代表,注重"培根本"的不止他,还有一批人,有那个时代一批楚剧人文化人,包括当时主管文艺的政府领导。

再看看荆州地区的花鼓戏。这是我省比较大的一个地方剧种,为什么大?原因不是单一的,但其中一定有"培根本"这一条。

先是省里重视,一解放就成立了湖北省戏曲改进委员会。

1954年,戏改会正式为这个流行于江汉平原的剧种定名天沔花鼓戏,成立了天门、监利、钟祥等第一批县级花鼓剧团。

1955年,戏改会派导演戴宗移植演出现代花鼓戏《两兄弟》,也是从省里下去的新音乐工作者吴群加入,把丝弦乐器带入花鼓戏,将一唱众和、锣鼓帮腔的传统演出模式,改成了弦乐伴奏,开出新生面。

1956年,戏改会组织天门、沔阳、钟祥等县的戏曲干部和艺人,集中挖掘整理花鼓戏传统剧目和表演艺术。

那时有个荆州专区,专区有文化局,做了大量基础性工作,就是1956年,荆州专区就和省里联合举办戏曲观摩演出大会,《双撇笋》《斩经堂》《三官堂》等参演,这个《三官堂》就成了保留剧目,一直到现在都在舞台上演出。

1957年,《湖北省地方戏曲丛刊》天沔花鼓传统剧目专集由湖北人民出版社出版。

1958年,荆州专区举办戏曲演员培训班和天沔花鼓戏新编优秀剧目会演。

1959年,湖北省戏曲学校成立,开设花鼓科,招收学员30人;在荆州专署文化局领导下,开展"挖掘整理改编'一出好戏'运动"。该运动中,沔阳根据民间传说新编了历史戏《十三款》,潜江创作了革命历史戏《胡幼松》。60年代初,《春姑拾斧》《借牛》《拦花轿》等一批花鼓现代小戏诞生,引人瞩目,省市剧院纷纷改编移植。移植为汉剧的《借牛》由陈伯华、李罗克担纲,参加了1965年在广州举办的中南地区会演。

"文革"中多少剧团移植样板戏,我却记住了潜江花鼓剧团在湖北剧院演出的《平原作战》,用"惊艳"来形容也不过分,陈伯华都赶到现场观看。"文革"结束,传统戏刚刚解禁,一位在珠江电影制片厂工作的天门人回乡省亲,不经意发现了家乡的花鼓戏,惊喜之下启动了电影《花墙会》的拍摄。

当时,荆州专署每两三年举行一次创作剧目评奖,不断地激励着创作人员和剧团的热情,1987年,首届中国艺术节,荆州花鼓戏的《送香茶》参加了中南片演出。此后,《家庭公案》《水乡情》《向老三招婿》《海峡情》《原野情仇》等新作不断涌现,使荆州花鼓戏成为我省极有影响的地方剧种,声名远播,唱红京华。

荆州人是"培根本"的,创作培训,演员培训,挖掘整理传统剧目和声腔音乐,会演交流，各种活动持续不断，还办艺校招学生，像农民一样耐心地遵循春种秋收的自然规律，跟随着作物的生长周期，面朝黄土背朝天地辛勤耕耘。我们常说"薪火相传"，没有落实地培育根本，薪火相传就是一句空话，传承人就徒有其名，只有人，不能传承。

"培根本"还要注意观众这个"根本"，地方戏就是一个地方老百姓的戏，题材是老百姓关心的，表达了老百姓的愿望，形式是老百姓喜闻乐见的，地方戏的生命在于地方特色，风土人情，方言声腔，既是当地群众的喜好，也是剧种存在的意义和价值。借用侯宝林先生的一句话，"观众是衣食父母，要把观众伺候好了"，搞地方戏曲，要把老百姓伺候好。

最后说说青年人才的培养。

1952年第一届全国戏曲观摩演出的时候，获奖者是多大年龄呢？我们来看看，汉剧《宇宙锋》，陈伯华，33岁；楚剧《二堂审子》，沈云陔，47岁；楚剧《潇湘夜雨》，关啸彬，34岁；楚剧《葛麻》，李雅樵，29岁，熊剑啸，30岁。

再看1981年拍摄花鼓戏影片《花墙会》时，胡新中27岁，《平原作战》时21岁。

《徐九经升官记》，1980－1981年获全国优秀剧本奖，余笑予46岁，习志淦、郭大宇三十三四岁。扮演徐九经一朝闻名天下知的朱世慧，当时34岁。

如今我们一线的中场人物是多大？老人是财富，青年是未来。拥有青年就拥有了未来。

希望在运作艺术节的过程中，发现并培养年轻的编导演及各方面的人才。

预祝艺术节成功，预祝各位成功。成功不只是金奖，二等奖三等奖是不是成功？不得奖就是失败吗？既然艺术节只是"抓手"，它不是目的，目的还是推动文化大发展大繁荣。

文化大发展大繁荣又是为了什么？

为了我们的社会更文明，更健康，更幸福。最终的目的永远是人。这是我们一切活动的终极目的。

2012年5月7日

戏剧的讲述

省文化厅文艺欣赏系列讲座
省美术馆报告厅

题注：

"八艺节"办得很精彩，其他厅局对文化厅正面的反馈很多，外地同行碰到了，也说湖北办得好，从筹备开始辛辛苦苦干了几年的我们，听到夸奖都美滋滋的。只是好日子过得快，绚烂一下子就归于平淡，有点不习惯，刹不住车，还想整点什么，就说给咱们自己办个讲座吧，提高咱们自己的素质。文化厅有艺术与科教、群众文化（现在叫"公共文化"）、非物质文化遗产、文化市场、文化产业、外事、财务、监察等处室。厅长说，文化厅的干部不论哪个部门的，对咱们自己做的事情都应该有所了解，戏剧、音乐、舞蹈、美术、图博文、考古什么的，彼此都应该知道一点，人问你文化厅是干什么的，咱们得说得出来，不外行。咱们的专家多，就请自己的专家讲讲。这就让我也准备准备，而且是第一讲。

我说我讲什么呀？厅长说就讲戏剧嘛。我说文化厅的工作就是看戏，还要我讲吗？他说，你从专业上讲讲，让大家了解一下。

怎么从"专业上讲讲"呢？想到各种艺术形式其实就是不同的语言，你用旋律我用肢体他用色彩，就是用不同的语言表达自己对人生对世界的感受。这就想到"戏剧的讲述"，就是戏剧是怎么讲故事的"属于ABC"。

开讲那天很意外，不在平时开会的大会议室，而是在美术馆。门口支了个会标牌，写着"听涛艺术讲座"，竖排的，对角勾了边，墨色淡雅，内敛隽永，入眼很舒服。小舞台前还摆了一圈鲜花，二级单位的人也来了，阶梯式的报告厅都坐满了，知道的是咱自家的讲座，不知道的还以为又要搞什么大活动呢。

开始觉得煞有介事，转念又想也好，文化厅就应该有个文化的样儿，就是与众不同，就要有个文化"范儿"，以后自己做事也要讲究一点才是。

原以为就是给厅里的人讲一讲，来了一看，还有那么多二级单位的，各个院团都来了，这就有点麻烦。因为院团的人特别是一些老同志和中年同志都知道我，我1960年就进了省话剧团学员班，1996年到省艺术研究所，2005年到文化厅，一辈子都在文化这个圈子里转，人不熟脸儿熟，都知道我是搞戏的，写剧本的。搞戏，写剧本谁不懂啊？在座一些同志也是搞戏的，看的戏可能比我还多，我讲的大家都知道，不就是"ABC"吗？可是已经准备了，没有办法改变了，只有硬着头皮讲，大家凑合着听吧。

怎么讲呢？戏剧这么大个筐，从哪里进入呢？想到文化厅除了艺术处，还有许多与戏剧不搭界的处室部门，或许可以介绍一下戏剧这种艺术样式。但这也不好讲，"ABC"的内容大家都知道，我只写戏，平时也不考虑"ABC"，写的时候连编剧法也不想的。可现在是讲座，"ABC"也得说，勉为其难，说说看吧。

大家知道戏剧是人类的一种文化活动,是人类创造的一种艺术形式,与音乐、舞蹈、绘画一样,戏剧也是一种语言,搞戏剧的人用这种语言"道人情,状物态",抒发感情,表达对社会人生的看法。那么,戏剧是怎样表达的呢？我也没有认真想过,说说自己的感觉吧,不是理论,很粗浅的,为了大家听上去不太乱,稍微整理了一点,搞了个一二三。

一、戏剧需要讲故事

戏剧需不需要讲故事,好像有不同的看法,也有不强调故事性的戏剧,但不强调故事性不等于没有故事,我们平时看到的戏剧大致还是有个事儿的。舞蹈可以不讲故事,欢欢喜喜跳一场,叫作情绪舞,没有问题。换一个字,不是舞"蹈",是舞"剧",那就要讲故事了。音乐也一样,不必讲故事,一段小夜曲就很迷人。但加一个字,音乐成了音乐"剧","剧"就必须要有叙事性了。业内常常引用王国维先生的话,说中国戏曲就是"以歌舞演故事"。据王先生的研究,唐代仅有歌舞和滑稽剧,这滑稽剧不强调故事,基本是两个人插科打诨,到"宋金二代而始有纯粹演故事之剧"。也就是说,到了"演故事"的时候,就有"剧"了,可见王先生说的戏剧还是要讲故事。

当然,戏剧种类很多,有的故事性强一些,一波未平一波又起,很吸引人;有的故事性弱一点,散文式的。还有朗诵剧、诗剧,不强调情节,舞剧、音乐剧的情节也比较简单。但是,只要是剧,就得有个事儿,你得叙事,这事儿要发展,有连续性,构成线性的情节,首尾贯通,一场一场起承转合。

传统戏曲的故事线很清晰,公子落难,小姐相救,后花园私定终身,碰上个嫌贫爱富的老爹或老娘,棒打鸳鸯,逼得公子进京赶考,小姐长亭送别,然后金榜题名,或大团圆,或再起风波,历经磨难后,善恶各有其报,有情人终成眷属。这就是一波三折,故事讲得好,戏就好看。

二、戏剧怎样讲故事

戏剧怎样讲故事呢?不是作家上来讲述,也不是说书人说书,是故事中的人物上来表演。在宋金杂剧中就有"脚色",就是演员扮演的人物,元杂剧时演员分工更加细密,有末、副末、外末、小末,旦角有正旦、贴旦、外旦、小旦等,正旦是扮演女主角的,还有净,专门扮演粗豪勇猛的男性人物。

人物上场,要自报家门,就是自我介绍,他要以剧中人的身份说话。

《西厢记》小生上场自报家门:小生姓张名洪,本籍西洛人氏,先人拜礼部尚书,不幸五旬之上,因病身亡。后一年丧母,小生书剑飘零,游于四方。

姓甚名谁,家世身份,过去现在,都说清楚了。

《乌龙院》老生上场自报家门:卑人,宋公明,在这郓城县衙做一名押司。只因济州有公文到此,命所属各县严防梁山。是我奉了太爷之命,行文下乡,忙了数日,今日才得闲暇,不免去到乌龙院中散闷一回便了。

也说清楚了。

接下来怎么办?不能一个人继续说了,必须有戏了。戏是什么?刚才说了,得有事儿,有事件,得有人物来表演故事。

好,《西厢记》人物上来了,这是小厮,张生的仆人,有特定身份的人物,小厮说,打听到此地有个普救寺,环境很好,可以住宿。张生说好吧,去吧。这就去普救寺。下面大家都知道了,到普救寺就碰到了相国小姐崔莺莺,一见钟情,不料老太太反对,戏来了。

再看《乌龙院》,也上来了一个人物,谁?赤发鬼刘唐,一下就把宋江喊住了。宋江正奉命严防梁山呢,梁山却给他捎信来了,这不是通匪之罪吗?怎么办?悬念来了,有戏了。

再往下怎么办?

俄国有位著名的小说家冈察洛夫,他有部长篇小说叫《奥勃洛莫夫》,写一位非常善良却又优柔寡断、也很懒惰的贵族青年奥勃洛莫夫,老是躺在床上梦想,就是不行动。小说是名著,却没见谁把它改成剧本,也许改了我不知道,俄罗斯小说改编电影的很多。托尔斯泰的、屠格涅夫的、普希金的,在中国观众中影响挺大的,《奥勃洛莫夫》没有听说。这个青年的特点就是不行动,作品的深刻性可能就在这里,最后他连爱的力量都没有了,把心爱的姑娘都输给了他的一个好朋友,这个朋友朝气蓬勃、讲求实效、善于行动。善良的奥勃洛莫夫跟谁结婚了呢?跟一个胖胖的厨娘结婚了,因为这个厨娘头脑简单,会做很甜的小馅饼。这个小说写到十几万字的地方,奥勃洛莫夫都没有起床,一直在床上幻想,像这样的故事只能写小说,不好写戏。

还有大家熟悉的小说《家》,小说是这样写的:"夜死了。黑暗统治着这所大公馆。""十六岁的婢女鸣凤坐在床沿上,痴痴地望着灯花。照理,她辛苦了一个整天,等太太小姐都睡好了,暂时地恢复了自己身体的自由,应该早点休息才是。然而在这些日子里,鸣凤似乎特别重视这些自由的时间。她要享受它们,不肯轻易把它们放过,所以她不愿意早睡。她在思索,她在回想。"

一想就想了几页纸,想完了就睡了。这是小说的讲述。

戏剧怎么讲述呢?

三、戏剧的讲述:行动

戏剧的讲述是依靠行动来进行的,通过演员扮演人物,人物要有行动,不同性格的人物会有不同的行动,这就要发生冲突,观众通过人物的行动来了解人物和故事。奥勃洛莫夫躺床上幻想,没有行动,观众看什么呢?

鸣凤被送给冯乐山做姨太太,鸣凤不愿意,不愿意是心理活动,小说写了数万字的心理活动,可是,观众看不到。

曹禺先生把小说的讲述变成了戏剧的讲述,他从大段的心理描写中抠出了五个字:鸣凤找觉慧。"找"是什么?是动词,是动作。一个"找"字,人物就从书面站立起来,可以走上舞台了。

所以戏剧与小说最大的不同,就是戏剧人物是行动的人,剧作家写作时心里始终有个舞台,人物是在这个舞台上行动的,所有的心理活动必须让观众看得到,那就必须外化为行动。鸣凤不愿意,怎么表现这不愿意?坐那儿想不行,她得行动,她要去找觉慧,要请觉慧阻止他的母亲把她送给冯乐山。这是一个重要的戏剧动作。

找到了这个动作就是找到了故事的发动机,故事就好向前推进,她去找觉慧,觉慧怎么样呢？找到了没有？找到了怎样，没找到又怎样？剧作家有戏可写了，也就是说，好讲述了。

行动要有铺垫，得先把那事儿告诉观众，前面就写了一段戏，大奶奶二奶奶们在议论冯老太爷，她们要把鸣凤送给冯老太爷做姨太太。这是太太们的行动，说清楚了，下场，暂且搁下，话分两头另表一支，鸣凤怎么样呢？她知不知道这事儿？鸣凤跟觉慧上场了，俩年轻人还不知道，还在谈恋爱，怎么谈？傻乎乎地读诗，明月几时有，把酒问青天，不知天上宫阙，今夕是何年。觉慧那个高兴啊，"哎哟鸣凤你真聪明，教一遍就记住了，我怎么早没看见你呀！"鸣凤自卑，觉慧要解除她的自卑，这是年轻人的动作：启发鸣凤追求自由的爱情。

下面呢？太太们的动作发展了，喊鸣凤去谈话，向她宣布这个决定。晴天霹雳，鸣凤不愿意，正反动作发生冲突，怎么冲突？还是行动。戏剧中的鸣凤不会坐在那儿想，戏剧的鸣凤要行动，她来找觉慧，找觉慧救她。

中国戏剧受俄国戏剧大师斯坦尼斯拉夫的体系影响很深，北京、上海两个戏剧学院都有苏联专家，省话剧团的老师也是戏剧学院出来的，给我们讲斯坦尼的"动作三要素"：1.干什么？2.为什么干？3.怎么干？演戏、导戏、写戏都离不开这"三要素"。

好，我们来看鸣凤的动作。

1.干什么？找觉慧，这是上场任务；

2.为什么干？希望觉慧救自己，这是行为动机；

3.怎么干？这是人物性格，不同性格会采取不同的行动。

这第三个要素相当重要，如果一上来就跟觉慧说，救救我吧，后面就没有戏了。可是鸣凤不是这样的人，"怎么干"体现了鸣凤的性格，有性格就有戏了。觉慧问鸣凤，太太找你什么事？鸣凤的第一个回答竟然是"没，没有什么事"。你要觉慧救你，为什么不直接说出来？出身经历、社会地位、受教育程度、与他人的关系，等等，都在"没、没有什么事"的否定中起作用了。鸣凤是个丫头，面对少爷，即使相爱，丫头的身份也不可能畅所欲言。其二，鸣凤善良单纯，太太是觉慧的母亲，在太太们看来，到大户人家做姨太太对于丫头还是个好出路，她要告状就是告太太，太太就是觉慧的母亲，她能不顾忌？其三，十六七岁的她，已到公馆七年，看够了丫头的命运，还在念书的靠家里给零花钱的觉慧少爷能够改变她的命运吗？她不敢奢望，谈恋爱都是偷偷摸摸的，一有人来就如惊弓之鸟避之不及，遑论其他。

第一次询问没说。可毕竟内心痛苦，还得说。觉慧如果继续追问，她恐怕得说了。遗憾的是觉慧没有追问,这也是他的性格,锦衣玉食的少爷,改良社会也是纸上谈兵,丫头的事情你自己不说的他怎么会想得到呢?

第一次没说成,转了转第二次又来了。这一次情势就更严峻了,冯家马上就要接人,时间定了,就是明天一早,鸣凤你准备出嫁吧。生死攸关。鸣凤求生的欲望更强烈,觉慧是唯一的希望。

可是错过了的机会再也不出现了,觉慧这时顾不上鸣凤了,觉慧有自己的大事情,反封建的进步青年觉慧正在赶稿子,军阀要查封《黎明周报》,必须连夜把稿子发出去,书生意气,挑灯夜战,脑袋扎在稿纸堆里抬都抬不起来,男儿以天下为己任,做大事,这时怎么能儿女情长呢? 不是无情,是顾不上。

鸣凤不甘心,隔着窗户,期盼地:"三少爷,您能不能出来一会儿?"你看,她用的是"您",是丫头对少爷的口吻,尊称。

觉慧坚决地:"不,不!"

鸣凤哀恳地:"就一会儿。"

觉慧:"不,实在不成。"

鸣凤苦求:"听我说一两句话吧,让我再——"

觉慧急促地:"明天吧,都留着明天吧。"

鸣凤:"明天?"

觉慧:"你看打更的都来了,走吧,明天——"

还有明天吗? 觉慧关上了窗,鸣凤死定了。

"鸣凤找觉慧",曹禺把小说中最富有动作性的文字拎出来,就像种子,像酵母,发芽,发酵,发生发展,集中强化,写成了话剧《家》中最令人揪心的段落。他的改编是个大创造,当然也要感谢巴金,提供了改编的种子。

亚里士多德对于戏剧本质有一个观点并为后世所接受:"戏剧是行动的艺术","戏剧是行动中的人"。

四、行动和行动的冲突推动故事发展

我们以大家熟悉的《红灯记》为例,这是密电码的故事,行动是什么呢? 以李玉和为首的革命者前仆后继为游击队送密电码,这是正面的贯穿动作;反面贯穿动作,以鸠山为首的日本侵略者要破获密电码。正反面动作冲突,发展,贯穿,构成脉络清晰一波三折的情节,首尾还要相顾,最后歼灭日寇把密电码送上北上。

1.开端,用行动介绍人物,交代前史和上场任务。

李玉和:"手提红灯四下看,上级派人到隆滩,时间约好七点半,等车就在这一班。"

四句唱介绍了多少内容？

A. 他是个扳道工；

B. 他是个地下党员,扳道是掩护；

C. 他要等候上级派来的同志；

D. 七点半,马上就要交接。

2. 新人物出场,铁梅上。

李玉和:"铁梅,今天买卖怎么样？"

铁梅:"宪兵和狗腿子,借检查故意刁难人,闹得人心惶惶,谁还顾得上买东西呀。"

介绍人物关系,父女；干什么？ 做小买卖。

铁梅:"爹,您也得多留点儿神哪。"关心父亲的动作表明她知道爹的秘密工作。

铁梅:"今儿个表叔是个什么样儿啊？"说明"表叔"不是第一次来,过去就有；今儿又要来一个"表叔",继续强化,说明了地下工作的前史和现在要做的事。

3. 反动作。

王连举上来了:"老李,我找你老半天","鬼子岗哨布置得很严密,好像有什么事"。鸠山未出场,搜查密电码的反动作由王连举出场交待,对李玉和构成威胁。

紧接着就是正反动作冲突。火车轰鸣,飞驰而过,枪声,灯亮,交通员从坡上"抢背"下来,晕倒。

李玉和急上。(见状自语)"左手戴手套"——

枪声。王连举上。

王连举:"这是谁？"

李玉和:"自己人,我背走,你掩护。"

王连举:"好。"

李玉和背交通员下。观众看到了,正面的行动,把交通员背下,那么,反动作呢？ 日本人怎么样呢？

日寇宪兵追喊声起,气氛紧张。情急之中,王连举朝李玉和走的相反方向放了两枪,声东击西,又朝自己胳膊打了一枪。倒地。

反动作一方登场,日本人追上来了,伍长追问:"嗨,跳车的有？"

好,看到这里,观众知道了,密电码已经到了李玉和手上,王连举为掩护李玉和,自伤,日本人追到了跟前,要抓送密电码的人。正反动作就这样交织起来。下面故事要发展,看李玉和怎么办,日本人又怎么办。

《红灯记》剧本很薄,除了必要的舞台提示,没有更多华丽描写。有分场标题,全是行动:

第一场:接应交通员——前面讲到了,清晰、简洁;

第二场:接受任务——交通员牺牲,李玉和把送密电码的任务接过来;

第三场:粥棚脱险——李玉和送密电码,日本人出现,搜查,李玉和把粥倒入饭盒,盖住密电码,机智脱险;

第四场:王连举叛变——鸠山拷打审讯,王连举出卖李玉和;

第五场:痛说革命家史——李玉和被捕,奶奶临危述说家史,告诉铁梅,我和你爹万一牺牲,你必须前赴后继;

第六场:赴宴斗鸠山——李玉和英勇不屈,与鸠山正面冲突;

第七场:群众帮助——奶奶和铁梅被监视,邻居帮助,继续保护密电码;

第八场:刑场斗争——李玉和、李奶奶牺牲,铁梅被释放,敌人跟踪,继续追查密电码。

第九场:前赴后继——铁梅继承遗志,把密电码送到游击队;

最后游击队伏击歼敌,胜利结束。

每一场都是动作,全剧就是这样一个动作接一个动作地推进,正面贯穿动作与反面贯穿动作发生冲突,推进发展,再冲突,再推进,就像发动机一样,人物的动作驱动着剧情向前发展,轰隆隆地把故事之车推向终点。

五、戏剧行动萌发于人心、人性、人生

人物的行动清楚,故事就清楚,故事清楚是好戏的基础,但好戏绝不仅仅是讲故事。好戏需要更多的东西,简单地说要有艺术魅力。

艺术的魅力是一种感觉,就像一个人的气质,是综合的感觉,没有硬性的标准。怎样才有魅力?这与天赋也有关,一样的内容,一样的讲述,可能效果不一样。"有的人说什么都好听",就是这个人说话有魅力,从技法上难以解释。实在要说呢,可以从内容上看,魅力是吸引人,戏剧中吸引人的永远是人心、人性、人生和情感。

"提篮小卖拾煤渣,担水劈柴也靠她,里里外外一把手,穷人的孩子早当家",这是李玉和的一段唱,简单明快,脍炙人口。除了京剧的曲调好听,节奏明快之外,唱词儿怎么样呢?我们讲动作,这段唱其实没有动作,就是夸闺女,和保护密电码没直接关系,没有此一段,故事也说清楚了。但如果没有,这一段戏就干净得太过分,干净到了干巴,就是个动作骨架,有了它,骨架就敷上了人物的血肉,也就有了艺术性。"里里外外一把手,穷人的孩子早当家",唱词儿写得多好啊,朴素的语言,却是日常生活的哲理,现在还经常有人引用的,这就是魅力,具象的人物有了抽象度。大家都有体会,吃过苦的孩子就是懂事,听这四句唱,观众就多了一份获得感,很会心,它有普遍性。

样板戏人物都只为革命战争和阶级斗争而活,只有革命人生,李玉和三代人前赴后继;柯湘,参军入党,"要为那天下的穷人争自由",江水英、方海珍,都没个人生活;阿庆嫂好一点,有个阿庆,也跑单帮去了。"文革"前有个话剧《密电码》,有李玉和偷酒喝的细节,被认为是丑化英雄,砍掉了。其实这个细节很个性化,也是为后面做铺垫的,偷酒喝的李玉和像个孩子,奶奶不让他喝,他调皮偷着喝,后来被捕了,悲痛的李奶奶主动拿出酒来,这才有了"临行喝妈一碗酒",结果硬给删了。

没有人生内容可以写出一部好情节剧,但绝不是优秀艺术品。

六、戏剧行动要入情入理

王连举叛变,造成李玉和被捕,李被捕后,密电码由谁来转送?于是李奶奶说出血泪家史教育铁梅,一旦父亲奶奶牺牲,重担就得由她担,敌人也因此盯上了铁梅,密电码还没交出去,老的牺牲了,小的肯定还会送,跟踪吧。正反动作有因果关系,有必然性,有逻辑性,故事就入情入理,观众就会被吸引,像鱼儿一样上钩。

怎样入情入理呢?就是要符合人们的日常生活经验,即所谓常情常理。《铡美案》包公怎样才能铡陈世美?遗弃秦香莲,只是道德品质问题,娶了公主,只是重婚罪,不是死罪,但他派杀手追杀妻子儿女,就是故意杀人罪,这就是死罪了。未遂不是他杀妻灭嗣的主观动机中止,而是杀手良心发现。包公的判决既符合法理,也符合人们日常经验的推理,符合常情常理,就有说服力。

《乌龙院》,宋江办理严防梁山的公务归来,挺辛苦的,想去乌龙院歇歇脚,梁山好汉刘唐来了,带来了梁山的信函和银子,感谢宋江,希望他继续帮助梁山。这是通匪罪呀,宋江紧张,送走刘唐后改变动作,不去乌龙院了,心中不安,赶紧回家吧。不料鸨母来了,哎哟张大爷,回来了怎么也不去乌龙院哪。靠着宋江的银子过活呢,死活得拽了去。去了自然不快活,阎惜娇本来就不喜欢宋江,就无理取闹。宋江也厌烦她,你不喜欢我,我还不待见你呢,拂袖而去。走了。走了不就没事了吗?不行,突然站住了,上下一摸,坏了,梁山的信落在乌龙院了,必须回去。一步步铺叙得多么合理呀。

这是传统老戏,各个剧种都翻演的老剧目,周信芳先生怎么演呢?他先把剧本好好地整理修改了一遍,例如老本子中宋江有嫖客举止,挑逗、调笑,把腿搁在阎惜娇身上,说"我们花钱的老爷们就喜欢这个调调"等,周信芳把这些全去掉了,他一生都喜欢扮演耿介之士,刚直不阿,讲究道德精神。跑城的徐策,《檀渊之盟》的寇准,《追韩信》的萧何,《四进士》的宋士杰,等等,都是一片孤忠袍子一撩拼着头颅就向前闯的人物。《乌龙院》的改编就突出了宋江的忠义,忠于自己的信念,忠于朋友弟兄,接到梁山的书信就不去乌龙院了,是被鸨母碰到硬拽去的,一个"硬拽"的情节既说明了宋江与梁山的关系,又交待了宋江与阎惜娇的嫌隙。但感情不好也不至于杀她对不对?阎惜娇无理取闹,挺讨厌,能不能杀?还是不行,讨厌就杀,说不服观众,也有损宋江义士的形象。老本子里的阎惜娇淫荡、泼辣,周信芳的修改本则突出了阎惜娇的凶狠,而宋江则一再迁让、忍耐。你要写休书,好,我写;你要改嫁张文远,好,你去改嫁。没有想到阎惜娇得寸进尺言而无信,要向官府告发宋江,步步紧逼,这就太歹毒了,危及宋江和梁山弟兄的安全了。宋江这才急了,动手了,要把证据夺回来!阎惜娇知道宋江厚道,一向是受她的气的,她不怕宋江,往大里闹,就是不给,你杀呀杀呀,反而扑向宋江。周信芳的改编写出了杀人的合理性。这时周信芳有个让人印象极其深刻的表演,手颤抖着,靴子里的刀子要拔拔不出,要插插不进,拿刀的手剧烈地颤抖。可见宋江不是杀人如麻的惯犯,实在是逼急了。改编整理就是以人物的心路为径,步步为营,庖丁解牛,清清楚楚,入情入理。

说到传统戏,想到题外话:如何对待传统戏。

传统是过去的历史,当它正在进行、没有成为过去、没有成为传统的时候,是什么样子?比如这出《乌龙院》或者叫《坐楼杀惜》,过去演出时就有宋江的嫖客做派和阎惜娇调情,这也是传统的一部分。传统戏中类似的俗弊并不鲜见,这里我不用"糟粕"一词,因为"文革"大批判时用得太滥,动不动就是"糟粕",伤及无辜。我只是说传统比较复杂,我们应该怎样对待?周信芳很爱读书,有很高的文史修养,身边还有品位很高的文人智囊,麒派剧目几乎都经过他们改造,从剧本、唱腔、身段、表演、服装、舞美全面改造。

但是,改造又是在传统的基础上的,不是"向壁虚造"的。沈雁冰先生谈到京剧流派时曾说,这些创造,是"在广博地观摩钻研许多前辈和同辈艺术家的卓越成就以后,再融会贯通而创造性地发展的结果","很大程度是和哪个艺术家的文化修养乃至世界观都有关系"。周信芳对《乌龙院》的整理改编,是一个很好的例证。

七、线性的讲述

戏曲多为线性的故事,清代戏曲理论家李笠翁在《闲情偶寄》中提出:"立主脑,去枝蔓",不论多少人物,都是陪宾,"原其初心,止对一人而设"。

一人,《红灯记》中的李玉和,《乌龙院》中的宋江。一事,《红灯记》中保护和送交密电码,《乌龙院》中梁山的书信。"此一人一事,即作传奇之主脑也。"所谓开端和发展,都是沿着一人一事往下发展。

样板戏的创作中提出"一根红线",李玉和送密电码,阿庆嫂保护新四军伤员,江水英舍小家保大家,都叫"一根红线"。撇开政治不谈,不论"红"不"红",这就是戏剧的动作线。动作线合理,清楚,故事就有了脊梁。

八、戏剧讲述的天才——曹禺

话剧讲述比较麻烦,往往不是一条线,也不是一个主要人物,主线、副线、多头同时进行,怎么办?

经典名剧《雷雨》就是最麻烦的,周朴园与鲁妈这是一条线吧?几十年的恩怨。鲁妈与四凤也是一条线吧?两代人的命运。四凤与繁漪,是主仆又是情敌;繁漪与周萍,是继母与继子又是情人;周萍与鲁妈,是主人与丫头的母亲,又是女婿与岳母,还是儿子与生母。还有鲁妈与鲁贵,鲁贵与繁漪,繁漪与周朴园,周朴园与周冲,周冲与四凤,四凤与鲁贵,鲁贵与鲁大海,鲁大海与周萍,一团乱麻,剪不断理还乱。为什么会这么麻烦?因为剧作家把人生的麻烦看明白看透彻了,谁都不要想舒舒服服地超然物外。每一个人都有欲望,或者是爱情,或者是金钱,都要去追求,去争取,于是各自沿着自己的行动线前进,陷进去了,又想自拔,起承转合,在发展中与其他线交织交会,发生冲突,引起危机。谁都怨不了别人,此因彼果,互为因果,纵横交错。怎样讲述?孰先孰后,孰轻孰重,孰纲孰目,孰起孰落,孰放孰收,一层层地交代清楚已有难度,还有集众多人马于一路而奔向高潮,讲述的难度系数极高,对讲述技巧是巨大的考验。

《雷雨》是天才的作品,结构的奇迹。

1.不动声色地破题。

旷世悲剧是不动声色地开场的。夏日的上午,闷热,四凤在用小纱篦滤药汤,鲁贵拿着抹布擦着东西。

鲁贵:"四凤!"

四凤仍做自己的事,佯装未闻。三个可能:(1)心情不好不想回答;(2)知道老头要说什么,不愿意接话;(3)讨厌父亲,不理睬。

鲁贵继续叫:"四凤!"

四凤不能装下去了,听见了,却答非所问:"哎,真热!"

这又是一个信息,她很烦,不想好好跟父亲说话。

鲁贵不高兴了:"四凤,你听见了没有?"

四凤:(冷冷地)"干什么? 爸?"

没办法了才叫一声爸,心里有事,烦。

鲁贵想说什么呢?"四凤,你听着,我再跟你说一遍,回头见着你妈,别忘了把新衣裳都拿出来给她瞧瞧!""叫她想想,还是你爸爸混事有眼力,还是她有眼力。"

说明并交代了三点:

(1)四凤在周公馆当佣人,是他安排的,他有能耐;

(2)四凤在周公馆做得不错,还有新衣裳,鲁贵为此很得意,有成就感;

(3)没出场的鲁妈,与鲁贵不是一路人。

鲁贵是个什么人呢? 往下看。

鲁贵贪婪,酗酒,赌博,但这些都不能由作者用文字说明介绍,这是戏剧,必须演出来让观众看。怎么演呢? 由四凤骂他行不行? 不行,四凤是女儿,柔顺善良,不会随便骂父亲,戏也没有发展到让她骂父亲的程度。只有为鲁贵找动作! 用动作表现鲁贵的"贪婪,酗酒,赌博"。曹禺为鲁贵设计了一个动作:向女儿要钱! 女儿在做丫头啊,你还跟女儿要钱,一般父亲做得出来吗?

鲁贵盯着女儿要,说了好多话都是绕着弯要钱,女儿偏偏不理睬父亲。

鲁贵只得单刀直入:"你手上也有不少钱啦! 这两年的工钱,赏钱,还有那零零碎碎的,他们——"

四凤急了:"您不是一块两块都要走了吗?"

为什么"急"? 因为父亲提到了那"零零碎碎"的,那就不是"工钱"了,而且父亲还提到"他们",四凤就要打断他了。

鲁贵:"你看你看,你又急了,急什么? 我不跟你要钱——"

稳住女儿,退一步,再杀出去:"我说,我说的是,他! 他,不是也不断地塞给你钱花吗?"

鲁贵还是把杀手铜投掷出来,"他——"

果然,女儿心虚了,"他,谁呀?"

"大——少——爷!"一剑封喉,直捣黄龙。

这样的父亲真可耻啊! 为了要酒钱,生生地把刀尖儿捅到女儿的心上。大少爷周萍就是电源上的开关,是连接两代情仇的节点,他是周朴园和鲁妈的儿子,是繁漪的继子,又是情人,这是说不出口的关系,所以他要逃离这个让他感到耻辱、让他痛恨的周公馆,他把四凤看作重新生活的希望,救命稻草,要四凤一起走,去开始新的生活,然而被他视为最亲的爱人的四凤,却是他同母异父的妹妹。这是个大当量的地雷,开始深藏不露,引线也很长,一幕幕地抖开,直到最后真相大白,五雷轰顶,玉石俱焚。所以,开端时鲁贵提到大少爷,既把前史点击开来,又揭开了现在进行时冲突的端倪,一场生生死死的大悲剧从这里破了题。

2.一丝不乱,层层揭开。

第一段戏到"大少爷"打住,按下不表,拎起另一个线头。

《雷雨》的戏剧结构就像一座巍峨的宫殿,是立体的复合的建筑群,八个人物个个都处于血亲姻亲的纠葛中,复杂的命运冲突只能你死我活,每一个人既是另一个人的亲人,又是另一个人的死敌,环环相扣。谁都无法摆脱,宛如榫卯结构,咬合得死死的。要毁全毁。

这就带来讲述的困难:谁是主谁是宾? 顺着哪个人的线索往下走? 前面讲了鲁贵和四凤的开端,拎起了大少爷这根引线,可曹禺却没有让戏顺着这条线一直往下走。故事到这儿突然打住,暂且按下不表,又拎出另一条线,新人进入。所以曹禺的戏不沉闷,总有新的东西进入,保持着新鲜感。谁进入了? 鲁妈,又是一个重量级人物。没有鲁妈少女时代的爱情,就没有三十年后的故事。这也是个地雷。

怎么个个都是地雷? 都重要吗? 对,这就是《雷雨》讲述的独特。

没有弱项,笔笔要命,此起彼伏,层次分明,一丝不乱。

大少爷与四凤的戏刚刚提出,他按下,留一个悬念,且看鲁妈这条线怎样进行。

鲁妈在另一个城市帮工,跟女儿两年没见,母女见面很亲热。

四凤:"妈,您坐一坐,我给您倒一杯冰镇的开水。"

鲁妈:"不,不要走,我不热。"

鲁贵:"凤儿,给你妈拿一瓶汽水来,这儿公馆什么没有? 一到夏天,柠檬水、果子露、西瓜汤、橘子、香蕉、鲜荔枝,你要什么就有什么。"炫耀呢。

鲁妈:"不,不,你别听你爸爸的话,这是人家的东西。你在我身边跟我多坐一会,回头跟我同,同这位周太太谈谈,比喝什么都强。"同周太太谈,谈什么? 都是家常话,很平静,却令人不安,不得不盯着看。

我们现在有些戏生怕抓不住观众,上来就冲突,刀对刀枪对枪地干仗,吧达仓! 以为这样就能吸引观众。其实,外在冲突,场面激烈,观众是不会关心的,观众关注的永远是人的命运。

《雷雨》几乎每一场都是在平静中讲述,不动声色地把人物的命运纠葛一点点地揭开。观众一看,哟,是这样的呀,这可怎么办? 担心了,紧张了,目不转睛地盯着看。省话剧团请北京人艺的杜威老师来排过这个戏,忠实于原著,没有新花样,幕一拉开就是老话剧的风格,演出时剧场气氛好紧张,安静极了,就听你慢慢说。三个小时,中间还休息了十五分钟,就是没有人离开,去了洗手间又赶紧返回来,还等着看下文,扣人心弦。

人物命运的发展、冲突的积累酝酿,还是靠动作推进,鲁妈的动作是什么? 一个花季少女在富人家做佣人,富人家还有少爷,正常的母亲都会担心,何况鲁妈还有惨痛的教训,至少要了解一下这个人家怎么样吧? 所以鲁妈和女儿寒暄了两句,就要抬眼打量,这一打量麻烦就来了,怎么这么眼熟啊——

这是过于巧合的戏,母女两代人偏偏都进了周家,偏偏都爱上了少爷,戏剧性也太强了。时间相隔三十年,空间从南方到北方相隔千余里,怎么这么巧? 过于巧合难免失真。"编的吧?"

看看曹禺是怎样把失真的戏编写成真的:

(1)起始自然,平缓,常态的,随意地打量,发现家具。

鲁妈:"这屋子倒是很雅致的,就是家具太旧了点。"状态真实,没有预感。

四凤:"可不是,都是三十年前的老东西了,听说是从前的第一个太太,就是大少爷的母亲,顶爱的东西。您看,从前的家具多笨哪。"

"三十年前的老东西""大少爷的母亲"令鲁妈心中微微一动,但也只是一动,微微的,马上注意力就转移,天好热。

(2)发现窗户。

鲁妈没有再想"三十年前老东西""大少爷的母亲",再想就不真实了。毕竟三十年了,沉到记忆深处去了,一般搅动不了,浮不上来。剧本尊重生活的自然流程,鲁妈感到热,出汗了。剧本提示,用手巾擦汗,很自然要透透风,这就要看窗户,一看又有问题了——天这么热,"为什么窗户还关上呢?"

四凤:"这是我们老爷的怪脾气,一到夏天就要关窗户。"

本来心中那"微微一动"已经过去了,这时又是一惊。

(3)开始认真端详。

鲁妈:"这屋子我像是在哪儿见过似的,奇怪,这地方好眼熟。"

地雷长长的引线冒出头来。

（4）沉寂在脑海深处的记忆被搅动。

四凤："您怎么了，您的手冰凉。"

鲁妈："妈不怎么样，真是，真好像我的魂来过这儿似的。"

四凤："妈您别瞎说啦，您怎么来过？他们二十年前才搬到北方来，那时候，您不是还在南方吗？"

鲁妈："不，不，我来过，这些家具，我想不起来，我在哪儿见过。"

四凤："妈您看什么？"

鲁妈："那个柜，那个柜。"

四凤："那，那是从前死了的太太的东西。"

这就不得了了，"死了的太太的东西"，"嘭"地一下炸开了，冲出了水面，鲁妈不能不面对了，不敢承认，不愿意承认，所以是自语："不能够，不能够。"

四凤不懂啊，以为母亲累了，就让母亲别说话了，歇一会儿。

鲁妈歇不了了，她反客为主，开始询问："刚才我在门房听见这家还有两位少爷？"

四凤说是啊，周家的人都很和气的。

又是一炸，姓周？这家姓周？沉睡的记忆激活了。

四凤把柜子上的照片拿过来："妈，您看这就是周家第一个太太的相片！"

完了，天塌了，鲁妈再也说不出话来，这就是她年轻时的照片哪。

清醒过来的第一个反应是什么？走，赶紧走！这地方不能待了。鲁妈要走，不仅自己走，女儿也得走，不容分说，拉着女儿就要走："你现在就跟我回家。"行动：走，离开这个华丽的可怕的大屋子。

可她走不了了，繁漪的声音响起来。还好，繁漪是叫四凤，四凤得去一下，好吧，暂且一等，等回来咱们还是得走。鲁妈的动作被延宕。可是繁漪来了，听说四凤妈妈来了，要谈一谈，这就正面阻止了鲁妈要走的动作。

这是第二次延宕，危机也还没来，因为来人是繁漪，周家人里面，到目前为止，与鲁妈没有关系的，也是鲁妈比较能够接受的人，只有繁漪。二少爷周冲都不行，周冲喜欢四凤，鲁妈也不能接受的，她不能让女儿被少爷看上，而繁漪与此无关，所以可以谈一谈。她不喜欢繁漪说到四凤时暧昧的口吻，但她的回答还是很得体的，因为她已决心要走，说完了就走！

可是周朴园出现了，挡住了去路。这是第三次延宕，是对鲁妈要走的动作最有力的阻挡。

太紧张了,三十年前的情人出现了,看你怎么办。尴尬的场面具有强烈戏剧性。

鲁妈走不掉,退而求其次,隐避于繁漪身后,走不了先躲起来。好在周朴园也没有注意鲁妈,他是来找妻子繁漪的,下人在这个宅子里就如同家具一样,是宅子的功能性设施,不会引起老爷的注意。

周朴园的动作:叫繁漪看病,克大夫正在楼上等着呢,他是我在德国的好朋友,你神经有点失常,他一定能治好的。

繁漪不去。

周朴园:"你应当听话!"曹禺的提示:命令的。

繁漪犟不过,只得去了。这一走就如同撤掉了屏障,露出了后面的鲁妈,鲁妈和周朴园面抵面,狭路相逢。怎么办? 戏怎么往下演?

不要忘了鲁妈的动作,她是要走的,一次次受阻,一次次延宕,每一次受阻和延宕,都增加着戏剧的悬念,因为在这儿多待一会儿,就多一分碰到旧情人的危险。终于,旧情人出现了。湍急地要冲出峡谷的溪流,回环旋绕,还是没有避开,撞上了一块最大的岩壁,"嘭"地一下,激流冲天而起。

周朴园却一无所知,命运的危机虎视眈眈地逼近了,就要翻船了,他还不知道,点着一支吕宋烟,看见桌上的雨衣,向鲁妈:"这是太太找出来的雨衣吗?"

鲁妈只有顺着说:"大概是的。"剧本提示:看着他。为什么? 她忽然想看看,毕竟是一个与她相爱过的人。

周朴园不知道啊,还是老爷脾气:"不对,不对,这都是新的,我要我的旧雨衣,你回头跟太太说。"他真把鲁妈当周公馆的下人了。这样也好,这样鲁妈又可以脱身走了。所以鲁妈继续自己的动作,应了一声后,又要走。

周朴园却又喊起来:"哎,你不知道这间房子底下人不准随便进来吗?"他是老爷,很威严。

鲁妈只得站住,回答:"不知道,老爷。"她是一个有教养有自尊的人,不料就是这份不卑不亢,引起周朴园注意,这个下人仿佛与众不同啊。要发问了:"你是新来的下人?"

鲁妈:"不是的,我找我的女儿来的。"

周朴园:"你的女儿?"

鲁妈:"四凤是我的女儿。"

周朴园："那你走错屋子了。"

鲁妈："哦,老爷没有事了?"松了一口气,终于可以走了。观众也以为她可以走了,却不料——

周朴园又喊了起来:"窗户谁叫打开的?"

真是岂有此理,窗户开了也要发火,可是没法子,谁让他是老爷呢? 他不是把你当作公馆里的下人了吗? 好吧,给他关上吧。关上窗户咱就走。可是,周朴园再次唤住鲁妈。"你站一站。"打量她,说了半天话使唤了半天,这会儿才定睛看她:"你,你贵姓?"

鲁妈无路可走,硬着头皮回答:"我姓鲁。"

周朴园："姓鲁。你的口音不像北方人。"

鲁妈："对了,我不是,我是江苏的。"这后面一句回答显得有些主动,为什么? 心理微妙的变化,不错,你到底还听出来了!

周朴园："你好像有点无锡口音。"

我们知道,周朴园就是无锡人,按说无锡是周朴园的伤心之地,他该回避的呀。可人就是这么复杂,他离开无锡这么多年,他想回避这段人生,可乡音亲切,一旦听到时他又按捺不住,所以问了这么一句话。

这一句就不得了了,鲁妈说,我自小就在无锡长大。周朴园怎么办? 以日常生活体验,熟悉的口音会唤起乡情,哪怕是陌生人,随口会多搭两句讪,无锡的? 哦,无锡哪里的? 好啊好啊,我也是无锡的。何况是在自己家里,碰到个佣人的母亲也是无锡老乡,多说几句不是很自然吗? 可是不,无锡在周朴园心中不是一般的故乡,那是他爱情的墓地,是他抛弃恋人致使恋人自杀的伤心之地。所以,话到这儿就打住了,"无锡,嗯,无锡"。周朴园说到这儿,曹禺先生写了一个提示"沉思"。

曹禺把人的心理透过微妙的语言表达出来。提到无锡,周朴园心里也是一动啊,所以他还是忍不住要问:"你在无锡是什么时候?"

鲁妈："光绪二十年,离现在三十多年了。"

周朴园："哦,三十年前你在无锡?"

鲁妈："是的,三十多年前,那时候我记得我们还没有用洋火呢。"这是突如其来的坦荡,狭路相逢,怕也没有用,退不了就不退了,看着周朴园,看他怎么办。

周朴园："三十多年前,是的,很远啦,我想想,我大概是二十多岁的时候,那时候我还在无锡呢。"

越说越近了。鲁妈怎么办？鲁妈这时候还可以走，事情已经做完了，没有理由再留下这儿了，她可以说："老爷，没事的话我可以走了吧。"可是她没有说，她反而定在那里，看着周朴园，问："老爷是那个地方的人？"这简直是主动进攻了。刚才的动作是"走"，不能见他们家的人，这时怎么变了呢？不但不走，还想看看老情人到底怎样反应。曹禺写出了人的矛盾，也写出了弱者的刚强。

这是遭遇战，两个剑客不期而遇，交战双方有攻有守，攻守还在转换，前面周朴园不住地斥问，是大老爷在下人面前的傲岸矜持，现在是鲁妈以攻为守："老爷是无锡人吗？"剑指心门。

周朴园该怎么回答，鲁妈等待着，观众也在等待着，大家都屏住了呼吸，都要看看周朴园怎样回答，这就将周朴园逼到一个要命的点上。一触即发。

曹禺的回答太妙了，他给周朴园写了这样一句台词："哎，无锡是个好地方呀！"

王顾左右而言他，太极功夫，漂亮地挡开了来剑，不露痕迹地躲开了一剑，规避了一个危机。

相声讲究"铺平垫稳"，"铺平了，垫稳了，到了那'哨节儿'上，一敲就响"，"无锡是个好地方"就是那一敲就响的台词。

周朴园的规避，有如小偷一样躲避自己偷过东西的地方，回避这个问题，也回避了自己的罪孽，自欺欺人的怯懦。这就是艺术的语言、戏剧的语言，以一当十、举重若轻。

《雷雨》中人物的动作都具有强大前驱力，每个人物沿着自己动作线前行，每个人都不退让。周朴园不能退，不仅是家长的尊严，过去批判周朴园是封建专制的代表，《雷雨》因此被评论追认了反封建的主题。可从人性人心分析，他是丈夫，妻子繁漪有病，能不治吗，大儿子是继子，更应与继母搞好关系，关心继母。扪心自问，威严之下却是人夫、人父的一片苦心，我是为你们好我为什么要退？周萍不能退，退了就得继续与继母那畸形的关系，这是恐怖的关系，要活下去只有拽着四凤走；四凤不能退，肚子里已经有了周萍的孩子，退路就是死路；鲁妈不能退，自己的女儿爱上了儿子，天打雷劈；繁漪就更不能退，周萍走了，一线生机也没有了，被逼到绝路的她变成了刀客杀手，不惜牺牲亲生儿子，把周冲拉到四凤与大少爷面前，你看看你爱的女孩子，跟你哥哥好上了，她摧毁了亲生儿子的青春梦。内心追求的欲望越强烈，动作的前趋力就越强，冲突也就越巨大，最终玉石俱焚。

九、讲述技巧不是戏剧的全部

戏剧表现人的命运,这不是新鲜的道理,哪个戏不写人?哪个戏不是人的命运?但是,讲述结果却有高下之分,霄壤之别。怎样讲述才引人入胜?需要技巧,但技巧又不是全部,取胜的还真的不是编剧法。那么,什么是讲述中最主要的东西呢?

《天仙配》,神仙的故事,人间情感,"夫妻双双把家还",男耕女织,生儿育女,阖家安康,既是平凡人生,也是终极幸福,是人类繁衍最深刻、最本质的内容。

中外古今好作品,总不出人情之外。李笠翁:"有一日君臣父子,即有一日之忠孝节义","物理易尽,人情难尽"。落到人性层面,中国人外国人古人今人都是相通的。

填词要"戒荒唐","凡说人情物理者,千古相传,凡涉荒唐怪异者,当日即朽"。"画鬼魅易,画狗马难。"鬼魅谁也没见过,像不像说不清,狗、马为人所常见,一笔不对,大家都能指责。

这就是"画鬼容易画人难",真正的艺术家,都不投机取巧,一定会在人生上下功夫。艺术的想象力,包含了对人生的认识和把握。

违背日常逻辑,一处不合理观众就不信服,接下去就不跟你走,不进戏。传奇无奇不传,但不论怎样传奇,好戏都是"意料之外,情理之中"。反之,则是"意料之中,情理之外"。

《雷雨》是世界上被翻演最多的中国戏剧作品。既是课堂上的教材、范本,教科书式的材料,又是剧场效果强烈的演出剧目。震撼观众的不仅是讲述技巧,更是作者对社会对人性的深刻洞察。在我极其有限的出国经历中,我都碰到过外国人演曹禺的戏,那是在墨尔本大学,就是学生演《雷雨》。它超越了民族和国界,让人感到人性的局限和不幸,没有谁能够置身局外,这就从中国的,20世纪初的一个周公馆里的几个男女的爱恨情仇中超拔,上升到对人类命运俯瞰,不同民族国家的观众都能感动,产生一种对人类自身的悲悯。

"戏外功夫"这句话往往带有贬意,常指那些搞关系、活动能力超过写作能力的行为。90年代初广东剧协举办中南地区女剧作家作品研讨会,中央戏剧学院老院长徐晓钟也来了,热情洋溢地鼓励大家,最后大声疾呼,亲爱的女剧作家们,千万不要在戏外下功夫啊,在戏外千万不要长袖善舞啊!他是以此来指斥流弊的。从正面来说这句话,要成为一个优秀的剧作家,要写出好剧作,还真是需要戏外功夫,需要修养。

美国有部小说《哗变》,写一个富家子弟,普林斯顿大学的高材生,"二战"时到扫雷舰上服役。舰长魁克出身低微,在军队一步步爬升当上舰长,作风粗暴,管制士兵到了不可理喻的程度。普校高材生看不惯,受不了,出身教养、文化背景与魁克舰长的差异也太大,两人处处不合,终于忍无可忍,在一次战斗中,高材生跳出来解除了舰长的指挥权,"哗变"了。

小说从高材生检查身体应征入伍开始讲述,直至"哗变",上军事法庭受审,五十多万字。剧本一刀砍去几十万字,只留下了最后一章,法庭受审。主角也由普校高材生变成了辩护律师。

按照美国海军条例,战争中"哗变"是可以判死刑的。开场就要看律师怎么辩护。律师格林渥也是名校毕业,法学才子,犹太人,常为黑人辩护,胜绩不少。他紧紧抓住了舰长的短板:1.胆小,友舰遇险,可救而不去救;2.自私,在海外买酒用军舰运回国,逃避关税;3.变态,出身低微,一心想提升军阶往上爬,管制士兵之严厉几近变态,如发现用水多了,就下令不许士兵洗澡;餐厅的草莓少了,就锁冰箱,草莓还是少了,就查找管冰箱钥匙的人! 诸如此类到了很可笑的程度。格林渥律师非凡的询问技巧,弄得舰长破绽百出,狼狈不堪。最终普校高材生被判无罪。

舰艇上有一帮"精英",有的也是名校生,描写军舰生活的长篇小说马上就要出版,都瞧不起舰长,高材生"哗变"是他们支持的。法庭胜诉后,高材生和"精英"们开心极了,喝酒庆祝。突然,连观众都没想到的,律师格林渥蓦地变了脸,酒杯一摔全场震惊。律师怎么了?

北京人艺扮演律师格林渥的叫任宝贤,台词那个棒,一句句都像枪子儿似的打哪儿是哪儿,观众听得那个痛快,魁克舰长被打得狼狈,观众也恨不得鼓掌。可是这个时候,律师变了脸,有一段很长的台词,痛骂这伙"精英",他说,我一直在法庭上为你们辩护,可我心里却痛恨着你们! 战争还在进行,可你们却让一艘扫雷舰退出了战斗。我是犹太人,我的妈妈没有被希特勒抓去做肥皂,就因为有魁克舰长这样的傻瓜在战斗。是的,他们出身低微,没有读过多少书,除了当兵打仗提升军阶,他没有别的出人头地的机会,可是美国靠他们;你可以出版"人啊海啊"小说赚美金,你高材生也可以在普林斯顿漂亮的阳光灿烂的足球场上踢足球,为什么,就因为有魁克们在保卫你们! 别以为魁克们真是傻瓜,是的,他们不懂历史不懂文学,可要在海军、陆军里出人头地,没真本事还不行!

台上的"精英"被震撼,全场观众也被震撼,就这么一下,拷问了所有的人,包括观众。前面千辛万苦、小心翼翼构筑起来的胜利和得意蓦地被击垮,你看到了世事的一面,他却揭开了另一面,我们苦苦追求的正义真的是正义吗? 世界那样地矛盾着,人人都有自己的局限,你坚定不移的追求动摇了,你发现自己也可能深陷于局限之中,人类被重重的矛盾围困,孜孜以求地想要维护正义保持良知,结果却可能适得其反,胜利和成功带来的竟不是喜悦,而是更多的迷茫,然后你会思索,为什么? 你要探求真理,结果发现探求是永无止境的。

我看过《哗变》小说,挺吸引人的,但我得承认,剧本改编相当棒,现场撞击人的心灵,这就是戏剧讲述的力量,是小说不可替代的力量,让人走出剧场还久久不能平静。仿佛这不是美国人的故事,仿佛感到自己也处在这个世界中,也有不能挣脱的东西。戏剧的讲述是技巧,怎样才能讲述得漂亮,充满了技巧,但艺术又不全是技巧,尤其对于剧作家,你总要比别人想得更多,想得更深,有时重要的甚至不是技巧。

优秀的戏剧作品,总是给人以思想的启迪,即使讲述日常的平凡人生,也能打开人们的胸臆,睿智地将我们的目光引向更旷达深邃的宇宙天地。

2008 年 8 月 1 日

文化的温暖

省文联机关学习科学发展观的发言

省文联机关大楼九楼会议室

题注：

　　艺术处一个女同志到办公室来找我有事，见我趴在办公桌上看《求是》，很奇怪，问我在干什么。我说，我要去文联讲科学发展观。那位女同志一听就笑起来。可见我这样一个人是不大适合做这样的讲话的。在文化厅就会是党组书记讲。但是文联刘书记说，中国文联就是主席带头讲的。这样一说我就不好推辞了。怎么讲呢？脑子一时发懵，空空的，这时要问我什么是科学发展观我都答不上来的。不急，定下心来想想，怎么办。这就看见书架上的《求是》杂志，办公室给订的，到文化厅工作那天就有了，每期都送来，已经摞一大摞了。好，看《求是》，目录上凡是有"科学发展观"的都找出来，总能够开点窍给点启发的。就这样准备了一个发言。

　　我不大擅长这样的发言，因为不擅长，就比较慎重，前天专门把《求是》找出来学习，看到了温家宝总理的文章：《关于深入贯彻落实科学发展观的若干重大问题》。这就好办了，按照总理的精神讲大概是不错的。

　　温总理谈的是经济社会的发展，但对于文化工作同样具有指导意义。文章开篇写道："开展深入学习实践科学发展观活动，就是要把各方面的积极性真正引导到科学发展轨道上来"，他用了"真正引导"几个字，也就是说，我们天天讲"发展"，可能未必都是"真正"的"科学发展"，各方面的积极性未必是"真正"用在"科学发展"上，我们有的"发展"和"成果"，也未必都是"科学"的，例如见诸报端的问题食品问题、矿难事故、形象工程、面子工程、花架子工程，只顾GDP政绩指标伤民害民、浪费资源破坏环境、不可持续的建设，就都不是"科学"的。文化的建设和发展中有没有这类问题？不是真正提升人的精神，不能滋养人的心灵，破坏文化生态、不可持续的东西有没有？文章提出，要"实现更长时间、更高水平、更好质量的发展"，要与社会的进步结合，要"时代精神与文化传统结合的全方位发展"，不是轻而易举、一蹴而就的。灿烂的阳光下仍有阴影暗角，现实与理想还有距离，要真正的科学发展，就得认真思考和推敲。

文章中指出："科学发展观的第一要义是发展。"

文化工作的第一要义也是发展。我们都知道要"出作品，出精品"，"出人才，出大师级的人才"，怎样才能实现这些目标？文化厅艺术口可以抓剧院、画院、艺术学院的建设和提高，抓好了这些单位的建设和提高，就能出作品出人才。文联应该怎么做？文联怎样才能使得上劲？没有操作文联的日常工作，所思所想缺乏针对性，仅是个人做艺术工作的体会，向大家汇报以便交流。

一、文联要以艺术家为本

"科学发展观的核心是以人为本。"以人为本，在文联就是要以艺术家为本。文联是党和政府领导下的群众团体，是党和政府联系文艺家的桥梁和纽带，因为有文艺家存在，党和政府才设置了文联这个机构，让这个机构去联络文艺家，团结文艺家一起为社会为人民工作。从这个角度讲，文联是因文艺家而存在的，没有文艺家文联就没有存在的意义。文联这个机关不是仅仅为机关服务，不能只管机关大院，要把文联机关大院搞好，是因为这个大院属于全省艺术家，是全省艺术家的家，是为全省文艺家服务的。我们对文艺家应该很热情，关注他们的艺术活动，倾听他们的意见，了解他们的困难，尽可能地帮助他们解决困难，让文艺家感到除了单位的行政归属之外，还有一个艺术专业的、精神的归属。

不久前文联主席来汉，在这里做了简短而深刻的即席演讲，提及他在全国文联的工作时，有这样几句话，"正常情况下，我给大家鼓劲加油，遇到不正常的情况，我希望能给大家排忧解难遮风避雨"（大意）。这话很有感情，贴肉贴骨，是家人亲人的语言，让艺术家感到温暖，这是文化的温暖，这就有吸引力，有凝聚力。孙主席讲话的精神也正是我们湖北文联、各协会的老传统。

纪念改革开放三十周年时应报刊约稿，我写了短文《最初那些日子》，有年轻人看了问：一路走来，真有那么多人帮助你吗？我说是啊，1978年10月到北京电影学院学习，就要感谢文化厅科教处一位老处长，就是蒋桂英老师的先生张德基。他把我叫到文化厅，说小沈你应该去上上学呀！他把我的剧本推荐到电影学院，被选上了。

在电影学院受写小说的同学影响,回来也写小说。就是写着玩儿,写完给省话剧团一位老导演看。导演叫黄德恩,国立剧专毕业的老戏剧家,带着我深入生活写剧本的,我就给他看。过了两天他告诉我,他把小说给了他的朋友我们的老主席吉学沛。这天中午他在院子里,吉学沛从楼上窗户探头往下喊,说老黄,你叫那个小沈到《长江文艺》去一下!原来吉学沛把小说给了他爱人《长江文艺》编辑张忠惠。我就到了紫阳路那个小楼上。张老师给了我两叠稿纸,叫我把小说重新抄一遍。所以说我基础差嘛,我用的就是剧团的信笺,横道道的,标点符号也不讲究,随手就打个点儿。张老师叫我换方格格的稿纸,一个格子装一个字,标点符号也要放到格子里,一个格子放一个!那时的小说后来我自己都不敢看!可他们给我连发三篇,紧接着副主编蔡明川老师就写评论,夸得我退都退不回去。此前要不要搞写作、要不要在这条道儿上走下去我还没想过呢。

1982年《五二班日志》出来,也是好多人帮助。那时没有争奖意识,知道有一个全国性的会演,努把力还赶得上,可我就是不赶,我说酒香不怕巷子深,把戏搞好比什么都重要。我让演员去深入生活,回来做小品,按部就班地排戏。又是文化厅一位老处长刘恩显,在江西看完会演后他请北京专家绕道武汉来看看我的戏,一看就看上了,由专家们推荐到北京演出,演了一个多月,进了中南海怀仁堂,邓颖超、王光美都来看了。中国剧协召开座谈会时,中国儿艺演《以革命的名义》的方鞠芬、连德枝,上海儿艺写《马兰花》的剧作家任德耀都来了,从小看《以革命的名义》《马兰花》,这些人在我眼里就是天上的星星啊,他们嘴里说出来的话,对我是多么大的鼓舞啊。

当时我们就像乡巴佬进城,在北京人地两生,转换剧场,中央领导来看戏,后来进中南海演出,都是北京的专家操持张罗,中国儿艺一个活动能力超强"手眼通天"的大姐天天在后台坐镇,就像我们的前台主任,有事都找她。我们就想表示感谢,在中国儿艺做化妆师的湖北老乡说,就送青蚕豆吧。那时候还没有大棚蔬菜,北京的菜市场还很单调。老乡特别叮嘱:"别剥壳啊,北京干燥,剥了壳蚕豆都干了。"我们就用省话食堂买菜的大竹篮装了满满一篮带壳的青蚕豆,带到北京分成小包,一家送了一包。方鞠芬他们都很高兴,说剥出来炒了一碗,好吃得很。我在文章最后写道:"最初那些日子,人们想要的不多,都很单纯。"

省文联刚搬到东亭,门前还是一条烂泥路,汽车也不通,我就骑着自行车往这儿跑。为什么?有吸引力呀!文联老主席骆文,剧协老主席龚啸岚,《长江文艺》《长江戏剧》的编辑,好多老的和不老的同志都对我好,有事没事叫到办公室坐一坐,像田野老师,并没有做过我的责编,就把我拉到办公桌边坐一坐,把他早年的照片、他儿子的照片拿给我看,跟我说,你跟我儿子一样大呢。不谈写作,却让我感到他们对我真心的喜爱。这感觉真是好。这是文化的温暖,"对人才厚爱三分,高看一眼",这种温暖会让人没齿不忘,终身受用。

想到这些,我就觉得我也要这样对待他人。要让文艺家围绕在我们周围,我们能够帮助他们展示艺术才能和成果,扩大他们的社会影响,文联就有了作用。

周日家中来了一位秭归客人,送来两本书,《秭归建东花鼓戏》和《三峡秭归风俗》,是他自费出的。他与父亲都是教师,钟情于乡土文化,业余踏访民间搜集整理文史文艺资料几十年如一日。2006年父亲去世,乡下的艺人们守灵转丧唱了一夜。老人姓郑,儿子叫承志,毫不含糊地表明要将父亲的事业继承下去。他们是民间文艺家协会会员,在艰苦的环境中奋斗,他觉得"活动太少了","在一起可以交流,互相支持"。文联春节"黄鹤艺典"晚会他守着电视看,因为文联是自己的组织。

我们要打造"文艺鄂军","鄂军"是一个个文艺家组成的,包括基层的民间文艺家。我希望多给年轻人一些扶持,当年我就是被老同志扶持起来的。就说获奖吧,我这个年纪的人,多一个少一个又怎么样呢?可这对年轻人就很重要,给他一点鼓励,推他一下,他就可能乘势而上,就可能一发不止窜了上去。

文艺干部的基本素质应该是热爱文艺,关爱艺术家。孙主席谈话中特别提到文化包含的认知情感、伦理道德、信仰价值观三个层面。没有真诚与善良的情感,就谈不上信仰,文学艺术表达的正是真诚善良的情感,做文艺工作也需要情感,这是我们工作的基础。

二、少一些浅近的功利

现实不能回避功利,比如年终总结,总得有"业绩",得了多少奖,等等,方便量化,但这不是唯一。刚刚在济南结束的中国京剧节上,《曾侯乙》获二等奖,有人沮丧。二等奖不也是奖吗?俗话说,武无第二,艺无第一,咱们是"艺",不是"武",不是竞技体育,艺术审美见仁见智,一等二等都不是绝对的。可我们现在非要一等,非要金奖。这不正常。说不正常也改变不了,就是不开心,铩羽而归的味道,灰溜溜的。这时就需要安慰鼓励,不要把奖看得过重。湖北省京剧院注重梯队建设,引进人才,招收学员,拜师学艺,注重剧目积累,注重剧院与社会的联系,进校园进社区,培养观众,拓展剧院的演出空间,因为演出质量高,深圳连续两次请他们赴深,还有进一步联手的计划,给事业的发展创造了宽阔的前景。这都是出作品出

176

人才的基础。

必须肯定,在激励创作、培养人才、繁荣艺术、推动发展、调动积极性方面,评奖活动都有积极的作用。但"评奖"毕竟是手段,把手段当成目的,就会出现负面效应,弄不好手段还会伤害目的。有的剧院请作者,还未起步就要奔大奖,从选题材开始就瞄准大奖,什么题材讨巧搞什么,于是从概念出发,重形式,大制作,豪华包装,就像中秋月饼,盒子包装越来越豪华,月饼却还是那个月饼。

作为艺术家不要太在乎奖。我得过文华大奖、"五个一工程"奖和四次曹禺戏剧文学奖,第一次领奖在鼓浪屿,我忙着写东西竟然都没有去。后来碰到宗福先,他告诉我,你的剧本是高票通过的。我听了当然很高兴,美滋滋的,但我仍然认为,写作要淡化获奖意识。我内心是很骄傲的,没有谁给我宣传造势,人家日本人就凭《剧本》月刊上发表的剧本,就拿过去翻译了,一连翻译了我的三个剧本,从1998年开始演了10年,还演到中国来了。他们把我的戏叫"长江剧",海报上就是武汉的照片,日本观众看了戏就来游长江,到武汉还要见"沈先生",我很高兴也很骄傲。剧本有人演,演了有人看,就比什么都好。前几天省话演《临时病房》,舞台上什么包装也没有,就两张病床,三个演员,组织部的几个大小伙子看得流泪,完了和我拥抱,谢谢我。我也美滋滋的,这种快乐不比得奖差。我可以为别人争奖,但我自己决不干。

领导者应该冷静和理智地对待评奖,胜固可喜,败亦不悲,不要给艺术家以压力。不要沮丧悲观,需要的是艺术的反思和总结。

今年我主持了两次评奖活动:

一是我省地方戏艺术节,要不要评奖曾经很矛盾,不评奖不能鼓励积极性,评奖吧,又恐怕摆不平。后来决定评奖还是想给大家一些鼓励。25日晚最后一场演完,连夜评奖,艺术处写奖证安排颁奖的种种事宜通宵达旦。26号颁奖前两小时我收到短信,有人对所获奖次不满,说"不上台领奖"。很尖锐,怎么办?对方的意见不能说完全没有道理,但结果已经不可能改变了。我只有"抱小面",发短信请他谅解,尽管想做得周全,但工作中还是难免顾此失彼。关于奖,我说,不论几等,都不改变他在我心中的专业地位,地方戏要保护发展,还需要他的合作。晚会开始了,宣布到那个奖项时,我看到他了,他上台了!而且在微笑。我松了口气。下来又收到他的短信,说让我为难了,抱歉,希望我关注他们的戏的加工提高。我真高兴!想到只要以诚相待,大多数人都是通情达理的。

另一次是全省艺校学生专业比赛颁奖。我嗓子不好中气不足,看到要念的稿子很长我就畏难。那天让我宣布的获奖名单就很长，选送单位也要一一宣布，好几页纸。我怕念不下来，就问，能不能就念前面几位，后面就"等"了。他们说不行，"八艺节"颁奖时，文化部于司长也是从头念到尾把嗓子都念"嘶"了。我只好就这样上去了，还是怕念得声嘶力竭，到了麦克风前，便先对下面说："这个名单很长，我嗓子不好，希望大家安静，因为你们一嘈杂就更听不清了，嘈杂也会让我分神，我一分神还可能念错，一旦念错就是对参赛者不尊重了。所以请大家安静，不管他们的奖是什么等次，只要参加了比赛，就都应该得到我们的鼓励和尊重。"

没想到我这几句话赢得了台下热烈的掌声。

两次经历给我一些启示：1.评奖要公平公正公开。地方戏艺术节，我们公开了"周全"和"喜庆"的原则，政府举办的活动，又是"首届"，要照顾多数，照顾基层剧团和特殊剧种，并把"照顾"的理由摆到桌面上谈；2.真心地尊重艺术家，尊重艺术家的感受。例如那位发短信的专家，我们认识，他知道我的话都是真诚的。以诚相待以心换心就化解矛盾。

为文艺家服务，不用回避名利。名，是文艺家的社会影响，正面的影响对社会的良性作用是无法估量的；利，是文艺家劳动的报酬，也是正当的。要鼓励和帮助艺术家创作高质量的作品，争金夺银，获取大奖，提供条件让他们成名成家，湖北文化需要大家的引领。但另一方面，又不要太强化功利，大家不是一天成长起来的，成长还需要土壤气候，每一个热爱艺术愿意做艺术的人都有权享受阳光雨露。我们还应该普降甘霖，特别是对基层的文化人文艺家，要特别关注鼓励。他们的水平也许不那么高，作品也许还不那么精彩，但他们是因为热爱才干艺术的。运动场上成百成千的人在奋斗，冠军却只有一个，从这个角度看，绝大多数人注定是失败者。可是，没有这成百上千人的参与和热爱，运动场上的竞技还有魅力吗？既要有金牌战略，又要有全民健身。全民素质提高了，争金夺银水到渠成。

我欣赏产业文联，他们在专业艺术家力所不及的领域播撒着艺术的种子，用艺术的甘霖滋润着人们的心灵，改善和提升着社会，他们可能一辈子得不到大奖，但他们的劳动是一个文明的、和谐的、健康的社会不可或缺的。

三、注重积累，厚积薄发

我们的工作重点在出"精品"，为什么"精品"是重点？因为"精品"很少，出"精品"很难。数量较大的精品往往要经过历史的沉淀和积累，如戏曲史上的"黄金时代"元代，涌现了"大量"的精品，但认真算一下，这个"黄金时代"是一百五十多年，也就是说，不算宋杂剧、金院本，从元代开始的"大量"杂剧精品，也是一百五十多年的积累。

"八艺节"我省的好作品很多,未能参赛的作品中,有的基础也不错,具有加工提高的潜质。陈晓光部长评价我省的创作"令世人瞩目",这五字评价很高,这是以"八艺节"为契机实施精品工程的成果,也是改革开放三十年,甚至是新中国成立几十年我省艺术能量的积累。

积累有四方面:

1. 人才。生产精品的人才需要积累。省京《曾侯乙》未得金奖,失去了参加"九艺节"的机会,遗憾之余可以回顾一下,三十年来省京是怎么发展的。《徐九经升官记》《膏药章》都是当代京剧史不能不提的作品,这些作品怎么来的? 当年,省戏曲学校京剧科是整体转身变成了省京剧团,谢鲁、余笑予是学校老师,习之淦是学生,又来了个中国戏校的郭大宇,也是学戏出身,这是编导;舞美设计田少鹏、舞台各部门、制作班子,包括几任团长书记都是戏校过来的,非常和谐默契,他们水乳交融在戏中。朱世慧曾说,那时气氛好极了,在外地演出,演完一起宵夜,宵夜就谈戏,争啊吵啊,想了个好点子马上又聚一起谈,除了《徐九经升官记》《膏药章》,前后还有《一包蜜》《药王庙传奇》等戏,密度很大地一个个出来,这是一个优秀的艺术生产群体。有人曾问余秋雨,编导演谁重要? 余秋雨说,如果把编剧和导演比作一艘舰艇,那么,编导是舰身,演员就是高高飘扬在桅杆顶上的旗帜。如果我们承认演员是"旗帜",反过来可以说,没有舰艇再美的旗帜也无法"高高飘扬"。所以,要出好作品,还是要积累人才。

前不久,原省戏曲学校的校友给老校长黄振立了一座铜像。这是一个湖北戏剧史不能不写的人物。他1940年参加新四军,给自己起名"黄英雄",一心打日本鬼子在战场上当英雄。谁知师长李先念发现他会唱楚剧,命令他成立楚剧队,让他当了楚剧队队长。解放后他也没有去做官,招了二百来个孩子搞起了京、汉、楚。他爱才,知道名演员李雅樵有本事,硬是从监狱里把他保出来教学;一个被划"右派"的青年教师,很悲观,他鼓励他让他上课,怕学生歧视"右派",他还捧了个茶杯坐到课堂上给青年教师壮胆。他爱生如子,学生都是他的"伢"。他有爱心还有慧眼,让原本学老生的朱世慧改丑行的同时又不丢老生;他让学表演的田少鹏改学道具,看他做的道具好,又亲自跟北京的熟人联系,安排田少鹏到北京学习舞台美术,现在田少鹏是我省最好的舞美设计师,《徐九经升官记》《膏药章》的舞美都是他的作品;丁素华是个好武旦,但黄校长说她可以学导演,如果不是"文革",他就把丁素华安排去上海学习,丁素华现在也是我省的优秀导演。还有的"伢"是当干部的料,他也一一安排。1960年没吃的,他把五师老战友、粮食局长请来,跟学生们如此这般布置好,然后表演。学生们翻跟头,打把子,局长看得正高兴,突然,一个学生摔下来不动了。怎么了?饿的,饿昏了。局长一听,眼泪都要下来了,第二天就送来几吨碎米子,学生们至今还记得欢天喜地做发糕的情景,如今怀念黄校长的不仅是几个出了名的"大腕"。做塑像要集资,有经商的学生说,干脆我一个人出了吧。其他同学不干,说都是黄校长的"伢",这份钱我们自己出,谁也不能替代。这是什么?这是感情,积累人才首先对人才要有感情,黄校长对学生有感情,所以学生们忘不了他。孙家正主席所说到情感的重要,"没有善良的情感,谈不上信仰",文化是民族的灵魂,博大的爱心是文化人的灵魂。要作品就得爱人才。

2.生活。创作需要生活积累。突出政治的时代提倡"深入工农兵""向贫下中农学习",不由分说地把文艺工作者赶下乡,客观上给了创作者长年累月浸泡于生活的机会。可以问一问杨凤仙,过去省民间歌舞团的编导一年下去多少天、多少个月?湖北几个地区都跑遍了,哪是哪儿的歌,哪是哪儿的舞,他们如数家珍、头头是道。《家住长江边》中的《女儿会》人见人爱,那就是从生活里泡出来的。艺术要有想象,但还要有生活的出处,要有生态气息,经久不衰的作品,哪怕一段小舞蹈,也要有生活的根基。巴东的"撒叶尔嗬"在央视青歌赛表演,我独自在家看,兴奋得一个人鼓起掌来。同一题材的歌舞很多,有的就不知所云,不知道你要干什么,光是那些动作,弄不好像群魔乱舞。

3.实践。创作者要不断地实践,写得多不一定写得好,但不写肯定没有成熟和成功。一锄头挖出金娃娃的事比较少。要在实践中积累经验。经验也是能力的一部分。不赘言。

4.灵感。创作需要灵感,灵感怎样出现?它超出智力和学识,突如其来。有说法"等待灵感的降临",这"等待"就包含了创作者各方面的积累,厚积薄发,一旦雷电相撞才有火花。

我省文艺是有积累的,包括音乐家协会的《穿越三峡》,移民一段催人泪下,不是湖北人写不出来。这就是一代又一代艺术家积累的成果。

2007年,是我省艺术创作的大年。有大年就可能有小年,有丰收就难免有歉收。要持续地发展就要养地气,氮磷钾都不能少,有时候还得休耕。要有近期工作目标只争朝夕,也要风物长宜放眼量做积累工作,如同农民种庄稼,要保土保墒,土地滋润了,才能高产稳产。

四、要尊重艺术规律

大家都在说现在太"浮躁",可大家还是"浮躁"着,我也浮躁,所以我现在写不了剧本。写剧本是白手起家,像女娲似的抟土造人,要沉下心进入你所创造的那个天地,浮躁了就写不好,这是规律。一部作品总要有一点意思,一幅画要让人停下脚步多看几眼,一小段舞蹈也不能仅仅只是形体动作,观众需要看到让人怦然心动的东西,不能急功近利。

袁枚在《随园食单》中说道:"名手写字,多则必有败笔;名人作诗,烦则必有累句。极名厨之心力,一日之中,所作好菜不过四五味耳,尚难拿准,况拉杂横陈乎?"浮躁就难免"拉杂横陈"。

今明两年要纪念改革开放三十周年和国庆六十周年,需要一批作品,领导者、抓创作的人有时可能会急一点,可以理解,要规划题材,组织力量,谋划运作,也要争取在评奖活动中取得好名次,这是领导者的责任,必须做的。我们不组织就是失职。

对待创作者则不能急,要允许他们保持一定的距离,既配合又不太配合,艺术创作有其特殊性,即使交办任务,也得心有所悟情有所动,要有感而发,不能强求。

做领导工作要看得长远一点,把各项基础工作做扎实。我们搞活动,是要服务社会服务群众,同时又让艺术家得到展示的机会,从活动中受益,艺术活动办得好,文化氛围就好,艺术家们就高兴,创作热情就高。他一时不创作不获奖也不要责备贬损或冷淡,艺术创作是一项复杂的精神劳动,有意栽花花不发,无心插柳柳成荫的事是经常发生的。艺术家还有不同的个性,他们健康地自由地思考着生活着,就是文化事业的基础,就是和谐社会的明证。

谈科学发展观,我特别查了《现代汉语词典》,什么是"科学":"科学是反映自然、社会、思维等客观规律的分科的知识体系。"我放心了,我的理解没有错,经济社会的科学发展就是要讲经济规律,艺术的科学发展就是要讲艺术规律,前面说的"少一些功利""凝聚人才""厚积薄发""积累生活""不要浮躁"都是规律。思路和举措可以创新,规律不能创新,规律是客观存在只能遵循。遵循规律还包含着认识规律、发现规律、把握规律等内容。党中央提出学习实践科学发展观,就是针对现实存在的、不遵循规律的弊端而作出的英明决策。文联十三个协会都是搞艺术的,搞艺术就要讲艺术规律。只有尊重艺术规律,文艺才能大发展大繁荣。才能实现"更长时间、更高水平、更好质量的发展"。

2008 年 11 月 18 日

与会的感想

在湖北省文联第八届委员会第三次会议上的讲话

题注：

2007年9月22日下午，省文联第八届代表大会在东湖闭幕，我作为新任主席发言，稿子是工作班子写好的，我念的。我不习惯念稿子，没有稿子我不紧张，有稿子反而害怕出错，因为不是自己的话，不是自己习惯的表达方式，别人写的，我一字字照着念，不留神思想开小差，就容易出错。好在就那一次，以后文联还开了好多会，都是我自己讲了。这天说说"感想"，虽然也有"主席"的腔调，但比念稿子还是随意一些。

各位委员、艺术家朋友：

大家好！

下午的讨论中，大家对文联工作提出了很多好的意见和建议，会后我们将进一步梳理，抓好落实。大会安排我讲话，我就不谈工作了，因为刘永泽同志作了工作报告，已经讲得很详细。我只想谈谈与会的感想。

我曾经是一个爱逃会的人，如今要这样正儿八经地组织大家开会，就有一些特别的感想。首先我要感谢坐在这里开会的每一位同志，每一位朋友。突然来了寒潮，天气很冷，艺术家们又都有各自的专业，心中有事，手头有活儿，都很忙，不喜欢开会，能花一天时间坐在这儿安安静静地开工作会，没有像我过去那样逃会，很不容易。

这几年我也在做行政工作，年龄大了，开始对自己的经历进行反思。

1988年我就担任了省文联副主席、省剧协副主席，身上"挂了很多牌子"，可是哪个会我都不认真参加，动不动就溜了，人家请我去开会，我还烦。现在想想，人家请你是尊重你，你是副主席，开会不请你，你会不会有意见？当然我也会说，不请还好些，又不是我自己要当的，是你们要我当的。话是这么说，真的不请，听说主席团开会,不说"请",就是不通知,心里恐怕还是不舒服。

"是你们要我当的"想法也放纵了自己,爱来就来,想走就走,现在想起来很不好。那么现在我是怎样想的呢?是的,现在这个主席也不是我自己要当的,也是"你们要我当的",可是我接受了,既然接受了就要做这个主席该做的事情,包括坐在这儿开会,从头坐到尾,还要讲话。不能再说愿意不愿意,毕竟这个身份也给你带来了荣誉,这是对等的。你得到了这个荣誉,就要有必须的付出,付出时间,付出精力,你必须尊重每一个投票选你的人,他们尊重你,你也要尊重他们,为他们做事。

可能有的人要说,因为你在主席的位置上了,所以就希望大家都来开会。当然有这个因素,也正因为坐在了这个位置上,换了角度,我才想到了过去想不到的问题。一年就这么一次会,你不来,让组织会议的同志怎么想?文联要是一年连一次工作会都不开,艺术家们肯定不满意,要提意见,怎么连个工作会都不开?做了哪些事情大伙都不知道,想做什么大伙也不知道,也不报告一下,作为湖北文艺界最高的群众团体,这恐怕不行吧?所以会是一定要开的,总结一下今年干的活儿,说一说明年的打算,听听大伙的意见。还有些决议要在会议上通过,走走程序,不然会后不好执行。有些活动是形式,但形式也是要讲的,要有游戏规则。一个群众团体,这么多人,没有规则让大家共同遵守,"游戏"就开展不起来。回想当年我年轻的时候,老同志们勤勤恳恳地做这些工作,没有得到我这样年轻人的支持,动不动就逃会,胡乱找些借口搪塞,老同志心知肚明,可他们不说破,下次还笑着请你来,这就是厚道。那些老同志也有自己的专业,他们也可以去做别的,但是他们没有。行政事务很枯燥,要一遍遍地处理文件,煞费苦心地准备材料,就是为了把会开好。这也是劳动,这里面既有智慧和心血,也有对艺术家的尊重和对艺术事业的热爱,所以我们应该彼此尊重。

第二,我想谈谈服务。我觉得在座的每一位同志都是有服务精神的。一个专家,不一定就有服务精神。这不是责怪专家,因为专家是用他的专业成果为社会服务的,专家在自己的事业上钻深了想不到他人他事是可以理解的。但是做文联工作的人,有时就要把自己的专业放一下,从专业的深处抽一下身,不能只想自己。文联干部必须是善于服务的人,是一个能跑上跑下、八方联络、呼风唤雨、热情洋溢地为文学艺术事业服务的人。他可以是专家,也可以不是专家,他可以懂艺术,也可以不懂或懂得不多,即使是外行也不要紧,只要他热爱艺术,能够为文学艺术事业服务,为文艺家和广大文艺工作者服务,他就是称职的。

第三,关于合力的问题。小组讨论的时候,听襄樊的同志谈他们的工作,感到他们做得很好,我想地方上有的活动也可以放到武汉来办。比如今年黄冈要举办黄梅戏艺术节,孝感要举办楚剧艺术节,文化厅就建议他们到武汉来举行开幕式,形成合力,调动武汉的资源。然后在比赛会演的时候,把黄梅戏放到黄冈、楚剧放到孝感,这样联动起来影响面也广一些。我们举办画展、书法展览活动时,都可以把全省的力量调动整合起来,形成合力。比如去年省理论家协会在荆州举办的活动,影响就很好。假如在武汉举行反而没什么影响,因为武汉的高端活动太多,分散了受众的注意力。但是在荆州,全国的一流专家去了,就是一件大事,大家都很关注。虽然讲的很专门的学术性话题,但在场的观众热情很高,我看到现场有不少学生,大厅都坐满了,不管懂不懂,听得都非常认真,这就是在播撒文化的种子。今后像这样的活动全省都可以整合起来,多方串联、八方点火。

第四,关于开门办文联的问题。这是我长久以来就有的想法。在省剧协任副主席的时候,每年都要审批入会会员的申请,有一些硬性条件,比如必须是几级演员,演过多少大戏多少小戏,得过什么奖,等等。各地申报的人员比较多,总要刷掉一些。当时我就想,是不是抠得太严了?我同国外戏剧界交流,发现他们的戏剧组织不拘一格,会员的社会面很广,有专业的戏剧家,也有大学戏剧教师和学生,还有跟戏剧毫无关系、但喜爱戏剧的人,什么职业都有,有的只是热心观众,只要愿意,缴纳会费,都可以成为会员。我当时就想,我们能不能也不要把门槛设得很高。有的企业家、老干部那么热爱艺术,如果把他们发展进来,就可以带来一批观众。他们今天还不是艺术家,但他们想成为艺术家,这是好事啊!当然,许多人终其一生也成不了艺术家,但拥有一个美丽的梦想,人生也会变得丰富和美好啊!小组讨论的时候,襄樊的卓主席讲了一句话非常好:我们要创造条件,帮助他们实现梦想。我们文联不能只有几个专业艺术工作者。我们的高端、旗帜是一流专家,他们是我们的品牌,是我们的形象代言人。像周韶华、王原平是我们最高水准的代表,但下面还需要植被,没有丰厚的植被,就会水土流失。我们应该打开门来,帮助喜爱艺术的人实现梦想,创造条件帮助他们加入一些协会。给机会让他们展示,邀请他们参加活动。像摄影、书画这些广受群众欢迎、群众参与度高的艺术门类,尤其要打开门。文联要有张开热情双臂欢迎群众加入的姿态,这样就调动了社会力量。只要我们把门打开,对社会热情,社会就会对我们热情。

这几个问题我经常讲,要服务,要形成合力,要开门办文联,希望我们大家共同努力,把文联的各项工作做好,每一年都有新的进步。

我就讲这些,谢谢大家!

2009年2月27日

我心中的文联

在湖北省文联成立70周年座谈会上的发言

文联成立70周年纪念会,给了我一个回顾反思的机会。人生蛮有意思的,如果不回味体会,就白过了,浪费掉了,很可惜。坐在一起谈一谈,分享体会,是秋日的一件乐事。

接到通知时我正在文联八楼开会,给剧协的一个剧本提意见。围桌而坐,一杯清茶,剧本就是一个可怜的靶子,让我们批得体无完肤。批完了皆大欢喜,说下次再讨论还要我们来,还要我们批。这就是剧协,这就是文联,这就是艺术家的风格和风度。同行、同仁、同道、同好,一起做事,你站中场,我来帮衬,一个愉快的聚落。这也是我们喜欢它的原因。

离开文联多年了,来了许多新人,都不认识了。早晨去东湖有时会碰到年轻人打招呼,说是文联的。他们要上班,去得早回得早,我去时他们已经归来,红扑扑的淌着汗的小脸儿向我微笑,让我想起在文联工作的日子,相聚、离别再相聚,都会有所感慨。

说到文联,其实就是一些人,以我有限的接触,我会想到骆文老主席、剧协龚啸岚老主席和《长江文艺》的诸多老师。各人角度不同,接触的人和事不同,也有不同记忆,有的只是交臂而过,点头微笑,却也是鲜活的印象。文联的形象大约就是我们各自心中印象的聚合。

我曾与两位老人交谈,他们都提到文联。一位老人说的正是70年前,他还是个小青年,参加了县里的土改宣传队。他热爱音乐,14岁时听到音乐老师拉二胡《空山鸟语》,就走火入魔,找了块木头劈呀砍地做了把二胡,不管拉的是什么音,就是埋头地拉,不能自己。家境贫寒,不是解放他不会有出路。他说自己有福气,解放了,正想学习老师就来了,这就是省文联土改小分队。他说到三个人:一个是搞音乐的,省歌大提琴手沈建军;另外两位一个叫谭维泗,考古的;一个叫王学峻,演话剧的。我很奇怪,两个与音乐毫无关系的人,怎么会成为您的老师呢?老人家说,在一个小地方,闭塞,文化艺术薄弱,省文联来的几个人,就是他见到的最大的文化人了。文化人是有魅力的,谭维泗,若干年后发掘曾侯乙墓闻名考古学界;王学峻,日后扮演伏契克、许云峰、杨子荣,成为省话第一男主,早年就有不俗的精神气质。老人家说,他一个十几岁的小孩子,跟着那几个人跑,被他们迷住了,寸步不离,走哪儿跟哪儿,谈什么都竖着耳朵听,如沐春风,如临秋水,他感到自己变了,气局眼界都打开了。宣传队编了一个土改的歌剧叫《有办法》。他真的有办法,用一把二胡激情四射地伴奏了整出歌剧。他知道了德国音乐家舒曼,就改名为曼,更名铭志,走上了音乐的不归之路。这就是后来写出了《割早稻》等大量脍炙人口的民歌作品,咱们音协给他颁发了金编钟终身成就奖的优秀作曲家胡曼。如今听说文联各协会组织专家下基层我就点赞,没准就点燃了身边哪位小青年的激情,推动他或她去实现自己的梦想呢。

另一位老人是水彩画家陈少平,他跟我说的是周韶华老主席。知道陈少平的人当时就不多,现在更少。陈先生人生坎坷,岁月蹉跎,我对他有两个突出的印象:一是身体异乎寻常的孱弱;二是气质异乎寻常的浪漫。在病床上谈色彩,谈印象派,谈梵高、塞尚、齐白石、林风眠,两眼闪闪放光,孱弱的身体里燃烧着火一样的激情,你会忘掉他是一个病人。他说到周主席,不是说周主席帮他解决生活困难之类物质性的内容,他是说绘画,说与韶华聊天,韶华怎么说,我怎么说,还是色彩,印象派,画作技巧,除此无他。周主席为这位默默无闻的画家的画作写了评论文章《热情洋溢的色彩世界——陈少平的水彩画》,文章现在还挂在网上。我不清楚周主席是不是经常为人写此类文章,但他为陈先生写了,陈先生告诉了我,他很高兴。

文联就是以这样方式存在于我的心中。

有幸在文联工作过,感谢文联的关照,感谢诸位同行、同仁、同道、同好的微笑。恭祝各位老师、老朋友、小朋友身体健康,工作顺利,事业有成。谢谢。

2020 年 9 月 28 日

我与武钢

在武钢文联代表大会开幕式上的讲话

开会前,董宏量给了我一本《武钢文艺》,翻开来便看到两张老照片,黑白的,都是邓小平来武钢视察时拍摄的,一张是1958年,五十年前的;一张是1980年,距今也有二十多年了。这是《武钢文艺》新开的一个栏目,也是一个图文比赛,题目是"我与武钢"。

这个题目我倒是有话可说的,也是1958年,我也来过武钢,作为武汉大学附属小学的学生代表,跟着武大的大学生来演出,慰问工人。演出节目里有舞蹈《花儿与少年》,大学生的舞姿很业余,但音乐好听,节奏一起,谁都恨不得踩着点子跟着摇摆。到了60年代,又来武钢,那是看武钢文工团演的话剧《霓虹灯下的哨兵》,才知道一个企业文工团也能把戏演得这样好。后来,与武钢的接触就更多了。

武汉人谁不知道武钢呢?由武珞路向西去,到大东门往右一拐,过徐东到杨园,再向前的一大片就是武钢了。大烟筒耸立着,大厂房一片片的,还有升腾弥漫的烟尘和热气,都是那样宏伟博大,不必深入就相信它一定不会平淡。"文革"中,武钢的工人一旦进城就是一道景观,大卡车一辆接一辆,站满了人,举着红旗,车子向前红旗迎风展开,上面印的字就露出来:"9·13"——这是毛主席视察武钢的日子——路边的人都停住了脚步,都不由得要转脸仰望驶来的车队,哦,武钢人来了!钢铁工人的工作服是白色的,厚帆布的,这也与众不同。

武钢的语言也特别,因为建设者来自东西南北,口音在这里交汇交融,混合成一种有北方味儿却不是普通话;有武汉腔,却又不地道,我们叫它武钢话,孩子们在一起玩儿,一开口就知道谁谁是武钢的。

武钢在我们这一代人心中分量很重,因为我们那么渴望祖国繁荣富强,而要繁荣富强,就要工业化,要工业化就需要钢铁,需要钢铁就需要武钢!1958年的那个夏天特别炎热,我家在珞珈山,天天听武汉大学的广播,要"超英赶美",要生产"1070万吨钢"。在一个孩子心中,钢铁无疑成为祖国强大的标志。进入70年代,武钢又有了"一米七轧机",成为振聋发聩的重大新闻,各单位组织职工来参观,我也跟着单位来参观过,当然是看不懂了,但不妨碍我为"一米七轧机"激动,它已经成为我爱国激情的一部分,拥有了"一米七"祖国便就更加强大了。武钢是武汉人的骄傲,没有武钢的武汉是不完整的,拥有了武钢,武汉才更是武汉。

对于我,武钢又像一个老熟人,一个老朋友,因为有很多与它相关的记忆,点击武钢,它就会打开,就会有许多链接的内容。那次来慰问演出就很有意思,工人很热情,招待我们吃了很多大鱼大肉,回来乘的是大卡车,一路上兴奋地迎着冷风唱歌,膈了食,回家就吐了。第二天竟不能上学,同学们来家探望,看到其中有男生,外婆还笑话了几天。

人生的故事太多了,蛰伏在记忆底部,一旦激活,就有倾诉的欲望,然而现实限制,这欲望又被压抑下去。到文化厅工作后,常来武钢文工团观看节目协调演出,都是公务,和马团长、姚导交谈也从不涉及人生。谁也不知道我心里还有这样一些内容,我也没有机会表达。所以,武钢虽然像老熟人老朋友,我却无法沟通交流,那很个人的经历,那很有意思的内容被阻隔了。

武钢人心中有没有这样一些个人的、很有意思的东西?只是与钢铁的庞然大物相比,个人是那么渺小,可是渺小的芸芸众生也有自己活生生的喜怒哀乐、悲欢离合。他们思什么想什么?有没有蛰伏在心底的东西?他们想不想倾诉?想不想表达?如果想,那就用得着咱们文学艺术了!

一位老作家谈到写作文章时曾说,即使是一个家庭妇女,只要她如实地把自己的经历写下来,那也是一部作品。武钢人的心中是有作品的。

与会代表都是各艺术门类的专家,有着各自的艺术建树,同时,各位又是文艺活动家和组织者,正如《武钢文艺》上"我与武钢"的图文比赛,就是各位搭建的平台,提供的机会,这些活动可以让与钢铁打交道的人们说说心底的话,唱唱心底的歌,文学艺术可以让人们快乐。

我还相信芸芸众生也藏龙卧虎,他们没做,不等于他们不能做。一个充满阳光的和谐社会就是要给所有人以机会,芸芸众生迸发的艺术才华有时真令我们专业人士大吃一惊。

2008 年 4 月 22 日

"吃饭戏",传统戏,地方戏

在中国(安徽石牌)戏曲论坛上的发言

我是外行,参加这样的论坛有点心虚。没有拒绝邀请是因为自己还是一个观众,一个欣赏者,以这样的身份说说对戏曲的看法,也算一个角度,供参考。

一、"吃饭戏"

刚在黄梅戏艺术节看到一出戏——《孔雀西北飞》。《孔雀东南飞》是婆婆磨媳妇,"西北飞"是媳妇磨婆婆。现实生活,现实问题,切中现代家庭敏感的神经。这个戏就是看媳妇怎么磨婆婆,开篇一段词儿就抓住了观众。

这是一个道德宣教戏,倒也不耳提面命讲大道理,是传统的叙事方式,说故事。媳妇需要人带孩子,叫婆婆把乡下老宅卖了去城里。老宅卖了就没有老窝了,婆婆不干。媳妇就把孩子弄哭了,一次两次三次。婆婆受不了,隔代疼,答应了。进城后带孙子做家务当了全职保姆。儿媳百般挑剔,刻薄对待。

这家家都可能发生的事情,台上人物就是台下的你我她。

处理也不"创新",是老戏曲观众习惯接受的叙事风格。

安徽省黄梅剧院的演员太好了,朴素自然,程式生活化,生活程式化,显示了黄梅戏表现现代生活的能力。

可是在剧场就听人说,"这个戏也就是在安徽演演,北京不要去的"。这话我们都懂,不是重点剧目,不是要打造的"精品"。但观众喜欢,成本也低,经得住演,是"吃饭戏"。不去北京就获不了大奖,所以一开始演员都不大愿意演。后来院长问到何云,何云答应了,才演下来。我看过何云的《小乔初嫁》,一个演美人儿的青衣,把个现代戏的老太太演得那么好,真了不起。

剧团都必须打造"重点"和"精品",去参赛、过节、拿奖,大投入大制作,演出得挑剧场,小场子演不了,演出成本也高,有的演一场赔一场。湖北著名导演余笑予曾自嘲是"丐帮头",就是说剧团困难,他得带头到处要钱。剧团还必须进行日常演出,剧场得开张营业,这就要靠"吃饭戏"支撑,否则维持不了生计。有"吃饭戏",日子就宽裕一点。

"吃饭戏"是什么戏?难道"吃饭戏"就不是精品?许多家喻户晓的传统戏,元明清一直演下来演了几百年,现在还活跃在舞台上,应该算是"精品"了,但它们也能供剧团"吃饭",养活我们全中国大大小小多少剧团。许多传统剧目代表中国艺术出访,在国外演出轰动,回国下乡也能为老百姓演出,乡下老百姓要点唱,是穿越时空、上得厅堂下得厨房、雅俗共赏的"精品"。

《孔雀西北飞》并不完美,评点时大家提了许多意见,我的不满足在人物,婆婆只是可怜,一味悲苦,她不那么可爱,可敬,也不够有趣。她的想法有没有变化?采取了什么行动,能点醒我们什么?这是一个有瑕疵的戏,但与一些瑕疵不少却仍是"重点"的戏相比,它胜在观众欢迎。就这个剧本,其他剧种移植马上就能演,能"吃饭"。积累"吃饭戏",在众多的"吃饭戏"中提高加工,也会从中涌现"精品"。"精品"不一定是预先设定的。

在网上看到湘剧《琵琶记》视频,太喜欢了!编剧是湖南优秀的老剧作家,为了《琵琶记》剧本,他推敲琢磨,与老戏剧家郭汉城通信竟达九十封之多!"打三不孝"在明代高则诚的原本里只是一句话,生不养,死不葬,葬不祭,张大翁说该打。送信人就替蔡伯喈解释,因为种种原因回不来,不怪他。张大翁听了就算了。湘剧的改编本就不干了,湖南人火辣,发展成为一场戏,就是要打,三四一十二,要打一百二十杖。打了没有?怎么打?一步步地推进,一步步都是好戏,痛快得很。一出戏曲史上的经典作品,流传了几百年,尚且要花这样多的功夫来演绎,我们的"新创""原创"有多难就可想而知。

我有点怕那些"大型原创"的"精品",花那么多钱,又不好看,想要爱它不容易。希望重视"吃饭戏",把这样的产品做好。

二、传统戏

我是把传统戏当课本的。

到安庆参加黄梅戏艺术节,也想看看传统戏。

常常说"剧本荒",到手的剧本其实是空前的多,征稿约稿孵化稿,动辄几十部,大家心里有数,"剧本荒"其实是"好剧本荒"。看多了难免变得很现实,觉得把故事说通顺已经不错啦。

我会用经典的传统戏剧本洗眼,洗脑,让自己保持清醒。第一,它是几百年千锤百炼流传下来的,它符合艺术规律;第二,它真的把观众当衣食父母,尊重观众的审美,懂得观众的口味。看了这些经典的传统戏,就知道什么是戏,什么是好戏,分得清高下优劣。

《缀白裘》里有一出戏,叫《势利》,是《儿孙福》中的一折。两个人物,一个是庙里扫地挑水的老汉,一个掌门的大和尚。大和尚攀龙附凤出入权贵府第。这天又从哪个权贵家回来,上场就吹,带回来这个那个,让下人搬运入库。老汉问,什么人给这样多东西?大和尚就吹,是个老夫人!几个儿子文状元武状元,女儿又嫁给了宫里谁谁谁,多少田地,多少宅邸,家财万贯。显贵的老夫人祭奠谁呢?祭奠她的先夫徐小福。老汉一惊,嗨,我就是徐小福呀!呸,你是徐小福?人家徐小福二十年前就死掉了。老汉说是啊,我就是二十年前投水,被老和尚救起来带到庙里的!大和尚一听不得了,纳头便拜,哎呀老太爷呀,怪不得我看您富贵相呢。老汉却又问,那个徐小福是干什么的呢?大和尚说做法事的纸条上写着什么什么官衔。老汉一听不对,我一个大字不识,怎么可能做这个官呢?大和尚马上爬起来,啐他,那你害我跪下!老汉又问其他情况。大和尚就不告诉他,老东西,我凭什么告诉你?要我告诉你,你先把我那一跪还给我!你看他损不损!对上了,他就喊老太爷,下跪;对不上就骂,跪跪起起,反反复复,把个势利嘴脸表现得入木三分。这是对人性的洞察和刻画。剧本提示,艺人现场还可以即兴发挥,"现挂",正正切中观众口味。

湘剧《琵琶记》也是观众喜爱久演不衰,《琵琶上路》一折,赵五娘说,我要走了,大翁叔你要当心啊,古道人少,年迈之人要谨防。张大翁说,你也要当心啊,天未黑就投宿,鸡叫别急着出门,渴了别喝山泉水,还是要讨热茶汤。大白话,上下句,就跟说话一样,反反复复,也不奔向高潮地慷慨激昂,声声入耳,都是世态人情,是观众想听的。

观众不管是不是"重点",是不是"原创",是不是"创新",观众对戏剧的要求就是好看,好看了,"新"也就在里面了。

可是,好看的传统戏到哪里去了呢?

我省青年演员比赛,地方戏会演,楚汉花黄十几个剧种,来来去去都是《打神告庙》《挂画》,玩水袖,在椅子上跳来跳去,技巧做出来了就能获奖。小生就是《庵堂认母》《逼侄赴科》那几出。汉剧号称"汉八百",在哪里呢?汉剧名丑大和尚,只能看资料介绍,看不到戏,已经没有人能演了。

央视青京赛,观众也说,就那几出戏,看来看去兴趣就衰减了。

好看的传统戏哪儿去了?我问一位七十多岁的京剧演员,她从小学跟父亲学戏,受过严格的训练,能文能武。我说您会那么多戏,怎么不教呢?她说,我想教啊,谁学呢?有的戏需要功夫,没功夫学不了。功夫又不是几天练得出来的。年轻人嗓子好,就教唱吧,抱着肚子唱下来了,还能得奖。那些难的还学它干嘛?慢慢戏也就没了。

我喜欢戏曲,是因为早年看过好的戏曲影片:《十五贯》《生死牌》《周信芳舞台艺术·杀惜·跑城》《宋士杰》《团圆之后》,还有咱们的《天仙配》,精彩绝伦,它给我打了个底子,让我知道戏曲是这样的,它是这样的高度,也就是现在说的,思想精深艺术精湛。一出好戏对人的教育,胜过无数的说教,受益终身。多看经典的传统戏,犹如看文物,不看赝品,看真的,提高鉴赏力,不论对创作还是对市场和生态都有助益。

三、地方戏

地方戏要有地方味儿,这本来不是一个问题。可是现在成了一个问题。

这次看宿松的《情暖山乡》,是黄梅戏,但与别的黄梅戏不同,它加入了宿松乡土的文南词和断丝弦锣鼓,有了自己的味道,哦,宿松的戏是这样的啊,观众就有新鲜感。希望这样的地方戏多一些。现在地方戏有些串味儿,土的变洋了,场面变大了,乐队也交响了,还有歌队舞队,开幕半天还不知道是什么戏。

更奇怪的是有的地方戏不说地方话了。

我们有一个县,在赣方言区,有上古之音,声腔音乐古雅有味。1964年,武汉音乐学院师生做田野调查,发现了采茶戏,当年推上舞台,被誉为田野里绽放的鲜花。四十年后举办地方戏艺术节时,这个采茶戏竟然改说武汉话了。武汉话属于西南官话,与赣方言大相径庭,说武汉话唱赣方言的声腔,哪里还有地方韵味?求雅不得,两头失塌,田野的鲜花变成了纸花。

地方风味除了方言声腔,还有地域风情、地域个性、地域的精神气质。最近看到一出荆州花鼓戏《拦花轿》,60年代创作的,那时坐花轿被视为封建礼俗,所以要"拦"。大嫂带着花轿去接新娘,要过河。艄公思想进步,要拦花轿。一个抬,一个拦;一个船上,一个船下;一会儿上船,一会儿下船,整出一台妙趣横生的好戏。

情节不是生造,是从人物冲突中生发,艄公不送大嫂,大嫂气得要下船,艄公说好啊,下去吧。一下去就傻眼了,这是哪里呀?原来下错了,下到对岸了。还得返回来,又得上船。盘腿往船头一坐,说大话,你不送我也过得去。你么样过咧?么样过?我把花轿扛到"打鼓秋"过去!"打鼓秋"就是狗刨,瞎扑腾。一个大嫂,扬言要扛着花轿狗刨扑腾过去,好不好玩?

得意时站在船头随波荡漾。排到这里,余笑予导演说,你们的西腔不是蛮好听吗,就唱西腔! 全剧都是小调,突然冒出一段西腔。西腔也是小调,但富有歌唱性抒情性。果然,西腔一起,清风拂面,观众也随之心神荡漾。

这是余笑予巅峰时期的作品。他出身梨园世家,五岁登台,小人精,在传统戏中浸泡透了。《拦花轿》中传统程式运用之多,运用之合理,活泛,巧妙,充满智慧。

好戏往往是大家"攒"出来的,这个戏缘起于荆州地区,好几个人创作,作曲方光诚、胡曼,都是地方戏曲音乐专家,又学了现代作曲,反复琢磨。荆州演过后,又拿到省戏校演,过了好多手,不断地"攒",直到被余笑予发现,袖子一卷,好了,看我的了! 调换演员,调整音乐,扮演大嫂的孙世安如今已经70多岁,她说,余导好下功夫哦,一把伞这样那样都有好多花样。

拦花轿的时代过去了,但戏中天沔人的机趣,天沔人的腔调和语言风格,还有乡里乡亲处理矛盾、转化矛盾的方式,都还是我们熟悉的,充满了乡土气息,那么亲切有趣,一点不过时。

积累"吃饭戏",学习并多演传统戏,保持地方戏的地方特色,是我这样一个观众对于戏曲的期望。

2018 年 9 月 27 日

观众的喜爱就是最好的评价

在杨俊表演艺术研讨会上的发言

　　表演很难谈,什么叫好,什么叫不好,好在哪里,不好在何处,有形的东西好说,无形的东西不好讲。戏曲有武功,翻跟头,跑圆场,打出手,刀枪把子,这个好说,看得出来,跟头嘛要又高又飘,落地无声;圆场嘛要一阵风,小碎步又匀又密,满场飞,身子纹丝不动。可是表演又不光是翻跟头跑圆场,更多也更要紧的是神韵风采,一颦一笑,情感内涵,才下眉头却上心头那种感觉。它让观众着迷,浸润心灵,就这个演员有别的演员没有的,是观者的体会和感受,一看就知道,说不清楚。就是那句话:只可意会不可言传。

　　可这里要来"研讨",要发言,不说不行,外地专家都来了,这么热情,咱湖北本地的人,还是杨俊的朋友,不说过去。

　　要我说真心话,我觉得表演就是个天分和悟性,不排除后天的努力,但先天成分相当大,能不能努力也有天赋的,有的人就是钻得进去。杨俊先天好,悟性也高,悟性也是先天的,有的人导演怎么说都打不开,木的。不是他不聪明,智商也许很高,干别的不错,就是不能表演。

　　先天还分硬件和软件。

　　齐如山说过六点:1.好嗓音,2.擅唱,3.好相貌,4.擅演,5.好身材,6.擅舞。六点能占四点半,就是上等人才。一、三、五是硬件;二、四、六是软件,软件也有先天的成分。有的一点就透,一演就对,教不来,学不会。天时地利人和,所有条件的聚合,差一分都不行。

　　有说戏外功夫,是贬义,从正面讲,要想演好戏,还真的需要一些戏外功夫。杨俊聪明、好学,戏外的活动多,跟有知识有能力的人交往,看书学习,还学书法,什么都学一些,你说书法有用没用? 这要问她。反正技多不压身,吸收正面的东西,总可以提高自己的修养。

什么是修养呢？梁漱溟说，修养是一种功夫，使生命的力量增强的功夫。教育是对别人下功夫，修养是对自己下功夫。杨俊是想增强自己的力量，学习很努力，你看她舞台上浑然天成，其实是自己对自己下了功夫的。

说点题外话，省里要推荐特级专家，也就是各界的带头人，领军人物，需要人写推荐意见。杨俊找到我，要我写。我当时正在南京逛中山陵，就在山路边上找块石头坐下，手机上写了就发过去。自己也觉得好流畅。为什么写得这么快呢？因为我真的有感想。

1986年湖北省政府颁发了文件，要把黄梅戏"请回娘家"。黄梅县在湖北，黄梅人喜唱黄梅调，湖北人喜爱黄梅戏，省政府的文件是顺应民意的。杨俊到了湖北，把张辉邀请过来，一旦一生，很棒的一对挑梁演员，一台戏就撑起来了。杨俊刚"回娘家"时我并不知道，也没有关心，她前面的戏我都没有看。许多年后到文化厅工作，不仅看了杨俊的戏，更多是接触了全省的黄梅戏，就有了体会和感想。我在《推荐函》里是这样写的：

"杨俊的特殊贡献，不仅在于她是一个出色的黄梅戏演员，不仅在于她在全国观众中拥有广泛号召力，更在于她在湖北黄梅戏高地上的领军作用。"

"她以《僧尼浪漫曲》（双下山）、《未了情》、《妹娃要过河》、《党的女儿》等一系列黄梅戏作品，以一个个光彩夺目的艺术形象，引领了湖北黄梅戏的回归和崛起，鼓舞了'娘家'的黄梅人。三十年来，他们耕耘着黄梅戏'娘家'的土壤，出戏出人，服务群众，在剧种的传承和发展中做出令人瞩目的贡献。"

"她是湖北黄梅戏这支舰队桅杆上高高飘扬的旗帜。"

不好意思，有点像官话套话，却也是真话，是杨俊的实际情况。她的粉丝很多，跟着她跑，追着看。观众对杨俊的喜爱和追捧，就是对她的表演的最好的评价。

2020年12月16日

我看戏曲——一个老观众的角度

湖北省文联文学艺术院与荆楚网"文学艺术讲座"

主持人： 各位网友大家好，荆楚文艺名家讲堂又和大家见面了。这里是由湖北省文联主办，湖北省文联文学艺术院、荆楚网、湖北日报网承办的荆楚文艺名家讲堂第七期。本期我们邀请到了湖北省文联原主席、著名剧作家沈虹光，沈老师。今天我们就一起来听一听沈虹光沈老师从一名资深观众的角度是如何来看戏曲的。沈老师，这段时间交给你。

沈虹光： 大家好。今天想说说戏曲，但我不是戏曲专家，也不是戏迷，我只是一个普通观众，一个老年观众，所以是从一个老观众的角度来说戏曲。个人角度有个人的特点，也有个人的局限，希望在交流分享中得到教正。

我这个年纪的人有没有不知道戏曲的？有，应该不多。那时候没有"戏曲危机"，到处都有戏曲剧团，武汉不光有汉剧、楚剧、京剧，还有外来的豫剧、越剧、评剧，不论你看不看，它都在那儿，我甚至觉得，我们中国人要是不知道中国的传统戏曲，会是一个很奇怪的事情。现在知道这是传统文化，戏曲是中华文化的瑰宝，不管你看不看，你都生活在这个文化中。我不看楚剧，但我知道关啸彬，我知道武汉人很迷他，老人乘凉的时候躺椅边放个小收音机，一晚上放的都是关啸彬的悲迓，人睡着了，关啸彬还在那儿唱。

记忆中第一次看戏曲是在河南，1954年，我六岁。时间说得这样肯定，是因为那年武汉发生了一件大事，就是发大水了。我从河南回来，坐在三轮车上低头看车轮都在水里，洪水已经越过江堤，汉口大街上都是水。就是在河南看到了当时叫河南梆子的豫剧。这是在开封一个部队疗养院，有剧团来慰问，我根本看不懂，记得有大花脸，很吓人。但记住了四句唱："谯楼上打四梆，霜露寒又凉，为他们婚姻事,俺红娘跑断肠。"后来我知道那是常香玉的代表作《拷红》。回到武汉大人就叫我唱,我一唱他们就乐,说这小孩子到河南学会了河南戏呢。我知道了方言的不同,我们说"红娘",是两个阳平,河南话是两个去声,念出来是"讧酿"。大人无意间的议论也会给孩子点拨,知道一个唱戏的了不起,叫常香玉。

河南人说常香玉,武汉人就说陈伯华。1952年第一次全国戏曲汇演,陈伯华的汉剧《宇宙锋》轰动京华,后来新成立的武汉电影制片厂还拍了她的《二度梅》,还有《留住汉宫春》,其中有她的《柜中缘》,一说汉剧,那就是陈伯华。我说这个例子想说明什么呢? 就是你看戏曲,你对戏曲的理解和接受是日积月累的,不是一次完成的。开始你可能不懂,看到大花脸非常害怕,我现在都记得那时尖叫的感觉,但是慢慢地你就知道了。你看我从小看的戏,还不到六岁,到现在还记得这个"俺红娘跑断肠",还会唱。

一晃几十年,2007年举办第八届中国艺术节,我是工作人员,一个年轻记者来采访,问湖北做了哪些准备。我说要展示湖北的地方戏。她问有哪些地方戏。我就说汉剧,这是湖北最古老最有代表性的剧种嘛,一条汉水由西向东,汉中、汉水、江汉、武汉,流出了一个汉剧,成就了西皮二黄,北上京城,南下闽粤,影响遍及全国,说着说着就说到陈伯华。

记者打断我,谁谁? 陈什么华? 她拿着笔在记录,我现在都记得当时的心理,非常意外。我告诉她,耳东陈,叔伯的伯,中华的华。心里说,真是隔了好几代了,年轻人连陈伯华都不知道了。

余秋雨先生大家都知道,原来是上海戏剧学院教授,他讲课的时候曾经有学生发问,编剧、导演、演员当中谁最重要。余教授说,如果把戏剧的编导演比作一支舰队,那么编导是舰身,而高高飘扬在桅杆顶上的旗帜就是演员。陈伯华就是汉剧这支舰队的旗帜,而汉剧又是湖北武汉的一面旗帜。

1965年在广州举行中南五省汇演,我去了,参加了一次接见,中南地区的书记陶铸接见演员代表,几百人一排排站好准备照相,这样大的场面里,最闪亮的就是中间五个省的名演员,湖北的陈伯华、河南的常香玉、湖南的彭俐侬、广东的红线女、广西的尹曦。陶铸一来就冲着她们走去,因为她们每个人都代表着自己的剧种,一个剧种一个剧种又代表一个地区,她们和她们的剧种就成为地域的文化标志。现在叫"名片"。

每个行业都有优秀人才,旗帜,为什么戏曲演员这么闪亮,这么引人注目呢? 我想,可能跟这个职业的特殊性有关系。大家都知道的张文宏医生,他说,如果不是疫情你们恐怕不知道我，疫情过后我也不会在这里的，诺，我在那儿——屏幕上打出他在病房看病的照片。他这么讲，是因为他的工作不是表演，看病是不需要表演的，他的工作成果是通过病人的健康、病人的恢复来体现的。而演员不同，演员的工作就是表演。编剧写剧本写在纸上，最后给观众看的不是剧本，他看的是演员的表演。演员的形貌、肢体、声音、表情、动作，既是创作材料和工具，又是创作成果，他扮演的人物就是他的作品，观众欣赏作品，也就欣赏了演员。优秀演员的夺目光彩，很难形容，但是你看一次就忘不了，所以演员会成为一个旗帜。一方水土养一方人，地方戏演员还带有地域的个性气质：常香玉，朴实厚重，中原人；陈伯华，精致灵巧，武汉人。常香玉开口，河南腔；陈伯华开口，武汉调。乡音乡情直抵人心。

说几件我经历的小事：

第一件事是我们罗田县剧团到北京演出，演什么呢？《余三胜轶事》，就是京剧老生泰斗余三胜，他是罗田人，罗田编了他的戏。因为是罗田人，戏中的余三胜就要唱罗田东腔，就是当地的一个戏曲声腔。戏到了武汉，余三胜成了汉调大王，要唱汉调。戏到了京城，余三胜成了京剧老生泰斗，这时就要唱京剧。到北京演出时我也去了，在门口等朋友来拿票。观众很多，年轻的男男女女穿着打扮一看就是大城市时尚的成功人士，可是一开口打招呼却是罗田话、黄冈话。都是老乡，好亲切。然后看戏，看的当中观众席中突然站起一排人，拿着簸箩，竹篾编的这么大的圆簸箩，举着。正演出呢，这是干什么？我跑到前面一看，簸箩上写着字，一排人每人举一个字，合起来是"余氏宗亲欢迎《余三胜轶事》进京"，举着摇着晃着，有意思极了。

第二件事情，我接到过一个陌生电话，至今我都不知道打电话的人姓甚名谁。他开口就说，你在《湖北日报》发的一篇文章提到了"丧歌"，是不是我们家乡的花鼓戏呀。我说你是哪里人。他说他是江陵人。我说我写的丧歌不是你们那儿的。他说他们家乡的花鼓戏也很好听啊。他是读书出来在外面工作的，父亲去世，姐弟们赶回去送父亲上山。妈妈说什么都不要，爸爸说了，就给他唱三天花鼓子戏。儿女们就请了戏班子在父亲灵前唱了三天。这是我这样的城里人想象不到的。

第三是在河南看豫剧交响合唱《朝阳沟》，我在现场，谢幕返场，就像西方交响音乐会结束返场演奏《拉德斯基进行曲》，观众也要求返场。指挥问要什么。观众喊：亲家母你坐下！台上就开始演奏《朝阳沟》栓保娘的那段唱。就像《拉德斯基进行曲》一样，观众也站起来和着节奏拍手，不一样的是观众还要唱，交响乐伴奏下全场上千人一边拍手一边唱"亲家母你坐下,咱俩说说知心话",想想那样的场面,河南腔河南调,不光是河南人,是中国人听了都不能不动心。

我说这些小事儿,是说我感受到戏曲强大的力量,乡音乡情的力量,我想要是在海外,他是河南人他听了要掉泪啊。湖北人也一样,我们的汉剧到台湾到香港,同乡会也是奔走相告的。戏曲的深入人心,可以从戏台看出来,宗祠、会馆、乡村集镇,哪儿哪儿到处都有戏台。郧阳一个小县,一二十万人就有四十八座戏台,襄阳牛首有个戏楼子路,戏楼只剩一座,路名儿留下来。罗田九资河,就是余三胜老家,有一个罗家大院,是建于明代的古民居,父母带三个儿子,连体的四个院子,竟然一院一台,一共四个戏台,可以跟父母一起看,也可以关起门小家自己看,这就是那个时代人们的享受,是他们的精神生活。它来自田野,来自民间,是家乡的声音,是父母的声音。老人临终为什么要花鼓子戏?那就是他的心灵归宿,最后的精神家园。

我是学话剧的,学斯坦尼斯拉夫体系,读契诃夫、果戈里的剧本,早先看不起戏曲,觉得戏曲"土",地方戏更"土",有的地方戏比如楚剧,不仅"土",还"俗",楚剧的悲迓腔,简直就是"嚎丧"。

自以为话剧与戏曲有三个不一样。

第一,历史传统不一样。话剧是新文化运动兴起后出现的,伴随着科学与民主浪潮进入中国,由欧洲、美国、日本的中国留学生带回来。第一部话剧《黑奴吁天录》就是根据美国小说《汤姆叔叔的小屋》改编的,以黑人对奴隶制度的反抗,表达中国人反帝反封建的心声。多好啊,充满时代的激情,是推动社会进步的潮流。

第二,话剧有"战斗传统",30年代就有"左翼戏剧联盟",就是在共产党领导下的戏剧团体。抗日战争时期演《放下你的鞭子》,到重庆大后方演《屈原》《雷电颂》,解放战争是《战斗里成长》,都是配合时代风云的。而戏曲呢?总是小姐赠金后花园,落难公子中状元,卿卿我我那一套。话剧最初叫"新剧",既然话剧是"新剧",谁是旧剧?那就是你戏曲了。话剧还叫过"文明戏",话剧是文明的,谁是不文明的呢?那还是你是吧?我那个时候小小年纪就有了文化优越感,这是第二。

第三,也是老同志告诉我们的,我们是新文艺工作者,我们不是唱戏的,我们不是演公子小姐谈恋爱的。下乡的时候那些农民叫我们唱戏的,那时候我还小,他叫我"小戏子",我就反感,我想告诉他我是话剧,我不是戏曲。农民不管这些,剧团就是戏园子,唱戏就是戏子,他不说演戏,他说唱戏。弄得啼笑皆非。所以很长一段时间,我和戏曲是有距离的。

随着年龄增长,阅历增加,时代变化,社会变化,思想观念也发生了变化,改革开放以后有些想法颠倒过来的都有。但是潜在的这种优越感这个距离还是有的。举一个例子。

大家知道导演余笑予,新时期重要的戏曲艺术家,大家都知道他的《徐九经升官记》,还有一个戏看到的人可能不多,因为没有得过奖,不像《徐九经升官记》那么轰动,这就是汉剧《求骗记》。我看的时候,余笑予先生已经去世了。2012年7月省里举办艺术节,这个戏是过去的,只参演,不评奖,几个人排一排,投资也很小,就那么演了。我是在黄鹤楼剧场看的,很震动,相见恨晚,就想写一写,把自己的感想写出来,跑到省戏曲艺术剧院找剧本,把编剧文本与导演本对比,做了一点功课。

简单地说说这个故事啊,一个穷秀才,没法过年了,到岳父家借了十斤米一刀肉,回来天已经黑了,撞上一头牛,没看清是什么,吓得呀,米和肉全跑丢了,魂飞魄散回到家里。秀才娘子问怎么了,他说碰到一个怪物。娘子问什么怪物啊,他就讲什么样的,头上两个角,后面一条长长的尾巴。娘子气得呀,这不是牛吗?什么怪物啊?你说你有什么用,连个牛都搞不清,肉也丢了米也丢了,文章又不能炒饭吃,怎么办?这时候找牛的来了,要春耕了,没有牛不行啊,敲着锣找牛,谁要帮我们找到牛啊,一定重谢。娘子灵机一动,出去了,说我家先生可以帮你们找到牛。因为刚才秀才说了嘛,这个牛在哪儿,在一个坡上,一个树下。娘子就撒了个谎,说我家先生能掐会算,把秀才推出来。秀才又吓得要死,不行不行,这不是骗人吗,做不得。娘子说这有什么,我又不多要,只要十斤米一刀肉,是你的牛把我的秀才吓到了,才丢了米和肉,所以我这不算什么。秀才说,你真是逼良为娼啊。装模作样,又掐又算,牛找到了,收不了场了。都要他算,求婚的求宅的求官的都来了,湿手抓了干面粉甩都甩不脱了。县官也找他算,逼着他算,架着他算,每次都是要穿帮了,又"算"出来了,绝处逢生,好玩得不得了。一传传到皇上那儿,皇上也要他算。哎呦,怎么推都不行。这个时候要说我不会算,你是欺君;你要说会算,还是欺君。怎么都是死罪,把秀才逼上了绝路。

这是一出非常高级的喜剧,高级在哪里呢?在于它不仅仅让你捧腹大笑,还让你在笑声中,在秀才的狼狈和痛苦中,看到自己的影子。贪小利惹大麻烦,自食其果,有苦难言,是人人都熟悉的感觉,你也可能是秀才,也可能遇到这类事,都能体会到这样的窘态。参透人生的荒诞和吊诡,深入浅出,弦外有音,让观众想到戏外的东西,想到自己,这个戏就是好戏。

剧本于1986年发表,五年无人问津。1991年余笑予拿过来,做了精彩的舞台呈现。在县衙那段戏,有请神算子,秀才一出场观众就爆了,原来秀才是被绳子拦腰拴住,是拖出来的。你不想算你要跑,他把绳子一拽,跑出去又拉回来。极度夸张又极其准确,神来之笔,叹为观止。

余笑予在世时我不知道这出戏,纵使知道,我会不会注意?难说。省直剧团创作活动很多,常在一起开会,却有距离,我不会主动与他交流。

"八艺节"时我负责剧目创作,他的《大别山人》要参演,我不得不找他。那天开会,我就说得比较深入,意见尖锐,要他修改。他抽烟,喝茶,沉着脸一言不发。会后去餐馆吃晚饭。他喘着,他肺部一直不好,走得很慢。我陪他慢慢走。树影下很暗,并肩缓行,他边走边喘地说,我想好了,加一场戏——当时我心中一动,老头子真聪明,会听意见。后来他果然改出了一场非常精彩的戏。这是我说得出来的唯一的一次艺术交集。

他是梨园出身,是"唱戏的",我是"新文艺工作者",潜在的优越感影响了我们的接近。我不大主动,回想起来是有些遗憾的。王国维先生说,元杂剧好,就好在道人情,状物态。在余笑予这里,戏就是人情世故,他知道观众口味,谙熟下层社会,四言八句常常脱口而出,都是人间烟火。他承袭梨园传统,没戏的地方也要挖出戏来,即便俚俗,也俚俗得鲜活生动;即便市井,也市井得地道有味。他当然有局限,然而谁又没有局限?不管怎样他总是为观众着想,"不哭一哈,笑一哈,叫么事戏咧?"他的优秀作品,包括这些作品的生产过程,作品闪耀的艺术光芒,都是能给人以启示的。

举这个例子是想说明自己的局限,不论做什么都会有局限。当下的我们身在其中的这个现实,一些举措一些观念,不论肯定还是否定,都不要太自信,不要自以为是,许多东西是要留待时间和实践去检验的。

我做了几年地方戏曲工作,湖北有多少剧种我现在也说不清楚。据上海辞书出版社1981年出版的《中国戏曲曲艺词典》统计,湖北地方剧种有二十九个条目,但不是二十九个剧种。怎么回事呢?

有的几个条目是一个剧种,如:汉剧、汉调、楚调三个条目,都是汉剧;郧阳花鼓戏、二棚子戏两个条目,都是郧阳花鼓;楚剧、应城花鼓、北路子花鼓三个条目,都是楚剧。不是一个条目一个剧种,所以不能说二十九个。

其次,有的剧种有条目,但没有专业剧团,如:湖北越调、清戏与湖北高腔、荆河戏、梁山调、建东花鼓、恩施傩戏、堂戏、灯戏等,没有正式的演出团体,就一两位老人唱唱,这算一个声腔,还是算一个剧种?吃不准,没法算。

刚到文化厅上班就接到两封群众来信。

一封说汉剧,你们文化厅干部管不管汉剧呀?这是湖北在全国最有影响的大剧种,如今只剩了一个半。怎么叫"一个半"呢?就是省汉合并到戏曲艺术剧院,是剧院的一个剧种,没有单独建制,不招生了,就这么多人,唱完就完。只有武汉汉剧院是完整的,所以叫"一个半"。写信人很激愤,说你们要看着汉剧死亡吗?

第二封信说楚剧,一些民间班子在武昌大桥下打围唱戏扰民,观众是一些游手好闲靠吃房租过活的闲杂人等,庸俗地"打赏",影响社会形象。

我刚到厅里工作,要调查研究,就先去武汉汉剧院。民益街老院部很冷清,人家不认识我,市局电话打过来才知道是刚来的,就跟我说情况。印象最深的一件事,现在汉剧有一个很优秀的青年演员叫王荔,她的同班同学,叫余少群,唱小生的,看电影的朋友知道电影《梅兰芳》演小梅兰芳的,就是这个余少群,武汉艺校毕业,分到武汉汉剧院,是一个非常优秀的小生演员。我去的时候他们告诉我,我们唯一的最好的青年小生刚刚走了,被上海赵志刚挖去唱越剧了。说到这里老同志很伤心,剧院没有小生,怎么唱戏?旦角跟谁配戏呀?听了简直受刺激。

再到大桥下看楚剧,三个围子三个班子,尽管都是老头老太太,场面还是很红火,让我感觉楚剧蛮有群众基础的。来信说不远就是黄鹤楼剧场,为什么不到剧场里唱?他没想到剧场要收租,人家演不起,你卖票老头老太太也看不起。大桥下是开放的,挂着水牌子,观众点戏,看得高兴"打赏"就是,有的搁了一个桶,里面是塑料花,他扔钱拿一枝花,把花给孩子,老人是带着孩子来看戏嘛,孩子蹒跚着上前把花献给演员,大伙都乐。一位女演员唱得很好,化妆也精致,像专业的,一问,果然是科班出身,应城县剧团。剧团发不出工资,就跟丈夫到武汉打工。在大桥下唱,底薪加"打赏",收入不比丈夫少。后来听说汉口中山公园和青山公园也有唱的,老戏、连台本在民间还有些市场。

也是这时看到《湖北日报》上一则消息,天门花鼓剧院在硚口和平剧场演出。这是过去评剧团的剧场,又老又小,大剧团都不去的。五块钱一张票,当然是低票价,但毕竟要收五块钱呢,现在我们有的演出也才十五块,当时这个五块钱也不算太少,居然能满场,还是天门来的剧团。演员就在后台打地铺。我到后台看了,电炉子什么就在那儿烧饭。演出还不错,也"打赏",那天演《状元与乞儿》,唱到乞讨的时候,就有人往台上扔钱,还有人上去,就是武汉的天门老板,夹着包包上去,哗地把包包拉开,一沓沓钞票啪啪地往外甩,台下就鼓掌叫好。这给我一个什么印象呢？荆州花鼓，不是省城的不是武汉的戏，但在省城武汉也有很好的群众基础。后来有大学请我们去介绍湖北戏曲，我就想到荆州花鼓戏，就联系他们，我说你们能不能到武汉来。这样向武汉观众向大学生介绍的时候，剧种就更丰富，不仅仅是汉剧、楚剧、黄梅戏，还有荆州花鼓戏，这是湖北几个比较大的地方剧种。在我们一些庆典演出中，在晚会上我们也把他们请过来，因为他不在省城，没有地利，没有省市剧团方便，但是我们都给他们机会，推荐他们。他们在武汉也确实受欢迎，武汉有很多天沔人，还有在深圳、北京发展的湖北企业，老板买地方戏碟子送给职工，就有买楚剧和花鼓戏的。至于"打赏"，我想这可能跟中国戏曲传统的演出方式有关，他不像话剧，进入近现代的城市、进入剧场就要售票了。传统农耕社会就是赶庙会赶集，老板商家一起斗一斗，请戏班来唱大戏，红火乡镇繁荣商贸，戏台都是敞开的，怎么卖票啊？他也不可能搞个剧场把他围起来。到厅里工作的第一个春节，我跟省戏曲艺术剧院楚剧团到江夏庙山，"打赏"叫送幺台，这么大的八仙桌，四人一抬，堆着年礼贺礼，四个壮丁一手抬桌子一手举火把，一抬抬往上送，形成一条火把长龙，一直延伸到村外的田间小路上，场面壮观，令人震撼。

我做地方戏曲工作，知道群众喜爱的就要支持，举办第一届地方戏艺术节就比较下功夫。历时十二天，九台新创大戏，五十六个折子戏，不光剧场有演出，演出车也开到江滩和广场，有的小剧种武汉人没听过，这次也看到了。有的观众拿着演出日程表在三镇追着看，感到新鲜，反应热烈。那天晚上我去江滩，演出车上正演花鼓戏，有观众说花鼓戏真好看啊，问我以后还演不演。

我们还精心策划了开幕式，主题词叫"荆楚百戏奏华章"，就是地方戏多嘛。学奥运会每一个剧种给一面旗子，汉剧、楚剧、荆州花鼓戏、黄梅戏，这是观众熟悉的，还有不熟悉的，比如东路子花鼓，武汉人知道是哪儿的？这是麻城的。山二黄，你知道是哪儿的？这是竹溪的。二棚子，这个名字叫得怪吧？他是郧阳的。还有什么提琴戏是崇阳的，采茶戏是阳新的，柳子戏是鹤峰的。我过去都不知道，没听说过。一个剧种举一面旗，彩排的时候我在观众席里看着，我就嚷，我说高高地举起来，这是我们地方戏的尊严哪。旁边地方戏的同志就说我嚷得好，很感动。果然正式演出时，艺校的小姑娘们把旗子举得高高的，在辉煌的音乐中笑盈盈地登台，全场沸腾，特别是县里的同志，看到自己的旗子热泪盈眶，说是"从来没有过的荣耀"。

可是电话来了，怎么没有我们呀？我本来就搞不清楚到底有多少剧种，你来了，就给你做一面旗，你没来就对不起，我就不做。我想不到啊。记得当时做了十五六面旗子。肯定不全,没有《中国戏曲曲艺词典》里说的那么多。你问怎么没有你,我说谁让你不报呢? 你不报我当然就不做了。人家说巴东堂戏报了,怎么没有?

这就不好直说了,巴东堂戏确实报了,被评委会刷下来了。我负责评委会,当时有个想法,首届地方戏艺术节总要有点质量,怕质量不高让人瞧不起,哦,就这水平,以后再有地方戏人家就不看了。所以下面报上来的戏评委会都要过一遍,放录像。巴东堂戏报上来的是个小戏,很粗糙,也不是正规剧场,就一间空屋子,墙上挂了块皱巴巴的布,前面一张桌子,一女一男转来转去,没有字幕也不知唱的什么。评委们就说不行,要他们再录一遍,可是时间来不及了。算了算了。我就说好吧算了吧。就把巴东堂戏"算了"。

恩施有五个剧种叫作"五朵金花"——灯、傩、柳、南、堂。第一届地方戏艺术节来了鹤峰的柳子戏,灯戏、傩戏、南剧没来。堂戏送来个碟,还是想来演出,却被刷掉。过后我就想去看看,上了《中国戏曲志·湖北卷》和《中国戏曲曲艺词典》的,就这么"算了",说不过去。

到巴东才知道,它就没有专业剧团,我们看的小戏是农民演的。山里没什么平地,更没有广场舞台,据说堂戏最初就是在堂屋里演,一张桌子,一丑一旦,丑摇扇,旦舞帕,进三退四沿着方桌碎步而舞,叫个"姐儿风流步"。桌子也小,多一个人都展不开,就下来在"稿荐"上唱。"稿荐"就是稻草麦秸或棕叶编的垫子,铺床上的,铺到地上像台布,就在"稿荐"上唱,也叫"稿荐戏"。以后"稿荐"不要了,就沿着堂屋四角转,到头转向走八字,叫作"走纱把子",就像农民绞纱把子,来来回回在堂屋走。这么简单,这么简陋,这么单调的戏,我们在大城市生活的现代人很难想象,这样的戏居然曾经在山里头大大地流行。

康熙年《巴东县志·风土志》记载,巴东、五峰、秭归、兴山都流行,兴山叫"踩堂戏"。"踩"字颇有动感,唐代有歌舞戏《踏摇娘》,勾脚吸腿,脚跟踏地时前脚掌"啪"地往下一扣,另一只脚又起,再踏地,再扣,或急或徐,俯仰扭摆,颇为妖娆。《湖北戏曲志》记载,五峰白溢坪一带有姓名可考的堂戏艺人,可上溯至清同治年间。这就是当时在鄂西大山里头,有历史的、有影响的剧种。

有些事非要到那个环境中才理解。他们带我去了一个瓦屋基村,一边是大山,一边是长江,山崖很陡,车子贴着山壁开,转来转去头都要转昏,村子也贴着山壁,村民活动室也是窄窄的,正是录像中的境况,墙上挂块布,两个人一来一去地表演,人物故事都是粗糙简单的。

我问演员都是做什么的。团长是一个拉胡琴的小老头,原生态的山歌嗓子,又高又亮,说他们"养猪种田,忙里偷闲!"

哦,那就是农民了。出去打工没有?

小老头笑嘻嘻地说:"出去的,过年了回来玩一'哈'子。"

我问这个堂戏是谁教的呀。他说谭老师。

谭老师也在旁边拉胡琴,相貌堂堂,头发梳得整整齐齐,衣着干干净净,一看就不是乡村农民。团长说,谭老师是文化站的老站长,退休了,到乡下帮忙搞活动,教堂戏唱山歌。他叫谭绍康,后来听文化厅做"非遗"的同志说到他,原来他退休以前就是省里的优秀文化站站长,很突出的。

谭老师给了我三本书,一本《堂戏精选》,一本《婚丧歌精选》,再一本《山民歌精选》,每一本都这么厚。没有做过这个工作不知道这工作的艰苦,他得到田野调查,翻山越岭不说,好不容易找到被访问的人吧,还都是些老头子,颤巍巍的,记忆力衰退,指东道西,其说不一,相互矛盾以讹传讹,要反复比对,梳理分析,不耐烦真是干不下去。他做了六年,跑遍神农溪流域,东至秭归、兴山,西抵重庆巫山,北达神农架,记录整理了五百三十九首山歌,一百五十四首小调,婚嫁歌十种,丧歌一百一十二种,堂戏剧目五十五个。这是已然消失了的山里人的文化生活。三本书,三千多页,三百余万字,手指头写变形,视力都模糊不清了。

谭老师带我去了沿渡河,这是崇山峻岭中的一个小镇,以前全靠船进出,《湖北戏曲志》记载,清末民初比较出名的堂戏班社当中就有沿渡河班。现在这里是神农溪旅游景区,央视青歌赛上有一个叫谭学聪的演员唱"撒叶儿嗬"得了金奖,就是在沿渡河给游客唱纤夫号子,被电视台发现,包装打造参加央视青歌赛一举成名的。

听说省里来人看堂戏,有的艺人激动得睡不着觉。堂戏团长是个乡村能人,经商,唱喜嘛丧歌,做红白喜事的道场,收入很多,盖了一幢很好的楼房,他把最上面一层给堂戏团活动,无偿提供。演出在河边的小广场,他们把观众往旁边轰,山里人老实,乖乖地退到旁边,把中间空出来放我的"雅座"。搞得我很不好意思,赶紧把"雅座"拉开还是和观众坐一起。

演出还是粗放,闹哄哄的,音响也不是太好,孩子跑来跑去。但是观众看得兴高采烈。演员的戏装也是大红大绿,他不光是传统戏曲的古装,凡是鲜艳的,好看的都穿到身上,彝族的百褶裙,藏族的袍子,花里胡哨的都穿上。旁边帮腔有点像喊号子。我就说怎么像喊号子。谭老师说,沿渡河的堂戏就是吸收了神农溪的艄歌,就是号子。因为这里就是神农溪嘛,有艄公。受到环境影响,神农溪的堂戏就

205

把艄歌也放进来。蛮突出的还有白鼻子小丑,特别会现挂,即兴地说一些水词儿,惹得观众非常高兴。

有一个女的叫费天凤,唱小生的,瘦高个儿,体型很好,四肢很长,皮肤很黑。看见我特别亲热,把我的手一抓。哎呀,那手就像男人的手,干糙,有力。山里人直爽,见面就问我年纪,知道我们同年,她就感慨,还摸我的脸,她说:"哎呀你看你多嫩,我多苦啊。"然后就一直跟我说她的家事。你不听你真的想不到人怎么这么苦,人的命怎么这么苦。女儿死了,死在家庭纠纷中,是跟女婿的矛盾。儿子是跟生产队闹矛盾,喝农药自残。幸好还有个好外孙女,在县城高中毕业,就在县城工作,老板夫妇喜欢这个孩子,聪明,工作也好。她说:"我是为我外孙女活下来的,好在我外孙女很争气。"这是三峡库区,水库蓄水要移民,有的移到外地,他们是原地往山上搬迁,山下的田地淹掉了,橘树果树没有了,到山上重新栽种,生命力真强啊,她说:"橘子树啊柚子树啊都挂果了,你要有工夫跟我到山上去剥橘子吃。"只是从山上下来唱堂戏要走一个多小时,现在村村通了有班车,一次要两块钱,来回四块钱,她舍不得,还是步行,风雨无阻。她手捂住胸口说:"一唱堂戏,我这里就不'亘'了。"让我更惊讶的是,说到她的孩子和家里的事情,她一滴眼泪都没掉,眼睛干干的,语气也很平静,还能够跟我讲她的堂戏。我想人怎么能够这样坚强呢? 这样的苦,又这样的坚强,很惊讶。

回县城的时候谭老师跟我一个车,他说:"沈老师你听不听歌?"我说要听啊。他就说:"我唱给你听。"没有想到他唱得那么好,歌词是这样的:

> 小么姑儿做双鞋(hai),
> 用纸包起等郎来,
> 郎许姐的包头儿,
> 姐许郎的鞋(hai),
> 针线不好你莫怪,哦唷吪,针线不好,你莫怪。

他坐在后头,我看不见他的表情,只听见他的声音,不高,有点沙,就像在说话。感觉眼前全是山,一眼看不到头的大山,一个小小的人,背着背篓,躬着身子爬呀,爬呀,就这种感觉。

我说这是情歌吗? 他说是情歌。我说怎么听着很忧郁啊? 他说:"你说对了,好多情歌都是很忧郁的。"

谭老师也很苦，出身不好，步步坎坷，一言难尽。那天他和费天凤跟我讲了很多经历。谭老师说："直到改革开放，到文化站做了文化工作，才是我一辈子最幸福的日子。"现在退休了，他还住在文化站，镇里把那个房子给他住，旁边有个房子还挂了堂戏团的牌子。我有一次去，他不在。我就跟外面的人说话，问他们堂戏好不好看。他们说好看。我说么样好看。他们说："蛮现实，跟电视里不一样，就是我们这里的事。"

　　过了一年，谭老师突然从沙洋给我打电话。他说他在沙洋。我说："你在沙洋干什么？"他说，沙洋有巴东的移民。三峡水库一百多万移民，巴东有一部分被移到沙洋。老老少少两千多人，他们想念家乡，把谭老师请到沙洋教他们唱歌唱戏。我说："谭老师，你做的工作太好了。"谭老师说是啊，他在那儿教了一个多月。

　　我说这些是什么意思呢？我想说，这就是他们的生活，你没有在大山里生活，你不会有山里人的体会，糙是糙一点，却是他们的快乐。有一个《峡江情歌》，是根据民歌《土家乐》改编的，陈春茸和王丹萍都唱过，还得了奖。那个唱词写得多好啊，"山里人自有山里人的乐，生生死死都快活"。看到这个费天凤、谭老师，就是这个感觉。分别的时候，费天凤还用她男人一样粗糙有力的手拉着我，说我们好想到省里演出哦。

　　2018年，江苏昆山举办百戏盛典暨全国地方戏展演。为什么在昆山举办呢？昆山是昆腔的发源地，这是中国最古老的戏曲，他影响了全国许多剧种，昆山也被誉为中国戏曲的发源地。这个百戏盛典2018年启动，到今年，连续三年，邀请全国的地方戏剧种去演出，有专业的有民间的，还有家班子。有的也非常粗糙，以我们的眼光，质量也不高，不登大雅之堂的，我们不是把那个刷掉了吗？昆山不然，你是一个剧种，你是一个声腔，就邀请你去表演。有的就是父亲带着儿子女儿在那儿唱啊，唱的你也不一定懂，你可能也感觉糙啊。可他欢迎你去唱，负责你的食宿，给你来回交通费，给你演出费。只有一个要求，请你留下一件你这个剧种的文物。戏单、戏衣、乐器、道具、几张纸的手抄本也好，他都郑重收藏，给你发收藏证书，给你收藏经费，照相留念。有的艺人老泪纵横，得到这样的尊重。通过他们三年连续地做，统计下来的剧种有三百四十八个。

　　三百四十八个一个都不能少，这就是尊重，这就是对民间文化传统文化的尊重，昆山大舞台给了他们尊严。他们捐献的文物，将来会进入正在建设的中国戏曲博物馆，郑重展出，进入殿堂。

　　老观众难免老毛病，动不动就今昔对比。我也不能不对比一下。在我看来，今天的戏曲,内容和形式都发生了巨大的变化。有了高科技的声光电,各种艺术形式相互借鉴,现在的戏曲演员文化水平高了,再不是苦出身,没有文化的农民,很多演员还受到音乐学院声乐教师的声乐指导,有科学的训练,能够唱得很优美,这都是过去不能比的。现在的戏曲舞台比过去更加丰富多彩,更加绚丽夺目。

如果要挑毛病,以我这个老观众的角度看,就是戏味儿差了,戏味儿淡了。老观众讲究听戏,听戏听什么,听韵味。以我这个老观众的感觉,现在的戏没有过去有味道,戏味儿没有过去足了。这是戏的问题,还是我的感觉有问题,拿不准。

我的感觉也确实变了,比如看楚剧,以前嫌它"土",现在嫌它"土"得不够;悲迓,以前嫌它像"嚎丧",现在没有悲迓还觉得不过瘾,觉得没有楚剧味儿。过去瞧不起关啸彬,现在佩服他,把黄孝女人的哭诉发展成声腔,既是哭又是唱,也是说,非常传神,很了不起,难怪观众喜欢他。我们有一个剧目,是新创的,有新腔,乐队也好,演员的声音也都好,但你就是觉得楚剧味不浓。戏中有一个角色,是个农村老太太,她有一段悲迓。在湖北剧场演出,安安静静的,很文明,只有悲迓一出来,全场就爆了,火一样的燃遍,鼓掌啊,悲迓一唱完,又完了,正襟危坐复归平静。我在现场,非常感慨。这是观众喜爱的,你满足了他,他才有这样的欢呼,但是这些比较少。

鄂西有一道菜叫"合渣",也叫"懒豆花",黄豆磨浆不滤渣,合一起煮,叫"合渣",懒得滤渣,也叫"懒豆花"。点一点辣椒油,加一点碎萝卜缨,乡土美味。时兴农家菜以后,也上了正席。有的大饭店就精加工,加奶粉,磨得细而又细,滑腻腻的,萝卜缨子没有了,加了肉末,真是画蛇添足,高档了,土菜做"洋"了,失去了乡土味。我这感觉对不对,也没有把握。因为年轻人可能跟我不一样,可能他们喜欢洋一些,他们会说这是现代一些是吧,与时俱进,他们可能愿意搁一点牛奶,搁一点肉末,各有所好,艺术审美也是这样,口味不同。

困惑的还有方言,有的地方戏方言不地道,有的甚至不说方言。地方戏怎么能不说地方话呢? 我不懂。

湖北地处长江中游,被他省团团包围,方言受邻省影响,东西南北中口音差别很大。比如大冶县,紧挨武汉,方言难懂,因为是不同的方言区,武汉是西南方言区,大冶是赣方言区,不兼容。宜昌离武汉远,却同属西南方言区,相通。大冶、阳新、咸宁、崇阳、通城,都是赣方言区,有上古之音,地方戏的声腔古雅,突然冒出武汉话甚至普通话,就像突然咬到一颗石子儿,咯噔一下难过死了。

下面剧团来省里参加会演,我就说拜托了请你们说你们的方言。他们说武汉人听不懂。我说外国话都可以打字幕,都能"听"懂,我们的方言难道比外国话还难懂?有的还嫌方言太"土"太"俗",不好听。有过争论,有纠结。

我的感觉对不对,没有把握,问题搁在心里,平时就比较留意,在潜江看到了《王瞎子闹店》。这是一个喜剧,就不说故事了啊。主角叫王瞎子,他算命,他说算命没有巧,就是嘴皮子好。你怎么练这个嘴皮子呢?就数数。戏里头就有一段数数一二三四五六七,七六五四三二一,翻过来覆过去,就这么数,是一段口舌技巧。好演员就像崩豆子,数得飞快,又快又清楚。我在地方戏会演开幕式晚会上把那个演员请来演这一段,让他数数,数到后来,观众就鼓掌。这个戏让我注意的是什么呢?哎,我发现天沔人怎么都喜欢数数啊。你看王瞎子要数数,天沔有一个民歌《数蛤蟆》也有数数,一个蛤蟆,两个蛤蟆。还有一个荆州花鼓戏《十二月等郎》,也有数数,他数鱼儿,一条两条三条。都是荆州地区的,花鼓戏和民歌,怎么都有数数啊。就琢磨,我自己在家里数数,对比,先用天沔话,一呀二呀三那,三那二呀一呀,一呀二呀三那四呀五呀楼(六)啊七呀。哎,起起落落那个韵律节奏真是好玩。再用武汉话数,一呀二呀三那,三那二呀一呀,不行,没有天沔话好玩,他是平的。再用普通话数,一呀二呀三那,不行不行,更不行了,一点也不好听。这就说明天沔方言在数数上具有很强的音乐性,所以天沔的花鼓戏、民歌,不约而同都选择了数数。每个方言都有音乐性,武汉话也有音乐性,但与天沔方言不一样。"长江的水清悠悠,我们的爱情才开头,你是我的心,你是我的肝,你是我生命的四分之三。"你看这个韵律和节奏也很漂亮,还有《洪湖赤卫队》,小时候看的是湖北方言唱的,"四去(处)野鸭活(和)菱藕","盆(彭)霸天核(黑)心狼","娘锁(说)过那二十漏(六)年前",你要用普通话唱我听着就难受。

中央音乐学院有个教授来汉,他曾在意大利做过访问学者,我就问他,你研究歌剧,我问一个歌剧问题,为什么《洪湖赤卫队》我要听湖北话的,用普通话唱的我听着就别扭?他反问:为什么我们唱意大利歌剧要学意大利语,唱法国歌剧要学法语?这就是语言和音乐的关系。《洪湖赤卫队》是用湖北方言写的,不用湖北话唱,你就会别扭。我恍然大悟。

又读到武汉音乐学院杨匡民教授的文章,他把湖北分为五大方言区,鄂东北、鄂东南、鄂西北、鄂西南、鄂中。他说:"用方言演唱的民歌,具有依字行腔的规律,即唱腔曲调必须与唱词的字音、字调相吻合。"唱词的字音字调就是方言!依字行腔不是什么新鲜理论,可我是外行,到文化厅工作才接触这个问题,杨教授的话犹如醍醐灌顶茅塞顿开。

杨教授的文章三十多年前就发表了,三十年后我们还在争论,而且发生在地方戏从业人员中,地方戏说不说地方语言竟然成了一个问题。是什么阻断了前辈成果的传承,阻断了我们的认知?

　　说到前辈研究成果,想说说这部书,《中国戏曲曲艺词典》,上海辞书出版社的。这部词典启动于1960年夏,得到全国戏曲研究单位包括我们湖北省戏曲工作室的支持。1966年"文革"时工作中断,原稿部分散失。1979年重新组稿,1981年出版。主要供稿单位就有湖北省戏曲工作室、湖北省群众文化馆。也就是说,湖北戏曲部分是湖北戏工室和群文馆研究人员撰写的。

　　条目文字简短,涉及内容却非常深广,剧种的流行区域,演出方式,声腔内容,伴奏乐器,主要剧目,等等。伴奏,为什么是大筒子?又为什么是小筒子?他们有什么不同?要弄清每一个细节,不仅要查资料找证据,还要做田野调查,到病床边访问老艺人,口述实录。60至80年代他们访问过的艺人,如今已然作古。走一人绝一技,带走了历史的血肉和细节,无法复制,无法知晓。

　　省戏工室王俊、方光诚等老师,为了调查湖北戏曲源流,足迹遍及全国二十多个省区。仅仅京剧老生泰斗余三胜的籍贯,到底是湖北人还是安徽人,他们就三下罗田,三上大别山,草蛇灰线,马迹蛛丝,辗转反侧终于拿到余氏宗谱时,王俊老师手都是抖的。三下罗田才在书稿上写下五个字——"湖北罗田人"。一个京剧史上的重要人物,他的籍贯就可能涉及一个剧种的源流发展。你听罗田人说话,就像听京剧韵白。罗田走出了余三胜,他的孙子就是把京剧老生引向全盛的余叔岩。出道就头角峥嵘,号称"小小余三胜",又拜到谭鑫培门下,这又是一个湖北人,其父谭志道是武昌江夏走出来的。还有崇阳的米应先,也是唱老生的湖北人。一代代湖北艺人进入京城,瓜瓞绵绵,把他们的声音留在了京剧中,造就出一个京剧音韵体系,湖广音中州韵,成为普遍遵循的梨园家法。

　　在罗田九资河,一位年轻的镇长听我说到王俊、方光诚老师的三下罗田,深受感动,说要向前辈学习。如今罗田九资河有三胜中学、三胜广场,设置了文化石,刻着介绍老生、小生、青衣、花旦的文字,介绍戏曲知识。中央是余三胜塑像,梅葆玖题字"京剧鼻祖余三胜"。镇长说,听说梅葆玖不好见,非常忐忑。不料梅葆玖一听是罗田来人,就很热情,说大师家乡人来了,提笔就写了字。第二年梅葆玖去世,题字也成为珍贵的纪念。

　　每一个文化成果都来之不易,凝聚有名与无名的前辈的劳动。我们是在享他们的福。知道了他们,就知道了自己的局限和浅薄,知道要多一些敬畏和自知之明。这部《中国戏曲曲艺词典》,作为知识性阅读也是非常有意思的。

作为传统文化的瑰宝,戏曲现在受到重视。作为一个观众,我们怎样了解戏曲,我也说说个人体会。

戏曲使用程式语言,有抽象度,节奏也比较慢,有时候会耐不住性子。怎样接受它和了解它呢,我个人的体会是,不仅要看戏,还必须要看好戏。

一出戏好,好在哪里?如何分辨高下优劣?可以讲授引导,但有形的东西好讲,跟头翻得高不高,好讲;无形的,一个人的神韵,他的内心情感的外化,这些无形的东西,你怎么讲,就要靠你去体会你自己去感受。你怎么得到这些体会和感受呢?就是看,多看。

我早年看戏的两个场所,一个是省戏曲学校排演场,就在彭刘杨路,现在已经没有了,拆掉了,那是他们的排演场。黄振校长有一个主张,就是要把学生都赶到舞台上去,哪怕跑龙套你都要上台,你要见观众,要在实践中培养。我们单位就是省话剧团就在彭刘杨路旁边,我几乎每个星期都去,没事就去看。当时我就知道朱世慧,他还是个小孩子,我也是个小孩子,在台下看他好玩得不得了。张君秋来汉,受黄校长之请,教授《望江亭》。朱世慧的杨衙内,小小人儿,戏袍还要打边,就已经活龙活现满台生辉。王明仙的谭记儿,这女生十六岁,已是大青衣的气场。

另外一个地方也给我了很好的戏曲教育。那个时候没有说戏曲进校园,可戏曲已经进了校园,那就是武汉大学的小操场。银幕挂在操场中央,观众自带小板凳,正反两面看。每周六放映,寒暑假周三加映一场。每场有正片和副片,寒暑假会有两部正片和许多副片。一部片子跑三个大学:水利学院、武汉大学、测绘学院,师生员工和家属可以看到所有首轮片。包括科教片、新闻片和戏曲片。

把看过的、记得的戏曲片拉了个单子,自己也大吃一惊,我竟然看过这样多戏曲作品,而且,非常重要的是,它们都是经典作品。

一、传统戏

越剧《梁山伯与祝英台》,1954年,导演桑弧;

京剧《洛神》,1955年,导演吴祖光;

晋剧《打金枝》,1955年,导演刘国权;

黄梅戏《天仙配》,1955年,导演石挥;

京剧《宋士杰》,1956年,导演应云卫、刘琼;

楚剧《葛麻》,1956年,导演张天赐;

京剧《周信芳的舞台艺术》,1961年,导演应云卫、杨小仲;

豫剧《花木兰》,1956年,导演刘国权;

湘剧《拜月记》,1957年,导演张天赐;

越剧《情探》,1958年,导演黄祖模;

越剧《追鱼》,1959年,导演应云卫;

黄梅戏《女驸马》,1959年,导演刘琼;

汉剧《二度梅》,1959年,导演陶金;

湘剧《生死牌》,1959年,导演张天赐;

京剧《杨门女将》,1960年,导演崔嵬、陈怀皑;

秦腔《三滴血》,1960年,导演孙敬、郭阳庭,编剧范紫东,曹禺称其为"秦腔的十五贯,可与莎士比亚剧作媲美";

福建莆仙戏《团圆之后》,1960年,导演陈戈;

上党梆子《三关摆宴》,1962年,导演刘国权,编剧赵树理;

锡剧《珍珠塔》,1962年,导演赵一山、曾锦展;

山东柳子戏《孙安动本》,1962年,导演钱千里;

越剧《红楼梦》,1962年,导演岑范;

京剧《野猪林》,1962年,导演崔嵬。

二、现代戏

沪剧《罗汉钱》、评剧《刘巧儿》、吕剧《李二嫂改嫁》及众所周知的豫剧《朝阳沟》。

这里想说明两点:第一,这许多戏既是戏曲史上的经典,又是剧团日常演出的"吃饭戏",深受观众喜爱,久演不衰。不是那种大投入大制作,不方便演出,获奖后束之高阁的"精品"。第二,拍摄这些戏曲影片的导演,都是当时中国一流的电影艺术家,电影是外来的,也是"洋"的。但这些"洋"艺术家,却非常热爱自己民族的艺术,热爱戏曲,尊重戏曲,也懂得戏曲,拍摄时也投入了自己智慧和创造,并把它们很好地记录下来。

艺术不是说教,不能够勉强灌输。艺术只有一个手段,就是用魅力感染人打动人。要让人们喜欢戏曲,就要让人们看好戏,唱戏歌,把戏曲和流行歌曲混搭,都是积极的尝试,都是好心,但是我觉得最根本的还是要让大家欣赏经过历史检验的久演不衰的优秀的传统戏。

就跟看文物一样,你去直接去看那个真文物,你不要看赝品,真文物看多了,你就有了分辨力,就擦亮了眼睛,训练了你的思维,提高了你的鉴赏力。

刚才提到莆仙戏《团圆之后》，你想想福建话有多难懂，武汉人听起来简直就像外国话。还是个大悲剧，内容非常复杂，思想特别深刻，说的是家庭婚姻方面的内容。我当时才十二岁，就这么一个难懂的戏，我居然看得泪流满面，久久不能自拔，我太伤心了，怎么这么悲惨呢？我说不出道理来，就是为剧中人痛苦，太可怜太不幸了。一直到现在我都敬佩这个戏。剧本是根据一个传统剧目改编的，福建戏曲界的朋友说，《团圆之后》的剧作家陈仁鉴是他们的一面旗帜，影响了许多后来人。可是我十二岁的时候，你跟我讲，你要反封建，万恶旧社会吃人，我不会听的。你把这个戏给我看，我一直到现在都不能忘怀，它会影响你的心灵，潜移默化，这就一个经典好戏的力量。刚才我报了这么多好戏，这就是给我垫底子的那碗酒啊。我虽然没有做戏曲，我虽然对戏曲有过偏见，但是一旦我成年了，我懂事了，我就知道什么是好东西。

这些教科书级的作品，流传几百年，经过历史的淘洗遴选，反复的改编整理，积累了一代代人的智慧和心血，成为我们今天所说的经典。这些经典其实也是一代代人的创新，他们的创新好不好，不是他们自吹的，是经过历史检验经过一代代观众检验的，流传至今就是对他们的创新的最大肯定。

如果要看戏曲，请多看经典作品，不仅可以获得审美快感，还可以关照当今受到诸多启迪。经典所表达的精神是永恒的。经典常新。谢谢大家。

2020 年 11 月 17 日

三件事

在省政协十届四次会议联组会上的发言

题注：

每次省政协开会前都要问一问厅里，有什么需要在政协会上呼吁的。这次厅里说了三件事：一是给予乡镇文化站干部编制；二是县级图书馆、文化馆建设提速；三是县级剧团改革，也就是转企改制慎行。

第一件事很难解决，乡镇文化站本来是公益性事业编制，后来编制被取消了，文化站站长们想不通，曾到省里包围文化厅申诉，我们下班都是从地下室小门出来的。我是希望恢复他们的公益性事业编制的，基层本来就穷，文化就更清贫，没有事业编制，政府不给待遇，怎么有人干嘛？可是回到公益事业编制却很难，事业这个门槛出去又进来的先例省内外几乎没有。厅里让我在这个场合说说，算个人看法，说得不对，请委员们教正；说得对，争取大家的理解。

第三个问题也很难，全国的剧团都在等待观望，打响转企改制第一枪的江苏都有大量剧团顶着不改，风声却一天比一天紧，我也只是表达个人意见，上面真的一声令下，我是挡不住的。

第二个问题好办一些，只要增加拨款，全省一百个县级图书馆、文化馆，就可以"提速"在"十二五"内全部建设完毕——事后证明正是这样，三个问题里就是第二个问题解决了。也不错。

各位委员：

大家好！

我发言的题目是：完善公共文化服务，加强基层文化设施建设。

政府工作报告将完善基本公共文化服务作为加快发展社会事业的重点，并提

出"推进公共文化资源"要"向基层延伸"。文化艺术新闻出版组在讨论中,就基层文化服务与建设提出了积极的建议,现报告如下:

一、乡镇文化站干部编制亟待解决

"十一五"期间,按照国家规定标准建设的985个乡镇文化站已经覆盖了湖北全省,每站还得到财政拨付的5万元设备费。在活跃基层服务群众中发挥着积极作用,但缺少文化干部的问题也突出显现。

一个好文化站,都有个好站长。这些最基层的文化人,不是专门家,但他们有一个共同的特点:不爱钱财爱文化。上场吹拉弹唱,下场组织吆喝,粗细文武都能来,乐此不疲。不仅能把群众文化生活搞得红红火火,还能在发掘、保护、传承本土传统文化上作出独特的贡献。如:进入国内外文化学者的视野,纷纷前来实地调查的武当清塘戏剧村、伍家沟故事村、吕家河民歌村,就是当地一位文化站站长发现的。他叫李征康,71岁,已退休。

乡镇文化站需要大量的年轻干部,编制问题已成为吸纳人才的瓶颈。没有事业编制保障,有的优秀人才也遗憾地离去,影响了文化站功能的发挥。

湖北是全国唯一没有乡镇文化站编制的省份。

我们希望比照兄弟省市,确定乡镇文化站公益性事业单位身份,给予人员干部编制。

二、给县级图书馆及文化馆建设提速

一位文化馆人说:"博物馆让我们知道历史,图书馆让我们了解未来,文化馆让我们快乐。"刚刚过去的春节中,龙灯、狮子舞、采莲船、民俗表演、文艺游行和会演比赛遍布全省城镇社区和乡村,让人们感受到太平盛世国泰民安的快乐,这是各级文化馆人辛勤工作的结果。

许多领导干部也参加到活动中与民同乐,他们说,这样的活动太好了,都攒着劲要争第一,连打架扯皮的都没有了! 精力和热情在健康的渠道中释放,社会风气都改善了。

政府工作报告提出,2011年,将"新建10个县级图书馆、文化馆"。按照这个速度,"十二五"期间只能建成50个图书馆、文化馆,而我省需要建设的县级两馆逾百。我们希望提速,增加投入,在"十二五"内全面实现这一重要的惠民工程,真正实现"跨越"。

三、县级剧团改革问题

县级剧团是基层专业文艺团体,在建设和谐社会中,他们围绕党的中心工作,用当地百姓喜闻乐见的形式宣传党的方针政策。在重要庆典和年节中,他们营造欢乐祥和的社会气氛,深受群众欢迎。宜城县剧团慰问移民,演唱的豫剧让丹江移民倍感亲切,体会到接收地人民和政府的善意苦心。阳新采茶剧团在村头给留守老人和孩子演出,全本《秦香莲》长达三个多小时,无人退场,连孩子都不闹;痛斥陈世美时村民自发放鞭,包公的"斩"字出口,更是集大成地大放,不仅有艺术的愉悦,还有道德精神的弘扬。留守老人孩子不可能也没有钱去城里看戏,县剧团的公益演出,慰藉缓解了他们白天下地晚上守着一台电视机的孤独和单调。

有感于文艺宣传的作用,许多县委县政府加大了对剧团的投入。如天门等地,召回了在外地卖药、打工的演员和鼓师,招收小学员送到省里培训,一些多年积累的困难正在逐步解决。此时的剧团改革不仅仅演职员们关心,县市的领导们也十分关注。一些基层文化主管干部曾向我们表示:县里需要一支文艺队伍。

县级剧团多是地方戏剧种,还承担着传承保护发展地方戏艺术的任务。如荆州花鼓、竹溪山二黄、阳新采茶戏、远安花鼓、崇阳提琴戏等剧种,都已列入国家和省级非物质文化遗产名录,许多县剧团就是传承保护的责任单位。崇阳提琴戏《三合莲》作为非遗代表作被央视戏曲频道拍摄播出,广受好评。其声腔音乐经加工编创成为大型歌舞戏《隽水天城》的主题,正是这民间生发、历代艺人千锤百炼、具有浓郁地方特色的音乐主题,使常见的时尚歌舞有了独特的魅力。《三合莲》的主演、小生庞勇来自乡镇剧团,没有编制,每月工资不足600元;在编的一级演员、省政协委员熊天霞,工资加补贴不足900元,生计艰难,事业更难发展。改革是为了加快发展,剧团必须改革,但是,转成企业推向市场是否就万事大吉?现代社会极大地改变了民间艺术的生态环境,红白喜事地赶场子唱草台走乡班红包不止600元,但搞戏的都知道,周而复始的低水平演出将推走更多现代观众,只能使传统技艺更加边缘更加濒危。许多独特的民间技艺已经消失和正在消失,一个艺人的离去,往往就是一个品种的灭绝。

阅读《荆州花鼓戏志》,我注意到该剧种发展史上一大批起过重要作用的艺术家,他们有的已故世,有的正在老去。其中一位叫金宝国,他从小学丑行,谙熟花鼓,与前辈、同辈的艺人合作,联手大荆州地区的艺人、编剧、作曲、琴师、鼓师以及民间艺术研究者,挖掘整理传统剧目、改编创作新戏,许多久演不衰的剧目、至今脍炙人口的唱段都出自他们之手。仙桃人知道专业人才的重要,尽管金宝国已退休,尽管他身患重病,每周要透析两次,他们还是不离不弃地礼聘他为剧团艺术室指导,他们说:"他不是金保国,是'金宝贝'!"

不是有几个人唱唱跳跳就叫剧团,特别是地方戏曲艺术,一旦毁损覆水难收,将是剧种的灾难。

　　加快文化体制改革,我们希望既有解决旧体制弊端的大刀阔斧,又有设计新政策的谨慎细致,希望有关方面认真听取县剧团和县宣传部文化局的意见,因地制宜,谨慎行事。如果县里愿意并有能力保留一个剧团,作为公益性事业单位,既能服务于党和政府、服务于群众,又能保护传承发展地方艺术,何乐而不为呢?

2011 年 2 月 22 日

戏剧随笔

假作真时真亦假

汉剧《求骗记》随想

题注：

　　这篇"随想"，在我的"作业"中比较特殊，既没有剧院和刊物约稿，也没有友人怂恿推动，更不是艺术节评论组的安排，只是偶然地看到了，惊艳，有话要说，说有一种冲动也不过分。这样自主启动的写作，在这一批"浅谈"中有两篇，一是《法无定法，各有机趣——楚剧〈花送十里〉》，其二也是更费了点气力的，便是这篇《假作真时真亦假》了。那天下着大雨，我打着伞跑到省戏曲艺术剧院，下半截裤腿都打湿透了。电话约的于俊还没有到，他当年参加《求骗记》演出，20年后复排担任导演，我想请他谈谈。等了半个多小时，来了，刚收的伞一路滴水，裤腿下半截也是湿的。他抱歉说早上六点半就赶到街道口艺校带学生练功，下了早课才赶过来。他带来了余笑予的导演本，向我介绍了余笑予初排的情况。我还想要编剧本，他答应再找找。后来找到了，由办公室主任陈建顺转给了我。以前问过编剧，都说是福建的，福建的谁？剧本怎么过来的？语焉不详。看到陈建顺转来的编剧本、复印件，是1986年《剧本》杂志上发表的，编剧叫林戈明。比对编剧本和导演本，一行行小字把眼睛都看花了。这么好一出戏，怎么没有人"吹"呢？明日黄花蝶也愁，我来写一写吧。看一出好戏，欣赏它的艺术，了解它的生产过程，也犹如上了一堂大课呢。

　　本文原载《剧本》2019年第1期。

很久没有这样大笑了，大哭一场也不容易。痛痛快快地大笑或是大哭，都是看戏的享受。

汉剧《求骗记》实实在在让人大笑了一场。故事很简单，一个穷秀才，不得已编了个小谎,说自己能掐会算,就收不了场了,滚雪球,越闹越大,成了神算子。湿手抓了干面粉,甩都甩不脱。不得不编谎,又不得不圆谎,说真话人不相信,说假话人当真,一直闹到皇上跟前。皇上也要他算,不算是违抗圣命,死罪;算不出来是欺君,也是死罪。秀才被逼到了绝境。

这是一出非常高级的喜剧,不仅构思独到,出人意表,拍案惊奇,笑料不断,还让我们在笑声中、在人物的狼狈和痛苦中看到了我们自己的影子。一出戏能提供这样一个人物,参透人生的荒诞和吊诡,深入浅出,弦外有音,体趣不尽,就是一出难得的好戏。

编剧林戈明,是福建京剧院著名剧作家,老先生作风严谨,发表剧本时有一笔"附记":此剧取材于刘宝瑞、石和生等根据民间传说整理的相声作品。

一个相声变成一出戏,谈何容易。林先生是"旧族大家子弟,祖上中过状元,祖父自小逼他课文诵诗,父亲是京剧票友,他小时候也陪父亲上过台,能拉会唱。他像旧时代新知旧学交汇的知识分子,一方面古典文学、戏剧功底深厚,同时热切追求新思潮,及至老年,又回归传统……剧本不拘泥于传统,却又有传统积累的力量",具有"独到的对历史和人生的思考"。"他一生坎坷,大生大死,经历比他戏中的情节、到最后的人物的命运还复杂、诡异","他为人为文骄傲","快乐而又幽默","不少剧本都打上了他个性的烙印","值得咀嚼和思考"。这是《戈明剧作选》序中的文字,出自福建著名戏剧评论家王评章先生之手,深中肯綮,也是《求骗记》的文学追求和精神气质的绝佳注脚。

好剧本不一定好排,《求骗记》于1986年在《剧本》杂志发表,责编毓钺。权威刊物上发表的作品,全国大一点的院团和专业人士都要看的,却没听说福建或其他省市剧团排演,孤陋寡闻,也许我不知道。一直到1991年,五年之后,余笑予导演才将其推上汉剧舞台。

天珠出土,耀眼夺目,于新加坡首演便引起极大轰动,1993年赴台湾,更是佳评如潮。台湾全程录像,制作戏曲欣赏节目,不舍得一次播完,切成几截,一次播一截,一周播一次,吊足了观众的胃口,增加了好高的收视率,至今还挂在网上,常看常新。王评章在《戈明剧作选》序中提到,台湾宜兰县歌仔戏剧团移植演出,林先生闻之错愕,台湾并没有联系剧作者呀。台湾的演出时间在湖北省汉剧团赴台之后,移植或许来自汉剧。

为湖北省汉剧团编写导演本时,余笑予还在省京剧院排戏,晚上住在省汉附近一个小招待所,把蔡农叫来。这是剧团泡出来的演员,编导演都能来一下,实用型的。余笑予说戏,蔡农记录。熬一通宵,早上洗把脸,吃一碗糊汤粉加油饼包烧卖,嘴一抹赶到街道口排京剧。晚上回到汉剧这边,蔡农把整理出来的本子给他看,推敲琢磨,再往下捋,早上又往京剧那边赶,栽秧割谷两头忙,几乎就不睡什么觉,这也给他的身体留下了隐患。

《求骗记》有三波:第一波算牛,第二波算雨,第三波皇宫破盗玉杯案。三波都是难题,悬念足够,戏好看。

文本第一场,为算牛做铺垫,村民提着年货过场,交代时间,要过年了。金秀才上场,提着借来的米和肉,一段唱,自报家门,介绍窘况。突然看到一个黑影,跌坐,吓掉了米和肉。发现是牛,才定了神,拾起肉,捧起米,自嘲:"龙困浅滩遭虾戏,虎落平阳被牛欺!"

林先生读书人,古典文学功底深厚,文本趋雅;余笑予梨园出身,谙习舞台,雅俗共赏。导演本一剪刀剪去了第一场,开门见山,以动作破题,幕后"哐哐"铜锣一响,喊声起:"找牛哦——"

上来俩村民,"我姓尤,他姓裘,两家合养一头牛,杀年猪,醉了酒,糊里糊涂丢了牛,寒冬尽,春打头,耕田犁地急需牛。东找牛,西找牛,清早找到落日头,哪个帮我们找到了牛,帮他盖栋大高楼。(一锣)唉,有盖楼房的钱我就不找牛了哟!么样?多了?多了!(一锣)伙计们,刚才说的不算数啊!哪个帮我们找到了牛,四两老酒一碗毛芋头。(一锣)唉,那也太少了咧——"两人插科打诨,这样谢,那样谢,总之谁帮他们找到了牛,一定要"重谢"。

第二场就到了秀才家,也不啰嗦:"我夫是个读书郎,满腹的才学无用场,考状元他上不了榜,做粗活他肩不能扛,家里穷得叮当响,锅里不能煮文章,年关难度去求岳丈,盼夫君借回充饥粮。"娘子快人快语,一上场就交代清楚了。

秀才上场了,屁滚尿流,撞到怪物,把米和肉都吓丢了。什么怪物呀?这就开始啰嗦,在什么什么地方,撞到什么样什么样的怪物,秀才说一句,娘子重复一句,掰开了一点点做戏。为什么这时要啰嗦,因为这是"扣子",把"怪物"是牛、牛在什么地方交代清楚,一会儿找牛人来,就扣上了。

"算牛"是怎么提出来的呢?

文本是秀才"忽生一念",喃喃自语:"我只要把手一指,帮他们把牛找到,弄几个钱过年——"然后"转念一想","哎呀不妥,读圣贤书,行礼仪事,饥寒起盗心,那是小人所为,君子不可无方也——"跪下问孔夫子,扔鞋测正反,使得使不得,都是秀才自言自语说出来的思想斗争。

从导演本看,余笑予太喜欢秀才这个人物了,抓住文本中秀才的思想斗争,"君子不可无方",把"忽生一念"移植到了娘子身上。秀才迂阔务虚,娘子爽利务实,冲突就展开了。娘子的想法也合理,是他们的牛惊吓了先生,才丢了米和肉,不该找他们赔吗?这就理直气壮,找牛人来了,娘子就挺身而出,说我先生会"算"!还编出什么诸葛亮的马前课来把谎话说圆。找牛人一听大喜,恨不得给秀才磕头,这就是"求骗"了。秀才难以启齿,无奈娘子怂恿,一个要面子,一个要肚子,夫妻俩成为冲突的对手,还不能让找牛人看破。当秀才终于语无伦次地"算"完了,找牛人千恩万谢地牵牛去了,秀才回身一跺脚:"嗳,娘子啊,你何苦要'逼良为娼'哦!"第一波在观众的掌声笑声中结束。

第二波就要算雨了。文本分两场,先在龙王庙,知府命令秀才算雨;接下来回到家中,秀才想辄应对。导演本将两场集中,就在龙王庙,当面锣对面鼓,就在这儿给我算,知府高压,乡亲们也齐刷刷地跪下:"神算金,您就算算吧;算不出来就'借',你不是诸葛亮马前课吗?诸葛亮'借'风,你给我'借'雨!"戏剧情境更加尖锐了。

文本第六场有个重要的提示:"架"着秀才去算。导演本用在第三场了,眼看要穿帮,秀才要逃,却逃不掉,上来两个高大的差人,一边一个,一手叉膀一手抵腰,齐声发力,把秀才高高地举起来。可怜秀才在空中徒劳地挣扎,两腿像在踩风火轮,被差人架着绕场一周,扔上了神坛!一天不下跪一天,一月不下跪一月,一年不下跪一年,借不来雨我要你把地皮跪穿!这就不是"求骗",而是"逼骗"了。

解铃还须系铃人,娘子翩然而至。盐罐戏原在秀才家中,导演本删去秀才家,让娘子挽着篮子到龙王庙送饭,支开看守,拿出盐罐,先生请看,盐罐返潮,天要下雨。真是救命的娘子啊。

秀才一扫晦气,磨墨展纸,唱:"甘雨云里埋,明白事莫猜,万民仰首待,雨来。"这是文本的写法。好不好?好!

可是导演本的规定情境变了,不是坐在家中看到盐罐,而是跪在龙王庙神坛上晒得死去活来,突然看到盐罐,天隙大开,绝处逢生。文本的唱词不够劲了。导演本让秀才欣喜若狂,得意忘形,手儿一抬:"笔墨侍候!"差人颠颠地来了,毕恭毕敬地展开笔墨纸张。秀才握笔,吹起牛来了:"孔明诸葛亮,东海求龙王,黄昏降大雨,九龙过长江!"

好了,等知府把这"墨宝"挂到墙上,把秀才作为"奇货"忽悠,文武高官闻风而来,请求瞻仰神人时,秀才又傻了!你吹的什么牛啊?真是作茧自缚,自作自受,其实人的不幸有时候也是自己造成的!

知府洋洋得意,高声传唤:"有请神算金!"

秀才出场,观众爆棚。原来一条绳子系在秀才腰上呢,绳头攥在知府手中,秀才是被绳子拽出来的。回身想跑,绳子一拽,又回来了。真乃神来之笔! 可遇而不可求啊。

扮演秀才的尹章旭,"汉剧大王"尹春宝之子,当立之年,扮相、嗓音、台风,要什么有什么,怎么看怎么舒服,难得的好角儿。有趣的是演员与人物气质还有些相近,余笑予也善于从演员身上找戏,尹章旭还迷糊着呢,余笑予夹着烟的手已经点着他了:"哎哎哎,就是这样就是这样,就是你这个样子!"

秀才娘子是程彩萍,以大青衣之身扮小娘子,不泼不俗,机巧灵活,贪小利使小计也合情合理,不讨嫌。

第三波就进入高潮了,一连串险情,一连串的急智,巧合、误会,歪打正着,都用上了。当一头冷汗的秀才终于涉险过关时,观众已笑得酣畅淋漓。

只是与前两波相较,第三波稍显毛糙,仅靠"大清早"与"大青枣"谐音,皇上就相信秀才猜中了他手中的物件,有些勉强。破玉杯失窃案的针线也可以更加缜密,两次运用谐音,也显得重复。从人物布局看,前面支撑情节的重要人物"娘子",到后面断了。秀才宫中破案,苦恼中想到娘子,娘子在追光中出现,唱了一段,也只是个补丁,不能推动剧情。第三波其实是心理战,人物性格还可以有更丰富的展现和变化。导演本在原本上所做的删繁就简,衔接处也可以更加熨贴。

诸如此类,瑕不掩瑜,不论怎样推敲,汉剧《求骗记》都不失为一台难得的好戏,一部艺术含量很高的作品,这绝不是虚套话。

时间紧促可能也是留下瑕疵的原因,导演本整理完毕,排演场上只用了十七天。余笑予的身体也出了问题,一边说戏一边咳嗽哮喘。前两波从容不迫,铺得平平的,垫得稳稳的,第三波似乎就有点精力不济,唱词和道白比较随意,琢磨不够,有急不择词慌不择路的痕迹。

省汉宿舍就在剧团附近,陈受新和程彩萍把余笑予接到家里住下。夫妇俩在戏校就是余笑予的学生,现在陈受新作曲,程彩萍主演,成天也泡在排演场,早晚伺候,卡住了就陪他打打麻将,点子来了再排。

那是湖北省汉的高光时刻,一台演员正当盛年,五六十年代学戏,有传统的基本功,思想又不保守,二路三路都像模像样,连找牛的两个龙套角色,也是好演员"大材小用",一个于俊,一个李瑞明,方步一迈,道白一出,就晓得受过严格的训练,丁是丁,卯是卯。二十多年过去,如今一个是复排导演,一个在复排的《求骗记》中扮演大太监,两人还在艺校当教师,不是碌碌之辈。

排演常常会停下来,坐下来侃,你一言,我一语,有点乱。如若是外请的大导演,谁敢?余笑予在外地排戏,也不会这样率性放松。自家人,乡里乡亲就有这个好处,不仅《求骗记》,《徐九经升官记》《膏药章》等戏也是这样,还会争吵。余笑予喝茶、抽烟、咳嗽,冷不丁回一两句嘴,到时候说"行了行了,来来来,再来"。要是还不行,还会停下来侃,或者打打麻将。

最后连彩排的时间都挤不出来了,装箱就飞新加坡,在新加坡舞台上合成,首演轰动。

1993年参加台湾戏剧节,观众反应比新加坡的观众更加热烈。尹章旭至今难以忘怀,在一篇博文中写道:"《求骗记》演出前,我没想过这出戏怎么样,偏偏台湾观众是那么喜欢这出戏,给予极高的评价。我也知道了什么叫剧场爆满,什么叫场面火爆,什么叫引起轰动。"

这是尹章旭汉剧生涯的巅峰,也是他与汉剧的告别。很快,改换门庭的他就成了京剧院的当家老生,如今已是粉丝一大群了。可是他说,这辈子他也就"火"过那么一回,那就是演汉剧《求骗记》。他自嘲地把那次演出称为自己的"昙花一现",说:"开过一回,足矣,知足了!"

林戈明先生说过,剧本在舞台上流传,要比作为文本的流传更过瘾。20多年了,已然换了一拨演员,秀才是坤生麻华,娘子是彩萍的学生李爱。演完了,笑够了的观众起身,脸上是大快朵颐般的满足,一边往外走,一边还说:"过瘾过瘾!"林先生泉下有知,一定是很高兴的。

余笑予与林先生有一点相仿,他们都浸淫传统,也都锐意求新;他们绝不拘泥于传统,又具有由传统积累而来的力量。不久前看到余笑予在20世纪80年代初排的荆州花鼓戏《拦花轿》,现在又反刍90年代初排的汉剧《求骗戏》,不由得感念他。他喜欢动剧本,但他下手的地方都有"哏",贴着人物,让观众被吸引,而不只是以彰显导演高超的"主体意识"让观众震惊。他追求形式,喜欢玩新花样,首创的一些"玩法"至今还在舞台上被后学沿袭。但他的"玩法"不是炫人耳目的声光电,不是天仙下凡云遮雾罩的"唯美",《拦花轿》的舞台空空如也,《求骗记》就一块扁扁的低平台,与传统的"一桌二椅"异曲同工,以人造境,无处不是景,无处不是戏。演员也不多,也不需要歌队舞队帮忙拉场面造势,就能有声有色地把事儿说明白,每一步都有内容,津津有味,满台生辉。

王国维先生说，元杂剧好，就好在道人情，状物态。在余笑予这里，戏就是人情世故，他知道观众口味，谙熟下层社会，四言八句常常脱口而出，都是人间烟火。他承袭梨园传统，没戏的地方也要挖出戏来，即便世俗，也世俗得鲜活生动；即便市井，也市井得地道有味。他当然也有局限，然而谁又没有局限？但他毕竟在为观众着想，"总要让人哭一哭，笑一笑，有戏看哕！"他的优秀作品，包括这些作品的生产过程，作品闪耀的艺术光芒，都是能给人以启示的。

早先，话剧以"新文艺工作者"自居，在"唱戏的"面前有文化优越感，这多少影响了我对余笑予的理解和交流。带着雅俗的固定观念，对他的有些作品我都提过比较尖锐的意见，也不一定公允客观。他和我争论，也动气，黑着脸喘气，但下次开研讨会，他还让人打电话叫我去。有认同的意见，他还会具体地告诉我他将怎样改。我一直不大主动，没有更多地向他求教。现在想起来，是有些遗憾的。

2018 年 11 月 19 日

渐行渐远的身影

《红旗渠》与杨林

　　将近十年前的一天，我在郑州看了《红旗渠》。编剧杨林的名字很陌生，我想他是一个什么样的人，相貌无法想象，但我想他很男人，有血性，气质很正，是个好人。这当然很可笑，很业余，很妇人气，但我确实这样想了。我是基于自己的体会，感到写作其实就是写自己，有时把自己分成几半，还发生争执，有时作壁上观。笔下是非褒贬一定是作者自己的取向。《红旗渠》家国情怀，天下志向，有一股豪气。我给武汉家中的先生打电话。这是个锁定央视体育频道的主，我偶尔看个电视剧，偶尔掉两滴泪，不幸让他看到，他会奇怪地发问：这也值得哭？弄得我很不好意思。这次看了《红旗渠》，我理直气壮了，我说这个戏你肯定喜欢。我还让他带两个人来，一个是湖北省话当时的副院长，主要演员，一个是编剧，斯斯文文的秀才，都是男生。我说赶紧来看看吧，这才是男人的戏，不粉，不娘，不"缺钙"。我是不讲理了，凭什么他们就该来看看呢？湖北的戏不那个是男生的责任吗？你就没有干系？好在他们都比我年轻，又是朋友，男生们不见外，接电话就来了。据说真正的好戏看完后是一句话也说不出来的，越是烂戏越让人叽哩哇啦滔滔不绝。不知这话对不对，反正先生和那两个男生看完戏出来，我在门口等着听他们的反应，他们却红着眼睛一句话也说不出来，先生还因老泪未残有点不好意思。这是我观剧史上一次特别的经历。

　　本来我已经不爱看话剧了，总觉得有话剧腔，朗诵似的，有些"作"，激情上来就大喊大叫。戏曲还有程式可看，话剧有什么？总是那些表演课台词课训练出来的一套，如果剧本再差一点，另有诉求，就更加空洞陈旧。

　　大制作大场面也不大对我口味，我甚至不大喜欢太多人物，记不住，谁是谁搞不清，看到后面还要翻翻前面，看看谁是谁才能对得上。人物多演出成本也高，说那么一点点事儿，兴师动众，不经济，划不来。

《红旗渠》场面也大,人物也很多,后来杨林又写了个《兵团》,一开场我都发憷,大校场都搬到舞台上,台词从空中飞来,气势磅礴,演了半天谁是谁也没弄清楚。而且,我也不能违心地说他们没有一点话剧腔,开始并没有抓得住我。可是要说杨林的戏,第一时间想到的却是话剧《红旗渠》,其次是《兵团》。

还记得"杨贵过堂"的场面,那句台词一出来,把我吓了一跳,"你拿枪把我打死吧",强烈的个性,独特的面目,喷薄而出。事前没有读过剧本,猝不及防,一句赶一句的台词山洪暴发似的汹涌而来,席卷而去,振聋发聩,只抓住了"你拿枪把我打死吧"这句话。为写这篇小文章跟杨林要剧本看,才知道记忆有误差,不是剧本原词儿,好在大意没错。

《红旗渠》的剧名就让我想到宏大叙事,进剧场就准备听他大喊大叫。果然,杨贵一登场就气吞山河豪情万丈,那是在县委会上的发言,也就是独白,要做人民期待的英雄,为人民担当历史的重任,诸如此类。思想很正确,艺术呢?不能说不好,但不惊艳。

却又转念,不这样写又怎么写?劈山引水的大工程,总得说说清楚吧,缺水的历史、百姓的焦渴、修渠的必要、主人公的最高任务,都得交代清楚,后面才好发展,换了我也得这么写。于是不挑剔,专心看戏。对手黄副县长站出来了。

这让我稍微放了心,还是我熟悉的话剧,写人物、写事件、写冲突。但熟悉中又有不满足,一个工程两种方案之争看得多了,不总是那一套吗?幸亏黄副县长很真实,木匠出身,务实,讲技术,思维缜密,晴带雨伞饱带饥粮,瞻前顾后,是过日子的人,反对修渠的理由很充分。写得不错。

反倒是杨贵有点孟浪:没有钱,咱们有人;没有大型机械,咱们有自力更生精神!这点孟浪写得也很真实,也不错。我甚至感觉可以写得更明确一点,这就是那个时代的气质,"天上没有玉皇,地下没有龙王,我就是玉皇,我就是龙王,喝令三山五岳,我来了!"这脍炙人口的小诗何尝不是杨贵们的火热心声?

可惜第一段戏只是辩论,你说完了我说,刚刚坐定的观众难以进入。

第二段热闹了,千军万马上工地,道路堵塞,焦头烂额,不大喊大叫也不行。粗口也爆出来,仍不能令人动心。冷静地注视着台上的发展,看它给观众上什么样的"硬菜"。终于来了,第三段戏"拆祠堂"让我兴奋起来。

事件很寻常,工程建设中经常发生的,正是李笠翁那话,"世间奇事无多,常事为多","有一日君臣父子,就有一日忠孝节义",不需要奇特的想象力,一般编剧都可以想到。只是同样一个事件,可以写出好戏,也可以写得很烂。杨林是怎么写的呢?他反着写。明明是拆与不拆的矛盾,他不写钉子户,不写泼皮无赖,不写对抗维权,却写了一大群绵羊般驯良听话的村民,痛苦得要命也不敢反抗,你说拆,他说好好好,顺着来。戏剧冲突怎么办?有办法,他让村民笨拙地阳奉阴违,支书问拆不拆,村民点头哈腰,转身却把支书老伴儿推出来抵挡。支书老伴儿也不是那种趾高气扬的干部家属,也是可怜兮兮低三下四,不说不拆,只乞求缓一缓,正月十五大过节的,拆祠堂,心里不得劲,错个一天两天行不行,可是杨贵下了死命令,刻不容缓,遇院挖院,遇房拆房,喘气的时间都不给。支书拔出腰间的烟袋就向老伴儿打去。一场混战,村民认错,老伴儿告饶,俯首帖耳,含着眼泪把祖宗牌位请出祠堂,在露天地上香供行大礼。杨贵感动了,举起酒杯对天发誓,今天借你一条路,明天还你一条渠。从这时起,剧场被舞台上的故事紧紧地控制。

杨林很会写人物,几个大字勾勒一个老秀才,一个胭脂盒写活一个小姑娘。最震撼的还是那场男人的戏,我叫它"杨贵过堂"。

舞台处理也好,一条横贯舞台的长桌,一排正襟危坐的干部,杨贵拖着疲惫的脚步上场。对手摊牌,一条条一桩桩,直奔要害,招招致命。杨贵豁出去了,"好啊,有枪你就掏出来吧。你朝这儿打,朝这儿打,你把我打死吧"。干部们惊呆了,我也惊呆了。他说他就像一头牛,拉着车往上爬,饿了没吃的,拉不动没人帮忙。"往上爬少气无力,往下退车毁人亡,你不如把我打死吧。"这不是金句,不典雅,不雄辩,也不哲理,但它是炸弹,炸得人仰马翻,把我也炸飞了。

我是传统而保守的,我心目中编剧的基本技巧就是写人物编故事,所以也是技术活儿。在盐城听杨林讲过一次课,却没有讲编剧技术。他懂技术,懂得舞台剧的叙事技巧和必备的要素,懂得怎样抓住观众。在他最近的京剧《突围·大别山》中,可以看到精心的结构布局,巧凑的人物关系,离奇的事件,环环相扣的情节和紧张的场面,让观众的兴味线不断,一个跟头一个跟斗地奔向高潮,在非常态的情境中入情入理地完成人物的塑造和主旨的表达,显出技术运用的娴熟。而在话剧《红旗渠》和《兵团》中技术却含而不露,只是依从生活的自然流程客观地讲述,前者人物众多主线副线庞杂,后者同时展开三组人物,全凭细心缜密地编织,在网状的起落有致的剧情中,闪闪发光的是一个个生气勃勃的人物。击中人心的台词比比皆是,人物动作不仅合情合理,还很独特。干编剧读的都是一样的书,学的都是编剧法,书好读,谁都读得懂,"老三篇最容易学,真正做到就不容易了"。杨林是怎么做到的呢?他没有说,有些东西我们只能感觉体会。

优秀的剧作家都是深谙人性、擅于运用技巧表达人性的能工巧匠。杨贵怀疑黄副县长写告状信在自己身后"捅刀子",安排手下"查黑手,揪出来,斩断它",抓不住把柄也要找借口调虎离山把黄副县长赶走,寥寥几笔,写出官场的复杂和人物的城府。这种夹杂在大场面中的小写实很有魅力,丰富了人物,呈现出被历史教科书的概念表述过滤掉的人性血肉。"你拿枪把我打死吧"后面一句台词也很精彩,"打死了我也解脱了",真实得可以听到人物心底发出的不堪重负的喟叹。导演处理得也好,索性让这么高大的一个男人轰然倒下,把桌布都拉掉了。这不是写实处理,是戏剧夸张,但人物心理真实,观众不感到突兀。杨贵写得好,好在他复杂,他也有矛盾和困境,也有解脱的欲念;黄副县长写得好,好在他实事求是,没钱没粮怎么上啊? 他似乎比杨贵更加正确,最终认错的却是他。这是个工程戏,写的不是方案之争,而是人心人性的纠结。断粮,塌方,死人,杀敌一万,自损三千,不到最后一刻谁也不敢说成功。杨贵是幸运的,现实中更多的英雄其实是失败的,我们看《红旗渠》,想到了历史的复杂和惊险。

杨林善于进入历史情境真实地体验,这是剧作家的能力。人类的经历都是历史,《红旗渠》也是历史剧,杨林进入那个历史真实地体验了杨贵所体验的一切,"你拿枪把我打死吧""死了我也解脱了"是不假思索脱口而出,是情感爆发的天成,不是理智斟酌的力构。他将人物的行动、发生的事件、遭遇的困难、产生的冲突,按照生活的本来样式精心编织,真实地再现典型环境中的典型人物。这么一说好像是一度奉为圭臬、如今渐行渐远的现实主义了。好在观众不管什么主义,他只要戏好看,让他动心。

《兵团》中也有一些令人动心的戏。黄三水去世了,孩子给他换军装上路,可他双膝僵曲裤子拉不上去。原来他长期在地窝子又窄又短的台阶上睡觉,养成蜷曲的习惯。怎么在台阶上睡觉呢? 原来他学生出身的妻子跟大老粗的他睡不到一个炕上。可是给妻子接生的时候,为了给手消毒,他竟然毫不犹豫地把双手插进了开水。就是这样一个男人,死了,僵曲着双腿,妻子一边给他捶腿,一边埋怨他,"你傻呀,其实从你给我接生那会儿起,你就在我心里了"。这时床上的僵尸"长吁一声",双腿竟然缓缓地伸直了。看得我毛骨悚然惊心动魄。匪夷所思的细节,却又真实逼人。杨林怎么想得出来? 只能是他自己进入了,叫同理心、共情、神入也可以。成了历史情境中人,感同身受,就像高则成写《赵五娘》,清夜案歌,附了体,簸扬的糠和米之分飞犹如夫妻之分离,神来之笔。这是艺术的幻象,是剧作家的虚构,也是人性的真实。

傅雷先生评介伦勃朗的画作《木匠家庭》有这样几句话:"艺术中的一切幻象,

原是较现实本身含有更丰富的真实性","这亦是莎士比亚所以能让他的英雄们格外活泼动人的原因"。

杨林在剧本前面是这样写的:

"《红旗渠》剧本是创作的,但,红旗渠是真实的;

《红旗渠》情节是虚构的,但,红旗渠精神是真实的。"

写这篇小文章时,我问我家先生:"你最感动的是什么?"他才起床,还未醒透,蓦地听我发问,愣了一下说:"杨贵在祠堂那儿跪下了呀!"

先生的话令我一怔,他肯定是联想到了社会现实。这种感受是不是非艺术的呢?可艺术又是什么?激发时代激情和现实感受,令人产生更广泛的联想,难道不是艺术的题内之意?看《红旗渠》,看杨贵,我也会产生联想,两江交汇、千湖棋布的湖北,到处是人和水的故事。也是那个年代,也是举着红旗唱着歌上工地,也是一重重困难和牺牲接踵而至。我们也有一条漳河,那个水库指挥长直接就是累死的。我写过文章,孩子死的一段写过了我自己都不敢看。如今那里是著名的风景区,长期接受国家级水质检测,"106项指标全部达标""锶元素含量高",被誉为"水中大熊猫"的"桃花水母频频现身",当年的建设者感慨,科技能测出水中的各种元素,能测出水中的血和泪吗?碧波荡漾的水上有一座美丽的小岛,岛上有座烈士陵园,一年四季度香烛鲜花不断。

杨贵的理想并不高远,只是想让乡亲们有水洗脸,夏天能洗澡,能游泳,能养花浇菜,还能种水稻吃大米。感动我们的正是这些具体的卑微的愿望。为此我们原谅了他的孟浪和粗暴,原谅他违规动用国库粮,还有那点官场的心机手段。也许正如傅雷先生在《约翰·克里斯多夫》译者献辞中所写:真正的光明绝不是没有黑暗,只是不被黑暗所掩蔽;真正的英雄也不是没有卑下,只是永不被卑下所屈服。

二十多年前还有一出话剧《水下村庄》,也有一场祭拜,祖祖辈辈生息的村庄静静地沉寂在水底,历经磨难已然成人的后代回到故乡在水边跪下,祖宗啊,你们受委屈了。我看了大哭一场,那也是我观剧史上很特别的一次。

置身于现实,每天与这个越来越实际、越来越物质、越来越纷纭的世界相处,渐行渐远的理想主义和英雄主义尤其令人追怀感慨。杨林又写了一部戏《守望红旗渠》,守望的是什么?我们怎样再说那未曾说完的故事?

2021年7月13日

火辣辣的湖南花鼓戏《桃花烟雨》

题注：

全国地方戏曲南方会演参演剧目
湖南省花鼓戏传承保护中心演出

编剧：曹宪成
导演：何艺光
主演：王亦文、黄涓涓、张小虎

2017年10月9日晚

武汉　京韵大舞台

听说写精准扶贫的戏,便会联想到屡见不鲜的时政宣传品,如果把《桃花烟雨》当作一般宣传品,那就大大委屈了一出好看的花鼓戏,也委屈了一干才情洋溢的花鼓戏艺术家。

湖南花鼓戏有名,一想起《打铜锣》,想起林十娘那嗲兮兮的湖南话"蔡九锅(哥)——"总是忍俊不禁。《打铜锣》其实也是宣传,丰收季节关好鸡鸭,不要咭(吃)集体的谷,维护集体利益嘛,是不是宣传? 同时出名的《补锅》也是宣传,不讲高低贵贱所有的劳动都是为人民服务,都是光荣的。《补锅》的宣传其实很苍白无力,谁愿意把女儿嫁给补锅匠? 可谁谁都爱看《补锅》。小姑娘的扮演者正是花样年华的李谷一,"手拉风箱,呼呼地响,火楼(炉)烧得红呀嘛红旺旺",一个载歌载舞的小精灵。

可见不论宣传什么思想,最终还是要有戏可看,仅仅以宣传为目的,一定是既伤宣传又伤戏。常常听人强调戏的"可看性"。反过来想想很奇怪,不"可看"的戏叫什么戏呢?

《桃花烟雨》保持了湖南花鼓戏的好传统，东家长西家短地做戏，俗演俗唱饶有风趣，是加了豆豉和干辣椒的烟熏腊肉，越嚼越有味。

一个叫石青山的人，在外面打了几年工，顺风顺水的，薪水也蛮高，突然要他回到穷山沟，还把老老小小的包袱给他背上，美其名"带领大家致富"，怎么"带"得动？他怎么会同意？老婆更是想不通，你把两娘崽管好就不错了，怎么管得了大家？

扶贫工作队长是一绝，就"像条蚂蟥"似的"叮"上了青山，不讲扶贫的大道理，也不讲什么家乡土地养育了我一类套话，一来就给青山看相，"哎也，印堂发亮，逢哒天时了！"踩一脚看看，"哎也，踩地有声哪"；喊一嗓子——山里回声——"哎也，一呼百应哪！"这是给青山戴高帽子。

青山不傻，打太极，说："你要兑现三个条件，我就干。"

不料队长到处磕头求助，竟把三个条件兑现了。

青山耍赖，还是不干。

队长就拉着石青山喝酒，烧酒喝得胃出血，被人扛到肩上往医院送时还扯着石青山的手不放，临终遗言似地喊："一定要回来呀！"青山感动了，桃花寨毕竟是他的家乡，做人不光要讲钱，还不得不讲讲情。

丈夫回来了，妻子伲珍怎么办？闹！湖南妹子火辣辣的，闹起来不拘一格，把毛毛抱来当仲裁，毛毛哭就是不同意，毛毛笑就是同意。这不是荒唐吗？吃奶的毛毛懂什么？哎，她就是蛮不讲理了，夫妻吵架讲什么道理？不讲理就是夫妻的理。扮演伲珍的女演员唱做俱佳，气场够大，戏一到她身上就风生水起，灶里的火苗子都要蹿出来了。

另外两对男女——阿龙与阿雀、麻长贵与麻丽花——个个出彩，鲜灵活泛，有声有色。夫妻矛盾、寡妇鳏夫、青年男女，几乎是乡村戏的标配，哪出戏都有，桃花寨的男女却独具风情，深山沟火塘边一个个都烧得火烫火烫的，拣出来一扔水都要呲得一响。挖空心思的细节和土头土脑的表情、有滋有味的方言，都透着湖南人的灵气和智慧。

比较起来，朴实的主人公石青山略显"板正"，讲道理多了一点。冲突激化后要离婚，铺叙不够，一巴掌打得有些突兀。被乡亲们误解后感到委屈，一段"核心唱段"也有点刻意。撕掉外面公司聘书的行为就已经解开了疙瘩，硬要再唱一遍，内容就有点空，不大自然。

瑕不掩瑜。讲政治的戏没有一句政治语言，这就很了不起。

2017年10月9日

盛和煜挺"鬼"的

喜观黄梅戏《小乔初嫁》

题注：

第十一届中国艺术节角逐文华大奖剧目

安徽黄梅戏剧院演出

编剧：盛和煜

导演：张曼君

主演：何云、梅院军

2016 年 10 月 14 日

西安　易俗大剧院

一个与众不同的三国戏，谁都没有想到盛和煜会这么写。

盛和煜挺"鬼"的，设了一个套儿，说曹操率八十万大军直逼江东，就是为了一个美女小乔。这是让曹操自己说出来的，掏心窝子的话，还问来为他治疗头疼病的华佗信也不信。华佗绝顶聪明，不说信不信，只说他的脉象很乱。谁要问曹操，八十万大军只为小乔这话是不是真的，曹操会反问：你说呢？曹操也"鬼"得很。聪明人碰一堆了，说话都得猜，生活中交往费劲，搁戏里就好看，诗文贵曲，做人贵直，这是袁子才说的。

不管是不是真的，话就这么说出去了，还堂而皇之作古正经地派了个级别不低的使者到江东，专门说给小乔的丈夫周瑜听，说是事关儿女私情，不方便留下笔墨文字，只有让我捎个口信，只要你把老婆送过去，他那边马上罢兵。

哪个男人受得了这种气？何况是雄姿英发才华盖世的公瑾周郎。"两国交兵不斩来使"的规矩也不要了，手一挥拖出去就砍成两段，仗是非打不可了。

八十万大军真的只为一个小乔吗？为绝色美女发动战争的故事有，但那是古希腊,而且是神话,当不得真的。中国人可没有这么浪漫,牺牲女人和亲取利的多,为女人不管不顾地牺牲的少。曹操这句话不大可信,但盛和煜就要这么写,他就敢这么编,他的底气来自他的"鬼",事先就想好了退路,你抓不着他。第一场就把好姐姐叶儿和姐夫王小六埋伏下来了,叶儿还告诉小乔,"我有了"。有了孩子谁还想打仗啊?可是第二场小六就被征了兵,观众要担心了,搁谁都舍不得了吧?引线拉出来,要点火了。果然,王小六出事了,临阵脱逃,绳捆索绑地推上来,要被处死了。引线嘶嘶作响,观众都紧张了,看你怎么办。好办,盛和煜不着急,死前总要让人说几句话的,王小六的话一出口就炸了。江东百万人的性命,难道还抵不上一个女人吗?你的女人是人,我们的女人就不是人吗?你不想死,我也不想死啊!

振聋发聩的一笔,全场恍然大悟曹操这一手太厉害了,原来是反间计呀,让你疑中生疑自乱阵脚。周瑜哑口无言进退维谷。戏写到这儿,只有让小乔站出来了。人生往往如此,天生之德并不在寻常显露,机会降临,绽放就在那一刹那,小乔要救丈夫,要救江东父老乡亲,她交代了后事,如果我回不来,我托你两件事:一是放了王小六,实在要打,让他到战场上去立功;二是给宝宝做了衣裳,你要交给叶儿姐姐。

"番王小丑何足论,我一剑能挡百万兵",这句著名的唱词儿出自举起帅印的穆桂英,盛和煜的小乔比穆桂英还厉害,没有帅印,没有忠心耿耿的杨家将护拥,不扎靠不穿甲,没有寒光闪闪的宝剑,就那一身薄如蝉翼轻飘飘的衣裙,一叶小舟翩然过江,直赴曹营。

曹操震惊了,曹营轰动了,没想到小女子能有这样超人的勇气。我来了,该你罢兵了。你怎么办?谁让你说出那句话呢?搬起石头砸自己的脚,举得越高摔得越响,在女人面前食言是很丢面子的。曹操的兵是北方人,说的还是北方话,开心了,喝酒啊,吃肉啊,罢兵了,可以回家啦!

小乔的故事还有一个前提,这也是盛和煜的"鬼",设计得很周全,那就是曹操的君子之风。君子是要讲诚信,要兑现诺言的,读过书的古代中国人都受过这类修身教育。曹操倘若没有君子之风,猛虎扑食,小乔一上岸就完了,后面的戏谈都不要谈。

盛和煜还让曹操爱美,懂得欣赏美,反间计是真的,爱慕小乔也不是假的,他惊叹小乔比当年更加美艳,他也有男人的欲望,连华佗都说,她来了,一个弱女子落到你的手中,你不是可以为所欲为吗?华佗的话也是观众心里的话,是啊,你为什么不动手呢？曹操的回答掷地有声:我不屑于下三烂的手法！孔子评价音乐不是说过吗,君子追求尽美,更追求尽善,使用武力就不能称之为善了。

小乔也不是凡人,站在一头猛兽面前居然不害怕,居然天真烂漫地打量曹操,来了一句:你好像没有以前高哎。观众席都发出了笑声,就这一句就让人佩服。

曹操也喷笑了,也是真心的喜欢。这种情况更不好动手了。先喝酒,聊天,慢慢来。孤男美女对坐,时间长了还是不好办,君子是人不是神,勃勃的天性还在,道德防线有时候也蛮脆弱。盛和煜懂得这一点,必须把戏往那上面写,猛兽终于耐不住了,就要扑上来了,小乔抄起医刀决死一搏,千钧一发之时,突然的事件发生了,"猛兽"倒了,头疼病犯了,扑向"猎物"时轰然倒下,这也奇巧得太狠了。盛和煜"鬼",知道戏要奇巧,又不能囿于奇巧,他把戏又拽回到人物身上。

这是小乔脱身的好机会,是老天爷的眷顾,她可以脱身,观众正帮她攒劲要她赶紧跑呢。可她却站住了。她犹豫着,战战兢兢的,走近了曹操。她居然要救曹操,救这个要加害于她的"猛兽"。"猛兽"复活了,还要害她怎么办? 不管了,面对一个垂危的病人,她只有博大的怜悯与救助之心,扎针施救的小乔,给一人能挡百万兵的行为画上了完满的句号。

曹操苏醒过来,最后说了一句话:恭送都督夫人。

他失败了,败在小乔手上,也败在自己手上,谁让他还想当君子呢?

盛和煜挺"鬼"的,把观众都套了进去。是非成败转头空,青山依旧,后来人玩味的其实不是历史的是非,而是历史中的人物和人格精神。

2016 年 10 月 26 日

乡村里的情歌《十二月等郎》

　　早就听说《十二月等郎》,说话的人并不是搞戏的,一点也不渲染,脸上倒是带着说到趣事时的笑意,言语却非常简单,只一句:"还蛮好看呢!"

　　我偏偏相信这种简单的评价。一场观众少则几百,多则上千,老少贤愚都有,又不以戏营生,谁来跟你条分缕析鞭辟入里?他就是一张白纸进来,一个个仰着脸儿对着台上,好看就看,不好看起身走人,你说后面好再等等,人家可没有耐性,屁股一抬,翻板椅子肆无忌惮地啪嗒一响,回头还要招呼邻座的熟人,声音也比较响亮。能够一直坐到底,该笑的笑,该哭的哭,这就功德圆满谢天谢地!然后咱们再谈,哪儿哪儿还要加工,哪儿哪儿仍需提高,怎么打磨成无愧于伟大时代的艺术精品,等等,有"好看"两字垫底后面就好办。只是打磨成了精品还要更好看,余音绕梁三日不绝,让人看了还想看!

　　"好看"当然也有不同层次,唯其如此,它才是观赏类产品最基本的质量标准和生产者挖空心思绞尽脑汁追求的最高目标。听说《十二月等郎》的"好看"就比较高级,在荆门,看十几二十遍的人不在少数,而且男女老少党政工团全都喜欢,有单位还举办了《十二月等郎》唱段大赛,一出戏风靡到如此程度,不敢说绝后,至少是空前的。

　　《十二月等郎》产在荆门。荆门离武汉并不远,仅几小时车程,要说远,远的是心里的距离,毕竟不是一个城市,要去得安排一下时间,还得瞅那边演不演,家里也得说一声,当天回不来,不是很不方便,也不是很方便。一个戏就让人心里这么吊着,要是一个人,而且是亲爱的人,那该多么惦记呀?《十二月等郎》点到了人心的"睛"上。

　　终于等到《十二月等郎》时,已过了十二个月。那是因为省里开会,把戏专门调来演出了。

那是最不适合演出的一天。快过年了，满大街是提着大包小包的人，慌里慌张地走着，还要腾出一只手打手机，不是吃请就是请吃，赶情送礼都是忙忙地进门，东西放下就走。干部比一般群众还忙，白天的会议把大块时间占完了，晚上还不抓紧？不过风闻"荆门的戏好看"，所以戏票还是要的，让老婆去看，老婆去不了，让老头儿老太太去。老头儿老太太便带着小保姆，小保姆带着孩子，大呼小叫地进场了！

　　开幕时，观众还在嗡嗡噪噪地进场，有的招呼熟人，有的伸着脖儿找位子，正月的戏都快演完了，台下才消停。这种情况下要把观众抓住难度系数有点高，然而《十二月等郎》抓住了。临近剧终时我转头看了看，嘀，一张张脸都对着台上，直到最后一排，座位上都是满满的！

　　我看《十二月等郎》，还有编剧与导演的原因，不是因为相识，而是因为信赖。这一对编导是绝配，只要出手，你就等着瞧吧，一定有名堂。编剧更"鬼"，有"鬼"点子，总能把人抓住，把人弄得很难受。这难受不是时下电视连续剧所要的"催泪弹"，那是一种技术性的操作，像打鬼子埋地雷一样，二十集需要埋几颗，第一颗在哪儿，第二颗在哪儿，哪一集松了，观众要调台了，赶紧再来一颗，在所不惜地牺牲着人物和故事的合理性！盛编剧当然不会这么做，他什么都懂，但了无痕迹，做起来你察觉不到。

　　微风起于正月之中。男人们要走了，女人们来送行，"不要走啊，婆婆老了，孩子又小"，"不要走啊，你走了，新婚的喜酒就变成了苦酒"。可是"不要走，也要走"，谁让他们是男人呢？男人是一座山，他得打工挣钱养家糊口啊。挣脱了女人们的手，走了。

　　男人走了，女人怎么办呢？观众的胃口被吊起来，二月在拂面的春风中袅袅地来了。还得过日子呀，于是剩下的人要选一个领头的——村民组长，这就选了苗子。苗子不干，吓哭了。

　　看上去，编剧很本分，正一老一实地写着村里发生的事情，观众哪里想得到，就在女人们没心没肺的调笑中，狡猾的危机已悄没声地卧了底。

　　《十二月等郎》改编自中篇小说《乡村留守》，"留守"与"等待"都是动作，前者多在坚持，后者则更有欲求，作为戏剧，欲求更富于驱动力。"十二个月"是个绝妙的形式，有了按照时序进行的"十二月"，这故事便像潮汐一样张弛得更有韵律和节奏，也不怕被切断，花开两朵，先表一支，观众已被稳住，不乱，一个个地看，下一个月怎样呢？再一个月呢？迷径寻踪，饶有兴味。

观众有兴味,还因为每一个月里都有撩人的情感故事。

我要强调故事,因为凡是剧就要有人有事。不论是线性的还是点状的还是块面的,总得有连得起来的内容。故事有显性的也有潜性的,看你怎么去讲。盛编剧很会讲故事,他不搞简单的线性因果,却又暗地里把线拖得很紧,没让观众不耐烦,就不失时机地把卧底的危机引发。

这是三月,因为交不起电费,村里陷入一片黑暗。于是引起脱贫致富的讨论,讨论又引出建精养鱼池的设想,工作队的周队长恰巧又是搞养殖专业的,女人们激动了,摩拳擦掌。然而"资金呢?资金在哪里?资金在哪里?"村长唱着一一发问,苗子答不上来,看周队长,周队长也哑然。女人们面面相觑,蔫了,算了吧,干什么呀?还是等我们的男人吧!长湖粼波,涌起女人们望穿秋水的咏叹:"我们有男人哪,他们在外面挣钱,精养鱼池算么事,他们会为我们扛回一座金山——"心灵感应似的,男人们的身影蓦地出现,遥遥的,在那接天衔地而悬空的脚手架上,他们正怀揣着希望做着最苦最累的活儿。雄浑的男声与深情的女声在夜空里交融缠绵,虽无耳鬓厮磨,同样心心相印。突然,刺耳的惊呼让他们戛然而止,原来,一个男人从高高的脚手架上摔下来了!

一片死寂。停顿。一束光柱投射于平台,那里是叠得整整齐齐的白色工作服,已经失去主人的安全帽静静地泛着微光,帽子是鲜红的。可怜无定河边骨,犹是春闺梦里人!这是用极经济的手法引发的大当量爆炸。解不开的矛盾化解了,不同意建鱼池的女人全都同意了,纷纷集资献款,连死者的妻子也把抚恤金拿了出来——这是编导合伙组织的一个极精彩的戏剧转折。

《十二月等郎》是有情节的,但是,不需要生动的人物也可以写出好的情节剧,然而一部优秀的戏剧作品,则必须有栩栩如生的充满矛盾的人物,矛盾的发展过程,还必须真切地符合人们的心理及行动的实际。我们常常看到的主人公身先士卒以自己的行为打动群众的俗套没有出现。感谢盛和煜,他知道苗子是小女子,苗子不是道德楷模,他只能让她做力所能及的事。至于矛盾的解决嘛,就像它形成的多样,它的解决也是多种多样的。

我欣赏编导的聪明机巧,更佩服一切都发乎自然,包括女子怀春、村长"馋嘴偷食"在内的乡村情事,都被他们处理得憨态可掬而又让人心酸。蓦然间会想到车站码头挤满了的汹涌的农民工,想到他们在城市各个角落的身影,他们衣冠不整,身有异味,被城里人投去复杂的眼光。于是心头便要发软,想到人家也是人,也跟咱们一样,有家有小贴肉贴骨,谁比谁贱哪?谁都不应歧视谁,要善待所有的人。

《十二月等郎》的文本很有音乐性,生活化的对白都是唱词,据说这是导演与编剧共同的构思。江汉平原多水,女人的声音也是水灵灵的,导演按下了器乐而让演员的肉声干干净净地出现,那亦说亦唱、亦唱亦说的演唱方式与曲调,都非常新鲜悦耳。忽然又感到熟稔,仿佛陌生人群中熟悉身影的一闪,回眸一笑,竟是那样亲切。

想起早先在乡下听过的民歌,那多是田头地边,还有煤油灯下,姑娘嫂子挤在一起,羞口,怕人说作风不好,推着搡着咯咯笑着,都不肯唱,最后开口的只有上了年纪的,甚至是枯槁的老太太。老太太不怕,呷一口茶,抬起一生劳作变得像老姜样的老手抹了抹嘴角,干皱的嘴唇咂酒似的一叭,就开唱了。那自然也是无伴奏的,依着方言土韵抑抑扬扬曲曲折折地吟咏出来,有滋有味,也是亦说亦唱,亦唱亦说,就像《十二月等郎》。"九月等我的郎来,九月九,情郎哥哥啊是妹的心头肉,妹的心头肉怎么舍得丢!"这贴肉贴骨的吟唱,应是从江汉平原的民歌中涅槃重生吧?

老太太越唱眼睛越明亮,唱得颧骨上都飘上了红晕,她是否想起了自己的等郎故事?那也是花样年华。远处的人儿等不到,近处的人儿要不得,《十二月等郎》是现代故事,那情感的底部却是穿越古今的人性难题。大雪中的苗子没有等到自己的丈夫,唯有一盏红灯笼还在雪中闪亮,她还在等待,她是在等待幸福,就像西人等待多哥,也是一种希望。实在等不得,不想望夫而化石,就有了琵琶上路的赵五娘、千里寻夫的孟姜女。不知现代的苗子会不会迈出一步,过了年,下一个十二个月,她会怎样?一番吟唱,又是人生故事。

2006 年 9 月 18 日

法无定法,各有机趣

楚剧《花送十里》

题注:

农历甲午春节贺岁楚剧精品演出季

武汉楚剧院、湖北省戏曲艺术剧院、黄陂楚剧团、蔡甸楚剧团、新洲
楚剧团、江夏楚剧团联合演出

2014年1月26日

武汉　楚乐戏苑

仿佛是《小辞店》的故事情节,取其一折,脱胎而来。

说的是一个乡下书生,科场失利,离乡外出改做生意,住在小客店里。

店主是个小女子。

一个门里进出,日久生情,好到分不开的程度,就该谈婚论嫁了。

可是,书生不敢跟家里说。为什么?小女子是个寡妇。

寡妇怎么能再嫁呢?您得"冰雪心,柏舟操",无论多么青春年少,一旦丈夫去
世,只有做"节妇"这一条路了。做得好,朝廷还有表彰,寡妇当到五十岁以上,故
世了,族人可以替她申请旌表,死后留名。到清朝放宽了条件,四十岁以上、守寡
达到十五年的,也可以申请。朝廷批准了,就会拨银子立贞节牌坊了。雍正皇帝
过细,担心贫困乡村的寡妇可能被遗漏,还下旨地方官员重视,于是旌表节孝也成
了地方官的一件要务。咱们戏中的这个小女子,你谈个什么恋爱呢?好好熬着,
熬个二十年,就有个石头牌坊送给你了!

也怪书生糊涂,社会风俗朝廷政策你知道呀,寡妇不能嫁,你就能娶吗?玷辱
门风你不知道啊?别问了,书生全都知道,可是,"这就是爱,说也说不清楚;这就
是爱,糊里又糊涂",《过把瘾》里唱得真好,古今概莫能外。

搁在现代社会,他们其实是一对好姻缘。小女子能干,不傍大款不做小三,靠

自己一双手开了家小店,上得厅堂下得厨房,自食其力。书生迂阔,会读书不会赚钱,讨个能干的小女子来做妻子,里外不操心,多享福啊。

可惜他们没有生在现代。父母不能接受寡妇,来信说给书生定了一门亲,月老论婚,赤绳系足,赶紧回来完娶吧。

书生与小女子难舍难分,这就是楚剧《花送十里》的开场。

规定情境非常有戏,有悬念,观众翘首迎颈,等着看你们怎么办。

这戏偏偏不说怎么办,十八相送,送一里又一里,送一里唱一里,没完没了,一唱就唱了十里。送君千里终有一别,男的走了,女的独自返回来,心头空落落的,走一里唱一里,又唱了"回十里"。我的天,好冗长啊!

观众怎么坐得住呢?没有曲折的情节,一个劲地唱,唱那么长,考验我的耐性了。约我看戏的张光明见面就说,看这个戏你家要耐点烦。她是市楚剧院的老演员,有荣誉感,生怕自己剧院的戏不吸引人,客人看不下去。

戏就在这样的担心中开演了。

果然上场就唱,小生收到信,要回家了,小女子依依不舍,要送他。

人多眼杂,小生背着行李先走,稍停,小女子溜了出来。一前一后佯装无事,到了无人的地方才拉起手来。都不说,全是唱,比西洋歌剧多了点韵脚,倒也听得下去。

"送相公离街坊凉亭一里"——花送十里,这是第一里。

第一里唱什么呢?唱一年前小生来做生意,两人是怎样相识相爱的。越唱就越舍不得分手。小生唱,回家去央求父母推掉婚事,你等鸿雁传佳音后会有期。

第二里。还是唱,还是没有情节,但是观众有点兴奋,翘首看台上说:"哎哎,换了换了!"

换了什么?换了演员。"送相公来到了二里凉亭",音乐中翩然出现一对新人。

这就是《花送十里》的一大看点——剧中只有两个人物:小生胡彦昌、花旦苏玉姣,演出却要二十个演员,十个演胡彦昌,十个演苏玉姣。唱一里,换一对,再唱一里,再换一对,直到十里,二十个演员出齐。

马年贺岁,武汉楚剧院做东,邀请新洲、蔡甸、黄陂和省戏曲剧院的演员合作,连演三天传统折子戏,《花送十里》是第一天的重头。

第一对市楚当家小生周泽浩和花旦杨琳,看得出那份精心,两人的褶子裙袄都搭配了花色。一对一对比着的,谁也不敢马虎。这就有彩了!

第二对怎么样呢?也是市楚的,艺校刚毕业的,尤其是小生,有些生涩,可左不过他年轻啊,大孩子一个,天可怜见的,想爱不能爱,不爱却强要他娶,那个为难,看着就让人心疼。

第三对又上场了,这是蔡甸楚剧团的一对男女演员。每一对出场,都会打字幕,观众一看就有反应:哦,这是蔡甸的,那是新洲的,那是黄陂的!成了一个个小诱饵,吊着观众的胃口,让他追看,有了期待。观众还有各自的倾向,拥护自己的明星,给他们攒劲叫好。剧场的情绪一步步高涨——没有起伏跌宕的故事情节,就用这么个形式,居然把观众抓住了。可见法无定法,各有机趣,戏剧也没有死板的教条和套路。

唱词也有点意思。

跟"十送""十叹"之类的民间小调一样,《花送十里》每一里也各唱一个主题。这一里唱孝敬父母,下一里唱和睦兄弟,再一里唱友好乡邻,依此类推。唱词通俗,这也是楚剧传统,大白话,押点韵,一听就懂。

"送相公来到了凉亭四里,哥归家赌博场切莫进入,赌场内聚赌徒乌烟瘴气,你想赢他的钱买田置地,他想你输光卖掉寒衣,越输越想赌越赌就越输,只输得卖房屋卖田地,卖儿又卖妻——"多么实在的唱词儿,精神文明建设打击黄毒赌,直接演就是。

许多传统戏都查不出编剧,《花送十里》似乎也没有编剧。

小女子劝小生:"我劝你从今后莫做生意,因为哥少阅历人太老实,大买卖走船运厘金关税,小生意肩挑担又累吃力,各码头都有一些流氓地痞,赊得去不把钱惹是生非。"

小生反过来劝小女子:"妇道人开店房劳神费力,对客人笑脸相迎端茶送水,早晚间伺候不到还要扯皮,正派人他对你心生谢意,凉薄人吃你的豆腐可恨之极——"艺人们一定是把自己的体会也添加进去了,贴肉贴骨,就是与形形色色市井人物厮混的生活实感。优秀的艺人,都是最能体察人性人心,最善于用表演揭示社会刻画人物的巧匠。

旧时的戏,也有迎合低俗的艳词淫语,解放后搞"戏改","净化舞台",清理的就是这些内容。原本《花送十里》,小生有妻室,小女子是小三,露水夫妻打情骂俏。修改后的小女子是个勤劳可爱小店主,小生单身,堂堂正正地相爱,挺阳光的。

张光明说她也演过这戏,其间梅少山改过一稿,没改彻底,那天听来,这一里那一里内容有的不接,有的相抵触,整体就显得粗糙了。以后复演,还是再整理一下的好。

　　这是个展示阵容的戏,演员一个比一个出色,褶子裙袄裤也一套比一套漂亮,头面上的水钻都亮得晃眼,单个小剧团演不了。

　　据说旧时年节喜庆,艺人们会合作唱一把。旦角不论,生行的黄楚材、袁璧玉、李雅樵、高少楼、陶古鹏都唱过。都是挑大梁的尖子,一二三四五六七八九十,谁唱哪一段? 谁先谁后顺序怎么排? 平时排戏码大有讲究,也斗心机。这时艺人们却不争锋,都会谦让,你家唱功好,你家唱一里;你家做功好,你家来五里;你家先挑,挑剩下的是我的。

　　风气正,人也正,这时候的艺人们都像绅士,彬彬有礼,谦让互敬。

　　十个小生十个花旦依次登场,都是头牌名角,上场各显神通,全场风靡。

　　往日年节唱《花送十里》,就是一年一度,让戏迷过过瘾的。

2014 年 1 月 26 日

步步为营

黄梅戏《党的女儿》有感

题注：

    演艺集团办公室小吴敬业，《党的女儿》还没上演，就打电话问我能不能写篇稿子，要为新戏做做宣传了。我答应下来，感觉有话可说。不料一动笔就写偏了，步步为营地说起了剧本创作，演员怎么好，音乐怎么样，导演如何处理，什么都没写，一句都没夸，让人家怎么宣传？小吴都不好办，稿子发过去就没下文了。真是搞笑。

    我倒是赚了，趁此机会翻阅一些资料，知道20世纪50年代王愿坚、林杉他们老一辈艺术家是怎么创作的，有点感想。收在这里与读者分享。

    许多事后誉为明智的举措，起初却可能是无奈的选择，杨俊当时颇无奈了。要排新戏，没有剧本，"剧本荒"的如今剧本其实也空前地多，只是都不甚理想。《妹娃过河》转眼就是五年，再不出新戏就混不过去了。绝处逢生，想到了《党的女儿》！剧本是现成的，顶多说不是"原创"。其实观众哪管你是不是原创，观众对戏的要求就是一个：好看。

    赶紧找来歌剧本，根据黄梅戏需要稍作改编，就进了排演场。她是主演，说一场一场的感觉挺顺溜，很舒服。首演反应热烈，她窃喜，恨不得给自己作揖，说我怎么想到这个戏的呢？

    那天我也去了，感受到现场的热烈，观众兴味线不断，就那环环相扣的剧情便抓人。散场时与一位北京戏剧家一同走出，戏剧家感慨，发了两问：

    "那时候的人怎么比咱们会写戏呢？"

    这出戏最初源于"那时候"的一个短篇小说《党费》，女主人公叫黄新，红军走了，游击队来接头，她拿出珍藏的两块银元要交党费。交通员老程看她和孩子饿得小脸尖尖的,推说没有指示他不能收。黄新执意要交,想到山上艰苦不如交实物,便买盐腌了咸菜往山上送。不料敌人来了。黄新把老程按住,自己调虎离山,一边往外冲,一边高喊:"妞妞,要听妈妈的话!"这句话也成为嗣后电影中最响亮的台词。

接下来是电影,1958年首映。老程改成小程,黄新改为玉梅。玉梅牺牲了,小程挑着担子回山,一头是咸菜,一头是妞妞。箩筐里的妞妞喊着妈妈哭哑了嗓子,观众也泪流满面。

片尾成年的妞妞与已是将军的父亲重逢,陈戈扮演的老将军一口"川普",朴实得乱真。他说咱们可不能忘了你妈妈,不能忘了苏区人民,你就相信他不会忘。"那时候的人"真挚,演员也真挚。

我想到了步步为营,第一步就扎实。小说作者王愿坚亲历革命战争,20世纪50年代担任《解放军文艺》和大型回忆录《星火燎原》编辑,接触了大量真实的历史资料和鲜活的人物故事,激动不已,一发不止;他的另一篇进入小学课本的小说《七根火柴》,以精巧的构思、生动的细节表现史诗般的革命历史,成为同类题材的精品。

第二步是电影剧本的改编。剧作家林杉也扎实。网上资料很传奇,说林杉十七岁闹革命被捕,遇到一位记忆力惊人的狱友,能大段背诵戏剧名著,还给他讲戏剧技巧,点燃了他对戏剧的热爱。传说难以查证,但后来林杉在八路军中办剧社,集编导演于一身,却是有目共睹。"那时候的人比咱们会写戏",那是他们懂戏。

他们也懂生活,写《上甘岭》林杉到志愿军部队生活了近200天,写《党的女儿》到江西苏区,嘴边常说的是:"不忙,再走走再看看。"当时国民党的口号是"石头要过刀,茅草要过烧",瑞金、宁都、闽西等地一些人家悉被杀绝。残酷的屠杀下,原闽赣军区司令员、参谋长和独立团政治部主任等集体叛变,连陈毅也险些中计遇难,遂亲自起草了《动员工农群众,积极击杀革命叛徒》的紧急命令。电影的重大发展,是为玉梅增加了一个对手——叛徒马家辉,形成戏剧冲突的主线。初稿中,马家辉被游击队俘获扔到河里处死了,定稿时被林杉删去,这给他带来了非议和压力,但他坚持,不想把革命写得太容易。假若叛徒都很快得到惩处,就不必再流那么多血,革命早就成功了,他尊重生活。

大浪淘沙沉者为金,时隔三十多年,闫肃先生又把目光投向了《党的女儿》。歌剧有点复杂,民族的西洋的还在争论着。闫肃笑呵呵的,不争论,只实践,大碗茶都能唱,老少咸宜,他的戏谁都看得明白。

开场就是刑场,老书记就义前一句"党内有叛徒",就激发了主角的动作,极为简练地将观众带入规定情境。叛徒是谁?怎样发现?强烈的戏剧悬念,观众不得不往下看。

闫肃是一把"老枪",弹无虚发,只把"交党费"换成"找叛徒",剧情之车就有了发动机和强大的驱动力,小程还是那个小程,咸菜还是那个咸菜,看似不变,其实大变!

第一场"有叛徒",第二场"查叛徒",第三场"把叛徒当同志",第四场"被七叔公拒之门外"——因果相衔,结构紧密,形成挑起全剧的"龙骨"。

如今观剧,时常被新鲜手法眩惑,"闪回"、"时空交错"、旁白、跳舞、视频、声光电配合,可"龙骨"在哪儿?绕来绕去,要蹙着眉头找,找到便好,找不到就失望,找到了撑不起来更失望,仿佛上了一次当。

说技法,技法却又不是好戏的全部,戏剧最终还是要展示人性的真相。60年代闫肃先生创作《江姐》时曾为甫志高写过一段唱词,劝江姐投降,同时说出自己叛变的心理动机,"文革"中成为闫肃的一大罪状。唱词至今没有恢复,但在课堂教学中时常被提及,成为戏剧剖析人性的精彩案例。

歌剧《党的女儿》也提供了一个案例:马妻桂英。试想追查叛徒如果仅仅集中在玉梅与马家辉之间,"龙骨"有了,戏却简单乏味。知情而又失常的桂英给玉梅的查找带来难度,也给剧情增加了曲折和精彩。在电影已有的基础上,闫肃发展了她的动作,丰富了她的内心,把她的动作线与玉梅和马家辉的动作线紧紧地编织在一起,使剧情有了复杂的层次,也使人性得到更深刻更真实的开掘。

弄清真相后玉梅与马家辉狭路相逢,剧情奔向高潮。上海戏剧学院顾仲彝教授教导我们,奔向高潮的戏剧"就像奔向悬崖的烈马,一定要紧紧地带住缰绳"。闫肃果然紧紧带住了缰绳,让桂英出现在玉梅与马家辉之间,这是叛徒的妻子,却又是革命同志,难办了——高潮的紧张和戏剧的悬念在延续。

可怜一个柔弱善良的女子,双手拿着枪,面对曾经亲爱的丈夫,怎么打得下去?直到马家辉扑上来,入戏的观众几乎要惊叫了,她扣动了扳机。观众刚刚松一口气,地上的马家辉又蠕动了,拾起枪,玉梅发现已晚。桂英抱住了玉梅,让丈夫的子弹打在她的身上。最后一滴墨都没有浪费,还是落在了人性上。

歌剧、京剧的《党的女儿》都是获奖作品,杨俊不敢懈怠,据说排演场上的她几乎成了"魔鬼",眼里不容沙,唱词、音乐、舞美、导演、表演,什么都要管。合作者是一帮年轻人,有的要一手一脚地教,来一遍又一遍,她说,就是要让年轻人明白,戏不是那么好唱的。年轻人也服她,因为她对自己也苛刻,"七仙女""女驸马"要变身"党的女儿",她是脱胎换骨了。

整个团队都是步步为营,编、导、演、音、美各司其职,每个人都得把自己这份活儿干好,靠这个吃饭,干不好不像话。

7月18日在洪山礼堂首演,他们的付出得到了回报。

后来杨俊问我怎么样。

我说:一块石头落地,你可以放心了。

她说:真的呀?

我说:真的,有那么好的电影在前头,我都先入为主了,再看你的这一个,都能接受,还很舒服,就不错啦。

她说:也是啊。

我赞赏这个团队朴素真诚的艺术精神,就是人物、动作、冲突、情境,丝丝入扣,没有花里胡哨的附加,没有上来一拨人莫名其妙地跳舞——不是说跳舞不好,只是一个好的创造,一旦流行成了时尚就难免沦为套路,失去了原来的意义。谢幕也是,一拨拨上来,这个转那个翻,炫一炫技,让观众再过过瘾尖叫一下,本来挺好的,可每个戏都来,火候不到,还要一拨拨地来,洞若观火的观众等着您两边跑着鞠躬,就有点不耐烦。

杨俊他们的谢幕很简单,站一排老老实实地鞠躬,陷在众人之中的杨俊并没减少光彩,反而返璞归真。当然,也有人嫌平淡。

演出也有不少瑕疵,第二天开会征求意见,也都畅所欲言。一个过去的故事,如何打动现代人的心?切中点在哪里?还是可以想一想的。剧组诸君很谦虚,边听边做笔记,还频频点头。

上网搜索,发现电影《冬梅》《风从东方来》也是林杉的作品,前者是《党的女儿》热映之后,应上影厂要求为大影星白杨量身定做的;后者歌颂中苏友谊,有苏联援建的三门峡水库背景。遗憾的是两部片子都不大成功,"那时候的人"也会犯我们常犯的错误。

步步为营,每一步都得走好。

2018 年 8 月 17 日

远安花鼓的聪明选择

给"吴大系列"点赞

题注：

宜昌要把近几年的创作成果结集，想配一点评介文字，要我也写一篇。歌舞我不懂，就写戏，远安花鼓看过不止一次，就写远安花鼓吧。

远安小县，临沮水，蛰伏在连绵的群山之中，人口不足二十万，竟自得其乐地拥有一个小剧种，说说唱唱传了好多代，好享受，不简单。

这不是一个很开放的地方，从乡土艺术的角度看，倒也不一定是坏事，就像山里的榨广椒，苞谷渣加辣椒、花椒、生姜、大蒜拌匀了，严严实实地封闭在坛子里，不敞气不串味儿，一打开才有独特的香味。远安花鼓就像榨广椒，它不是大场面的硬菜，但又是席面上少不了的独特。这就看出了远安人的智慧，小剧种小剧团，知道扬长避短量体裁衣，做力所能及的事，"吴大系列"就是一个聪明的选择。

起初就是一出《吴大拜年》，滑稽搞笑，大概是民国时期戏曲研究者称之为"民间俗戏"的一类剧目。憨女婿给丈母娘拜年，有心讲礼性却弄巧成拙，方言土语谐音谐趣构成戏剧冲突，小夫妻斗嘴斗劲，上下句颠倒混搭，有些土俗，观看时会感受到那个时代民间草根的娱乐口味。

沮水一带，楚国封地，历史悠久，几易其名，直至取"永远平安"之意定名为远安，就一直稳定不变到如今，可见民心对平安的渴慕和认同。相传远安还是黄帝之妻嫘祖的故里，有农有桑，男耕女织，夫妻双双把家还，是个过小日子的好地方。吴大便是个开心果，都娶媳妇了还是童蒙未开的憨态，"拜年拜年，克膝包上前，屁股一撅（作揖鞠躬）就是一个新年"。你当他真傻？才不，祝爹妈"幸福安康"，说成"辛苦吃糠"；祝爹妈"万事如意"，说成"万事如屁"。他可不是浑说，一年躬耕都获交了租锞，是不是辛苦？是不是吃糠？是不是如屁？俗是俗了一点，大过年寻开心,逗逗妻子和丈母娘,苦中作乐,调剂人生,自得其乐,何尝不是传统中国平民的活法,也是人生的智慧。吴大憨大,其实是个民间的大哲人。

拜年的吴大是一粒种子,人们喜欢他那好玩儿的个性,就慢慢培育发展,还是吴大,进入不同的情境,看看能作出什么戏来。"吴大系列"便进入了现代社会,这就有了《吴大挖塘》《吴大擦鞋》《吴大开门》等一系列小戏。也不独是农耕了,"城市化"的现代社会,各种麻烦都来了,搞笑之中也有了更现实更丰富的意味。

"吴大系列"是喜剧,编导们把握住了喜剧的特质,注重结构的巧妙、细节的夸张,充分运用假定、误会、巧合等手法,载歌载舞。

卖鱼的大嫂把擦鞋的吴大撞倒了。吴大问公了还是私了,公了上医院,私了赔钱。大嫂一听,"哦,碰瓷呀?"不干。吴大扯出一根小红绳儿,系在大嫂手腕上,"不许走,我擦鞋,你卖鱼,卖出钱来赔我"。一根小红绳怎么能把大活人拴住呢?唉,它就拴住了! 喜剧就有这样非凡的假定性,观众就能接受。这是《吴大擦鞋》中的桥段,一根小红绳把大嫂和吴大拴在一起,一边吵架扯皮,一边唱歌跳舞,小红绳舒卷收放,成了表演的道具。

吴大也不一味地"傻",《吴大挖塘》中的吴大就鬼精灵,他是村民小组长,有责任感有担当,要帮助困难户挖塘。困难户偏偏是他的老相好莲花,妻子偏偏是超级醋坛子,他只有趁黑夜偷偷摸摸来挖塘。不料被妻子发现了,跟踪而来。怎么办?

丑行演员徐华强是富有喜剧才华的,浑然天成,他就是吴大。或许正是《吴大拜年》中活龙活现的表演激发了"系列"的创作构想。吴大帮莲花挖塘,被妻子发现了,这时也有一段精彩表演,一看妻子来了,吴大一咕噜倒在地上,窝窝囊囊地蜷曲身体打起鼾来。原来吴大有梦游的毛病,这时就装给妻子看,咱是梦游呢。妻子信以为真,心想日有所思夜有所梦,便假装莲花掏吴大的真心话。吴大暗笑,假戏真唱,将计就计。徐华强与女演员配合,惊吓中急智应对,一问一答,斗心斗计,全在歌舞中表现,把喜剧的假定性发挥到了极致。

拜年、挖塘、擦鞋、开门、脱贫,吴大变换着身份,遭遇的故事也不同,一以贯之的是人物的朴拙和善良。也有小私心小盘算、斗心眼小算计,包袱抖开,还是生活的酸甜苦辣,相互理解,最终还是靠人心的善良化解了矛盾。当吴大把卖鱼大嫂的脚搬到自己膝上,殷勤地给这位艰辛度日的大嫂擦起鞋来时,观众也能感受到生活的暖意和心灵的慰藉。

生活还在继续,吴大的"系列"就可以继续做下去,一集一集地积累,有如民间文学中的智慧人物,成为一个人物范型。憨头憨脑的吴大也是一个范型,与世无争,与人为善。民间戏曲有教化的传统,教人学好,这也是"吴大系列"受到观众欢迎的原因。

2019 年 2 月 17 日

何必上悬崖

话剧《悬崖上》小议

题注：

　　写完远安花鼓后，宜昌方面说，辛苦一下，再写篇话剧吧。我是做话剧的，不好推辞。《悬崖上》只看过一遍，是几年前的印象，模糊了。便请宜昌把录像和剧本发过来，温故知新，写了如下文字。

　　戏从夫妻关系开始。男人成功了，妻子要想法子拴住男人的心。当你以为又是一个婚外恋俗套时，笔锋一转，剧情上了悬崖。

　　帐篷，篝火，男人跟小情人亲热，跟同伴们吃烧烤，说说笑笑。然而，这里却是一个悬崖，危危耸耸的，脚下一跐就可能滑下去。怎么跑到这样危险的地方吃烧烤？有什么非上来不可的理由吗？对不起，他们不回答。这就是宜昌歌舞剧院的小剧场话剧《悬崖上》。

　　开始有点不习惯，要蹙着眉头紧盯着台上看，竖着耳朵听，生怕漏掉了哪一点就看不明白。它不顺着我们日常生活经验的逻辑线条去写实，不拘泥传统戏剧的规则讲究客观真实性，它甚至大不在意观众传统的观赏习惯，它注重主观表达，有一点我行我素，特立独行。我就是要设计一个悬崖，就是要把这样几个人物放到悬崖上，怎么上去的你别问，我也不回答，你就等着看戏吧。

　　悬崖上，确实是个出戏的环境。听剧名联想到了阿加莎·克里斯蒂，她的《阳光下的罪恶》也有一个悬崖。

　　氛围营造也是主观的，唱歌跳舞，突然就响起了炸雷，狂风吹灭篝火，一片黑暗，复明后发现，主人公王巍不见了。

　　王巍就是那个成功的老板，老板上哪儿去了？众人面面相觑。掉下悬崖了？怎么掉下去的？是自己失足，还是他人加害？是谁推了他一掌？一个个地拷问。

谁干的？为什么要干？有戏了。

三个人，一个公司副总，二十年的合伙人；一个小学同学，也是老板的司机，忠实的下属；一个女秘书，老板的情人。前面说得天花乱坠，老板不是土豪，不是暴发户，有内涵，是儒商，老板和他们关系好得很，就像兄弟姐妹。这时候全变了，老板不在了，就说出了真心话。

一个个地吐槽，不是调侃，是真的痛恨，就像控诉万恶的旧社会和资本家，每个人说出心中的积怨，表面看老板对我好，其实不然，真实的情况是怎样怎样的。如此这般每人一段。你不仁我不义，到悬崖上就不客气了，既然你那样对我，就别怪我无情。

正在骂老板，老板却又上场了，转折富有戏剧性，两小鬼用链子拴着把老板带上来了，死了没有呢？死了，上来的是他的灵魂。这是颇具匠心的构思，作者让老板的灵魂听到了真心话，恍然大悟，原来的甜言蜜语和亲密做派竟是虚伪的面具！

没有常见的温情脉脉，也没有最终的宽容和解，斗起来就像《红楼梦》里那句词儿，"一个个好像乌鸡眼，恨不得你吃了我，我吃了你"。舞台灯光也是冷色调，凸显人物内心冲突，一句逼一句地拷问，在悬崖上，无处逃遁。有点锥心，有点悚然，就像看现代舞，自始至终地缠绕，相互折磨，很痛苦却又分不开，总是在追求更深奥的哲思谜底和人性的复杂真相。

宜昌以巴楚文化荟萃、先贤辈出闻名天下，近代辟为通商口岸，设海关对外开放，吞吐物流，成为长江黄金水道上最重要的港口城市，现代更因三峡大坝、葛洲坝等国家重要战略设施被誉为"世界水电之都"。这样的城市文化必然是多元的开放的，宜昌的歌舞剧院可以有《土里巴人》一类的乡土歌舞，也可以有《悬崖上》一类小众的现代话剧，宜昌还有宏大的西方交响乐演出，国粹京剧也唱得像模像样。在直通天下的宜昌做戏剧，不可能墨守成规，不甘心碌碌无为，描写充满了欲望和追求的现代人，描写复杂多变的现代社会中人性的变化，大概是《悬崖上》的极限追求。

人的内心很复杂，要把复杂的内心外化，化成可以呈现于舞台的戏剧行动，要用精当的语言把这些复杂说清楚，真是不容易。

据说探索都有些晦涩难懂，《悬崖上》是不是想探索一下？最后一段戏回到老板王巍家中，才知道适才悬崖上的生死只是一场梦。这一来故事就变得简单明了，不探索了。前面探索的时候有点晦涩费解，现在不探索说白了又感到太简单，怎么把握这个度？

五更大张口,唤醒梦中人,用梦中的后果警醒老板,不要再做坏事了。老板果然后怕,感慨道:"我们每一个人,其实都行走在悬崖的边缘,踏错一步就会掉进万丈深渊。而灵魂的回归,是要付出代价的,甚至包括生命!"他决定从明天起,做一个幸福的人。什么是幸福的人呢?他不再说赚钱,他说的是"喂马,劈柴,周游世界"。这是想穿了。

　　早知今日,何必当初。做生意也是做人,干嘛不老实一点呢?干嘛要把别人逼上绝路呢?你逼人家,人家就逼你,弄来弄去就上了悬崖。

　　最后这段台词,老板还是在推卸,并不是"每一个人"都行走在悬崖边上的,是你伤天害理了,才被推上了悬崖。终是要对自己的行为负责,恪守底线,好好做人,就不会走到那一步。何必上悬崖呢?这也是《悬崖上》的积极意义吧。

2019 年 3 月 5 日

"跌个跟头抓把泥"

淮剧《留守村长留守鹅》有感

题注：

第三届江苏艺术节参赛获文华大奖剧目
江苏涟水县淮剧团演出

编剧：袁连成
导演：蒋宏贵
主演：陆前生、许晴、陈丽娜

2017年9月25日

徐州　徐州音乐厅

　　苏北，一条废黄河，一个小村庄，听起来就不大妙曼，要不青壮年男人都出去打工呢，撂下个半老不老的陆二黑，也想出去挣票子却走不脱，他是村长，他得留守，守着村子房子孩子和一大帮娘们，还得给娘们找点事情做做，要不成天打麻将扯皮拉筋蛮烦人的。女人们能做什么呢？又没钱投资，只有做小事，比如养鹅。哎，养鹅倒蛮适合女人干，不需要蛮力气，也不需要大成本，这就把鹅养了起来。养起来也不轻松，家家都是娘们，鹅圈都要喊他去砌，连带着还要砌砌厕所，既辛苦又琐碎。不干行不行？不行。为什么？后面再说。

　　鹅贩子纷至沓来的时候，形势就好啦！小村长胆子大了，印了些小广告到处散发，内心憧憬着以后上报纸上电视台做大广告，雄心壮志上来啦！

　　麻烦就是小广告引起的，天上掉下个"钱妹妹"，小广告"啪"地一摔，是你们的吧？是啊，是我发的。商标侵权！打官司，索赔一百万！

　　小村长傻了，天塌了！观众的心也提了起来，怎么办？悬念强烈，有故事了。

　　故事并不复杂，就这么个侵权案，要打官司，索赔，看小村长怎么办。

编剧显然是谙熟此类乡村小人物的,据说还参照了自己当村长的亲姐夫,心中就更有底了,剧本编写得不错,给二度创作提供了扎实的基础。

这是一个糊里糊涂的侵权案,小人物,小视野,他怎么知道外面有一个"汇水家禽"呢?他的"汇水鹅"就是以村为名,三条河在村子外头交汇嘛,鹅子就养在河边,不叫"汇水"叫啥?俗话说不知者不为过,他是可以自辩的。可是他没有辩,他好后悔,骂自己糊涂,商标还没有注册,就印了小广告到处散发,总是说不过去的。可如今说不过去的事儿太多了,抓住是死的放了是活的,混不吝,扯歪理,不也春风得意马蹄疾?你能辩不辩,能推不推,你傻呀?哎,正是,他的恋人白天鹅就口口声声说二黑哥太傻了。

其实,现实中一些傻人并不傻,他只是守规矩,红灯停,绿灯行,他就老老实实地等绿灯。人家都放羊似的呼呼啦啦地冲过去了,就他一个人等,这时候他就显得傻了。小村长就是这样一个人,他认绿灯,守规矩,错了就是错了。啥事都以稀为贵,尤其在当今,一个老老实实遵守规矩的人很稀罕,也很可贵。观众喜欢他,说明观众对讲规矩的肯定,这也是这个戏的积极意义。观众在为一个好人着急,希望这个好人渡过难关。看见他向与女儿同龄的美女老板鞠躬,低三下四地道歉,吃了闭门羹窝窝囊囊地蜷缩在门口就很同情;听说他蹬了三十多里自行车来道歉,没吃没喝,就于心不忍。美女老板也看不过去了,给他拿牛奶,他说喝不惯;给他拿咖啡,他更喝不来。就那么席地而坐,从小包包里摸出茶杯和烧饼,兀自吃起来。吃着吃着又歪倒身子睡着了,心力交瘁,累极了。

我不惮啰嗦地复述人物细节,实在是被这些细节打动了,走笔到此脑中又栩栩如生地出现了他的形象,点头哈腰地跟在美女老板身后,说自己读书少能力差,赔是要赔的,只是囊中羞涩,可否缓一缓,打打折,只赔五十万,再打打折,只赔三十万。三十万也拿不出来,最好只赔一两万。美女老板脸一板,啐他,那还不如不赔呢。他竟信以为真破涕为笑,哎呀不赔就好啦!观众哄笑,笑笑又鼻酸。为什么鼻酸,观众只怕是想到了自己,谁没有这样难堪的时刻呢?

演员也好,几乎乱真,日晒色的皮肤、颧骨、鼻尖还多一点酱红,短袖T恤后背上就像洇着汗,马甲也是街边店几十块钱就可以买到的,还斜拧个旧包包,是地摊儿上堆着卖的那种,便宜而实用,口袋多层次多,各种零碎杂物可以分门别类装好,不会弄混,两只手腾出来还可以骑车。车斗也大,刚好装两只肥鹅,求人帮忙打官司不能空手上门的,人情还是要讲讲的。

知情的同志介绍,小村长的扮演者叫陆前生,是涟水县淮剧团的团长,常年在乡下演出,熟悉乡村人物。其实演戏倒不是他的正业,他是当家人,天天要唱戏,月月发工资,柴米油盐酱醋茶,开门七件事,六十多号人,忙得团团转,他就是个小村长,陆二黑的苦楚他都有,恨不得就是演他自己啦。

> 一间斑驳的小村部,
> 两扇破门油漆无,
> 三片窗子缺帘布,
> 四面墙上报纸糊,
> 五把铁锹倚墙角,
> 六瓦灯泡光模糊,
> 七张板凳沾泥土,
> 八仙桌上堆旧书,
> 九格橱柜未上锁,
> 十足的穷乡僻壤废黄河。

美女老板看到这个景况,心里发问,怎么不找个能干人来当这个"官"呢?天可怜见,能干人能赚大钱,谁给你当这个一月几百元补助费的小村长呀。前面问了,他就不能不干吗?不行,为什么?这就是命了。十岁没了爹娘,老村支书程奶奶一手把他抚养大,也给了他一颗善良的心。程奶奶见不得庄邻苦,他也见不得庄邻苦。他不知道一个叫荣格的外国人说过,性格决定命运,他只知道自己过不去这道坎儿,明明知道是吃亏的事儿,程奶奶叫他干,他就不能不干,他不能不报恩,哪怕吃苦受累呢,他就是这个命,他认了。

看到这儿观众想,美女老板该心软了吧?峰回路转不索赔了吧?不行,编导不干,戏剧得有冲突,美女老板要一退,戏就没了。编导懂戏,毫不手软,继续往前推。编剧设计了一个理由,美女老板为啥这样高冷强势寸土不让?因为她吃过苦头,有人假冒过她的商标,也是苦苦哀求,她心一软原谅了对方,谁知对方继续做怪,硬把她的品牌搞垮了。吸取教训在商言商,这次绝不退让,一百万,没商量,上法庭吧。戏剧冲突又一次加足了马力。

小村长本来是蛮幸福的,还有个善良能干皮肤总也晒不黑的恋人叫白天鹅,两人在城里买了套小房子,装修好了就要领证结婚了。赔款有期限,必须首付三十万现金,万般无奈他只有卖婚房了,就去找白天鹅商量。马上就要结婚的人儿却要卖婚房,怎么开得了口？小村长怀里揣着兔子,闪烁其词;白天鹅浑然无知还跟二黑哥亲热,憧憬未来,一段吃水花生的戏演得太漂亮了。虽然不是少男少女,恋人之间还是要发发嗲,扮演白天鹅的女演员叫许晴,有喜剧天赋,翘起兰花指拈起水花生,一粒一粒往小村长嘴里扔,边扔边唱,边唱边舞,是程式动作,又是生活真实,妙不可言。

惊闻二黑卖婚房与白天鹅分手,程奶奶前来询问究竟,利用祖孙关系兴师问罪的文章尚未做足,这是小小的遗憾。

瑕不掩瑜,好在危机最终解决了,怎么解决的,请诸位自己去看,"跌个跟头抓把泥,老实巴交当村长",相信大家都会喜欢这个小村长陆二黑的。

2017 年 9 月 25 日

最后的九十天

京剧《向农》小记

题注：

第三届江苏艺术节参赛获文华大奖剧目

江苏省京剧院演出

编剧：魏强（根据孟冰原著话剧《枫舒林》改编）

导演：陈霖苍

主演：杜镇杰、高飞、李为群、董源

2017年10月

江苏常州

开场戏来得很猛，护士拿着病历上场，向农呢？向农！检查结果出来了。什么结果？不说，自己看。妻子抢了过来，"肝癌晚期"，锣鼓点狠狠地往下一砸，全场震撼。向农的生命只剩下最后的九十天。妻子瘫倒在地。

向农是一先进人物，优秀村党支部书记，编导演心态都很平和，没有把这个人物架起来。问他想不想活，他说想啊，"现在花钱要是能买回一条命，花多少钱都值！"这是一个普通人的真心话，也是向农的心里话。说真心话的人就可爱，这台词儿写得好，演员说得也好，还带着点微笑，观众从这儿就信服他。

可他毕竟是向农，是一个远近闻名的先进乡村的带头人，这一类人物很不好表现，有的真人真事非常感人，整到戏里却假了。戏曲程式也是个麻烦，京剧又特别讲究，服装行头一穿，锣鼓点儿一打，撩袍端带把金殿上，扬尘舞蹈见大王，满台生辉。现代戏就惨了，蟒袍玉带啥都用不上，赤手空拳地上场，这戏怎么唱？

《向农》的编导演从内容入手，下了功夫，剧本就辗转反侧写了十六稿！演员也了不起，扮演向农夫妇的杜镇杰、高飞，扮演向母的老旦董源，等等，表演都很朴实很自然,既是掐着锣鼓点儿有板有眼的程式,又是现实人物的生活形态,内心充实,外表不作。导演也是梨园高手,发蒙起步就是传统程式,唱了几十年也多是传统戏,也有一身高技术的程式功夫,如今当导演,能够将传统化入现代,遴选运用到现代戏中,有技术又不炫技,叙述剧情刻画人物恰到好处,真是不简单。

读过一篇研究梅派艺术的文章,说愈近晚年,梅兰芳先生的表演愈加生活化,有时竟达到了无程式的境界。文章作者由此发了一句议论,说程式发展到高级阶段都是生活化的。不知戏曲专家们怎么看。

最后的九十天,掐着日子过,向农该做些什么呢?他毕竟是向农,还是有些与众不同的,他说现在命买不回来了,时间也买不回来,只能做几件最要紧的事儿。

一个是贫困户,当支书二十多年,带领乡亲们奔小康,好土好地好村庄,幼儿园、养老院、新公寓、小企业都建成了,就剩几户尚未脱贫,他要让这几户也过上好日子。

第二是修水渠,要与上游协调一起行动,不然汛期上游洪水下来会冲垮渠坝。

两件事都很重要,但是,编导聪明,揣摩观众心思,这些事情观众大概是想象得到的。好吧,最容易想到的情节咱就不写啦,推到幕后,前场写什么?写向农的家事,让向农来接母亲,过去为大家忽略了小家,最后的九十天,好好伺候伺候母亲,好好行一行孝。第二场就到了弟弟家,接母亲。弟弟向中一脸鄙夷,拒哥哥于千里之外,"你不是忙吗?你还照顾娘啊?这么多年了,娘也早把你看透了!"向农咋办?向农一点也不恼,微笑地点头说那是,要不怎么是娘呢,当娘的哪能看不透儿子呢。"娘您跟我回家吧。我是挺忙,不能二十四小时在家陪娘,可我保证每天三顿饭都会赶回来陪娘一块吃,晚上一定回家陪娘说说话,兄弟你就让我跟娘多待几天,行吗?"他没有告诉任何人,他是过一天少一天了。

在向农最后的日子,编导没有让他创造奇迹产生壮举,而是让他纠错,这是《向农》的独特。编导选择了两起错,都伤了人。一个是他的发小王顺发,一个是他的兄弟向中。戏好不好就看能否动人,要动人就得真实,真善美首先得真。向农不是神,他是人。二十多年里一个人怎么会不出错呢?何况他还是个掌权的人。两起错中编导把重点放在了弟弟向中身上,端出了一段不堪回首的往事。

向农是村里一把手,啥事都得以身则则,执行计划生育政策他也得带头,偏偏弟弟重男轻女不生男孩决不罢休,父母也要传宗接代,请先生把了个脉,说这回肯定是个儿子。这是个不得解的矛盾。向农要是放一马,在乡亲们面前他怎么交代?这是一劫了。过不去了。大闹一场的结果是父亲气死了,母亲气得失聪,弟媳气得流产,向农把向家两代人都伤透了。

向农要纠错,可这是个纠正不了的错误。向农悔不悔?肠子都悔青了,"为此事我常珠泪滚,捶胸顿足心如焚",拿了酒来向弟弟赔罪,告别人世前必须了结,要打要骂都由你,"这辈子欠你债一份!"弟弟却一点也不领情,"这笔债你今生今世还不完!"说这些有什么用啊,这辈子别想和好了。直到母亲冲了出来才把向农请罪的戏打住。

　　编导选择了一个进入向农内心的角度,让他愧疚,让他自责,一个好人,做了那么多好事,却要为永远不能纠正的错误而痛苦,这何尝不是一种牺牲?

　　最后县里要接他去治疗,怕惊动乡亲们,夫妻俩悄悄上路。过去总是他背妻子到城里看病,现在背不动了,妻子说,"我来背你吧"。乡亲们还是赶来了,"让我们来背吧。你为我们背起了好山好水好天地,我们也要背起你,背起我们的好兄弟"。

　　这样的人,谁能说他不是一个英雄呢?

2017 年 10 月

无常人生

越剧《乌衣巷》漫议

题注：

第四届江苏省艺术节文华大奖剧目

南京越剧团演出

编剧：罗周

导演：翁国生

主演：李晓旭

2019年8月9日

盐城　盐城艺术中心

　　喜欢越剧的美，又觉得太美；喜欢越剧的缠绵，又觉得太缠绵。这话似乎说不通，"太"是什么意思？过犹不及吗？也不是，可意会不可言传，只是一种感觉。粗犷一点行不行呢？不行，粗犷了还是越剧吗？要粗犷您上北方看梆子戏去，大碗酒，大块肉，一醉方休。越剧不能粗犷，观众不答应的。就这样吧，看《乌衣巷》。

　　开场果然就是一幅画儿，观众席中都卷起了一阵细碎的惊叹。小姐带着丫鬟出来了，莲步盈盈，又是一幅画儿。

　　丫鬟的名字也美，叫碧桃，等下来个仆人叫桐叶，后面还有一个叫墨奴，乌衣巷的下人都带着斯文雅趣。

　　小姐开始唱了：

　　"撩动柳丝是春光，

　　飞飞燕儿已成双。

　　顾盼多年闺中女，如今长思《凤求凰》。

　　郗道茂再三讨得慈严命，亲往姻家择夫郎。"

写景、抒情、叙事,一字不多,一字不少,精美雅致又发乎自然,就是古人在说话呢。难得。

小姐是来选婿的。女孩子亲自选婿?很开放啊。没错,小姐郗道茂,东晋名臣之女,与乌衣巷王家是姑表亲,那时候的贵族知识分子就是很开放的。父母同意小姐自己来选婿,有亲戚关系,也有风习的开明,男女的情感问题比较尊重个人意志。

王家两个儿子五郎王徽之和七郎王献之都在乌衣巷等着,随便郗小姐挑选,要谁是谁。

其实五郎、七郎真没什么好挑的,一样的风度一样的才华,随便哪一个都称得上白马王子。可小姐很清醒,丈夫不是诗和远方,是朝朝暮暮的厮守,"事关婚对需谨慎,一念之差误终身",她要托付的是一辈子,就要仔细掂量了。

应了"一母生九子,九子各不同"的俗话,史书记载七郎"少言寡语",五郎"落拓不羁",哥俩迥然不同。

戏从考察五郎开始。小姐款款发问,一问出仕,二问志愿,三问孝义。

五郎大大咧咧满不在乎。他说老爹王羲之当年就是大大咧咧坦腹东床而被老郗家选中的。现在郗小姐选婿,他也很自信。

七郎不在场,五郎就向丫鬟打听,问七郎是怎么回答的。丫鬟就当二传手,把七郎的回答一一转述给五郎,五郎根据七郎的回答再做出自己的应对。这么一辗转就多出许多话来。不知是不是这个原因,戏便感觉有点平泛。

编导也许感觉到了,突然地来了一场火,让人跑过场,大呼小叫整出了动静。五郎也趁此展示,带着小姐避火避烟设计了身段舞蹈,救美之后再回到选婿,就更加自信了,还跟丫鬟碧桃开起了玩笑,要请她吃自己与小姐的喜酒。

小姐却俏皮地笑道:"世人皆言,徽之献之,伯仲之间,今日一见,五郎宜做友,七郎可为夫!"

五郎傻了,表妹变弟妹了。

第二场,情势突转,冒出来一个新安公主,不顾七郎已有贤妻,一定要招赘于他。麻烦大了。

《乌衣巷》有个特别的处理,五郎、七郎由一个演员扮演,从剧本安排上,五郎和七郎就不能同场。第一场"选婿"是五郎的戏;第二场"写扇"就看七郎;楔子"访郗"又是五郎;第三场"开箱"回到七郎;第四场"叩琴"再到五郎,剧终。

这样处理好不好呢?

观众大概是喜欢的,有中意的小生演员,分演两个人物,戏份足;一剧分展两腔,唱罢"毕"派,唱"竺"派,声腔丰富;看角听腔,观众感到过瘾。

演员也会愿意的,场场不落,都是重头戏,要动感情,边幕里一帮人候着,一下场就围过来,擦汗的擦汗,换妆的换妆,快快快,好好好,再上去又是一个人物,展现演技和唱功,蛮挑战,也蛮过瘾。

看说明书,李晓旭,南京市越剧团的小生新秀。看台上,果然年轻,体力充沛,一担挑俩,扛得住。流派是怎样的不懂,只听她声音圆润,行腔自如,表现两兄弟不同性格,刚的刚,柔的柔,想要达到什么目的,清清楚楚,稳稳当当,想来是下了功夫的。

一般模样,两样人生,你看他不靠谱,他却始终如一;你托付终身,他却没有担当。一个人演倒也不错。只是兄弟感情纠结的戏,两人一直不能照面,是不是也有局限?

演员把握七郎似乎更加得心应手,比较浑然,化得开,没有刻意塑造处理的痕迹。七郎一出场就处在尖锐的矛盾中,他也想反抗,还故意弄伤自己脚,想让公主见伤而退。谁知公主说,"慢道你伤了腿脚,即便是双腿皆废,我也非你不嫁"。天可怜见,他扶杖蹒跚,仿佛老了十岁。"惹恼公主、开罪内庭、断送前程、殃及门第、牵累双亲、祸遗兄弟、不忠不孝、不仁不义我担不起",每一句都有具体的可怕的后果,他不得不反复掂量利害,做非常痛苦的权衡。

与五郎的落拓不羁相比,七郎的悲怆凄迷更加动人。

二嫂谢道韫来了,劝止七郎。乌衣巷上流人家,处理家务也讲究曲笔,二嫂拿出葵扇,以扇喻人,要七郎写个"情"字。

七郎提笔,却只写了个"凄怆伤心"的"怆"。

二嫂叫他再写。

再写是个"担惊受怕"的"怕",横是避不开公主逼婚。

二嫂激励他:"今日这事,若是五郎,他会怎么样?"

七郎结结巴巴:"五哥,五哥便怎样?"他答不上来。

二嫂替他说了,如若是五郎:"他必泣血叩陛,上书陈情,坚辞驸马,不尚公主!"

七郎怎么不反驳呢?事情不在自己身上,什么狠话都好说。事到临头,身在其中,担子压到自己肩上,才知轻重厉害。真的轮到了,他会不会这么做?

可惜他没有反驳,被二嫂问住了。

二嫂谢道韫,王羲之次子王凝之的妻子,宰相谢安的侄女,安西将军谢奕的女儿,也是著名的女诗人。乌衣巷这一家人,个个都是大明星,遇到一个新安公主,却都束手无策。可见还是皇权厉害。

二场与三场之间有一个短短的楔子。冬夜,婚礼依仗引导,新安公主喜嫁乌衣巷王府。

仆人桐叶唤五郎去喝喜酒,说众家亲眷都去了。

五郎问:"六弟去了?"

桐叶说:"去了。"

五郎问:"二哥、三哥、四哥都去了?"

桐叶说:"都去了。"

五郎问到谢道韫:"那二嫂呢?二嫂重情重义,必定不去!"

桐叶说:"那'咏絮才'的谢夫人,跟着二爷,也去啦!"

写得好!这一笔把人性写透了。

五郎气愤不过,独自冒雪上山看望郗小姐。

郗道茂却没有出现,只在里面问:"门外是谁?"

王徽之的欲言又止。为什么不答应呢?你不是来看她的吗?他的无言吸引了观众。

郗道茂还在问:"哪个叹气?"

王徽之还是不做声。

郗道茂终于放弃:"难道听错不成?想是听错了。"

屋内灯灭。

王徽之愣怔,转念,打开手中的纸伞,轻轻地放到郗道茂窗下的墙边。退下。

忽然有了久违的感慨,这样的细腻缠绵,不直奔什么主题而去,也没有什么最高任务或贯穿动作,就是情感的微妙、心波的涟漪。这样的戏久违了。想到自己也越来越粗糙了。

观众是关心郗小姐的,第一场就是她,第二场休弃的又是她,得有下文才是。下一场却没有,隔一场再上来,拿着那把伞,却没提那晚的事儿。五郎也没有说。像是戏排好后发现伞没有交代,匆匆打补丁。没补周全。

然后就是第三场和第四场,想说说第三场。

七郎与公主已经是二十载的老夫老妻了,一个快快病中卧,一个背地泪迷离,小细节,小零碎,是人们熟悉的平平淡淡的日常生活。

一个好作品,一定有人人心中的东西。古代的乌衣巷,王谢华堂,贵族知识分子生活,寻常百姓没有经历过,但悲欢离合喜怒哀乐人们能够体会得到。牛郎与织女,银汉迢迢暗度,每年七月七,挑着一双儿女去与见织女,那个心情人人都能体会的。

果然,戏来了。

王献之说:"公主啊,我命不久矣。"

公主急了:"别胡说。"

王献之说:"真的,你看我小时候写字,我娘在后面抽我的笔,掌中之笔也不动。当时我才八岁。可是今天,你轻轻一抽,这笔就离了我手啊。"

公主也难过了。

王献之就说了:"人之将死,其言也善,有句话搁我心头好久了,一直想问你。"

"问什么呢?"

公主问了他两遍。

七郎开口了:"当年万岁颁旨,命我入赘皇家,下官若是不从,抗旨不遵,敢问我父我母我兄我姊我王氏满门,待将如何?"

好重的一问。问得好!

观众的心提起来,仿佛绷紧了一根弦。

新安回答了,她说:"七郎不从,我也只好忧思辗转、郁郁而终,你王家世代簪缨,我能奈你何?奈你何来。"

绷得紧紧的弦"噔"地一下弹飞了,鞭子一样刷到哪儿,哪儿哪儿都是一条条血痕。王献之惨然大笑。悔之晚矣。

原来是自己吓自己呀。人家并没有要你的命啊,你就先把身子匍匐下来。你欺负了最不该欺负的人,生生地埋葬了一份感情,血淋淋的。人生无常,没有后悔药,早知今日何必当初。

这不是一笔,这是一刀,够狠的。

只是下面的戏不大好懂,七郎说他此生只负一人,谁呢?竟然不是郗氏郗道茂,而是公主。想不通了,明明是公主插足,强打恶要,逼得七郎把没犯任何错误的郗氏逐出家门,但见新人笑,哪闻旧人哭!受委屈的明明是郗氏嘛。五郎可爱,就可爱在他有正义感,别人都去喝喜酒,他一个人上山去看郗氏。七郎说对不起的是公主,倒也出乎观众意外,但你得说出个让观众信服的理由。可惜,观众看到的是你千好万好地跟公主厮守了一生,丈夫的好处都让公主得了。四句藏头诗

267

"能不怜侬"就把郗小姐打发了,与其说是表白感情,还不如说是解脱良心的负疚。

新安公主倒不错,二十年过去,生儿育女,不是公主而是老妻了,懂事了,也宽厚了,还知道说一句对不起。虽然只是一句话,也见真情,观众就原谅她了。

戏剧有时候不得不从俗,主人公得争取观众的同情。宝玉洞房花烛,黛玉命归黄泉,观众站在黛玉一边,宝玉哭灵,捶胸顿足地忏悔,说对不起林妹妹,观众才会跟着掉泪。七郎到底对不起谁?

第四场,七郎去世,五郎吊唁,见到公主,说:"公主,七弟天生怕黑,我们为他多点些烛火吧。"

不放悲声,令人心碎。

好戏都有嚼头。

2019 年 9 月 8 日

市民的喜剧

上海滑稽戏《皇帝勿急急太监》

题注：

全国地方戏曲南方会演剧目
上海滑稽剧团有限公司演出

编剧：梁定东
导演：虞杰
主演：钱程、小翁双杰、徐磊

2017 年 10 月 9 日
武汉　中南剧场

　　一个迂阔的父亲，一个顶真的母亲，越俎代庖为大龄儿女相亲。"皇帝不急急太监"，开场破题便吸引了观众，正是当下父母在子女婚恋问题上的集体焦虑。

　　巧妙的是经纬有序，父母为儿女操心，儿女又为孤枕寒灯的父母操心，两条线编织成一个故事，结构精巧，细节丰满，以小见大，语言谐谑，风格清新，温暖健康又有善意的批判，有真情，有智巧，编导匠心独运，演员挥洒自如，左右逢源，显示了娴熟老道的滑稽戏技巧和对市井生活的谙熟。笑料不断妙趣横生，观众乐不可支，是一出反映市民喜怒哀乐，很接地气很受欢迎的市民喜剧。

　　最为精彩的戏是"托与骗"。来了一个婚介公司老总叫王成，把相亲角变成了生意场，忙进忙出地做起了生意，见一次面五十块钱，见两次一百块，只包见面，以后的事情不包，要包成功的话便加入 VIP，见一个要一百块，一分行情一分货，没带现金可以刷卡。接单后他会雇用人员来相亲，公司哪有这样多现成的男女？当然要临时雇用，生意嘛，差不多年龄的男女都可以来应聘，闲着也是闲着，挣几个零花钱，跟工地上打工一样，还不累。一号男二号女三号男四号女，按照王成的安排依次登场相亲,个个都有故事。

　　这是相当夸张的滑稽戏情节,但夸张来自想象力的活跃,想象力的活跃来自对生活对人性的认识。据说剧作家深入生活,相亲角不知跑了多少次,有些情节台词坐在家里想都想不出,只有到生活里去淘。"相亲就是一场婚姻投资,相亲角就是爱情超市,儿子女儿就是里面的商品,名字就是产品名称,出生年月就是出厂日期,产地就是啥地方人,基本情况就是产品特性,配个条形码价钱贴上去,择得中就成交,择不中就是坑子",王成的台词就是来自剧作家探访相亲角的体会。只有戏剧想不到的,没有现实做不出的,既夸张又真实,既有喜剧色彩,又有对现实和人性的讽刺。

　　这是一场分量很重的戏,一个"托"一个"骗",既有戏剧效果,又有世情时态,荒诞讽刺,吸引观众,不由得要顺着这条线往下看,关心下文的发展。不料第二场就结束了,第三场另起一章,转到了"父与子",父母爱儿女,儿女爱父母,彼此为对方操心,儿女们也在生活进程中不断成长。第四场,女儿说"妈妈不相亲,我不结婚"。好吧好吧,妈妈就来了个假相亲。不料假相亲动了真感情,滑稽戏打起了温馨牌。戏也不错,只是"托与骗"没有发展,甚为可惜。

　　因为"托与骗"没有发展,王成这个人物便有点虎头蛇尾。或者反过来说,因为王成这个人物没有开掘,剧情便只好另起一章。王成这个人物比较复杂多面,做生意他"托与骗",无情无义;做儿子他敬老行孝,有情有义。第五场他来为老母亲找家政工,遭遇家政公司老总雯雯,这正是他"托与骗"的对象。狼狈吧?应该有一场好戏看。可惜,雯雯仅仅斥责了他一顿,他就转变了。略显简单。

2017 年 10 月 9 日

凭什么不跟叶天韬好

楚剧《万里茶道》观后

题注：

全国地方戏曲南方会演参演剧目
武汉楚剧团制作演出

编剧：罗周
导演：陈蔚
主演：夏青玲、余维刚

2017年10月13日晚
武汉　武汉剧院

玲珑凭什么不跟叶天韬好？想不通。

玲珑是茶商的女儿，家族生意的因缘，嫁给"大河兴"老板做了三太太。有个青梅竹马的小朋友，叶天韬，是个能干的伙计。眼睁睁地看着心爱的姑娘嫁给他人，还是商号的老板娘，当伙计的叶天韬自然是很痛苦的。可是机会来了，戏一开场就是老板病危，茶叶生意不能不做，玲珑受命于危难之时，要率领商队出发。一个女子率商队远行，你再能干，也会令人担心的。叶天韬决定跟随，保驾护航，于公于私都没有问题。

商队涉黄河，越太行，穿晋中，入戈壁，茶道迢迢，一路颠簸奔向远方。叶天韬一路追随，情深意长。玲珑是有夫之妇，发于情，止乎礼，这都没有问题，矛盾心情正是戏剧所需要的。问题是后来大老板去世了，两人之间的障碍没有了，玲珑为什么不跟叶天韬好？

最终，女主人挥手道别，割断了情缘。这一对男女的感情线是楚剧《万里茶道》的重要情节，散戏从剧场出来，就别扭在这个情节上，你没有说服我呀。跟一起看戏的朋友讨论，原先说得好好的你爱我我爱你，还唱了那么多段爱情戏，都不算数了？让人想不通的事发生在戏的结尾，高潮过来，观众关心主人公的命运，叶天韬向玲珑求婚，玲珑拒绝了。理由是：因为太爱而不爱，因为有情而无情。啥意思？故弄玄虚。写诗可以，玩点爱情小游戏，欲擒故纵欲扬先抑。成亲可不能这样，嫁不嫁？嫁！好，洞房花烛拥之入帐，来年添个小宝宝，一起再做茶叶生意，就是这么现实和具体。

戏一开始就写了两人的感情，可是玲珑有夫，不能接受叶天韬的爱情。夫君去世，玲珑自由了，还不行吗？玲珑说不行的理由是要"寻茶"。观众听得一头雾水，什么"寻茶"？像茶圣陆羽那样踏遍青山寻找茶叶品种？也行，寻就寻吧，以事业为重。叶天韬是个好小伙，搞事业正好可以携手同行。俗气地功利地考虑，不论感情还是生意，一个小女子都需要叶天韬这样可以依靠的好肩膀，这才符合人之常情。如果不要，一定有确实不能要的理由，也得符合人之常情，否则不能说服观众。

商队从汉口出发，过黄河，穿晋中，到口外，茶道万里，直到俄国恰克图。多少个日日夜夜，异域孤旅，雨雪风霜，几个人朝夕相处，天当被地当床的时候也就只能抱团取暖了。年龄相当的正常男女都会产生些想法，又不是特殊材料制成的机器人，有血有肉，有冲动，玲珑和叶天韬还是青梅竹马，困难时都是相依为命的。倒是小丫头雪芽的戏写得好，一直忠心耿耿地伺候玲珑，走了一路，突然冒出来说："我不能跟您往前走了。""怎么了？为什么？""怀孕了。""啊？谁的？"期期艾艾地走出一个小伙子，是商号小工，平时打打闹闹嘻嘻哈哈的，没想到还偷偷摸摸干了件大事。小伙子也是忠心耿耿的，可这时候很抱歉，说不能继续伺候大掌柜了，"有孩子了，我得尽我的责任"。多好！这才是人！是正常的男女。

雪芽怀孕是一个小小的细节，意料之外情理之中，几分钟的戏，熠熠闪光。万里茶道岁月沧桑，一路有悲有喜有爱有恨有生有死，这才是真实的人间。

许多戏中小人物、配角都比高大的主人公可爱。

玲珑的拒绝缺乏一个重要的理由。或许，一路走来，对叶天韬有了不同的认识？人生的反转？总之要让观众信服。

2017年10月13日

质朴平实的莲花采茶戏《将军还乡》

题注：

全国地方戏曲南方会演剧目

江西莲花县采茶戏剧院演出

编剧：罗日铣

导演：贺希娟

主演：胡爱萍、古平

2017年10月9日

武汉　武汉剧院

莲花县是一个只有二十七万人的小县，土地革命时期，这里成立了苏维埃政府，是著名的中央苏区的一部分。《将军还乡》写的就是从莲花县走出去，南征北战，功成名就后解甲归田的老红军——甘祖昌将军。

一个小小的县级剧团，一干毫无名气的演员，演出了一台朴实无华感人至深的好戏。导演贺希娟在说明书上写了这样一段话："遵循传统，谨慎创新，不玩儿新花样，不搞大制作，不弄大排场，像甘将军那样，质朴，平实，简约，淡定。"舞台综合呈现的成果实现了她的追求。

有两段戏印象很深：

第一段"要红包·吃年饭"，这是将军还乡后的第一个春节，初一开门，准备迎接拜年的乡亲们。不料来了一群衣衫褴褛的孩子，伸出小手要红包，要了还要，一拨拨轮番上阵，令甘将军夫妇应接不暇。询问之下方知是大人怂恿，说将军有钱。要钱干什么呢？孩子们嗫嚅，有的要给爹爹买药，有的要给家中买油盐，有的竟跪下磕头请求将军多给几个。这场面你怎么想，扎心了。好不容易送走了孩子，一拨大人又

273

来了,说是给将军拜年,眼睛却直往饭桌上瞟,那是将军家准备的年饭,馋得乡亲们直咽口水。将军夫妇会意,一个"请"字没落音,一拨人就呼啦啦夺门而入,抓起碗筷就狼吞虎咽,还有噎着呛着的。连声感谢将军,说吃了这顿饱饭,就是死了也心甘啦。

将军无语。第一场戏就在这无语中收光。

第二段"更衣",这是甘祖昌人生最后的日子,妻子拿出二十年前给将军买的衣裳,是一件府绸衬衣,将军嫌太好了,不肯穿,一直压在箱底。妻子说,想亲眼看着丈夫穿上,哪怕就一次。甘将军顺从,一边更衣还一边笑说:"只怕这衫子一穿,到了那边没人认识我甘祖昌了。"妻子回答得也好,六个字:"看你,不许瞎说!"

写得出这样的台词的编剧是好编剧!一出戏能让观众心动,过后还记得,就是好戏!

没有音乐大作,没有电闪雷鸣,没有各种手法渲染煽情,就是这样寻常的生活。只有一次水库决口出现险情,还把它推到了幕后。也不贪求戏剧性和情节跌宕,就让剧情如同阳光下的河流平缓地流淌,不时有一些小小的漩涡,从容不迫地表现出平静下的激荡。它告诉观众,附丽于日常生活的质朴平实的故事,也是很有魅力的。

音乐作曲也必须点赞,也像甘将军的人格风范,难得地质朴自然,既有地方特色,又悦耳动听。男女主演没有辜负作曲的创作,都是好唱家,唱功一流。甘祖昌登场亮相,开口四句唱,明亮丰满的嗓音就把人震住。马上看说明书找演员的名字——胡爱萍。接着甘妻登场,又是四句唱,又让人一震,这就知道眼前这出戏必须认真看一看了。女主演叫古平,清澈如水的嗓音,那样干净,没有一丝杂质,洗了耳朵。生活戏,夫妻对唱多,都跟说话一样,符合人物个性和情感,符合戏剧情境。第六场《祈愿》大段的无伴奏清板,雨夜滴漏,声声入耳,沁人心脾。

感谢编导,感谢作曲,感谢演员,感谢莲花县采茶剧团,感谢他们制作了《将军还乡》。希望戏中的故事能够长远地流传,滋润一方水土,养育一方人。

2017 年 10 月 9 日

补注:

会演结束两个月后,中国艺术研究院王静波博士发来微信,说《将军还乡》拟加工修改。江西艺术研究院书记也是甘祖昌的扮演者胡爱萍,是这个戏的总策划,委托她征求意见,不方便开会,请书面赐教,希望评委们谈得更直接更尖锐。

于是补写了下面这几段话。

胡爱萍先生：

您好！会演时给《将军还乡》点赞，赞了两段戏，一是红包与家宴，二是夫妻诀别。都很动人。这里有编导音的心血，也有你与女主演的演唱功劳。观看时与邻座《中国戏剧》老主编晓耕交换感想，她也赞不绝口。现在有的戏曲演员太不讲究唱功了，地方戏演唱没有韵味，没有魅力，观众是不会喜欢的。

现在你们不满足，要征求意见，正好说一说。

戏很质朴，但整体构思平铺直叙，还乡，思变，奋战，遭诬，坚守，祈愿，沿着主人公的经历一路趟下来，很通顺，很流畅，却又有点沉闷冗长，缺乏戏剧的起伏跌宕和匠心独运，高潮和人物的内心也需要更加耀眼的点睛之笔。否则平实便可能流于平淡。

提几点不成熟的建议供参考：

一、将军首次出场比较一般化，扛着锄头就上来了，剧本提示"一副劳动模样"，太偷懒了。必须给将军想出"劳动"的细节，让观众知道他出场前在干什么，有没有困难，他想怎么解决，在回乡的问题上与妻子的矛盾，发展到什么程度，等等，想具体了，第一场戏才不空。

二、可以给将军设计一个行动，正在解决兵团的水利，夏季雪水下来怎么办，忙来忙去。妻子以为他不回乡了，观众心中也有悬念。不料笔锋一转，忙归忙，乡还是要回！戏有转折，好看。

三、"奋战"及第四场防洪抗灾，也是水利问题，要与第一场的兵团水利事件呼应，在新疆就干这样的工程，正好用在家乡建设上。

四、甘祖昌身体状况要具体，阿衣古丽可不可以送身体检查表，交代出"来日无多"。他是向死而生的。

五、可否为妻子设计一个"约法三章"。同意返乡，但要"约法三章"，妻子与医生"合谋"，领导也"加盟"，不接受"约法三章"，就不许你返乡。甘必须服从，点头。一不能怎样；二不能怎样；三不能怎样，一月与医生通一次电话汇报身体状况，两月做一次身体检查，报出各项生理指标，诸如此类。从戏剧性来看，便是设置了一个大悬念，他会不会遵守？违反了会怎样？他的身体能不能坚持？

这是一条故事线，每一场都要拎一拎，如第二场大年初一，吃年饭、迎接拜年时，妻子就会抽空提醒，该与医生通电话了，汇报病情接受指导。

第三场水库工地，正是出大力流大汗的时候，又逢通话，不能怎样不能怎样，有这条线将军的乡间生活会更加真实具体。

第四场,由于艰苦,身体检查指标不好,危机临界,这时却有人污蔑他沽名钓誉,甘也会情绪起伏。妻子说,哦,你也委屈呀。甘说那当然。不要把甘当圣人写。

"约法三章"延续在返乡的二十年中,甘有时忘了,医生电话打来催问。编织到现有情节中,使细节更丰富,人物之间冲突更有内容,牵动感情,人物更有血肉和生活实感。观众也会紧张一些,比如"遭诬",就可以在悬而未定的身体状况上切光,留有悬念,或者在要送他去上海治疗时切光,欲知后事如何且听下回分解。

第六场祈愿,告别,新疆的医生也来了,含泪而笑,打破了医生的预言。甘感谢医生,也要提到这二十年的遥控治疗,是您创造了奇迹。

六、甘祖昌似乎有一句台词,说我想改变家乡的面貌,干了这么多年,家乡还这么穷。这个点非常好,是人物的内心活动,可惜没有展开。现在带领群众战天斗地,比较一般化。

随笔随想,言不及义,不揣冒昧,抛砖引玉。

预祝《将军返乡》更上层楼,获得更大成功。

2018 年 1 月 5 日

可遇而不可求的神思

滇剧《水莽草》

题注：

全国地方戏曲南方会演参演剧目

云南玉溪滇剧传承保护展演中心制作演出

编剧：杨军

导演：熊源伟

主演：冯咏梅

2017年10月5日晚

武汉　京韵大舞台

　　构思是神思，不可能开会讨论由众人异口同声地发出，只能是艺术家个体生命的精神活动，辗转反侧独自运思，灵光乍现，可遇而不可求，因此弥足珍贵。

　　舞台剧特别讲究构思，囿于时空限制，舞台往往会特别青睐那些以小见大以一当十匠心独运的作品，三翻四抖起承转合，剧情集中紧凑的精巧结构会带来形式上的美感，滇剧《水莽草》正是这样一部内容与形式都受到舞台宠爱的好戏。

　　婆媳战争，相残相害，闹到以死相搏的程度。谁死？媳妇死，熬好一碗水莽草汤，毒汤，要喝了它，"你烦我，好吧，我死，我死好不好？我死了你就痛快了吧？"这是激愤的媳妇刺向婆婆的最后一枪，"我要让你后悔！等你儿子回来看吧，等村里人来看吧，你这个逼死媳妇的恶婆婆，我要让你受良心的折磨，一辈子都不得安生！"媳妇这一枪不惜代价，以死相拼，确实够狠。

　　俗话说人算不如天算，意外发生了，婆婆来了，把毒汤当成养生汤，媳妇你想偷偷享用啊？想得美！一仰脖自己喝了下去。媳妇拦都拦不及，傻了！

　　拍案惊奇，一个出人意料的转折，戏剧太需要转折，太需要意外，平铺直叙怎么能好看呢？难得的是意料之外，情理之中，《水莽草》的转折严丝合缝，入情入理，观众服服帖帖地上钩了。看到婆婆刺激媳妇，故意挑衅般地嘬那毒汤底子，嘬嘬有声，观众鼓掌大笑。

构思最初的燃点可能是灵感，电光石火，天机自动，但一个精彩的构思要形成一个完整的故事，却需要发酵发展。婆婆喝了毒汤，媳妇吓得要死，往下怎么发展？毒性该发作了吧？发作了人死不死？死了可就没戏了呀。不能死，不死又怎么办？精彩的结构需要一系列环环相扣的情节衔接，老草医的出现是情节链条中的又一个神来之笔！

婆婆喝了水莽草汤，要是死了，就没戏了。可老草医说，别急，水莽草毒性不会立即发作，需要七七四十九天！又是一个意料之外，又是一个情理之中，婆婆一时死不了，戏剧悬念延续了，观众的胃口又吊了起来。太好玩儿了。《水莽草》就是这样不断地让观众惊奇，不断地让观众服帖上钩，"逗你玩儿"似的狡猾地延续着戏剧悬念，一点也不放松地让剧情有张有弛地活泼泼地向前发展。

"第一天""第十天""第二十天"，由人举着日期牌子出来告示观众的处理也很聪明，它把观众"请上了黄鹤楼"，让观众兴致勃勃毫无倦意地看翻船，看婆媳俩的笑话，看你们如何下地。牌子一举，又是一天，一天天地发生着变化。

媳妇心惊胆战，以戴罪之身服侍婆婆，要让婆婆度过最舒服的四十九天。婆婆受宠若惊，开始还不习惯，媳妇咋这样孝顺了呢？又应了一句俗话，人心都是肉长的，是块石头也捂热了。德不孤，必有邻，人好我好，人善我善，婆婆反过来也自问自省，到了媳妇真心忏悔请求判官修改生死簿，以死抵罪救婆生还时，和谐的曙光就顺理成章地出现了。

说明书上有一幅剧照，文字注明"导演谢平安（2012年版）"。方知该剧创作已经打磨了五个年头，如今又融入了熊源伟的导演智慧，难怪这么精彩。感谢编剧杨军，感谢以冯咏梅为首的一台演员，他们唱出来的滇剧美极了。

2017 年 10 月 5 日

"一夕三军唱楚歌"

楚剧《楚剧大师沈云陔》有感

题注：

武汉市新洲区楚剧团创作演出

编剧：罗慕磊
导演：张虹
主演：童文春、郭亚飞等

2019年6月7日首演

武汉　湖北剧院

这应该是省市两个大院团唱的戏，却让一个小小的区级剧团抢了先。小剧团自有道理：沈云陔是我们新洲人，乡谊乡情，这戏就应该由我们唱。

当晚，湖北剧院灯火通明，熙熙攘攘人头攒动，连唱汉剧的都来了。看完戏召开座谈会，一位为楚剧写过许多好本子的老剧作家率先发言，说到"沈老"时竟不能自已，他感谢新洲楚剧团，说冲着"沈老"也要点个赞。唱汉剧的也动了感情，说沈云陔不只是楚剧的，也是汉剧的，是戏曲的，希望新洲楚剧团继续努力，十年磨一戏，把这个戏打造成精品，云云。后面几句话有点"套"，一般研讨会上都要说的，但大家心里明白，针对新洲这出戏，套话里装的是真心。

楚剧原叫"花鼓戏"，源自黄孝地区，也叫"黄孝花鼓"。新洲古为邾城，原属黄冈县，《黄州府志》《黄冈县志》都有记载，所以新洲也是黄孝花鼓的发祥之地，田头地边生生不已。官府却跟老百姓作对，说花鼓是"淫戏"。只有偷偷唱，夜半开锣，也叫"夜花鼓"。衙役一来，鸡飞狗跳，乡间小路上常常可见脸上带着残彩的艺人双手绑着被衙役往县里带。如此艰难，十岁的沈云陔还是闻名乡里，叫作

"十岁红"。十六岁的沈云陔跟随戏班进了城，进城还是屈辱，中国地界不让唱，只能躲在租界。是不是租界格外好呢？不是，他是要赚钱，赚你的钱还欺负你，压得低低的，你不干可以走啊，知道你走不了，不敢犟，无路可走。共产党员李之龙的出现，真的是黑暗中的一缕耀眼的阳光。要不楚剧艺人热爱共产党呢，李之龙把他们当人看哪。他调查了一个月，写出论文，高调赞扬楚剧，说楚剧是平民的艺术，是民间的声音，他亲自把沈云陔等一班楚剧艺人接到新市场，让楚剧挺直了腰杆。

《楚剧大师沈云陔》在这个背景下拉开了全剧的帷幕。众望所归，众星捧月，年轻的沈云陔第一次走入了中国地界，第一次在中国地界的舞台登场，扬眉吐气痛痛快快地唱起了花鼓。汉皋惊艳。

全剧沿着沈云陔的人生脉络编织经纬，分为四段——楚剧进城、楚剧入川、楚剧改革、楚剧发展，铺开来几乎就是一部楚剧史，宛如大浮雕的大背景，烘云托月，凸显了沈云陔及楚剧人的悲欢沉浮。

扮演沈云陔的是生行演员童文春。事先有点担心，担心他不像。我并未见过沈云陔，怎么有"像不像"的问题呢？这就是内心造像，沈云陔是什么样的，内心有定势，你的沈云陔一出场，它就冒出来，不符合就是"不像"。所谓"像不像"，其实也就是"好不好"，"好"了，就"像"了。观众也像食客，您说美味佳肴不行，他得亲口品尝，一口进去，好不好直截了当。《洪湖赤卫队》的韩英，谁见过呢？可大家都认同王玉珍，她就是韩英。半个多世纪过去了，一代代韩英层出不穷，还是抹不掉王玉珍。年轻观众不熟悉王玉珍，可以把剧照拿来比一比，哪一个最"像"？看了王玉珍的韩英，你会把别的韩英都忘了。

童文春的沈云陔怎么样呢？此前看过他的《悬鱼太守》，他年轻，健壮敦实，气势如虹，演个廉洁奉公嫉恶如仇的官员刚刚好，生猛一点也无关大碍。沈云陔的距离就大了，看过老照片，那是历尽风霜的清癯和沉稳，波澜不惊，履险如夷，即使是凤冠霞帔的浓艳妆容，那眉宇间还是带着一种骨子里发出的朴素和端庄。

演员不是角色，形貌与神韵有距离是自然的。缩短这个距离，幻化为角色，以角色去打动观众，正是演员要做的工作。可是童文春的工作太多了，这也是我的担心。他是演员也是团长，小剧团没有富裕的帮手，说日理万机是夸张，台上台下团团转却是写实。我参加过他们的剧本研讨，每次都是他这个团长亲自打电话，时间、地点、谁人接、如何联系，都是他安排。还要筹措制作需要的经费，这又是一本难念的经。如此巨细无遗地忙碌还能沉下心来演戏？戏是"磨"出来的，他有时间"磨"吗？这种担心也变成了悬疑,成了这出戏的看点,就想看看童文春。

真的没有想到,他的第一次出场就让我意外。那是年轻的沈云陔在新市场登台演出《平贵别窑》,我不敢相信这素颜青衣王宝钏就是童文春。紧盯着看,边看边疑惑,是不是他呀？他还能唱青衣？是本嗓,却是旦角声音;是旦角妆容,做派却不"娘"。看到那段激情的跪步时,我想是不是另外找了个女演员做替身？只是小剧团人手有限,哪还有多出来的女演员？外请也不可能,那要花钱,成本太高。这么想着,一直拿不准。开座谈会时知道老剧作家也疑惑,听他问童文春,那个旦角是你吗？童文春笑着说是他。老剧作家"嗨呀"了一声,说:"这倒要对你刮目相看了！"

童文春是下功夫了,来不及一一细说,只说体重就减了十几斤。怪不得人都变清秀了,长衫一穿,真有了几分俊逸,戏也往心里去了。

写演员的戏,难免会有"戏中戏",这戏与剧情无关又有关,结合得好,相得益彰。童文春表演的又一个亮点便发生在入川后的一段"戏中戏"中。戏园被日机炸毁了,由武汉撤出的演职员和家属百余人面临饥寒之困,沈云陔身患重病缠绵病榻,他一面献出全部金银饰物做抵押贷款重修戏园,一面抱病登台唱戏维持众人生计。八年抗战,辗转川蜀,倍尝艰辛,文艺界人士知悉无不为之感动,郭沫若特别题写七绝,"一夕三军唱楚歌,霸王垓下叹奈何。从兹艺事浑无敌,铜琶铁板胜干戈",表彰沈云陔与楚剧队艰苦卓绝的爱国主义精神。《岳母刺字》便是这段背景下的"戏中戏"。也许是与本人的气质更接近,较比前面的王宝钏,童文春的岳母戏放得更开,更其酣畅淋漓了。

第三段戏的亮点是编剧点燃的,他把易佑庄这个人物写进了剧中。这是一位学识渊博的音乐家,20世纪50年代初作为新文艺工作者被派入楚剧团。然而,刚刚走出旧时代的楚剧艺人不接受他,视他为"洋绊",排斥他。他也与楚剧格格不入,与自己穿着"布拉吉"唱苏联歌曲也是"洋绊"的未婚妻正想离去。是沈云陔苦苦地挽留了他,当他编出新曲时,沈云陔向他作揖,要"给他烧高香"。士为知己者死,易佑庄先生将沈云陔视为知己,成为莫逆。直到晚年,每当人们赞扬他,称他为楚剧音乐的改革家创造者时,他一定要说起沈云陔,没有沈云陔就没有楚剧音乐家的他。编剧罗慕磊先生抓住这真实的人物真实的故事,写了一段有意思也有意义的戏。

现场观众反应是热烈的,这热烈不仅仅对戏,还是对一个高尚的楚剧艺术家的热爱。但要把人物写活,写好,写得栩栩如生,那还不能着急。还真的要说几句继续努力的套话。精品不是从天上掉下来的。

在两个多小时的戏中,在需要容纳很多唱腔的戏曲中,想要写出一个人的一生几乎是不可能完成的任务。沈云陔经历丰富故事多多,两个小时的戏怎么装得进去?目前剧中的四个段落也远不是沈云陔的全部人生。每一个段落都有亮点,却都是点到为止,未能充分展开,未能更生动鲜活地描写人物,未能发展出更加动人的好戏。这每一个段落都很有基础,都可以各自展开写成一出大戏。

比如沈云陔与李之龙,就有非常独特的缘分。一个学英文出身的学生,肄业于烟台海军学校,做过共产国际代表鲍罗廷的英语翻译。他喜欢戏剧,写的演的都是文明戏。但是,随北伐军进入武汉,接收了新市场后,他没有请文明戏,却请了楚剧。为什么?他不是盲目的,他有理由,并且留下了文字。他说楚剧语言通俗,反映了老百姓的情感和愿望,"不能因其小故(淫邪)而抹杀了它的许多长处"。他办培训班,提高楚剧艺人水平,他亲自编导的戏被誉为"楚剧革命的新声"。当创新成风时,他却又保持了冷静,说丢掉自己长处,一味学京汉大戏,场面也大了,帮腔也丢掉了,"真是糊涂人哪"。抚今追昔,不得不惊叹他的洞察力。他在广州牺牲,武汉的楚剧艺人设灵堂遥祭。这就可以写出一部大戏。

最初讨论剧本时,我曾说沈云陔的故事那样多,何不写成连台本,或者叫系列剧,从不同角度切入,一部一故事,如同民间故事集,脍炙人口,传之久远。随口一说,却是真心,两小时的戏不是电视连续剧或长篇小说,不可能描写人物的全部人生,只能攻其一点不及其余。写赵五娘"吃糠",就别写赵五娘"上路",戏曲还得留出时间来唱,只能抓住一个情节,铺垫,展开。婆婆怎样误会,公公如何劝阻,婆婆如何不依,五娘怎样受屈,怎样隐忍,到最后婆婆发现,误会解开,婆婆大恸,原来媳妇把米给我们吃,自己在吃糠啊。有了这些铺垫,五娘安慰婆婆,自嘲地说我不是您儿子的糟糠之妻吗?才能动人。

看事容易做事难,同行感同身受,最知道做戏不易。一个区楚剧团,长期坚持文化"三下乡"服务群众服务基层,还连续出新作,廉政大戏《悬鱼太守》,根据莎士比亚《理查三世》改编的《驭马记》,现在又是《楚剧大师沈云陔》,有几个剧团能够做到?有,不多。

楚剧同行们也用行动为他们点赞,首演的戏进行到第四段落的尾声,历尽磨难的沈云陔迎来了新的春天,云蒸霞蔚,一组组彩扮的人物登上舞台,这是《夜梦冠带》《二堂审子》《庵堂认母》《断桥》,都是沈云陔的代表作,观众看着台上的人物,念着剧名,也随之喊出了演员的名字,他们不是新洲的,他们是省市剧院的,是目前最受观众喜爱的当红的楚剧才俊。他们是来向沈云陔先生致敬的。这是一个大大的惊喜和感动。当这些后辈晚生怀着虔敬的态度,一口口唱出韵味浓郁的蕴含着满满的先辈心血的唱腔时,全场鼎沸了。

楚腔楚调楚韵,一唱三叹,观众也随之击节,"一夕三军唱楚歌",这是一个属于楚剧的夜晚,一个灿烂的迷人的夜晚。

2019 年 6 月 17 日

我们的《家园》

拜观渭南秦腔剧团演出

题注：

第十一届中国艺术节参演剧目
渭南秦腔剧团、澄城县剧团、户县群星剧团联合演出

编剧：谢艳春、屈曌杰
导演：石玉昆
主演：边肖、贾周峰

2016 年 10 月 19 日

陕西延安

没有想到，这届中国艺术节的开幕式，安排了几个小小的县级剧团来演出，听说还是民营的。唱的是秦腔，带着"土腥味儿"，是从心底吼出来的，跟城里人的戏不一样，带着血带着泪，带着悲带着喜，带着对未来的向往，吼出了一个触动人心的《家园》。谁不想要个家园呢？

戏来得很猛，开场就是泥石流，把祖祖辈辈辛辛苦苦营建的家园给摧毁了。

舞台上怎么表现泥石流呢？导演和舞美师大手笔，后场的大屏幕和中场的布景衔接，由后向前推进，形成了一个从天而降、山崩地裂、汹涌而来的巨大灾难。人们惊恐绝望地奔逃喊叫，中场的农舍土楼一块块地垮塌，最后被淹没，无情的泥石流几乎推到了台口，把观众看得目瞪口呆。

舞台上最有冲击力的是群体形象——灾民，泥色的身躯，在泥色的石浆中挣扎，幸存的人慢慢爬起来，就成了一组组泥色的塑像，相互搀扶，坚忍不拔，寻觅希望，重建家园。村干部王星或许可以作为这个群体的代表。灾难降临时，他第一时间奔向险境，救助村民，不顾小家，把待产的爱妻弄"丢"了，还有那尚未降临人世的娃娃，期

待了多少个日日夜夜啊，就等着呱呱坠地的那一声，却再也听不到了，永远地消失了。他白天抚慰乡亲，夜间独自哭泣，与妻子天人两隔的对唱成了剧中最凄婉的段落。

"一号人物"张安民是一位市委书记，这是个好书记，一身泥水一身汗，在废墟上忙来忙去，疲惫而憔悴的面庞，坚强而不屈的身影。他朴实真诚，感同身受地体会着灾民的痛苦，尊重和理解灾民的诉求和愿望，却又非常冷静理智，不迁就一时济困，他提出的不被人理解的搬迁设想，引发了他与以王星为代表的山民的激烈冲突。

这是一个很好切口，好在两点。一、冲突发生在亲爱的人们之间，书记来精准扶贫，在灾害面前就是主心骨，是不是亲爱的人？可偏偏这时亲爱的人意见不一致，撕裂了。其二，冲突双方难解难分，一个说这里不宜居住，要想避灾必须搬迁，一个说金窝银窝不如自己的老窝，故土难离，谁对谁错？设身处地想一想，个个都有道理。

张安民处在冲突的焦点，难办了，你是一番好心，却不被理解，你有权力，却又不能强迫。重要的唱段在这里酣畅淋漓地展开，揭示了人物丰富的精神世界。

守墓人丁老汉的设计颇具匠心，几十年如一日地看守着红军烈士的墓地，墓园，家园，具有象征意义。而张安民又有一段不为人知的身世，特定的规定情境，特定的人物身世，在发展剧情、解决矛盾中起到了特殊的作用。

《家园》起于渭南秦腔剧团，基层小剧团，在自己的小剧场演出一张票只卖一块钱，制作大戏谈何容易。幸而有澄城县剧团和户县群星剧团的加盟，三团齐心，铸成一剧。都是唱秦腔的，都生活在小地方，有共同的事业和人生，常年在农村演出，为老百姓服务。老百姓从他们的演出中获得享受，体味着乡音、乡愁和乡韵，他们也从老百姓那里感受着朴素健康的精神情感，看《家园》中哪怕是群众演员的表演，都觉得那么接地气，那么朴实真挚。张安民的扮演者，文华奖、梅花奖得主，秦腔著名艺术家边肖加入剧组后，深有体会深受感动，梦里都在为遭受泥石流的乡亲流泪。演出时，触及扮演灾民的群众演员求助的眼神，总是止不住热泪盈眶。

他们的秦腔本真无华，其雄浑高亢、低吟悲凉绝佳地体现了走出灾难重建家园的人们的精神气质，陕西民谣和华阴老腔元素的融入使之更加丰富。特别值得一提的是后者，放在山民们离开大山搬迁新家园的戏剧情境中，就不是增加色彩制造气氛单摆浮搁的段子，而是戏剧发展的必须，男女老幼背着扛着家什，看着前方的新家园，高兴啊，情不自禁地敲起了手中的锅，拍打起了板凳，捶打着地，唱啊吼啊，《家园》是大家的，是我们的。

2016年10月19日

285

因爱之名

《太阳的女儿》的舞剧讲述

题注：

第十一届中国艺术节参演剧目

西藏歌舞团、中国歌剧舞剧院演出

导演：格珍、吴庆东（执导）

主演：吕慧敏等

2016 年 10 月 22 日

西安　陕西大会堂

　　《太阳的女儿》有一条讲述的经线，那就是农奴的女儿卓玛与解放军战士石爱民的相逢相知相爱，生死不渝的爱情。一个是遭受酷刑后于风雪之夜逃出的奴隶，一个是怀抱理想进入西藏高原的解放大军。身份的反差形成了讲述的张力，也提供了舞蹈的看点。

　　一个是衣衫褴褛的农奴，一个是朝气勃勃的战士，农奴战战兢兢地站在战士面前。这就是卓玛与石爱民的第一次相遇。舞蹈编导设计了一段肢体语言，讲述了他们的初次相遇。卓玛是卑微和虔敬的，一直不敢抬头，深深地躬着腰，身体几乎折成了一个直角，双臂举起，合十的双手高高地举过头顶，随时都可能匍匐到地面的样子，花样少女的身体，曲折成了沧桑老人的姿态，让人看着就心痛。石爱民是个阳光小伙，人民的军队人民的兵，我们的队伍向太阳，怎能接受这个，赶紧搀扶，扶起来又躬下去，再扶起来又躬下去，反复多次才让她抬起头来，这才是一个姑娘与一个小伙子的对视。

　　一个大的静场，舞蹈定格了，卓玛看到了石爱民的目光，那是阳光一样明亮和温暖的，足以融化冰山雪原的。"太阳啊霞光万丈，雄鹰啊展翅飞翔"，卓玛那响彻时代天空的歌声催人泪下。

讲述爱情的舞剧并不鲜见,从欧洲的古典芭蕾《天鹅湖》到中国的经典《鱼美人》,久演不衰。这是讲述得高明的,有人戏谑"戏不够爱情凑",是说有的戏不好看,只能用爱情来填充。可是"凑"是"凑"不出戏的,爱情能不能吸引人,要看您讲述得好不好。

《太阳的女儿》的讲述是传统的,在现代艺术面前,显得老派,但它又是独特的,独特在于它的纪实性,其动人之处也在于它的纪实。剧中引出了《歌唱二郎山》的旋律,把人们带入了六十多年前的真实历史。这是当年发生在西藏的真实事件,也是中国人都很关心的事件——那时的人很单纯,充满希冀,精神昂扬,看着五星红旗迎风飘扬,就想到胜利的歌声,就想到祖国从此走向繁荣富强,相信每一项建设每一个举措都与祖国的未来和人民的幸福紧紧相连。第二野战军第十八军进军西藏,和平解放西藏,边进军边筑路,也不例外地成为全国人民关心的重大事件。"二呀嘛二郎山,高呀嘛高万丈",几乎家喻户晓。曲子是著名作曲家时乐濛写的,原名叫《千里大别山》,临时请文化干事洛水填词儿,改成《歌唱二郎山》。这时进军西藏的解放军正在修路,在物资供应不足和高山缺氧的困难中,他们英勇顽强、艰苦卓绝地奋战。西南军区文工队来慰问筑路部队,据说是在一个大庙里演出,一个叫孙蘸白的男演员唱起了《歌唱二郎山》,第一段刚唱完,大庙里就沸腾了,叫好的,吹口哨的,鼓掌的,流泪的,演员频频谢幕,下不了场,只好重唱一遍。第二遍刚唱两句又响起潮水般的掌声,歌声几次被打断,只好从打断的地方再重来,唱完第二遍还不行。"再唱一遍!再唱一遍!"的喊声持续不断,只好唱了第三遍。第二天歌就传开了,很快就传遍全国,川藏公路上的二郎山至今都是一座名山。

石爱民就是一位翻越了二郎山的战士。他是虚构的,但代表的却是极其真实的历史。《太阳的女儿》的写真朴素而忠实,让历史有了可触可感的细节和血肉,又让这一对具体的爱情有了深广的历史。

第十八军是在四川乐山举行了誓师大会后出发的,经过了二郎山、雀儿山、色季拉山等十四座大山,跨过了岷江、金沙江、怒江等大江大河,历时一年零九个月方进入拉萨。最为艰苦卓绝的就是筑路工程,据后来测算,几乎每一公里都有一名战士倒下。每修一段路,就会建一个道班,留下几个战士驻守,战士们已经习惯了离别,有的战士就一辈子留在了当地,娶妻生子,养老归山。

剧中的石爱民也是筑路时牺牲的,如同六十多年前那些活鲜鲜的年轻战士。有一位战士牺牲后,战友们在清理他的遗物时,在他的口袋里发现了一些菜籽包,他是想带到高原播种,让藏族同胞也吃上蔬菜。《太阳的女儿》"复活"了这些年轻战士的生命。

全剧结构清晰,发展流畅,有舞剧需要的单纯和简洁。如果在相识、相恋、分别等情感节点稍微展开,多一些想象和巧思,增加细节描写,或许会更加动人。

卓玛是幸福的,她获得了自由,还获得了与石爱民这样一个可爱的小伙子的爱情。

石爱民也是幸福的,他得到了卓玛这样的好姑娘,也为自己热爱的高原献出了生命的全部。

尾声,白发苍苍的卓玛带着穿上了军装的儿子来到纪念碑前,抚摸着"西藏和平解放纪念碑"的基石,犹如抚摸着自己亲爱的丈夫,石块是有温度的,这就是石爱民和他的战友们的血肉之躯了。

因爱之名,直到白头。

演出结束了,观众散场,一群胸前挂着军功章、手捧鲜花的老人颤巍巍地向前走,还有两位坐在轮椅上,也由年轻人推着走向舞台,走向演员。我停下脚步观看。台上有人迎下来,把老人们扶上台去,老人献花,演员与老人拥抱。合影。

我旁边有人议论说,这是第十八军的老人,听说演大军进藏的剧,都来了。

2016 年 10 月 24 日

风生水起一副牌

芗剧《保婴记》

题注：

第十一届中国艺术节参演剧目

福建漳州市歌仔戏(芗剧)传承保护中心演出

编剧：汤印昌

导演：吴兹明

主演：陆逸红、杨珍珍、高陆程、徐玉香

2016年10月20日

西安　陕西广电大剧院

看戏时老想乐，也不是大笑，就是觉得好玩，台上的这些人儿，老的少的男的女的都像些孩子，包括知县这样的白鼻子丑角，也都天真烂漫憨态可掬，好玩死了。

戏一开始其实很悲惨，小伙子身染重病，就要辞世了。母亲尹三娘是个寡妇，小伙子是独生子，母子俩不是什么相依为命，直接就是一条命，绑在一起的，母亲想好了，要活一起活，要死一起死，笃定了，视死如归。不料儿子坐起来，异峰突起，抓住妈妈的手说，妈妈呀，您可千万不能死啊，您还有一个孙子呢！妈妈大吃一惊，张着嘴哈气，都忘了哭。怎么回事呀？小伙子说，对不起呀妈妈，儿子在外面有个相好的姑娘，两心相悦，金风玉露，不留神有了宝宝，就快要临产了。

您说这时候是该哭还是该笑？儿子要死了，要哭吧？可儿子给她留下了个孙宝宝，是不是要笑？尹三娘错愕，啼笑皆非，想死都死不成了，麻烦吧？麻烦也得接呀。话说就要当奶奶了，可孙宝宝还在姑娘肚子里，先得找那姑娘啊。姑娘也有麻烦，被逼另嫁，第二天就得去相亲，不去不行，一去就要穿帮。怎么办？与其

289

受辱而死，不如慷慨赴死。我的生命我做主，姑娘挺爽气，一条白绫"刷"地挂到了梁上，幸亏尹三娘赶到，救了下来。"姑娘啊，我是你的婆母娘啊，来吧，赶紧跟我走吧。"走了就好了吧？没有，好好的一个大姑娘，一个大活人被你拐带走了，当爹的能答应吗？老爹叫金包仁，您听听这个名字，把女儿当摇钱树了，明天去相亲，相成了就是一笔进项，我能让你跑了？带着家丁追，还报告官府，又来了一群衙役穷追不舍。惊动了官府，麻烦就闹大了。为了保住孩子，乡邻八姨挺身就擒，说要抓就抓我吧，不干他人事。三娘一看不忍心，不能连累乡邻，也投案自首。知县一层层地审讯盘问，两个女人左推右挡，顾左右而言他，成就了一场好戏。

这是发生在古代闽南乡间的故事，从头到尾就是一连串的麻烦，好不容易把孩子保住了，生了下来，欢欢喜喜做满月了，麻烦还没有完结。您也别怪它麻烦多，俗话说家家有一本难念的经，不如意者十之八九，人生本来就不完美，您这儿还突然冒出个孙宝宝，还能太平吗？没有麻烦才怪呢。正如史努比所说，这是一副牌，一副人生的烂牌！

史努比是谁？是一只善良的小狗，是美国卡通连环漫画《花生》中的一只猎兔犬，小主人叫查里·布朗，是个三毛似的光头男孩。他富于幻想，有执着的追求，偏偏干啥啥不成，所有的追求都一一失败，只有小狗史努比静静地依偎在他身边，用纯真善良的眼睛注视他。史努比不会说话，但有"思想泡泡"，"将一副人生的烂牌打得风生水起"就是他的"思想泡泡"。

《保婴记》也是一副牌，打牌的就是那些孩子似的乡间男女。嘻嘻哈哈大大咧咧地扭着花步出来，六嫂、七姑、八姨、九婶，听这些名儿就搞笑，缺心眼儿，没心没肺。小伙子跟母亲说私房话，她们居然蹲墙根儿偷听。尹三娘救姑娘，正不知道怎么才能逃得出去，平地旱雷，冒出四个轿夫，帮着尹三娘抬起姑娘就跑。是什么人这么仗义呀？轿夫把帽子一揭，竟是那几位大姑大婶。原来她们是担心尹三娘想不开，怕出事才蹲墙根儿的，要不还不知道孙宝宝的事呢。姑娘一听连忙下轿，说"差了辈分，不能让婶子们抬我"。婶子们大笑，"谁让你怀着宝宝呢？宝宝为大为上，上轿吧。"

贪财的父亲把尹三娘告了，八姨冲上公堂一场戏更加出彩，就是乡下女人的混不吝。"你问姑娘在哪儿？我不讲，我就不讲，不讲不讲就不讲！你奈我何？"看到衙役们举起棍棒才害怕了，问"打下来疼不疼，打完了是不是就让我回家"，哆哆嗦嗦的，真是可爱极了。

《保婴记》有一个精妙的构思，构思的种子就是儿子临终交代的孩子，由此生发出起伏跌宕的情节故事。好戏需要好的情节故事,好的情节故事是好戏的根本,却又不是好戏的全部。我们都有这样的观剧体会,随着时间的推移,情节故事或许会模糊淡忘,一些栩栩如生的人物却能留在脑海中,甚至历久弥新。

《保婴记》人物不多,各有其貌,笔者特别感兴趣的是知县这个人物,出场时是个传统的丑角,白鼻子,吊八寸的官袍,晃着荡着升堂,惊堂木一拍,沐猴而冠狐假虎威。可是,当得知姑娘被父亲逼迫相亲,不得已自寻短见时,知县真情流露,惊堂木一拍,"嘟!好你个金包仁,恶人先告状,判你向三娘赔礼赔钱,好好地去把姑娘接来"。三娘又吓坏了,"不不不,姑娘不能回去,我不要银子,我只要姑娘,只要三个月"。这是什么要求?太奇怪了,知县要看看姑娘。不行,姑娘病了。什么病?三娘、八姨捂着嘴,不能说了,再说就露馅了。知县大智若愚,把三娘、八姨请到花园喝功夫茶,脱了官服,俨然一邻家老汉,推杯换盏巧盘询,探出姑娘的"病"其实是"孕"。"邻家老汉"想到小时候,看见母亲怀弟妹时挺着大肚子干活的艰难,竟至唏嘘起来。古道热肠的白鼻子知县,实在是该剧人物中最精彩的贡献。

人生艰难,多数平淡无奇,失败的也不少,但是,人们还是止不住地梦想,哪怕不能实现呢。《保婴记》也是人生的梦想,难得这样一群人,个个单纯良善,把人生的一副"烂牌"打得风生水起,妙趣横生,为我们营造了一个美好的世界,用这样一个世界感动了我们,肯定了正面的人生,也教我们怎样做人。

仅仅看了一遍,手头也没有剧本,动笔胡诌,舛误难免,敬请原谅。像这样低成本、有故事、有人物、老百姓喜闻乐见的戏,是方便好演的"吃饭戏",也是"看家戏",多多益善。是为记。

2016 年 10 月 21 日

看川剧总想笑一笑

观《李亚仙》

题注：

全国地方戏曲南方会演参与剧目

重庆市川剧院演出

编剧：罗怀臻

导演：谢平安

主演：沈铁梅、孙勇波、许咏明

2017年9月22日晚

武汉　京韵大舞台

　　看川剧总想笑一笑，如果没有笑点，我会不满足。为什么呢？因为在我看来，川人幽默机巧，头脑灵活谈吐风趣，"雄起""下课"都是他们吼出来的，一呼百应，全国人民都用上了。语言这样生动，上台怎么会没有喜感？

　　川剧丑行的周企何就是个喜剧大师，我有幸看过他跑龙套，那是"文革"中川剧移植的样板戏《杜鹃山》。开场，团丁敲着锣吆喝着把老百姓赶上来。我坐第一排，没有乐池，直接抵着台口，台上是群众场面，一大群老百姓，我仰脸正好看到其中一个老汉，懵里懵懂的，袖着手缩着头，东张西望。我坐得近，连台上的水词儿都听见了。老汉问："做啥子？这是要做啥子?"龙套没有台词，是他自己嘀咕，也没人理睬他，就自问自答，"哦，抓了个女共党，要杀人啰"。我"扑哧"笑出来。这不是个喜剧，可他就是有喜感，迷迷糊糊，搞不懂抓人要做啥子。看完戏打听那个老汉，人家说那个人了不得，是川剧名丑叫周企何。混在群众中都闪闪发光，这就是名角。

　　看《李亚仙》也在等待笑点，不错，终于等到了！就是劝郑郎读书的一段。小生不想读书，像个被惯坏的大宝宝，屁股在椅子上坐不住，动不动就凑到亚仙身边黏糊,问这书还要读好久嘛。亚仙一句话掼到地上砸个坑:读好久就算好久! 宝宝吓坏了,那到底是好久嘛? 啊? 要读到大天光啊? 宝宝不干了! 书也甩了。李亚仙急得要流眼泪水水,我的个天爷,我这样爱你,把你从花子堆堆里救回来,就是要你争口气哟,你咋个就不立志发奋咧? 宝宝还嘴,立志发奋也不是读到大天光嘛,未必一晚上就读得出个状元郎? 亚仙没奈何,好好好,不到天光,紧着这根蜡烛烧,总要把这根蜡烛读完吧。小生被哄着推着坐回桌边,捧起书,天可怜见,看几行字就要看一眼蜡烛,看它烧了好多,就盼着蜡烛快点烧完。偏偏蜡烛好烦人,跟他作对,紧到都烧不完。小生着急得说出口,吔,咋个越烧越长啊? 下面一句话更是叫绝,他不怨亚仙太苛刻,也不怨蜡烛太长,他脑筋拐了个弯弯,叹了口气道:"卖这样的蜡烛硬是不怕蚀本哪!"你看看他,咋个怨到卖蜡烛的老板头上去了嘛,扯得这样远,观众笑喷了。这就是川剧,都是书生,川剧的书生格外不同,出人意表,饶有兴味。

小生的想法很特别,却又合理,他沦落在花子堆里唱莲花落,受尽了辱吃够了苦,世界观人生观都发生了变化,还要啥子十年寒窗苦嘛。川人本来就闲适安逸,"打点小麻将,穿点新时装,吃点麻辣烫,看点儿歪录像",何等的怡然自得,两个人亲亲热热一起过生活不好哇? 这夜深人静的,挨到一个唇红齿白粉妆玉琢的美女,怎么能读书? 怎么读得进去? 不缱绻一番简直就不是人。倒是李亚仙有点高大上,鼓捣要小生看书,不像妩媚逢春的情人,像个望子成龙的老妈。当然女人也有女人的道理,男儿无性,钝铁无钢,如今叫"宅男",年纪轻轻就"宅"在女人身边,有什么出息,哪个女人愿意要这样的男人? 想法不一样,隔壁错,戏就来了,笑料也就来了。这其实也可以整成个喜剧,小两口闹学,小情趣,小恩爱,不要闹到刺瞎眼睛那么惨烈,骇死人。

烟花女子与落难公子的爱情戏很多,杜十娘、苏三都是重情仗义的名妓,李亚仙侧身其间还能占一块地盘,依凭的就是这惊世骇俗的"刺目劝夫"。宋元明清一路辗转翻演如今,从《绣襦记》到《李亚仙》戏核儿都在这一折。为了您把眼睛都刺瞎了,您还抛弃了她,这就是大悲剧,就有看点。你把"刺目"给屏蔽了,就没有一个与众不同的李亚仙,也没有这出戏了。所以"刺目"还不能丢,古人就是这样的,为了功名就是这么惨烈,您别用今人去要求他。

不过古人也有不同的感慨,碧云风月无多,莫被名缰利锁,看透了,不要功名,你辛辛苦苦地为他,殊不知他金榜题名后头一个甩掉的就是你。《秦香莲》就是家喻户晓的反面样板,悔教夫婿觅封侯,还不如厮守着小日子白头到老,平凡未必平庸。看人家七仙女多聪明，就把"你耕田来我织布""夫妻双双把家还"当作了人生的终极目标。人各有志，各有其理，怎么写就看您的选择，写得好都是好戏。

川剧是一个很聪明的剧种，还有点狡黠诡异，60年代一个川剧团到湖北剧院演出，还做了一个介绍川剧程式的专场。同样一个行当，同样一个剧目，川剧处理总有些特别，白娘子水漫金山，开打的虾兵虾将都有个性，现在我都记得那乌龟爬爬的动作，也让观众发笑。

这是有身段的剧种，不能不高看几分。

2017年9月22日

孩子般的单纯

壮剧《牵云崖》

题注：

全国地方戏曲会演参演剧目
广西戏剧院创作演出

编剧：常剑钧
导演：熊源伟、龙倩
主演：哈丹、莫奉华

2017年9月23日
武汉　中南剧场

铜鼓轰鸣，角号激荡，开场就是宏大的祭祀膜拜，山民们戴着饕餮面具舞蹈歌唱，一位白发阿公领诵，声声铿锵壮语滔滔——不知是古壮语还是现代壮语，反正一句也听不懂。

好在有字幕，好在现代人都被海量信息训练出来了，同步接收视频、音频、字幕、画面，全懂了。原来是山洪暴发，始祖保佑，遣来勇敢的蛇郎劈波斩浪拯救了乡亲，这是山民膜拜感恩的场面。

不用这种听不懂的语言行不行呢？不行，这种听不懂的语言传递的是古老神秘的信息，无底深邃，富有魔力，一开场就把观众带入了古老的骆越壮乡。

《牵云崖》就是发生在古骆越壮乡的故事。古骆越在哪里？网上搜了一下，北起广西红水流域，西起云贵高原东南，东至广东西南，南至海南岛和越南红河流域，好大一片，居住着我国南方的古老民族。

好了，搞懂了骆越，看戏。这是壮剧，说的是广西话，是以西南官话为基础的方言，湖北也在西南官话区，语言有相似度，不用字幕都听得懂。可是湖北广西隔山隔水遥距千里,方言怎么就相似了呢? 刚刚看过川剧,四川话也是相似的,好像有共同的基因,又各自重组发生了变异,比如一个"人"字,湖北话是 len,四川话是 ren,广西话是 yin,有差异,但彼此听得懂,根子是一个。怎么回事呢? 再查一查,原来跟移民有关。中国人好不幸,翻开漫长的历史,篇篇都有灾荒和战争,动不动就人口剧减田园荒芜,于是有了江西填湖广,湖广填四川,四川再往哪里去呢? 向前走,四下蔓延,就是云南、贵州、广西了。人们带着自己的方言口音跑来跑去,要彼此交流要讨生活,就得要对方听得懂,得把棱角削磨一下,拣那大家都听得懂的说,就普通化了。进一步就要通婚扎根儿,二代三代传下来,口音就融合了。

口音融合了,唱出来的戏却迥然不同,这又是为什么呢? 一方水土养一方人,大概也成就了一方的戏。壮剧与我们的楚剧、汉剧,与四川的川剧就大相径庭,广西盛产民歌,壮剧大约也受到熏染,不雕琢,不婉曲,直着嗓子飚上云天,好不痛快,让人想到美丽的八桂山水,想到"唱山歌哎——哎——哎,这边唱来那——边和哦——那——边——和!"

广西还盛产民间故事,著名的有《百鸟衣》。这出《牵云崖》据说也是根据广泛流传的民间故事演绎的。一对双胞胎姐妹,一样的容貌,不一样的心肠,一个贪,一个勤;一个善,一个狠;一个爱财,一个爱人。姐姐看蛇郎衣衫褴褛,妹妹看蛇郎憨厚淳朴,姐姐对蛇郎鄙夷蔑视,妹妹对蛇郎情有独钟。等发现蛇郎的真实身份,姐姐后悔莫及,她没有想到,人生的所有选择,其实怨不了别人,一切都是自己造成的。蛇郎选择妹妹,小夫妻过上富裕的生活。姐姐嫉妒了,把妹妹推下牵云崖,自己冒充妹妹。看上去有些简单,但民间故事就是这样善恶对立,态度鲜明。妹妹几经磨难,最终还是获得了幸福,真善美战胜了假恶丑,满足了观众的期待。壮剧《牵云崖》也与传奇故事一样,通俗晓畅,有一种孩子般单纯。

这次南方地方戏曲展演真好,犹如把各地方的特产集中展示,彼此交流,都有收获体会。对于观众,这是送到家门口的外地好戏,难得的机会,都去看一看才好。戏剧是人的生活,人的生活包罗万象,传递的信息太多了。后面还有好多场,去看一看,听听不同的口音唱出来的戏,看看不同的民情风俗,对比一下各地文化的异同也是非常有意思的。

2017 年 9 月 23 日

高甲戏《大稻埕》的老二

题注：

全国地方戏曲南方会演剧目
厦门金莲陞高甲戏剧团演出

编剧：曾学文
导演：李小平
主演：吴晶晶等

2017 年 9 月 26 日
武汉　武汉剧院

事先读过《大稻埕》剧本，对老二印象就很深，吸鸦片泡妞，生意也做垮了，支支吾吾交代不出原委，一看就是在说谎。林家怎么养了这么个儿子？昨晚观看演出，老二果然鲜明抢眼。

主角是他父亲林老板和弟弟林老三，都是正面形象，英俊端方，人物的辨识度却不及老二。舞台就像一个宽银幕，世态万象众多人物呈现在观众眼前，总有几个鲜明的抢先凸显，让观众一眼看到，并跟随着他往前走。有的就模糊一些，有的则成了映衬，成了鲜明人物身后的背景。老二就是一个抢先凸显让观众跟着他往下看的角色。

演员选得也不错，奇瘦，奇精，鬼头鬼脑又窝窝囊囊，可怜又可嫌。就是这样一个人，这个被父亲斥为"无能骨头弯"的富家公子，爱弹三弦爱唱曲，迷上了一个弹唱三弦曲的艺旦不可自拔。平时让人讨嫌，这叫寻花问柳，不务正业。可当艺旦受到倭寇凌辱，他竟然置自己的生死于度外，在血雨腥风中拔刀冲向踏贱台湾的倭寇鬼子的时候，你就不得不震动，你就不得不承认，这个生命突然地迸发出耀眼的光芒,一直讨嫌他的观众也扼腕而叹。这是不是对人性的复杂真相的一次演绎?

　　许多戏中都有类似的情况,寥寥数笔就勾勒出了一个鲜活的人物,反而比呕心沥血塑造的主人公另人印象更深。怎么回事呢?想起了歌剧《洪湖赤卫队》,刘闯不愿意撤退时韩英做他的思想工作,以拳头比画,说是直接打出去有力呢还是先收回来再打出去有力?编导塑造老二的时候,就是先把手收回来了,放得低低的,攒足了劲然后再蓦然击出,前后有发展有变化,节点会有爆发,反差强烈,有戏剧张力。不像英雄人物,原地起跳旱地拔葱,难度就要大多了。

　　《大稻埕》是高甲戏,源于明末清初的闽南农村,起初是一种装扮梁山英雄、表演武打技术的化装游行,至今仍保留着朴拙的民间遗风。演员模仿提线木偶的动姿,有点像小孩子过家家,天真烂漫非常可爱,让严肃的故事也显得很有趣味。

2017 年 9 月 26 日

石桥夜深《青果巷》

题注：

全国地方戏曲南方会演剧目
常州市锡剧院演出

编剧：徐新华、袁连成
导演：李利宏、王胜标
主演：李舒娴、万建焕

2017年9月27日晚
武汉　湖北剧院

常州市锡剧院的演员似乎个个都擅唱，尽显锡剧的清秀婉约。第五场小楼外，石桥夜深，丁蓝出现在小楼窗内，韩彬伫立石桥上。一段对唱：

> 月光下站着一个人，
> 阁楼上亮起一盏灯，
> 分明是他昔日影，
> 分明是她含泪的眼。

情景交融，如诗如画。表演也是南方的含蓄细腻，女主演李舒娴秀外慧中，男主演万建焕儒雅清癯，都是戏迷钦慕的艺术家，往台上一站就知道有戏可看。

银发浪潮滚滚而来，老年的人生，眷恋，亲情，心理和身体的健康，以及由此带来的个人的和社会的困惑思虑，又放在一个历史悠久的人文景观独特的青果巷，真是一个好话题。如果情节的铺排与人物行动更加合理一点就更好。

比如丁蓝与韩彬的关系,青果巷内两小无猜,又没有破相整容,见面怎么会完全不认识?怎样更有说服力。

比如丁蓝准备去美国,这是人物的行动线,也是全剧的一条情节线,开场就交代机票买了,行程也已定好,上场就是刚从街上回来,拎了一大堆儿子喜欢吃的东西,明天就要动身,马上就要跟儿子去生活。为什么突然改期?是的,有突发事件,患阿尔茨海默病的钱老师从养老院跑出来了。这事儿与丁蓝是什么关系?青果巷那么多人,一定要你丁蓝去找?别人就找不到吗?合理性在哪里?好,钱老师回来了,为什么非要接到你家中住?哦,他把你当成女儿毛丫了。可是这事不自今日始,意识错乱不是第一次发生,为什么以前不接他到家中住,今天就必须要接?如果钱老师一直住在丁蓝家,一直是丁蓝照顾老人,因为去美国而把老人送进养老院,老人不适应跑出来,丁蓝于心不忍,要走时不放心就更合乎情理。饮食起居汤药调养晨昏侍候,有许多细节要交代,很麻烦很啰嗦,一下子无人接手,也接不过来,只得打电话给儿子改签机票,观众也可以从这些很麻烦很啰嗦的细节中,感受到丁蓝的善良。

由改签到不走,是全剧主人公最重大的决定,怎样产生的?是钱老师的一番话。说的什么呢?说的是丁蓝与钱女情同姐妹、与钱老情同父女的往事。这不是头一次回忆,凭什么这一次就特别震动而做出不与儿子团聚、留下来照顾一个患病老人的决定?

"六百年青果巷里仁为美,三千载延陵地让国之风",浓郁深厚的文化和道德理念让人感到这出戏的可贵,如果给人物故事找到更加有说服力更接地气的依据,人物情节的逻辑性更强,戏应该会更加富有魅力。

2017 年 9 月 27 日

黄梅戏《大清名相》

题注：

全国地方戏曲南方会演剧目
安徽省安庆市黄梅戏艺术剧院演出

编剧：余青峰、屈曌洁
导演：卢昂
主演：黄新德、熊辰龙

2017年9月29日晚

武汉　洪山礼堂

《大清名相》写张廷玉，戏中提到了"六尺巷"的故事，"一纸书来只为墙，让他三尺又何妨，长城万里今犹在，不见当年秦始皇"，写这四句话，让家人不要争利的宰相张英，就是张廷玉的父亲。父子两代都是清官名臣。

张廷玉业绩很多，这出戏写他反腐肃贪，从父子与君臣关系的角度进入，一刀下去扎得很深。在父子情感、君臣关系中展开戏剧冲突，矛盾复杂，斗争激烈，人物有戏好演，有曲好唱，内心情感和人格精神都有展现的空间，是一出很有特点的戏。张廷玉的儿子被对手陷害郁郁而终，他忍受丧子之痛，毫不退缩继续肃贪，触及皇后的亲侄子，经编导精心设计处理，演员倾情投入，成为全剧的重场戏。

因为是重场戏，观众的期待高，看起来便不够满足。父子关系是一条重要的情节线，往前推到第一场，儿子张若松奉旨晋升，父亲张廷玉却当庭请求皇上收回成命，理由是父子同在内阁有结党营私之嫌。话没错，您自律了，皇上夸您是贤臣，可却断送了儿子的前程。这是父子线的第一个事件，儿子有没有想法？您做道德完人，别牺牲儿子呀。儿子当庭不说，回家会不会表示？父亲回到家里会怎么说？能不能说服儿子？这是需要挖掘的人物的情感和人物之间冲突的内容。不挖掘，呼啦啦趟过去，可惜了。第二场儿子误陷贿金陷阱，怎样陷入的？谁设的陷阱？儿子有没有失误，失误在哪里？有没有自辩的理由？张廷玉可有责任？由于缺乏具体的铺陈，情节粗略，可信度不够，观众带不进去，到儿子含冤饮恨而亡的一场戏，观众就不为他揪心。张廷玉如果有责任，在最后时刻还有没有挽回的希望，能不能救儿子？观众不清楚，就不能跟着他着急，最终来不及了，也没有扼腕而叹的遗憾。现在的重场戏有些概略，生离死别，大段地唱就是，演员也会唱，观众鼓了掌，心里的打动却还没有到应有的深度。

　　作为情节叙述的结构性安排，舞台处理上三次出现了一群黑衣人，蒙面，符号化，抽象化，代表贪腐势力，或念或唱。先是"挖个坑，捣个乱"，让你"一身污水洗不干"，然后是"去蛊惑，去诽谤，去闹腾，去栽赃"，交代情节承上启下。这一处理方式很特殊，但由于抽象化了，交代情节也是集体地念唱，事件具有模糊性，一带而过，观众看到的只是舞台形式，贪腐缺乏具体的形象。第六场张廷玉叩见圣上，来做什么？找皇上解决什么问题？想达到什么目的？对白中提到了六十三个赃官，牵涉皇后的亲侄子，他无法惩治，必须请皇上了断。长篇对白不乏精彩闪光，应该是一场表现君臣冲突的好戏。但是由于事件模糊，缺乏具体形象的铺垫展现，造成观赏的困难，影响了戏剧效果。

2017 年 9 月 29 日

豫剧《焦裕禄》的感动

题注：

全国地方戏曲南方会演剧目

河南豫剧院三团演出

编剧：姚金成

导演：张平

主演：贾文龙等

2017年10月1日

武汉　洪山礼堂

　　开场就是一段令人动容的戏，漫天大雪北风呼啸，小火车站麋集着拖儿带女出外逃荒的人群，哨声口令声，整治社会秩序的民兵应声而来，脚步铿锵，驱赶灾民，杂沓混乱中出现了新任书记焦裕禄。他护住了灾民，制止了民兵的呵斥。

　　豫剧《焦裕禄》令人感动之处在哪里？在于主人公焦裕禄的立场、是非、感情、理想，都在老百姓这一边，这个戏就是坐在老百姓一边的戏。第一次出场，就把他放到一个百姓与权力尖锐对立的情境中：一边是逃荒要饭，抢扒火车；一边是维护秩序，驱赶灾民。这是很难堪很难办的事。都有理，你站在哪一边？焦裕禄来了，他站在百姓与权力中间，防止了权力对百姓的冒犯，调整了权力的态度，改驱赶呵斥为安抚呵护，车站也端出了热茶水，别冻坏了老人和孩子。剧中写到他内心的痛楚，工作没有做好，对不起乡亲。但是没有办法，粮荒过不去了，他只能送灾民离乡，只是到外地要相互照顾，天寒地冻，晚上要找避风的地方挤一挤，虽然是讨饭也要遵纪守法，别让人家看不起咱，我在家中筹粮，到时候接大家回来春耕。演员唱到这里，观众都掉泪。

这样的戏少见，这就是《焦裕禄》，是编剧姚金成笔下的焦裕禄。那么多描写英模人物的戏，能像豫剧《焦裕禄》这样受到观众与业界众口一词的赞誉的不多，它理所当然地在第十一届中国戏剧节获得文华大奖获奖剧目第一名。著名戏曲评论家傅瑾先生发表了这样一段感言："（它）重新定义了共产党好干部的形象，重新定义了主旋律作品的品格，表现了戏剧文学对当代史一种应有的担当，其意义无论怎么评论都不为过，必将在当代史上留下浓重的一笔。"

姚金成说，这个题材曾经是"烫手山芋"，怎么变成"香饽饽"了，其中原因他至今也没有想清楚。他也发表了一段感言："三十多年的改革开放、市场经济使中国社会彻底摆脱了饥荒走上了富裕，然而贫富分化等又导致了令人深切忧虑的社会问题。社会情绪郁积于此，焦裕禄形象所体现出来的对底层民众牵心连肉的悲悯情怀和朴素诚恳的人性力量，对当今社会精神生态沙化的针砭和关照，契合呼应了时代的需求和群众的愿望。"

两位先生的感言中肯隽永，耐人寻味。

这出戏反复打磨历时七年，我不是第一次看演出，每次都要被感动，除了作品本身具有的艺术魅力，还有编导演们锲而不舍孜孜以求的艺术精神，从主人公焦裕禄到配角宋铁成、宋母、小妞妞，到无名无姓的一个个灾民男女，演员都不是在演，一点也不作，他们就生活在那里，化为了人物，成了兰考县的老百姓。这不是一日之功，不是一人之能，这是一个群体长久以来形成的传统，它来源于《朝阳沟》《李双双》《香魂女》《村长李天成》，是几十年的艺术积累，是一个群体在审美上的共识与追求，说到底还是与价值观有关。他们关注民生关注世道同情弱者，他们擅长表现苦难，直面人生一点也不回避；他们也擅长歌颂光明，充满了昂扬的正气和不懈的追求。他们能用娴熟的艺术技能表达自己的想法，他们是一批才华横溢的艺术家，才华横溢还肯下"笨功夫"，不出好作品才怪。《焦裕禄》就应该出在他们那里。

这一次看到的《焦裕禄》，又有精雕细刻进一步打磨后的变化，如幕启第一段戏，只用顾海顺铿锵有力地给民兵布置任务必须拦阻灾民的一段台词，便精当地交代了事件和冲突情势。民兵受命严阵以待，灯光转换，匍匐在暗区平台的人群活动起来，缓缓地现出身形，一幅"灾民图"出现了，发出了一触即发的危机信号。王大荣与妞妞母女既是灾民群像中突出的戏眼，又是第二场瓦窑访贤举才与宋铁成戏的伏笔，此起彼伏主次分明错落有致，简洁明了，以一当十，没有一句废话。第二场结尾胡琴曲《光明行》颇具匠心，收光起光之间，低矮的小农舍消失，巨手一挥改天换地,眼前已然是无边无垠的旷野和沙丘,红旗猎猎热火朝天,好一幅植树治沙的宏大场面,流畅地展现了主人公行动带来的变化,开启了下一幕的叙述。

　　想到了影视的剪辑技术,《焦裕禄》的修改就仿佛上了一次编辑机,在一位高明的剪辑师手下又仔仔细细地过了一遍,该长则长,该短则短,反复检索,精确打点,一帧一帧地剪裁,用蒙太奇技巧再一次编辑组接,使结构更加严谨,节奏更富于变化又更加自然,情节展开更加流畅,该俭省的俭省,该突出的突出,事还是那些事,人还是那个人,但更加富有感染力了。

2017 年 10 月 1 日

人若无情不如妖

粤剧《白蛇传·情》

题注：

全国地方戏曲南方会演剧目

广州粤剧院演出

编剧、导演：莫非

主演：曾小敏、文汝清、王燕飞、朱红星

2017年10月3日

武汉 京韵大舞台

事先看到说明书上"新编"二字，一个家喻户晓妇孺皆知的老故事会怎样"新编"呢？旋即看到"后现代""解构""颠覆"等一系列前卫的词汇，就有些紧张，担心自己跟不上，接受不了。

幕启，还好，有桥有湖，还有小伞——虽然悬吊在半空中，但也让人联想到那个熟悉的老故事，看得懂。白素贞、小青二女登场，美极了；许仙上场，秋波闪烁一见钟情，更美了。往下呢？也还好，还是要过端午节，还是要喝雄黄酒，还是要惊变，还是要盗灵芝，还是要水漫金山，还是要断桥，还是那一段段熟悉的故事情节，一路看下来不知不觉就很放松啦。

这是一出叫座又叫好的戏，文武兼备，应有尽有。文戏词曲优美，唱腔动听，情感充沛，武戏精彩纷呈套路繁复，水斗阵容庞大，场面震撼，不断地冲击观众感官，引爆了一阵又一阵的掌声。我真是要羡慕广州粤剧院，竟然拥有这样多的年轻演员，色艺俱佳，文武双全，表演有传统程式，又有现代气息，唱法还与粤语歌唱相近似，很放松，很悦耳。观众席中年轻的女孩子多，反应热烈，都很喜欢。"新编"果然有"新"意。

"新"在哪里呢？一下说不出，感觉得到，犹如一座古老的雕塑，编导拿在手中细细端详，选择一个角度，这里凹一点，那里凸一点，大格局不动，细部有增有减有变化。

震撼还来自许仙被法海裹挟上山之后，为了保卫自己的爱情，白娘子飞波逐浪寻觅许郎，水漫金山被天兵围攻，拼力相抗而体力不支，终因腹痛昏迷而沉水。许仙痛不欲生："娘子她纵是蛇，为我拼却九死一生，我得妻如此，夫复何求！"泣求下山。和尚力阻，告诉他，施主你可要清楚啊，这个女人可是蛇妖啊！这时，许仙说出一句掷地有声的话来："人若无情不如妖，只要有情妖亦人！"他要去寻找妻子，"如若不然，许仙又何必生于世上！"

看到这里，观众不能不眼眶发热，怦然心动。许仙不再是孱弱无能的白面书生，白娘子不再是所托非人，终于出了正义的观众心中一口恶气！没有老本无法比对，只感觉以前看《白蛇传》没有这样的强烈印象，"新编"是有功劳的。

"新编"叫作《白蛇传·情》，"以'情'字为切入点，提炼升华'情'的实质与'爱'的内涵"。听起来有点"绕"，田汉先生的老本子难道不是以情切入？难道没有"实质"和"内涵"？

老本"篷船借伞"，白、许的一见钟情有老艄翁、小青妹配合，饶有趣味。"新编"删掉"篷船借伞"，两人直奔主题地传情，双人舞似的身段很美，却又有点虚空，缺乏一个动心的点。无论"实质"还是"内涵"，总要有所附着外化，可视可感，节省一个艄公，少了一点人间烟火和生活实感。

也许是吹毛求疵了。

2017 年 10 月 3 日

贵州花灯戏《盐道》

题注：

全国地方戏曲南方会演剧目

思南县与贵州花灯剧院联合制作演出

编剧：钟声

导演：潘伟行

主演：邵志庆

2017年10月4日晚

武汉　武汉剧院

《盐道》这个剧名很吸引人。贵州素不产盐，黔人食之盐来自川、淮、粤和滇，其中川盐比重最大。涪岸盐道，以重庆涪陵为起点，溯乌江经彭水至龚滩、酉阳，过思南进入黔境腹地，一条乌江盐道就有说不完的故事。古老、传奇、人迹罕至之处的跋涉，生生死死，恩怨情仇。女人走盐道，故事更多。搞戏的人嗅觉灵敏，一下子就抓住了这最富有戏剧性的节点，贵州花灯剧院与思南人合作，选择了盐道，《盐道》选择了女人。开场就让盐号大佬撒手人寰，把一道道沟坎的乌江盐道留给了女人，让这位黄娟少妇一步一道沟地独自跋涉，直到夕阳残照，两鬓飞霜，盐道也是天道、人道和世道。

如果不是地方戏曲会演来到武汉，江城的戏迷可能很难看到远在贵州的花灯戏，在说唱演义中领略不同的地域风情和人文历史，为此先要给地方戏曲会演点个赞。贵州花灯戏大约与咱们湖北的花鼓戏近似，都是源自民间的歌舞说唱，咱们是三棒鼓碟子曲，他们是一把扇子一块帕子。起先只是载歌载舞，渐渐有了故事，扮起了人物，地道的方言小调，本土的民风习俗，老百姓熟悉，喜闻乐见，什么东西一旦老百姓喜欢,就有了压抑不住的勃勃生气。

这是思南县与贵州省花灯剧院的联合制作,思南傍着乌江,自古就是川盐入黔的重要通道,百姓多以运盐为生。乌江水恶崖险,运盐人步步汗步步血,花灯之乡的思南就是运盐人背上背出来的一座城。这里有一千四百年历史的老街,有万家灯火烟消云散后遗存的盐号楼院,栉风沐雨代代相传,窗扇上"创业维艰、守成不易、唯忠唯孝、克勤克俭"的箴言翠绿如初,院落里还停放着运盐的"歪屁股船"。著名的思南花灯莫不就是唱给运盐的苦人儿听的,解乏消愁,一唱众和,甚而至于,花灯也就是运盐的人儿唱出来的。

用老百姓喜闻乐见的形式说本乡本土的故事,表达乡愿乡情是地方戏的强项,地方戏就是地方百姓的诗和远方。《盐道》中有一个耀眼的闪亮点,那就是伴唱——不是戏曲的声腔板眼,就是山里自由体的民歌和乌江的号子,积淀着古老的岁月风霜,就像深山峡谷里一飞冲天的鹧鹰,让全场为之一震。乐队在乐池里,伴唱人站在乐队左边,靠着进乐池的小门,在乐池的角落。第一次发声惊艳,全场啧啧,马上循声去找,想找那声音的出处,声音却收了。第二次接着第一次的找,看到了乐池。第三次第四次找的人更多,"哪里哪里""乐池里乐池里"的声音都出来了。脑袋都转向乐池那个角落,真是奇观。好奇心强烈的竟止不住起身探望,想看看是什么人儿唱得这样好。

那唱好在哪儿?好在唱出了人生的艰辛和艰辛中的人生,一步坎一道沟,让观众感受得到,于是想看舞台上主人公怎样越过这一道道沟坎。

霸王滩的治理是最大的沟坎,是全剧的"戏核儿"。运盐必须走霸王滩,走滩必定有风险,滩上滩下游孤魂,夜来十里闻哭声,主人公景花的丈夫立志治滩,壮志未酬惨殁于霸王滩。倔强的景花继承丈夫遗志,决心治滩就成为贯穿全剧的行动线,第一场就以霸王滩破题。

第二场清明节,霸王滩开催祭祀,场面很民俗,很有地域特色,这是一个重要的戏剧段落,是一个各方力量交锋的戏剧场面。各方力量的代表人物是谁?人物之间是什么关系?有没有历史纠结和利益冲突?对治理霸王滩是什么态度?对景花又是什么态度?景花治滩的主张与他们有没有利益冲突?支持的理由和反对理由?景花和对手事先有没有预案,来到滩前准备怎么说?是正面对攻,还是反向迂回?诸如此类,我是想看的,等着,等着。有些遗憾,剧中没有一一设计得具体,人物缺乏具体的态度,没有具体的态度就不会有具体的行动,没有具体的行动,人物之间便不好展开冲突。作者想过没有?想过了,对人物情节都有设计,但依靠台词交代的略微多了,人物上场就说,相互之间意志的行为的冲撞少。观众只听你说,谁谁怎么样,哪里发生什么事儿,都在幕后,不直观,不可视,也没有作用于场上人物的行动,听多了就疲乏,难免会放弃对戏的关注。

民歌和号子对剧情有帮助,非常提神,是个男人的声音,从乐池的角落里陡然发出,那么高亢有力。当剧情进展迟滞沉闷的时候,只要这个声音一出,剧场顿时活跃,舞台也生机勃勃,剧情又加大了油门,驶向前方。散场时还有后排观众逆向前跑,想到乐池边看看那个唱山歌号子的人。我也想去看看,怕让同伴在车上等候,没去。贵州的民歌名满天下,这乐池角落里吼出的一嗓子,让观众折服了。

2017 年 10 月 4 日

豫剧《杏花寨》的王运来

题注：

河南第八届黄河戏剧节（县区级暨民营院团组）参赛剧目
上蔡县俊英豫剧团演出

编剧：陈玉德、程玉鹏
导演：陈国立、杜广村
主演：魏俊英等

2019 年 7 月 12 日
驻马店　驻马店会展中心

　　这家民营剧团不简单,演了这么一场好戏。《河南戏剧》的朋友要我写点东西,没有说明写哪个戏,《杏花寨》是我自己选的。

　　我不是好评论家,往往只拣印象深刻的某一点来说,正所谓"攻其一点不及其余",挂一漏万,难免偏颇。上蔡县俊英豫剧团的《杏花寨》,有生动鲜活的故事,起伏跌宕的剧情,精彩出色的表演,主演魏俊英更是一个享誉中原的好演员,可我只想说说王运来,看戏的时候就对这个人物有一点感想,要写就是他了。顾及不周,诸多不到,敬请各位方家原谅。

　　王运来是烂泥糊不上墙,染上了赌瘾,又没有钱,赢了还想赢,输了想"翻本"。这成为一种强烈的渴望,一种病态心理,驱使他反复地参与其事,"人叫不动,鬼叫飞跑",沉迷其间不能自拔。这是幕前戏。

　　柳云同志到杏花寨扶贫,遭遇王运来,展开了现在时的故事。

　　演员选得不错,高高大大的,模样也不赖,就是不学好,戏一开场就是他,敲着个破锣上场。不,还不是破锣,是破盆儿,敲出来声音不是"铛铛铛"的,是"屁啊屁啊屁啊"的,"铛铛铛"是立着的,响亮;"屁啊屁啊屁啊"是塌的,烂泥似的。一边"屁啊屁啊"地敲着,一边嚷嚷,说电机被盗了。电机是干什么的?打浆机用的。打浆机是干什么的?磨豆浆用的。这就清楚了,他个贫困户,为了帮他脱贫,柳云同志为他申请了一台打浆机,想让他开个豆腐坊好好过日子。不承想还没开张电机就被盗,墙上还打了个大洞,倒霉不倒霉?

可是谁都不相信他,柳云同志也不信。扮演柳云的女演员就是俊英豫剧团团长魏俊英,小小巧巧的,形象与王运来有反差,得抬头看对手,让人担心她镇不住。她站在王运来面前,抬着头询问究竟。王运来心虚,结结巴巴前言不搭后语,却死活不说实话。好,小个子的柳云同志有办法,你说被盗就被盗,扶贫物资被盗必须报案,咱们上派出所吧。这就把王运来吓着了,怎么搬出去又怎么搬回来,乖乖的,还得再编个谎,说在河边玩儿怎么就发现了。边说还要边看柳云同志的脸色,还是怕这个小个子的女人。

就是这么个烂人,不理他行不行呢?不行。柳云同志是上级派来的驻村第一书记,要一家一户直至每一个人地"精准扶贫"。王运来有个缠绵病榻的老娘,治病和基本生活都有困难,要帮助王家脱贫,就必须把烂人扶起来!

诸多扶贫题材的戏中,《杏花寨》选择了一个特别的角度,扶贫要扶志;诸多扶贫扶志的故事中,《杏花寨》选择了一个特别的人物,一个劣迹斑斑的酒鬼兼赌汉。乡村题材作品中常见这一类落后人物,他们添油加醋,插科打诨,给正面人物制造一点麻烦,设置一点障碍,让戏热闹一点,丰富一点,是戏剧场面中的佐料和配角。《杏花寨》却不大一样,布局谋篇的核心就放在他身上了,是与女主人公柳云唱对手戏的重要人物。开场破题就是他贼喊捉贼,既交代了幕前戏,又引出了将要发生的故事。柳云顺理成章地来了,要帮助他,让他有事可做,有钱可赚,要把他从牌桌上拉回来。可他不争气,烂泥糊不上墙,一次次帮扶,扶上去又垮下来,反反复复。能不能扶起来,关键看他能不能经受牌桌的诱惑,这是戏的悬念和看点。由此一波三折,形成故事的经线。贼喊捉贼开端,洗心革面结尾。对应王运来的"志残",又设置了一位身残志不残的青年"志全",丰满剧情,强化主题,结构很完整。

王运来有戏,什么是戏呢?大概不仅仅是某个事件,关键还是事件中的人,他怎么思怎么想,他的个性,他的心灵,他怎么作为,他的欢乐和痛苦,观众关心他的痛痒,对他产生兴趣,就有戏了。

不过观众感兴趣的人往往是可爱的,王运来是个烂人,观众会被他吸引吗?是的,他是很烂,可是剧中交代了,他本来是勤劳能干的,只是因为家庭变故,受到了不好的影响,而且他还非常孝顺。这都是正面的,作为一个好人必须的,但仅仅如此并不能吸引观众。观众注意王运来,感觉他好,其实是好在他知道自己很不好,他为自己的不好而羞愧,充满了自责和悔恨,对柳云也充满感激。他在这个小个子女人面前抬不起头来,想改过,又经不住诱惑,思想斗争,感到对不起柳云,这是一个不乏善良的浪子的内心痛苦。柳云同志拨云见日,说一个人心地善良就还有救。观众就期待着,看她怎么救,他怎么变。这就有戏了。

说起来容易做起来难,有赌瘾的人可不好救,赌咒发誓,拍胸脯剁手,转脸又故态复萌。民间有个浪子回头金不换的故事,那个浪子被撵出家门,硬是花了几年工夫才脱胎换骨。您一大段唱就把他打动了,三下两下就让他改变了,就脱了贫,致了富,找一个项目村子就旧貌换新颜了,你可以这么写,观众是不会相信的。观众带着自己的人生经验来看戏,根据人生经验判断戏的情理,他不相信您就没戏。

《杏花寨》让观众相信,是它让观众看到王运来的可恶,又看到了他的可爱。给胖嫂的小饭馆跑堂,他又勤快又能干,让胖嫂满意得旧情复萌,那一段戏多么美好,那是一个回头浪子对未来生活的憧憬,观众看得好喜欢。不幸,赌友浩子又出现了,黏不几几地勾魂来了。观众一看就着急,哎哟,怎么又来了。王运来抵不抵得住呢?

戏剧情节需要起伏跌宕,世事和人生也不会一帆风顺,不如意事常八九,好事多磨,贵贱贤愚,哪一个人生能够避开沟沟坎坎?只是观众希望自己喜欢的人好,有错就改,改了不再犯,从此过上幸福美满的生活。可是一旦编剧满足观众的要求,写得顺顺当当的,观众却又不满意了,说戏不好看。《杏花寨》的编剧聪明,心也狠,就是要让观众难受,你希望王运来不动摇,我偏要让他动摇,你希望他拒绝赌友,我偏让他跟着赌友跑。开始观众还以为这只是编剧技巧,欲扬先抑,写他的思想斗争,先动摇后坚定,如同许多富有教育意义的戏一样,在正面人物的帮助下战胜自我取得胜利。不料《杏花寨》的编导就是没有迎合观众的软心肠,正义就是没有战胜邪恶。王运来先咬着牙说不去,把勾魂的小鬼儿撵走了,观众刚刚松一口气,编导却补刀了,让王运来狠狠地一跺脚,转身向着小鬼儿的背影,喊着"等一等"追了上去。

一个人想要自我救赎痛改前非是多么艰难呀,观众扼腕而叹。王运来内心的矛盾和痛苦,使得这个配合时事的扶贫戏有了更广泛的人生意味。

身残志不残的青年志全坐着轮椅来了,拿出脱贫申请书,一定要柳云收下,说我已经能够自立了,您把这笔钱去帮助更多的人吧。县剧团的演员朴实,志全就像个真的农村青年,真的残了腿,坐在轮椅上,带着憨憨厚厚的微笑,没有戏剧化的表演,却很动人。王运来最终是被轮椅上的小伙子感动了。

看过一出戏,哪怕是一出好戏,时间久了也会模糊淡忘,故事情节都说不完全了,留在记忆中的往往只是某个人物的一句台词,一个细节,或者是一个场面一段戏。20世纪60年代,笔者曾随剧团到广州参加中南地区文艺汇演,现场拜观过河南代表团的一出豫剧,叫《杏花营》,写的是大灾之后艰苦奋斗重建家园的故事。其中也有一个王运来式的落后人物,好吃懒做,不肯吃苦,牵着猴儿出去要饭。待人家把家园建设好了他回来了,十二万分地惭愧。老婆嫌他不争气,不待见他。他从褡裢里摸出一只红色的碗讨好老婆,说是在广州给老婆买的。老婆看都不看就往地上一掼。掼出去就失悔了,舍不得呀,这不摔破了吗,要捡。落后男人手快,就在那一掼时顺势接住。当时塑料制品刚刚出现,还很稀罕,男人捧着碗觍着脸凑近老婆,告诉她,是塑料的,摔不烂。蹲着唱戏也是这里的华彩,落后男人向书记认错,不好意思,屈身蹲下,一边唱一边往书记跟前挪,全场爆棚。来自生活的力量与艺术创造的才华凝结成的舞台形象,保持着历久弥新的生命活力,光芒四射,叹为观止。

看过《杏花寨》又查了查上蔡县,知道上蔡古国,千年古县,秦相李斯故里,重阳文化发祥地,有深厚的传统,也有现代的开放。活跃在这块土地上的俊英豫剧团,艺术能量惊人,常年在河南、河北、安徽、山西演出,每年演出高达七百多场。团长魏俊英,从小学戏,文的武的都来,秦香莲、红娘,什么都唱。为了演好《清风亭》的老旦,她揣摩老太太的动作与神态,跟随一位老太太走了很远的路。1999年在台湾演出,一场戏观众为她鼓掌几十次,有的不相信她是个年轻人,还跑到后台凑近了观看。这回她把扶贫干部柳云演得这么好,小小巧巧的硬是把高高大大的王运来镇住了,这是传统戏中历练出来的真功夫。

基层剧团,还是民营的,民间的情感和愿望都是天然流露,悲喜都不是刻意做出来的,戏曲程式也被他们化为了生活的血肉,即使粗糙一点,也不乏感人的力量。《杏花寨》给我们提供了这样一个范本,只要诚实地表现生活,表现人性,一个酒鬼兼赌汉的挣扎和痛苦也是令人难忘的。

2019 年 8 月 1 日

云梦好写家

《胡大立剧作集》序

胡大立的编剧生涯是于汉川演出时开始的,剧团拿到一个连台本《胡凤姣》,七零八落的,没法演,就甩给他,要他收拾收拾。正下着大雪,观众都来不了,戏没法演了,就"煨"在被窝里整本子。方言"煨"字很形象,蜷坐着,被子把身体团团围住,像小烧锅在"煨"汤。稿纸搁膝盖上,拿笔的手冻得铁一样冰凉。

一、

写序的事是王汉卿说的。他说胡大立不好意思当面跟我说,托他转来一大摞复印的剧本和一封信。胡大立在信中说,"从去年十二月初至今年的二月底,忙着选择、整理和校对大小剧目共三十三个……文化水平低,又不会电脑,加上眼有白内障,今年七十四岁,身体不好,书稿中可能有许多错处……敬请……审稿时多多赐教和修改"。

知道他的经历,就很亲切,他十四岁进剧团,我进剧团是十二岁,学戏演戏,跟着剧团到处跑,慢慢动笔写戏,应付剧团的日常演出,不做他想,这些经历我们很相似。只是寻师问艺包括练功,我不及他勤奋,做演员我没有他成功,他比我辛苦,我比他幸运。

他是剧团里很实用的那种人,大小角色,连演带编,什么都来一下。先给剧团写,后来外面的也找来了,配合中心工作的戏,他写得又快又好。年纪大了,血压高,脑供血不足,不想写,写不动了,要本子的就到酒店给他开房,买高级烟他抽。可他抽惯了廉价烟,高级的抽不来。一次省里某部门要本子,来了个处级干部照顾他,处级干部住小间,让他住大间,说胡老师身体不好,写累了可以转一转走一走。处级干部不知道,在紧闭的房子写,写不出来在房子里转,就像困兽。

我们的胡老师就这样写作,写出大大小小这么多剧本。王汉卿原先也是演员,当了文体局副局长,要给胡老师出剧作集,我听了很高兴,夸汉卿做得对,写序的事也一口答应下来。

二、

以前看过《云梦黄香》，剧中有小黄香救受伤的小虎，小虎长大后救黄香的情节，奇思妙想，令人叫绝。后来又看到令人捧腹的《吊子卖鞋》，听说是《云梦黄香》的作者写的，就知道云梦有个好写家了。

可是汉卿说，胡大立做演员比做编剧有名。县电视台拍专题，扛着机子跟了他七天，片名叫作《丑角胡大立》，就是夸他戏演得好。

看他的表演，插科打诨，神采飞扬，特别善于运用形体动作，有一段摇来摆去滑来滑去的舞姿，竟像杰克逊的"太空步"，跳得太好。我这才相信了汉卿的话。

我问他现在还演不演，以为他会说老了，身体不行了，演不动了。谁知他脱口而出："演哪。"我问他演什么。他笑眯了眼说："演贪官。"

当年考剧团，七个主考官五个不要他，说"这伢长（zhang）不长（chang）"。一个叫王醒民的老师起身走到他跟前，把他裤脚撸起来看看，说小腿杆细长，"长（zhang）得长（chang）"，这才收进来。

进来先拜师，没有师傅要，又幸亏张凤华老师，说你们不要我要。张老师是生行，抗战时与沈云陔一起参加过"歌剧演员战时讲习班"，有文化，会打本子，他编的四十三本《瓦岗寨》连演连火，在"四清"运动中，被《湖北日报》载文批评，说老百姓"看戏看得不想下地了"，可见影响之大。张老师去世，沈云陔、李雅樵、陶德安等楚剧"十大兄弟"写挽联送他。他带胡大立到武汉看戏，找丑行老师，让胡大立入了门。胡大立编写剧本，也受了张老师的影响。老师去世后，胡大立每月都要从自己十五块的工资中，拿出三块孝敬师母。

能够做出点事情的人，大多是下过功夫的。胡大立曾经在武汉一个人家打地铺，就是为了天天晚上能够看戏。汉剧名丑大和尚李春森的《疯僧扫秦》让他捕捉到了。已近耄耋的大和尚说，"人到晚年演一回就要精一回，要给观众和后人留下好样范"。《疯僧扫秦》是他精选的功夫戏，胡大立现场拜观，犹如上了一堂精品课。盛年的李罗克演出多，《打花鼓》《广平府》《柜中缘》，现代戏《借牛》，胡大立"生吞活剥统统吃进肚子里"。

父亲不支持胡大立学戏，说唱戏苦，要唱就唱花旦，花旦工资高。伯父是乡班名丑，胡大立学丑也算有点渊源。

三、

胡大立学戏能"钻"能"缠"，看谁有本事就盯上去，走哪儿跟哪儿，上厕所都跟着，慢慢老师就把他收下了,收下就是一辈子。省京剧院郭大宇,《徐九经升官记》编剧之一,行丑,到云梦演出丑行名段《三不愿意》,胡大立"盯"上了。郭比胡小几岁,胡却尊郭为上,恭敬如仪。郭病重时,需要中药茵陈,胡买了往武汉送。郭妻给胡下了一大碗面,打了三个荷包蛋,郭坐在旁边看胡吃,笑说能吃真好。郭是北京人,有一阵想吃北京的杂粮面条。胡把杂粮一样样买来磨好混合了做成面条送去。

武汉汉剧院黄三爱、孝感京剧团汤松来,都是胡大立受教多年的老师。练矮子步,绳子一头系脚脖,一头系腰,绳子短,腿伸不直,强迫性地蹲着走,睡觉不解绳,屈腿而眠,就来自黄三爱。黄受过大和尚亲炙,说早年大和尚在乡间唱戏,转场时跟在板车后走矮子步,胡大立回家,十几里往返也走矮子步,路人侧目,视为疯子。

当时有生存压力,演好了加五块钱,演不好减下来,再不行剧团就不要你了。王醒民为什么硬气?有绝活儿,小青抬脚一踹,他腾空仰翻,胸部落地,身体像鱼雷"籁"地向前窜出去,观众叫绝,买票就看这个。练得前胸血肉模糊,除了王醒民没人做得出,没人能吃这个苦。《山伯归天》喉头颤动的唱也动人极了,无出其右者。后来演现代戏,他把唱法用到一个贫苦老人的声腔中,观众也爱听。他在"文革"中去世,家人遵从他的遗言,给他穿上了《山伯归天》的行头。

前辈艺人在胡大立心中留下深深的印迹,只要有戏,就要挖空心思出彩。演贾化,看见李慧娘鬼魂,大惊,身体跃起落地"锵"!一个屁股坐,李慧娘进逼,"锵锵锵锵锵",他坐在地上,双手颤抖,臀部发力,一连串的颠跳倒退,台上演出用三十个,台下他练到八十个,尾椎骨都磨平了。扮演土神爷,手执宝扇矮子步出场,圆场穿花,上身纹丝不动,犹如在平滑如镜的水面漂移。送了宝扇,开心了,左一摇右一晃倒下去又还原,像个不倒翁,观众惊赞鼓掌,胡大立引以为傲:"五分钟的戏观众叫了两次好。"

动笔改自己的戏,还是想出彩,连台本《狸猫换太子》第三集的陈州府,人物不鲜活,台词儿不过瘾,就自己编了一段(占板):

> 我,陈州府,命太苦,
> 当官以来冇(mao)享福。
> 陈州三年冇下雨,
> 田里干得烟子"噗"(尘土飞扬),
> 干死了牛,干死了猪,
> 河里干得冇得了鱼,

老爷的生活无赔补，

　　吃一点泥鳅拱豆腐，

　　外加喝一点黑芝麻糊。

　　我已呈文上报到户部，

　　事隔三月音讯无。

　　只要拨下救济款，

　　我再从中贪点污，贪点污。

　　观众哄笑，他也得意。

　　改编连台本《桃花女》很搞笑，三本戏，演三天，不料经纪人糊涂，把"三"写成"四"，合同签了广告打了，要演四天，怎么办？只有胡大立救场，加班加点，暗场改明场，过场变正场，节外生枝，添油加醋，硬是把三本扩展成四本。演出了！效果竟然不错，老戏迷说四本比三本好看，文唱武打都敞（tou）开了，比三本更精彩了。

　　四、

　　《胡大立剧作集》有大量短剧、小品，几乎都是"命题"的"行业戏"。财政、税务、金融、保险、供电、建筑、交通、环保、广电、医疗、教育、组织、乡镇、劳保、公安、武警，一个县级城市的部门和行业，几乎被他一网打尽。即使在大型现代戏的创作中，也都可以看到"命题"和"行业"的痕迹。在一个县级剧团做编剧，这样的活儿是必须要干的。

　　胡大立信中说，这些作品"虽然源于生活，但没有高于生活，过于真实，缺乏内涵、深度和品位，实属乡土和草根"。

　　我倒是喜欢他的"过于真实"和"乡土草根"，当然，因为"命题"和"行业"，他的戏也有局限。他能够站住脚，受到观众欢迎，靠的是以不变应万变的法宝，那就是"源于生活"。

　　"我姓吴，叫正业，今年四十而不惑，个人经历蛮曲折：种过田，修过车，烧过窑，打过铁，若论技术一抹黑，全凭嘴巴会撮白。"方言小品《卖刀》的人物一出场，寥寥数语，就勾勒出一个城乡各处常见的骗子形象。把"哑巴卖刀，请多关照"的条幅打开，拿把菜刀在砧板上"笃笃笃"地剁着，眼睛到处瞟，等待"猎物"上钩。一位大妈路过，被剁刀声吓了一跳。哎耶，你搞么事呀？他举起刀啊啊啊啊。哦，是卖刀的。啊啊啊啊。哦，是哑巴，哑巴卖刀。大妈就比画，问刀几多钱，他做"八"的手势。大妈说，哦，是个洋哑巴，耳朵没聋。观众这时就要发笑了。大妈上当，买了两把铁皮刀走了。骗子得意,急收摊,圆场至舞台另一侧。脱衣、摘帽,露出花格上衣、领带,戴上变色镜,转眼间与"哑巴"判若两人。条幅也变了,变成"迎国庆,特售祖传菜刀"。这是工商部门的"命题",胡大立"奉命"作文,写得有趣,一点也不呆板,可见他的写作智巧。

在乡镇生活了一辈子,市井百态烂熟于心,打铁的、卖肉的、算命看相的,都是陈年老友,一路都是拉着说话的人,他脑勤手勤,随时拿笔记下来。纵然如此,每次受"命"之后,他还是要到所写的地方去观察体会,这是他的"通灵宝玉"。写《卖刀》,他跟踪一个卖刀的假哑巴,从汉川县城白布街一直走到南门河;写小品《躲税》,他跟随税务人员走街串户收税;写《摸底》,他两次随统计局人员下乡搞人口普查;写《晚霞》,他到门球场向离退休老干部学打门球;写《村长情》,他去了县委,请领导开条子让他去监狱采访,男监女监都看到;写《夜深人静》,他跟随医务人员到乡镇查"非典"防治。

取缔无证行医、兜售假药,整顿医疗市场时,他写了《小巷门诊》。他很会写骗子,大概见得多有体会,这次又写了个骗子。治什么病呢?性病。骗子上场,自报家门:"想我简先来,当过兽医,贩过药材,唱过草台,现在开了个'性病专科',大捞钱财!咦?好像是个老顾客来了,嗯,我换个花样,再捞他一把。"躲到了屏风后面。

来的是执法人员,装成求医的性病患者,羞答答地来求医。喊"简医生,简医生"。骗子在屏风后面应声,"简医生不在"。那你是哪个呀?我呀,我是峨眉山下来的——骗子迈着方步从屏风后跷出,换了妆,穿了长衫,戴了"方巾",挂白胡,拄着拐杖,撇了一口四川话,自称是峨眉山上下来的华佗多少世。

一个装患者,一个装神医;一个要揭穿骗局,一个要骗取钱财,有了悬念,有了包袱,看两人的对话,就想象得到现场演出时观众此起彼伏的笑声。

演员出身的编剧,脑子里有舞台,读剧本就可以看到栩栩如生的舞台场面,动作性强,好演好看。扮演骗子的叫王前民,正儿八经的药剂师,性情活跃,当了云梦县人民医院工会主席,给胡大立提供素材和医药方面的知识,一拍即合相见恨晚。到武汉参加全省医疗卫生系统会演,掌声笑声一浪高过一浪,把偌大的洪山礼堂搞爆了。兴高采烈地捧着奖状返回云梦,路上宵夜把六百元奖金都吃光了。

"命题"作品都是宣传品,到了胡大立笔下,也挖出戏来。戏是什么?戏就是生活,是生活中的各色人等,是各色人等在各种麻烦中的喜怒哀乐。胡大立的戏观众看得乐呵呵的,"寓教于乐"了。

五、

大型纪实剧《公仆颂》,是一出严肃的正剧,根据云梦县委副书记周子冈生前事迹创作。这位教师出身的领导干部,去世时连大街上踩"麻木"的人都送花圈,胡大立接触过,有亲身感受。可是,现实中或新闻报道中感人的事迹,写成戏后并不一定感人。怎么办呢?还是尊重生活,"身先士卒""鸡场解危""筹办婚事""廉洁奉公",都写得合情合理,不唱高调,运用生动的细节,使戏看上去比较真实自然。主人公从不用公车办私事,为此伤过儿子的心。生命垂危时,他向办公室主任提出一个私人请求,想用一次公车,把在黄石学习的女儿唤回来见一面,演出时观众非常感动。

《吊子卖鞋》让云梦楚剧团在全国赛会上出名了。这是胡大立从传统戏中挖掘,脱胎换骨改造的喜剧。"吊子"是云梦方言,傻头傻脑、懵懂鲁莽的意思。原来吊子是个傻子,智残加腿残,以出丑露乖为笑料,低俗不堪。胡大立到孝感京剧团找汤松来谈想法。汤松来毕业于上海戏曲学校,也是丑行,听了胡大立的想法,汤老师说了一句话:吊子不能是傻子。

一句话把胡大立点醒,他跑到皮匠铺观察,给吊子设计出一套程式动作,衲底、上帮、锥眼、拉索,几个动作利利索索,一反原作,吊子成了个聪明能干的小鞋匠。可是很不幸,小鞋匠有个大毛病,好赌博,还不上赌债被人打坏了腿。用上了胡大立最擅长的矮子步,他亲自登台首演,用半蹲的矮子步完成几十分钟的表演,围着桌子跳上跳下令观众叫绝。每次演出打底衣和外衣都湿透,年纪大演不动了才换了徒弟小罗。

《吊子卖鞋》剧本在《乡土戏剧》发表,郭大宇特地乘长途汽车到云梦,祝贺胡大立。擅长喜剧的余笑予导演发现了这个戏,袖子一撸说:"下面就是我的事了。"

吊子听见赌声浑身发痒,思想斗争,不能自拔,赌输后欲盖弥彰,弄巧成拙,一个个笑点就像二踢脚连珠炮,在张家港"全国小戏小品比赛"中力拔头筹。著名剧作家词作家阎肃发表热情洋溢的讲话,与剧组合影时,胡大立就像个拣场的,笑眯眯地凑在最边上。

六、

阅读胡大立的剧作,云梦方言、云梦民俗、云梦人物、云梦故事,仿佛看到了一个鲜活的县级社会,方方面面,假恶丑,真善美,都是这个时代的基层社会的真实存在,犹如形象的方志,一种形象的记录。

胡大立勤奋高产,为剧团源源不断地提供"下锅的米",云梦县楚剧团能保持着发展活力,当然不是他一个人的努力,但他绝对是重要的不可或缺的力量。拥有一个剧作家是剧团的福气,拥有一个活跃的剧团是一个地区的福气。他们服务于当地社会,弘扬积极健康的精神,更给老百姓带来了无穷的快乐。

在全省基层剧作家中,"胡大立们"有一定的代表性,他们植根乡土,为乡土服务,做的是我们做不到的事情,他们就是这乡土的一部分,化不开,你要说这块土地,就会想起他们。从这个角度看去,为胡大立出一本剧作集,记录他的智慧和心血,也有了更广泛的意义。

2017 年 3 月 29 日

妙笔生花,撒豆成兵

《李冰喜剧集》序

李冰写喜剧,一年一部地送到舞台上贺岁,源源不断,越写越好,其活力和才气真让人叹服。

妙笔生花,撒豆成兵,日军侵华,国仇家恨,他竟然能写成喜剧!而且真能让人大笑,厉害了。

墙头上随便探出一个脑袋(《鬼子进城》苕胖子),还不是快活里的正经人物,一开口都是哏:"你们蛮狠咧,搞死了日本人!放心,绝对替你们保密!不过我家家最近病了,冇得钱买药,把两个零花钱来!"——这不是趁火打劫的流氓吗?可又蛮合理,挑不出他的毛病,你们打死了日本人,他不报告,替你们保密,还要怎么好啊?这样的好人家里的"家家"(外婆)病了,你们不该给几个钱看看病吗?快活里的岔巴子们拿他没办法,凑钱封口吧。

不料,被打死的日本鬼子又活过来,只是苕了(失忆了),连日本话都忘掉了,在东北待过的,一开口说起东北话来了,喜欢吃岔巴子炸的油香,赖在快活里不肯走了。

我的天,鬼子可是进城了,丢了一个军曹他不知道?卢沟桥不就是找人找出了一场旷日持久的大战吗?满城都是鬼子,随时可能进来搜查的,分分秒秒急煞人啊。

快活里人多,紧张地围在一起商量,再把他打死行不行呢?

不行,下不了手。

怎么下不了手了呢?

头一次他在作恶,要强奸胖嫂,不能不下手,情急之中,岔巴子抄起铫子夯过去打的,没料到一下毙命,有失手的成分。如今活鲜鲜的一个人站在你面前,还苕了,等于是个残疾人,把一个残疾人撩着玩儿岔巴都觉得不大地道,还能杀?不要说岔巴子,整个快活里的人都下不了手啊。

杀又杀不得,赶又赶不走,怎么办呢?哎,快活里的小人物到底聪明,有办法了:卖了他! 这就要找人贩子。墙头上的脑袋又探过来,苕胖子说他师傅就是人贩子! 瞌睡遇到了枕头,一笔甩出来,墨坨坨一点都不浪费,真是信了李冰的邪。诸如此类的笑话,一个接一个,一浪高一浪,摞起来,成了堆,把观众都笑翻了,恨不得要岔气。

生活中的李冰,尽管也说笑话,但在我眼里却是个很规矩很老实的孩子——对不起,这里用"孩子"称呼李冰是我倚老卖老了。可我就是觉得他很年轻,这不单是指年龄。一个人不论多大年纪,他不世故,无城府,比较纯正,这就像孩子。坏坏的事情他也知道,但是影响不了他,他不会沾染某些多余的东西。

一条江把武昌和汉口隔开,平素没什么接触,电话也很少,短信都没有发过。这天,却突然接到他的短信。他说,一出西班牙哑剧正在中南剧场演出,昨天已经演了一场,他觉得我会喜欢的,所以告诉我,就今天一场了,快来看!

晚上就过去了。

就是那么安安静静的一出戏,哑剧,不说话,也不特别配音乐,就是自然音响,开门就是门响,拉大提琴就是琴声。拉得也不好,咯咯嘎嘎的,老太太已经患老年痴呆了嘛,袜子当成手套往手上套,老头儿就过来帮助她,把袜子从手上褪下来。老太太不明白,又把袜子往手上套,如此反复。老头儿是个作家,坐在那儿滴滴答答地打字,就那么开了幕。老太太踢里踏拉地走来走去,一会儿拉大提琴,一会儿做些莫名其妙的事情。慢慢地老头儿发现自己的老妻已然患病了,观众也看出了端倪。老头儿便离开打字机,过来照顾老妻。麻烦蛮多的,上了厕所也不知道冲,裤子挂在腿上,就那么张着腿蹒跚着走出来。老头儿放下自己工作,帮老妻拉起裤子,给她擦干净,又进去冲厕所,耐心地一遍遍地纠正老妻的错误。

演员是戴面具的,中间要不断闪回到他们的青年时代,就换成年轻人的面具。拿着书的小伙子在等车,来了一个拎着大提琴的姑娘,迈轻盈的舞蹈般的步伐。戏剧总是有巧合的,小伙子小姑娘也有巧合,这个事那个事就得让他们再次碰上。多碰两次就有感觉了,小伙子想吻姑娘,姑娘不知道,身子活泼地一旋,手中的提琴甩开来把正噘着嘴凑近的小伙子打了一趔趄,很好玩。都是些日常生活的细节,西班牙人中国人是人都会经历的。看似寻常随意,却都是以一当十的艺术精选。做爱就是一块大布蒙起来,里面呼呼地鼓捣几下,再一掀开就捧出了一个娃娃,笑死了。妙极了。

就三个演员,还有一个演儿子。开始回家来看看,也就是看看,无可无不可。老太太拿出一件彩花条儿的婴儿毛衣,踢里踏拉地跟着儿子纠缠,儿子没工夫搭理她,走了。渐渐儿子也发现了母亲的病,母亲年轻时抱着儿子的照片还挂在墙上,现在儿子抱住母亲,母亲却不认识儿子了。

有个光明的尾巴,儿子也找了个姑娘,生了个娃娃,一家三口来看望更加衰老的父亲,高高大大的儿子抱着娃娃,父子俩穿的毛衣都是彩花条儿的。观众站起来,含着泪鼓掌,一遍又一遍,久久不舍。

返回武昌的路上,我就给李冰发短信,感谢他给了我这个信息,让我看到了这样好的戏。

他说是啊,他也泪流满面。

我说我很惭愧。

他说,我们更应该惭愧——这话我不同意,是我比他更应该惭愧的。

所以我说李冰写喜剧,内心是悲悯的,是很严肃的。

李冰有职业精神,他会写戏,但并不随便写。他老实就老实在他很胆小,敬畏观众,不敢瞎对付,晓得台上的戏是无法对付的,你瞎对付观众要骂的,当面也许听不到,但剧场是冷淡的,感受得到。当然,你也可以做鸵鸟,自欺欺人。李冰不敢,他知道要对得起观众就得挖空心思把戏整好看,憋在小屋里,"一个个不着边际的想法冒了出来,又一个个被否定,古今中外的名著在眼前一一闪过,但都无法借鉴,天渐渐亮了,我不知道明天该如何面对众人,我不想让大家认为我是个无能的编剧——"看看这些话,他是不是老实?前面已想了两个构思,演员们不感兴趣,说否定就否定掉了,他也不争辩,生怕对不起剧团同志们对自己的信任,他是不是老实?自己也不满意的东西就不拿出来,不骗人。电光火石般的奇思佳构是在把自己整得很苦整到绝路之后才突然冒出来的,真的是绝处逢生。阳光总在风雨后,不经风雨怎见彩虹,这两句歌词真好。

戏剧特别需要构思,李冰的戏都讲究构思,一把抓得住,三翻四抖一波波地整出戏来,观众不会"调台"。《一枪拍案惊奇》和《鬼子进城》都发生在快活里,地点集中,时间集中,开场就是一个突兀事件:《一枪拍案惊奇》是辛亥年革命党起义前夕,一把枪落到了快活里,官家正在追查,查到谁头上,谁就要满门抄斩;《鬼子进城》是抗日战争时期,汉口沦陷,一个鬼子进了快活里,强奸妇女时被打死了,满城都是鬼子,查到谁头上,谁也要掉脑袋。怎么办?都是箭在弦上,异峰突起,一下子就推到了悬崖的边缘,很吸引人。

悬念有了,写得好不好呢? 一个空间,一群小人物,能不能展开,能否发展下去,发展下去能否入情入理,入情入理了能否打动人心,等等,这些都是对一个编剧的考验。戏剧构思需要匠心,结构的技术性很强,这对于戏剧写作是那样重要,其实任何一行都需要技术,没有技术都无法为人民服务。

李冰有技术,说运斤成风夸张了一点,再说他也不是个炫技的人,比较恰当的说法是,他在上海戏剧学院戏文系编剧理论与技巧课学得不错。《一枪拍案惊奇》和《鬼子进城》中间还有个《海底捞月》,一律构思奇巧,结构亭匀,生动好看,情节都夸张到了荒诞,但你就是推不倒他的架构。李冰会搭架子,但他又不是一个高级架子工,因为他有思想。在这个技术性很强的架子里,他的思想在自由驰骋。

干写作一行思想是蛮重要的。其实我很忌讳用"思想"这个词,"作家应该是思想家"是我很不愿意说的一句话,别人要这么说,我也会很难受,总觉得这个提法容易让人混同于政治思想、哲学思想,甚至是报纸上的社论文章和时势口号。不论这些"思想"好不好对不对,都比较理性概念化,而观众看戏是感性的,他们是不看思想概念的。所以我说的思想很简单,就是作者自己的看法,自己的体悟。你对自己写的这些人这些事这段历史,以及戏内戏外的内容,要有你自己的看法,有你自己的体悟,如此而已。

不知道说清楚了没有,但我就是这样想的,而且我在李冰的戏剧作品里看到了他的思想,他有,是他的,不是别人的,这正是他的戏不同于其他笑剧的地方。你看他笑啊,其实他的戏是有点"狠"的。

他擅长写小人物,寥寥几笔入木三分,这来源于他对人、对人性的认识,这就是他有思想,是他的看法,他用娴熟的编剧技巧表达了他对人性的看法。

快活里的小人物,是那样贫困愚昧的一群人,小摊贩、算命的、打鱼的、媒婆、收粪的、打杂的、苦力,李冰没有往"卑贱者高贵,穷苦人善良"的路子上走,而这正是我们见得比较多、也容易看见的、已经走出来的一条路,有明确的轨迹可循。李冰没往那边儿瞅,他有自己的看法,他笔下的小人物个个都是一身毛病,胆小如鼠、明哲保身、欺软怕硬、世故圆滑、见风使舵、贪小便宜,真真应了那句话:可怜之人必有可嫌之处。一把枪像烫手的山芋,到处甩,生怕沾了边;见日本鬼子被打死了也吓得魂不附体,避之不及,要埋到哪个屋里哪个就摇手,胡扯些荒唐的理由来拒绝。没有一个挺起胸"这里危险让我来",一个个都往后缩,都把别人往前推,那鬼样子让我们笑得要死,但又觉得非常真实。设身处地想一想,换了你,你怕不怕? 你上快活里试一试,把枪藏在你家里,把打死的鬼子埋在你家里,你就不胆颤？你胸膛就能挺得比他们高？喜剧的夸张建立在真实的基础上，夸张的幅度再大观众都能够相信。观众笑得不得了，但不会说你瞎编。

好了，要命的枪终于可以脱手了，来了个憨头，参加了革命党，正要准备起义，见枪眼开，大喜，"给我吧！"太好了，枪往憨头手里一扔，快活里小人物们终于松了一口气。

"你要枪干什么呢？"轻松了的岔巴子问。

憨头说："要起义。"

岔巴子一惊，"啊，你要闹事？"

"是啊，我们要推翻清政府。"

岔巴子不干了，一把把枪夺回来，义正词严，"不行，绝对不能反朝廷。"

憨头急了，给岔巴子讲革命道理，问他愿不愿意进入新世界——武汉最高档的、时尚白领消费的商场就叫新世界，所以岔巴子一说我不进新世界，快活里蛮好，观众又笑翻了。

接下来——

憨　头："你想不想把那些达官贵人的财富夺过来？"

岔巴子："做不得，做不得，那样搞是打劫。"

憨　头："一个人搞是打劫，一群人搞是革命。"

岔巴子："革命？我也革命？"

憨　头："对，推翻皇帝，走向共和。"

岔巴子："推翻了皇帝，哪个当家？"

憨　头："你！"

岔巴子："我？"

憨　头："不止你一个人，我们都是国家的主人！"

岔巴子："我也是？"

憨　头："国家有你一份。"

岔巴子："那，我能不能现在就把我那一份拿走啊？"

哈——观众又是一阵大笑。

当然，机智地嘲讽着人性的李冰并没有失去理想，他到底还是个好孩子——对不起我又倚老卖老了——最后岔巴子不是也跟着革命党打出了那一枪吗？在野蛮的日本鬼子面前，岔巴子不是又抢起了铫子吗？一身毛病的小人物最终还是追随正义的，只要环境不作恶，大多数人都是愿意学好，人性还是有希望的。

《一枪拍案惊奇》头年演出了，第二年《海底捞月》又出来了。我先读剧本，正在高速公路上，坐在车里无事就翻剧本。第一场就在打麻将，解放军要进城了，这里麻将桌上一个"海底捞"，摸到一个旷世绝张，输的输得惨，赢的赢得大，富的变成穷的，穷的变成富的。接下来搞运动，穷的整富的，富的也整富的，穷的也整穷的，整来整去整得一起饿肚子，都没有饭吃，为一个红薯又凑到了一起，在饥饿中回忆起打麻将的快乐。第四场，终于改革开放了，《年轻的朋友来相会》的欢快音乐中，快活里的小人物们围在一起学习，要实现四个现代化了，必须提高全民的素质。学什么呢？学英语，学剩余价值，学鸡兔同笼的数学题，学得几个人哎呦哎呦求饶，说，真是要把人逼疯啊！我拿着剧本也笑疯了。

我这样啰里啰嗦地介绍剧中的段落，是出于喜欢，也是怕读者忽略了这些充满机趣和智慧的内容，这样的段落在李冰的剧本里俯拾皆是。言外之意，弦外之音，其中的微妙和深意，观众在笑声中都能体味。《海底捞月》中那一桌麻将，硬是打了六十年，到最后，终于不搞那些说不清楚的劳什子运动了，终于可以打打麻将了，观众也松了一口气。我们做了多少傻事啊，将芸芸众生折腾得连一桌麻将都打不成，不过是极其卑微的快活，还要折腾一辈子，转一个大圈子。如今可以安安稳稳地打麻将了，是快活里小人物的幸福，也是我们的幸福啊。这时，你就会觉得舞台上不仅仅是快活里，不仅仅是这些小人物，而是我们自己。

李冰的才华不止是喜剧，《春雨沙沙》《信义兄弟》也都是好戏，后者尤其难写，有报告剧的性质，受限制，他硬是写出来了。戴着镣铐还能跳舞，还不乏灵光闪现的片段。

不论喜剧还是别的什么剧，李冰都是值得赞美，也值得作更多更高的期待。

一个寒冷的冬夜，剧场被一阵阵爆棚的大笑整得热气腾腾，看完了戏，观众站起来，拍着手一起高喊：李冰！李冰！李冰！有哪一个编剧享受过这样的待遇？我没有见过。为了已经给观众带来的欢乐和感动，应该谢谢他。

2014年11月29日

《观剧浅谈》自序

2017年9月至10月,全国地方戏曲南方会演在武汉举办,组委会通知我参加评论组,要求看一出戏写一篇文章。评论组的小女生波波是召集人,她是来自中国艺术研究院戏曲研究所的文学博士,每天收稿子,大家就把交稿子叫作"交作业"。我这些看戏的感想,也是"作业"。

早先在省话剧团,曾听老同志说及某领导的大秘书,才情了得,跟随领导到剧场看戏,戏还没演完他的文章已经洋洋洒洒地写完了,第二天登上了《湖北日报》。下笔千言倚马可待,坐在观众席里,一边抬眼看舞台,一边埋头走笔的才子形象就印在脑子里,能写剧评的大概就是这个样子。只是没看完怎么能写完,一直是个谜,很遗憾当时没有拜读到,不知道是怎样的锦绣文章。我只写剧本,从来不敢写剧评,发几句议论也不敢落在纸上,也是早年被那个大秘书的才华吓到了。

渐渐地阅读别人的这一类文章,有了一些心得。知道不论浅谈还是深谈,不论着述长短大小,需要的不仅仅是一挥而就的本事,也不仅仅是文辞的华美。能让读者眼睛一亮,让读者心悦诚服的,是写家的眼光和头脑,洞悉深微,言之有物,言之有理,好在哪里,不好在何处,为什么会这样,你看不到的,他看到了;你说不透的,他说透了,让被评论的人也服气。曾听著名文学批评家王先霈教授说,让他想写一写的作品,倒不一定是影响很大或者获了奖的;让他注意,让他想写一写的,往往是能够触动他,与他的人生感悟相通的作品,也许影响不及,没有获奖,但其中有跟人心相通的东西,就值得一说。我一直记得他的话,知道理论家也有性情,理论也是从人生的近处生发开来的。

如此更有了自知之明,知道学浅才疏,更不敢写了。写剧本那是命,老天爷安排的,进了剧团,学表演编小品,进排演场看老同志编戏,耳濡目染。天可怜见,中国话剧没有中国戏曲的家底,没有老祖宗留下的饭碗,只有天天苦巴巴地编新戏,跟着老同志瞎编瞎攒,东一段西一段,编着编着就编成了剧本。加之当演员本钱不够,跑个龙套就到顶了,那么,就天时地利人和吧,顺势一倒当编剧了。除了写剧本,别的议论文章想都不想。创作会上也谈谈戏,那是同行切磋,各抒己见,各执一端,争争吵吵都是有的,不成文,不做数。

说不写,这些"浅谈"怎么又冒出来了呢?一事之成,总是方方面面条件的聚合,所谓天时地利人和,忽然被调到文化厅,看戏成了日常工作,看戏后又必须谈一谈,这也是工作,推脱不掉的。想我五十七岁高龄才当到这个干部,自然十分珍惜则个,非常想把这个干部当好。剧团的老少男女过去在一起过家家,知根知底,别让人说"人一阔脸就变",还得比过去表现更好才是。过去有的戏爱看不看,现在只要剧团邀请看戏,有求必看;过去看了戏爱谈不谈,现在只要剧团要我"谈",也是有求必"谈";过去"谈"戏不知轻重,高视阔步旁若无人,现在要考虑人家的感受,体谅人家的处境。常常是演完了就到舞台上"谈",有话没话先鼓励了再说,如果地方领导也在场,更是要加大力度地肯定。有问题没有,有,搁事后研讨会上说,关起门,自家人,这时候就别讲客气,横挑鼻子竖挑眼都可以,把毛病"谈"得多一点,虽然不深,但也得说透。说透了还得退回来,理想很丰满,现实很骨感,量力而行,争取最好的结果吧。

一位多年不见的老朋友,也是发过我剧本的老编辑,去年在沪上见了面,少壮能几时,鬓发各已苍,忆念过往不胜感慨。正好在一个组,一起讨论剧本,听到彼此发言,会下闲聊,他坦率地看着我说,你比过去收敛多了。我明白,他用"收敛"是很客气的。

退休之后,没有了行政事务压力,也没有再写剧本的能力和宏愿,放下了,时间多了,也去外省参加一些戏剧活动。看了戏,多数要在研讨会上发言,当然,也是很"收敛"的。如果约稿,对方希望我把发言的内容写下来,便也认真地完成。心想人家想到咱,邀请咱看戏,就是多大的情分,有什么要求就应该尽心尽力完成,这是对主人的感谢和尊重。也是交"作业"吧,慢慢就攒下了这些小豆腐块。

能写下一些感想,我还是高兴的,否则每天过得有什么意思呢?至少促使我动脑子,动笔,不懂的还要翻翻书,不敢偷懒,恰好各方面也鼓励和推动,我非常感谢他们。

"作业"分了五小辑。

"辑之一"是我们本省的戏,我们自己的剧团邀请我看戏,要求我写一写,"吹捧"一下,特别对基层小剧团,这是必须的,义不容辞。六篇中有四篇是他们推动的。

"辑之二"的几篇,是在西安写的,2016年10月至11月,第十一届中国艺术节在陕西举办,我参加了评论组,每天看戏后要开研讨会,过后要写文章,好在量不大,两到三篇,每篇不少于千字。剧目单发下来自选,爱写哪出写哪出,评论组分工,不要漏掉一出。这么宽松的条件,不写白不写。艺术节才开始,多数戏都没看过,怎么选?只有跟着感觉走,先选了一出渭南的秦腔《家园》,喜欢这个剧名,又是几个县级民营剧团联合演出的,同情弱者,就说我来吧。舞剧《太阳的女儿》是西藏歌舞团的作品,20世纪70年代初我就去过西藏,非常艰苦,听说过50年代初第十八军进藏的故事,川藏公路就是战士用鲜血和生命铺出来的。知道《太阳的女儿》是大军进藏题材,便也选了它。黄梅戏《小乔初嫁》在安徽看过了,盛和煜、张曼君的作品,当然要写,不在话下。三篇完成后,看到了福建的芗剧《保婴记》,喜欢得很,主动加写一篇《风生水起—副牌·芗剧〈保婴记〉观后》,超额完成任务,心情很好,小得意。

"辑之三",就是2017年9月至10月,在武汉举办的中国地方戏曲南方会演,组委会要求高,看一剧交一篇稿,有日夜两场的,一天就要交两篇。我开始有点打鼓,怕完不成"作业",就说,波波我要完不成,你帮我呀。小女生说好呀好呀。我就正襟危坐地看戏了,回来一本正经地打字写"作业",如此两天,忐忐忑忑完成了两篇,交上去。波波总是从鼓励出发,收到总是说好,还要谢谢,让我慢慢落定,也就一篇篇写起来。

"辑之四",是在江苏、河南看戏写的,自选加对方邀约,也是我感兴趣的。

"辑之五",是为两位同行的剧作集写的序。

都是观感,不是剧评,但在人家看来可能还是"评"吧,短一点浅一点而已。随园诗话有"戒滥评",说的是"姑苏城外寒山寺,夜半钟声到客船"。多好的诗啊,可欧阳修却讥笑夜半没有钟声,害得别人来争辩,举例说有钟声,跑偏了,成了考证,袁子才先生说这是"夭阏灵性,塞断机括",是评论不好的后果。掂量自己的水平能力,我有三点,我不敢说三点原则,够不上,说大了,我只是写写自己的观感,注意三点:

第一,要真切。"诗贵真切",这也是袁子才说的,其实写什么不要真切呢?真知灼见,首先就是真,搞戏的人也不喜欢听假话。戏不能假大空,谈观感也不能假大空。是不是打动了自己,是不是有话可说,要真切。一个戏演出了,大家看了,不论肤浅的高深的,都能把感受真切地表达出来,对一个戏的评价就可能趋向真实,搞戏的人看了也才服气。

第二,不求全。"作业"多是快评短评,刚刚看过,还是热乎的,兴会所致,容易成篇,而且往往是脱口而出的老实话,比三思而后地落笔要真实一些,这也是组委会希望收到的效果。然而不求全,也可能不全面。更由于水平局限,统观全剧抽象概括能力不强,只有拣那印象深刻的地方来写,"攻其一点不及其余"。比如江西采茶戏《将军还乡》的大年初一孩子要红包,乡亲们来拜年,台上甘祖昌流泪,台下的我也流泪。就只写了这一点。反之也是,楚剧《万里茶道》,结尾时玲珑拒绝了叶天韬的感情,我一愣,怎么回事?凭什么?理不顺。带着这个疙瘩回来写"作业",就写了个想不通。真不真切?真切的,确实是适才看戏的感受,但是不全面,如此评议全剧就太不公平了。把话说在这里,敬请创作者原谅。

其三,多栽花少栽刺。说这话感觉就有些复杂,怎么"少栽刺"啊?说得好听是与人为善,说得不好听是圆滑世故。与前面说的"真切"也相违背。可我真的不想栽刺,这也是真心话。人家已经够难了,尤其是那些县市基层剧团,您还往下扎?下不去手。只是"栽花",是说您的好,我不说的那"刺"的一部分您知道,哪怕别人对它"好评如潮"。我不说的就是我的"刺"。明白的也就明白了。我相信明白人很多。我是剧团出来的,诸多辛苦,感同身受。我甚至想,都是学戏的,读一样的书,听一样的课,我说的这些人家不懂吗?人家顶在一线搞戏,风口浪尖,八面来风,感受只会比我更痛切,为了把戏搞好,思虑只会比我更多更深。设身处地,我能做得比他们好吗?剧院上下一大家子要生存,要发展,压力山大,我不想站着说话不腰痛。那么,我能做什么呢?在讨论中,我常考虑把意见变为建议,试着帮帮忙,出出点子。您用不用得上难说,我这是一份心意,希望您好。

季羡林先生有一段广为流传的金句,"要说真话,不讲假话,假话全不讲,真话不全讲",以前写剧本,我心里常有一句话,好好守住自己的感受。写看戏的"作业",也如此。我不会溢言虚美,但只要是打动了我的,我也会真诚地送上热情的赞美。哪怕一星一点的闪亮,也是艺术生命的通灵宝玉。作者难,知者尤难,如果我的赞美能给艰苦创作的同仁以鼓励和支持,就太好了。

这里的许多剧目大家都不陌生,见仁见智,意见不尽相同,一家之言,抛砖引玉。活跃的思想和开放的生态对于艺术创作永远是有益的。谢谢。

2020 年 4 月 29 日

关于《致苏三》

潜江发来《致苏三》剧本,想听听我的意见,看罢写了这样几条:

1. 这是一出小剧场戏曲吗? 据说小剧场戏曲的追求在于探索与创新,作者把家喻户晓的传统经典《玉堂春》拎出来重新写过,也旨在探索与创新吧?

2. 探索可以理解,创新却不容易。《警世通言》就出现过的苏三与王公子的爱情故事,经过几百年沉淀淘洗,几百年的艺术家演绎改编,给我们留下了流传最广、演得最多、观众喜欢看也看习惯了的两折戏:《苏三起解》和《三堂会审》。两折囊括了全部的故事,以一当十,简繁得当,举重若轻,让我们在享受剧情带来的快乐时,真不得不佩服前辈非凡的智慧和高超的戏剧才华,你真要从初一说到十五,把故事全须全尾地演出来,反倒觉得累赘,不经济,笨。站在经典"肩上"来探索和创新,利在有经典垫底,不必挖空心思现编现攒人物和故事;弊也在经典垫底,观众有了定势,看顺溜了,你这个"新"弄不好是个鼓包,硬块,他一看一愣,吞不下去。既有传统经典的感染力,又有时代的"新"理念,说起来容易做起来难。

3. 以传统经典为底本,剪枝增叶,以女主人公的两面破题,一面是纯情少女苏三,一面是青楼卖笑玉堂春,展示两面的不同人格和内心矛盾,作者的"创新"意图可以接受。

4. 花园秋千一见钟情、新灯初挂玉堂春两场戏有比较强烈的对比,也可以接受。

5. 令人耳目一新的有两处:(1)初夜的王金龙打地铺,不上床,不勉强苏三,可见重情不重色,买心而非买春,也因此打动了苏三,这是老戏中没有的;(2)王金龙成为巡抚后"会审"又见苏三,不能自持却不敢相认,矛盾到最后还是不认,"致苏三"说出不能相认的理由。戏还好看,有矛盾,有张力。问题也有两点:(1)硬要打地铺不上床才是"重情""买心"? 上床就是"重色""买春"? 不大自然;(2)"致苏三"不相认的理由缺乏说服力,"为救汝,忍将前誓尽抛除,折腰事贵负当初"。啥

332

意思？不认苏三是为了救苏三？作者不想走老路，老戏"大团圆"也有粉饰社会黑暗、掩盖妇女悲惨之嫌，可是"大团圆"也有正面意义，王金龙与苏三相认，不也背叛了自己的阶级地位，表达了对弱者的同情和对公平正义的向往吗？颠覆"大团圆"还得拿出新的东西，要说服观众。现在看来是模糊的，"风月无边，了局无言"，咋回事啊？

6.《玉堂春》流传的几百年，也是一代代艺人不断创新的几百年，《苏三起解》和《三堂会审》就是创新的成果。"致苏三"的一个"致"字，有点突兀，不大自然，有点主观，也许这正是小剧场戏曲要的效果？我不确定，没有把握。

门外瞎谈，见笑，见谅。

2022 年 3 月 29 日

前腿弓,后腿蹬

第十届黄河戏剧节观剧杂感

　　一到河南就会想起《朝阳沟》——"那个前腿弓,那个后腿蹬,把脚步站稳劲儿使匀"。"脚步"两字之间有个小颤音"～",唱出来是"脚～步";"劲儿"也有个"～",唱出来是"劲～儿"。有这个"～"和没这个"～"大不一样,有"～"就有河南腔调的韵味,这是河南人的专利,外地人学不好,学不像。

　　河南话是北方话,"脚"的发音却不是北方的"jiao",而是近似湖北话的"juo"。河南与湖北相邻,"juo"或许是地理在语音上划出的痕迹,介乎北方南方之间,一听就有水土风物的感觉。今人的河南话好像更趋向普通话,我是老人老耳朵,听年轻人说"jiao"反而不习惯,感觉平淡了,普通化了。

　　"前腿弓,后腿蹬"历久弥新的记忆还因为我也下乡薅过草。湖北人把挖土的、大而重的叫"挖锄";薅草的、小而轻的叫"薅锄"。南方多竹,用竹子做的锄杆柔韧有力,摩挲得油亮透红,妇女用这样的"薅锄"薅草身姿尤其优美。我满以为自己也可以优美,选一把秀气的,握住了,"心不要慌来手不要猛",好、好,"锄得那个苗好土发松,得哟得哟土发松",哎哟,完了,"又叫你把它判了死刑"。那是从营养钵移栽到地垄的小棉花苗,刚刚成活,极嫩,锄头一碰就断了。我很紧张,悄悄用脚尖把土往苗上蓊,毁尸灭迹。跟银环一样的还有挑水,扁担在肩上搁不稳,前仰后倒,带着人和桶乱晃,想给老乡做好事,力不从心,还摔坏了水桶。

　　1983年夏参加中国剧协《剧本》组织的苏、锡、常采风,第一次见到《朝阳沟》的编导杨兰春。他像个老农民,一口地道的河南方言,什么话说出来都好笑,老有人围着他听他说笑话。他说他其实很受气,上医院看病,检查结果竟是子宫炎。他大感不解地找医生,医生看看单子,奇怪地反问,"有什么问题吗? 你不是杨兰春吗? 杨兰春不是你吗?"他结巴了,"是啊是啊我我我是杨杨杨、兰春啊,可我我我我,是个男男男男的呀!"《剧本》主编李钦是个最斯文的江南书生,也捂着肚子跟我们一起笑岔了气。

这届戏剧节也给评委安排了一次采风，汝南新蔡，东晋文学家干宝的故乡。大学中文系一年级生都学过他的《搜神记》，采风就像放风，一路欢歌笑语。河南评委都能唱，随口现挂的戏谑小调笑死人。《朝阳沟》比较正规，还在手机里调出伴奏带。我坐前排，独自靠窗，音乐前奏一出来，我就像通了电，忽地一股什么从心底往上涌。"走一道岭来哎哎哎——翻过一架山唉唉唉——"女声是评委吴素珍，男声是评委丁建瑛，听他们在后面唱，看不到表情，只感觉春风拂面、桃李缤纷，跑着跳着都要飞起来，"这里是谷子，那里是倭瓜"——"倭瓜"发音好圆润——女声说这个我知道，这是玉米那是蓖麻。男声笑了，说"那不是蓖麻是甜酒芽，啊啊啊啊……到家别光说外行话，街坊邻居听见了，不笑出眼泪笑掉牙，啊啊啊啊……"我忽然要落泪。

在郑州看过交响乐《朝阳沟》也有这样的感受。观众要求加唱，指挥问唱什么，观众喊："亲家母，亲家母。"于是在恢宏的交响乐伴奏下，西装革履的演员们用受过科学发声训练的声音唱起了乡下女人的家常话。"亲家母，你坐下，咱俩把话拉一拉，知道银环走得急，铺盖没带就离家，没关系，你放心，你到俺家看一看，铺的什么盖的什么，还做了一套新铺盖，新里新表新棉花——"观众沸腾，和着交响乐的节奏拍着巴掌大声地吼唱。没错，就是"吼"！交响乐了一晚上，打动他们的还是熟悉的乡音。

我喜欢豫剧的腔调，听这些腔调就像听河南人说话（也有不像河南人说话的豫剧腔调，不在此列）。禹州的《支部书记》是齐飞老师的剧作，有一段戏是支部书记开会回来传达文件精神。我的天，一段唱词儿几乎就是文件，连带着标语口号，居然唱得有腔有调有滋有味，竟让我相信了这就是村头发生的事儿，就是一个支部书记在村头跟村民说话。我把感觉说给评委刘景亮老师，他嘿嘿地笑道，"你仔细听，这些文件语言其实写得非常生活化，也非常好唱，唱出来就是生活的味道"。末后这句话很重要："生活的味道。"讨喜的戏都有生活的味道。

我注意剧作家的年龄，戏剧总脱不过岁月、生活、人，有些东西是教不会的，也不是领受任务"下生活"能够即时获得的。濮阳豫剧《吴隐之》吴夫人出场第一句唱"嫁夫有如再投胎"令我心中一动——没有读到剧本，可能不大准确，大意是不错的。吴隐之是青史有名的大清官，"清"到缺吃少穿，冬夜批阅卷宗只能披着棉被御寒，把小偷都感动了，这样的清官还有什么可偷？当场跪拜，弃恶从善，后来为保护吴隐之而牺牲。跟着丈夫受苦受穷的吴夫人是什么态度呢？编剧让她先发个感慨，投胎轮回，生死相续，第一次投胎是前世善恶所定，没得选择，而女人出嫁却又有了一次机会,嫁好了就有了后半截人生的幸福,不啻于再次投胎。这是剧作家的人生体悟,也是生活的味道。研讨会上见到剧作家,苍苍白发,且是女性。不由得暗自点赞,是了是了,这样的人才写得出来。

汝州曲剧《马英》也是老编剧的作品,第一场群众交军鞋,干部要求交五双,有的却只交了三双,还有的只做了一双,说家中揭不开锅了,这双鞋还是拆了件小褂才做得的。干部没有批评,而是点头说,群众困难,多少都是一片心。通情达理,没有简化生活,观众也看得舒服。第二场马英和小姑对话,小姑说嫂嫂不老,模样挺年轻。马英说这是参加八路军工作啦,以前洗脸就着水盆照照,现在也给自己买了一个小镜子。一句台词一个鲜活的女人。只是这些好细节好台词似乎使用得还不够,延续一下,发展动作,人物和情节是不是会更丰富?

"相声讲究铺平垫稳,铺平了,垫稳了,到时候一敲就响",南阳的越调《山花烂漫》"婆媳相认"让我想到侯宝林的这句话。母亲的儿子遭受地主迫害逃离家乡,星梅的未婚夫也是从家乡逃出的。是不是一个人?母亲问星梅未婚夫名字,名字对不上。星梅说,普天下受苦人都是一样的命运。母亲说是啊。这是第一次铺垫。观众当然知道她俩是婆媳,戏的魅力则在于如何揭开谜底。人贵直,艺贵曲,为增加曲折还整了个小误会,星梅热心地给母亲的二女娟子介绍对象,撮合娟子与自己的战友姜永泉恋爱,娟子却以为姜永泉与星梅是"一对儿",小吃醋。星梅哈哈大笑说我已经有啦。是谁,在哪儿,在兵工厂。这是第二次铺垫,加强了期待。兵工厂来了,星梅去接,谜底就要揭开,母亲却拽住了悬念的缰绳,把星梅唤住,不行,哪能就这么去。颠颠地进屋,星梅等,观众也等,延宕悬念。母亲出来了,拿着一件红衣裳,专为星梅做的,换上,等"他"来了跟娟子和永泉一起把喜事办了。好了,穿着红衣裳的星梅喜不自禁地跑下,观众翘首引颈,等待着。突然,巨大的轰鸣铺天盖地,日机轰炸炮弹呼啸,人声哭喊覆盖了一切。导演节奏掌握得不错,停顿,死寂,星梅失神跌坐在地上,"他"呢?"他"牺牲了,痛哭进屋。谜底怎么办?揭不开了吗?悬念还在延续。缓缓地,捧遗物的干部上,让母亲转交星梅。接过包袱进屋,止步,包袱眼熟,蓝印花布,家中有的,孩子爹抽烟烧了个洞,补缀了一朵梅花。拉开一角,正是。更震惊的是一只银手镯,褪下自己手上的,正是一对儿!再次进屋,又止,这不是增加星梅的痛苦吗?星梅却出来了。母亲掩饰,星梅也在控制,"他"是为保护兵工厂的机械,驾着马车引开敌机而牺牲,死得其所。母亲点头称是,交包袱。星梅发现银镯,惊愕,一对儿!怎么是一对儿?母亲慌乱,啊,啊,刚才弄乱了。星梅注意母亲,正待追问,一张信笺从包袱中飘落。

拾起，展开，响起了"他"的声音——最后一句："你的房东老太太就是我的母亲，你的婆婆！"重重的一锤，谜底终于揭开，婆媳相认，抱头痛哭，观众唏嘘。掰扯开了看，一笔一划都是匠心。

李笠翁说"结构第一"，是强调要搭好架子，犹如盖房，基础平，间架立，才好一点点往上铺陈润饰。商丘的《喋血睢阳》和驻马店的《杨靖宇》一古一今，写的都是坚守。怎么坚守？如果没有结构布局中的叛将，缺少对抗性冲突，坚守坚守再坚守，即便唱词文采斐然，金句迭出，也会因缺少行动的张力和情节的驱动力令人感到平直冗长。两出讲述坚守的戏，不约而同地设置了叛将，这是戏剧规律使然，戏剧是安排冲突的艺术，必须有冲突对象。

两出戏都是老编剧，懂戏，知道主人公的坚守必须合理，得到观众认同，观众才关心你，发生冲突时站在你一边，希望你成功。编剧们给坚守设计了说服力很强的理由：唐将张巡坚守睢阳，就守住了屏障，安禄山的叛军就侵犯不了江南；抗联将军杨靖宇坚守东北，就牵制了日军，令其不能倾力进犯关内大片国土。

怎样安排冲突呢？要让主人公一难再难，陷入绝境。

孤城本来就缺粮，叛将田秀荣勾结围城叛军，烧的就是要命的粮仓，孤城三月，人相为食。张巡与战士、与夫人和母亲的一段段惨烈悲壮的戏就出来了。冲突一定要有，却不一定是敌我，夫人便是在与张巡的冲突中唱出"破城之日妻先死，老爷杀敌一身轻"自刎，义薄云天，打动人心。

《杨靖宇》的叛将程斌，向日军报告了秘密营地，也让杨靖宇的队伍断粮，陷入绝境。叛将与杨靖宇的冲突营造了尖锐的戏剧情境，下面的戏就是杨靖宇与同志的冲突。谁走谁留，谁撤谁守，每一次都是生与死的选择。冲突双方都有坚强的意志，都不后退。直到杨靖宇说："我走了你也守不住，因为敌人要抓的是杨靖宇，他们还会追打于我，届时将全军覆没。"化解一次又一次，人越来越少，杨靖宇要大家离开自己，分散撤离，活出一个是一个。一个小战士不走，这是个小姑娘，负了伤，一瘸一拐的。杨靖宇说："傻孩子，你看你这样儿，留下来也打不了仗啊。"小姑娘一瘸一拐地走到杨靖宇身边说："我给你挡子弹。"这样的台词真是忘不了。

永城来演出的是柳琴戏，柳琴戏有个"拉魂腔"，颇受豫、鲁、苏、皖四省交界地区百姓追捧，说这小调能"拉魂"，这是对小调艺术魅力的评价，也是对戏剧功能的形象定义。好戏就是要"拉魂"，能"拉魂"才是好戏。哭一场，笑一场，都是戏剧的享受，好戏总要有令人怦然心动的东西。

第一次参加黄河戏剧节是2012年,十年过往,感受到不少变化。老戏剧家还在发力,保持着对戏剧的执着与热忱,舞台中担纲挑梁的却已是一班新人。年轻,并不稚嫩,看得出有扎实的基本功,还有日常演出的历练,经历过观众耳朵和眼光挑剔。问了问年龄,在二十几岁到三十几岁之间,这个年龄担纲挑梁,就能保证一个剧团或剧种十几到二十几年的稳定,也为培养和传承赢得了时间。

　　"前腿弓,后腿蹬"是全身发力的姿势,两腿一前一后,一弓一蹬,站得稳当,上肢动作就协调有力,就能锄得苗好土发松。河南戏剧肯发力,苗好,生机勃勃;土松,宜养根系。祝福河南,感谢河南。

2023年4月18日